E. L. Voynich.

艾捷尔·丽莲·伏尼契
Ethel Lilian Voynich
(1864—1960)

纪念版

［爱尔兰］艾·丽·伏尼契　著

李俍民　译

中国青年出版社

目录

写在前面 —— 001

第一卷 —— 011

第二卷 —— 103
十三年之后

第三卷 —— 269

后记 —— 397
399_ 关于翻译《牛虻》的一些回忆 | 李俍民

附录 —— 407
409_ 能不忆《牛虻》| 胡守文
429_ 李俍民和他最喜爱的译作《牛虻》| 董荷英
435_ 我为《牛虻》作插图 | 倪震
442_ 阿尔卑斯山的夕照——对《牛虻》删节本的意见 | 李俍民
448_ "过眼滔滔云共雾,算人间知己吾与汝" | 沈昌文、史铁生等
458_ 牛虻的形象就此在我心中落根了 | 达式常
461_ 幸福,这种单纯的幸福令人难忘 | 佟瑞欣

写在前面

《牛虻》是爱尔兰女作家艾捷尔·丽莲·伏尼契的长篇小说，1897年在英国出版。1953年李俍民先生依据英文原著并参照两种俄译本将其译成了中文，由中国青年出版社出版，至今已发行了两百多万册——牛虻对祖国的热爱、对敌人的憎恨，他的英勇无畏和钢铁般的精神力量，构成了小说最优秀、最动人的篇章，那为了祖国和人民竭尽忠诚、牺牲一切的英雄情怀，影响了几代中国读者。

自1953年面世以来，李俍民翻译的《牛虻》已经走过了70年的峥嵘岁月。在这70年的生命历程里，《牛虻》经历过被删减、被误读甚至被禁止的命运，但随着时代的进步，《牛虻》得以恢复原貌，并再次获得了广大读者的喜爱，成为革命文学经典。为了帮助新读者更好地理解《牛虻》这本书，也为了方便老读者更好地怀想自己的青春岁月，就让我们从头说起吧。

一、《牛虻》的历史背景

《牛虻》所反映的时代，是19世纪意大利的爱国志士为了民族独立和国家统一而不懈斗争的时代。

1796年，拿破仑在征服了亚平宁半岛后，将整个意大利置于自己的统治之下。拿破仑帝国覆灭后，1815年，各战胜国在维也纳召开国际会议，将意大利肢解为八个封建邦国和地区，分别是教皇国、那不勒斯王国、托斯卡纳公国、鲁加公国、摩地那公国、帕马公国、萨丁王国、伦巴第和威尼斯。维也纳会议承认了奥地利强占伦巴第和威尼斯的合法性；而托斯卡纳、摩地那和帕马三个公国的统治者都和奥地利皇室有着亲戚关系；以罗马教皇为首的天主教教会，又是奥地利帝国的公开同盟者。至此，强大的奥地利帝国几乎变成了整个意大利的主人。意大利各邦国的统治者们是鱼肉百姓的暴君，奥地利人的专横统治更是野蛮地蹂躏着意大利人民的民族自尊心。

早在法国入侵意大利的时期，一个秘密的革命组织逐渐兴起。因为它的党员经常避入那不勒斯南部山林中，扮作烧炭工人，故得名烧炭党。烧炭党是意大利人民为反对外族压迫而建立起的第一个民族主义组织。烧炭党人一次次燃起的起义的烈火，虽然都被奥地利人残酷地镇压下去了，但他们的斗争并未停止。

1830年，意大利当局把年轻的烧炭党人马志尼放逐到国外去。一年之后，马志尼在法国马赛组织了一个秘密组织——"青年意大利"。青年意大利党的目的是要在意大利建立一个统一和独立的共和国。它不仅要驱逐奥地利侵略者，同时还要推翻意大利的专制政权。

马志尼"以法律、上帝和人民的名义"呼吁意大利人民团结起来。但马志尼和他的党员们并不了解人民，也不和广大的人民联系，更不依靠他们，而是仍和过去的烧炭党人一样，采取组织小革命团体的办法，进行无数次的起义。可以想象，这些起义必然要被强大的敌人淹没在血泊中。事实正是这样：1833年，青年意大利党人鲁芬兄弟在热那亚的起义被残酷镇压了。同年在托斯卡纳，革命者对民族解放运动的初次斗争，也因大公利奥波特二世奉奥地利侵略者的指示肆意镇压而惨烈结束。这一关键事件，构成了小说《牛虻》第一卷的历史背景。

到了19世纪40年代初期，由于资本主义制度在意大利发展起来，意大利自由资产阶级争取国家再统一的运动不断涌现。从1846年开始，陆续在欧洲各国出现的经济政治危机也席卷了意大利。正在发展的资本主义与封建势力发生了矛盾，并且越来越尖锐。1846年教皇格里高利逝世，他在晚年曾将治理国家的大权交给了自己所宠信的拉姆勃鲁斯契尼大主教。以镇压人民出名的拉姆勃鲁斯契尼深为人民所憎恨，教廷不得不另选一个倾向自由主义并且有声望的枢机主教玛斯太·菲烈提做新教皇，以此来缓和教皇与意大利人民的矛盾。这个新教皇就是庇护九世。

庇护九世上台后，采取了一些改良措施。他颁布了大赦令，释放了一部分政治犯，取消了出版物审查制度，允许颁布宪法。这样一来，相当多的人被这些甜言蜜语所欺骗，把建立自由意大利的希望寄托在他的身上。这就构成了《牛虻》第二、三卷的历史背景。

虽然这本小说里并没有历史人物，但书中由作者虚构出来的角色，却的确是在当时意大利的现实历史环境中生活和行动着的人。

那么，意大利历史中的这一个时期，为什么会引起爱尔兰女作家伏尼契的注意呢？下面我们再介绍一下作者。

二、艾·丽·伏尼契的革命情缘

艾捷尔·丽莲·伏尼契,原名艾捷尔·丽莲·布尔,1864年5月11日生于爱尔兰科克市,1960年7月28日卒于美国纽约市,享年96岁。

艾捷尔于1885年在柏林音乐学院毕业。1887年到1889年,她在俄国彼得堡曾跟俄国革命团体有过接触。回英国后,她曾与共产主义革命运动导师恩格斯和俄国的普列汉诺夫相识。她也曾去过意大利求学,但不知是哪一年。她在《牛虻》原著序言中曾提到感谢佛罗伦萨图书馆工作人员的话,说明这个城市是她在意大利进行文学创作活动时到过的地方。在欧洲期间,艾捷尔曾被一位无名画家在16世纪创作的肖像作品深深吸引。画中的意大利小伙子,黑衣黑帽,目光忧郁,但却异常高傲。后来,她买下了那幅无名肖像的复制品,并终身携带它。

1892年,艾捷尔嫁给了波兰革命者米·伏尼契。双方结合的经过颇具传奇色彩。她在彼得堡一个沙俄将军家中任家庭教师时,由于同情革命,反对沙皇专制制度的革命团体曾利用她的外侨身份和将军家庭教师这一特殊社会关系,替被关押在牢狱中的爱国志士们送衣服、食物,并传递秘密书信。米·伏尼契在西伯利亚流刑中企图逃亡时,曾从他的一位俄国同志那儿得到了艾捷尔在伦敦的地址。这就成了他后来逃到伦敦,与艾捷尔相识相恋以至结合的一种奇特的催化剂。

然而,影响艾捷尔最深的除了她的波兰丈夫外,还有当时流亡在伦敦的俄国作家赫尔岑与著名的民粹派领袖兼作家、笔名斯吉普涅雅克(草原人)的克拉甫钦斯基。艾捷尔在阅读了《俄国的地下革命》一书后，非常崇拜其作者克拉甫钦斯基。在《自由》杂志出版人夏洛特的帮助下，艾捷尔结识了她的俄罗斯偶像。克拉甫钦斯基与妻子芬妮十分喜欢艾捷尔，并教会她俄语。艾捷尔由此受到克拉甫钦斯基民粹派思想的影响。克拉甫钦斯基鼓励艾捷尔发展自己的文学潜力，建议她以那幅自己挚爱的肖像为原型写一部小说。她欣然同意了。

在《自由俄罗斯》杂志从事编辑和翻译工作的同时，艾捷尔开始构思她的小说。她把肖像画中意大利青年的忧郁眼神与克拉甫钦斯基的传奇经历结合在一起，又回忆起她在伦敦时接触过的意大利流亡者——这些人正是跟马志尼与加里波第一起革命的意大利志士。当时，年轻的女作家艾捷尔·丽莲·伏尼契就处在欧洲各国民族民主革命各种思潮的中心。于是，她吸取了各方的政治思想营养，成功地塑造了"牛虻"这一体现意大利民族解放运动革命精神的英雄形象。

高尔基受到牛虻形象的启迪，据之塑造了长篇小说《母亲》里的主人公巴威尔。奥斯特洛夫斯基则干脆把牛虻作为精神偶像，写进了他最著名的《钢铁是怎样炼成的》一书中。随着《钢铁是怎样炼成的》在中国开始流行（20世纪40年代起），牛虻这个人物也走进了广大中国读者心中，并播下了一颗好奇的种子：牛虻到底是谁？他有着怎样传奇的经历？

三、《牛虻》在中国

这颗种子被李俍民先生用心浇灌，终于发芽、生长、结果

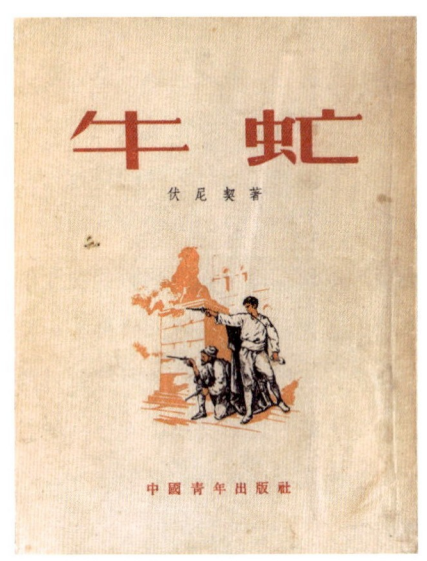

1953 年版本封面

1959 年版本封面

1978年版本封面,因该封面尤为读者所喜爱,故2013年始恢复使用该封面并沿用至今

1995年版本封面

了——1953年，他翻译的《牛虻》中文版由中国青年出版社出版发行，并在短短数年内，给近百万读者带去了精神上的震撼和鼓舞。十年浩劫中，《牛虻》被污蔑为"大毒草"，出版中断。改革开放后，《牛虻》再次印行，又得到了新的百万读者的热情支持，影响可谓深入人心。进入21世纪，特别是在《牛虻》原著成为公版书后，不同的出版社推出了由不同的译者翻译的各种《牛虻》中文版。然而，作为先行者，历经70年岁月洗礼的李俍民译《牛虻》，却蕴含了独一无二的历史内涵。

翻开属于它的那一箱子发黄的图书档案，就好像打开了一个浓缩其70年出版史的时间胶囊。那一页页脆薄的信笺里，有作者和出版者的相见恨晚，有译者和编辑的直抒己见，有读者寄来的感谢信、勘误表，有……这些档案不仅承载了由这本书生发的人与人之间厚重的信任与情谊，更见证了70年社会的变迁——曾囿于时代局限而进行的删节得到了恢复，人们对人性的复杂有了更深的洞察和理解——但人们对牛虻的喜爱、对革命英雄主义精神的敬仰和向往，却一脉相承地保留了下来。这些《牛虻》文本背后的故事，何尝不是它跨越时空的"续集"呢？作为"全集"，本纪念版摘选了若干档案作为附录，以纪念《牛虻》在中国不平凡的70年，并向千千万万的读者致以深深的敬意与谢意！

一本书的生命，是由它的作者、译者、出版者以及读者共同养育和维护的。期待着与您，亲爱的读者，一起续写《牛虻》新的生命篇章！

本版责编
2023年8月

第一卷

第一章

亚瑟坐在比萨[1]神学院的图书馆里，正在翻查一大沓讲道的文稿。这是六月里一个炎热的傍晚，所有窗户都敞开在那儿，只是为了阴凉，才把百叶窗半掩着。神学院院长蒙泰尼里神父把笔停一下，慈爱地瞥视着那个俯在文稿上的黑发油油的脑袋。

"你找不到吗，亲爱的[2]？没有关系，我要把这一节重新写过。或许是已经给撕掉了。我让你白白花费了这许多时间。"

蒙泰尼里的声音很低，却圆润、响亮，音调像银子般纯净，因而使他的谈话具有一种特殊的魅力。这是一个天生演说家的富于抑扬顿挫的声音。当他跟亚瑟说话时，语调中老是含着一种抚爱。

"不，神父，我一定要找到它；我确实知道你是把它放在这儿的。你就是重新写过，也肯定不能跟原来的一样了。"

蒙泰尼里继续写他的文章。一只懒洋洋的金龟子在窗外昏昏

---

1 意大利中西部城市，有著名的大理石斜塔——比萨斜塔。
2 在英文原著中，"亲爱的"写作意大利文 carino。由于本书的故事发生在意大利境内，作者为了加强气氛，常在英文中插入意大利文。本书中这些意大利插入语均用楷体字表示。

欲睡地嗡嗡作响。卖水果小贩的悠长凄楚的叫卖声从街道上一直回响过去:"草莓子啊!草莓子啊!"

"《论医治麻风病人》[1],在这儿啦。"亚瑟用他那柔软的步子穿过房间向神父走来,他那种步伐常常使他自己家里的人感觉到不大耐烦。他是一个瘦削的小伙子,不大像三十年代[2]英国中产阶级的年轻人,倒像十六世纪人物画里的意大利少年。从那长长的睫毛,敏感的嘴角,直到那纤小的手和脚,他身上的每一部分都显得过分精致,轮廓过分鲜明。要是静静地坐在那儿,人家准会当他是一个女扮男装的很美的姑娘;可是一行动起来,他那柔软而敏捷的姿态,就要使人联想到一只驯服了的没有利爪的豹子了。

"真找着了吗?要是没有你,我真不知道怎么办,亚瑟。我常常会丢掉东西。好吧,现在我不想再写下去了。我们到园子里去,我来帮你做功课。你不懂的地方在哪儿?"

他们出了房间,走到那个寂静、阴沉的修道院的园子里去。这神学院的房子,是从前铎米尼克派[3]的一所修道院。两百年前,这一片正方的园子原本装饰得很齐整:在由剪得短短的灌木围成的方方的篱框中,长着一丛丛的迷迭香和薰衣草,修剪得非常整洁。到了现在,那些栽培它们的白袍修士都被人埋掉了、忘掉了,但是那芬芳的药丛仍在幽静的仲夏夜晚开着花,只是再没有人采它去合药了。一簇簇的野生荷兰芹和耧斗菜填没了石板路上的缝

---

[1] 耶稣所行神迹之一是治愈麻风病人,见《圣经·新约》。

[2] 指19世纪的30年代。

[3] 天主教修道士中的一派,由修道士铎米尼克在1215年创立。又译多明我会。

隙，园子中心的那口井也委弃给羊齿叶和交织的佛甲草了。玫瑰花丛长得像野生的一般，蔓长的枝条伸过小径；黄杨篱中间闪耀着大朵红罂粟花；高大的毛地黄在乱草上面垂着头；还有那未经修剪从不结实的老葡萄藤，也从一棵没人理睬的枸杞树上垂挂下来，缓慢而哀愁地摇晃着那蒙茸的枝头。

一个角落里矗立着一棵夏季开花的大木兰树，枝叶阴暗得像一座塔，到处泼洒出一些乳白色的花朵。紧靠树身安放着一条粗糙的木凳，蒙泰尼里就在上面坐了下去。亚瑟是在大学里学哲学的；他因为在一本书上遇到了一些疑难问题，所以刚才跑了来向他的"神父"请求解释。他并不是神学院里的学生，但蒙泰尼里对他而言却是一部百科全书。

"现在我该走了，"亚瑟等那一节书解释清楚以后就说，"要是你没有旁的事情需要我的话。"

"我不想再工作了，但是你如果有空，我希望你能多耽一会儿。"

"噢，好的！"亚瑟把背靠着树身，从阴暗的枝叶中仰望那在寂静天空微微发闪的第一批暗淡的星星。他那双在黑色睫毛下显出来的深蓝色的、梦一般神秘的眼睛，是他那个康沃尔郡[1]的母亲给他的遗产。蒙泰尼里为避免跟它们接触，便把头转了过去。

"你好像累了，亲爱的。"蒙泰尼里说。

"我没有办法。"亚瑟的声音里已经显得有些疲乏，神父立刻觉察到了。

"你不应该这么急就进大学，看护病人和熬夜已经把你累坏

---

[1] 位于英格兰西南部，那里的居民大多是红头发蓝眼睛的凯尔特人。

了。当时我本该坚持要你彻底休息一下，再离开来亨[1]的。"

"啊，神父，那有什么用呢？母亲一去世，我就再也不能在那悲惨的屋子里待下去了。裘丽亚会逼得我发疯的！"

裘丽亚是他异母长兄的妻子，对他来说，也是无法忍受的一根毒刺。

"我并不是要你跟你家里人待在一起，"蒙泰尼里温和地答道，"我也明白那是对你最不好的事情。可是当时我很希望你能接受那位做医生的英国朋友的邀请，如果你能在他家里住上一个月再来上学，那就好得多了。"

"不，神父，真的，那是我不愿意的！华伦医生一家人是很好的，待人也和气，可是他们并不了解我。他们怜悯我——从他们的脸上我看得出来——他们会想方设法来安慰我，会谈到母亲。当然，琼玛是不会的，我们从小在一起的时候，她就知道有些话是不该说的，但旁的人会。而且不单是为了这个……"

"别的还有什么呢，我的孩子？"

亚瑟从一茎低垂的毛地黄枝条上捋下了几朵花，把它们放在手里，神经质地不住地揿压着。

"我实在受不了那个镇子了，"他停顿了一会儿才说，"镇上那几家店铺，是我小时候她常给我买玩具的地方，而河岸上那条路，在她病势沉重之前，我一直扶着她在那儿散步。在那儿，不论我走到什么地方，总是碰到同样的情景；每一个卖花女郎都拿着花束向我走过来——好像我还需要它们似的！还有那教堂旁边的墓地——我只好走开去，我一看见那个地方就觉得伤心……"

---

[1] 意大利中西部临利古里亚海的商港，意大利语作 Livorno，故又译里窝那。

他截断了要说的话，只是坐在那儿把那毛地黄的花铃儿扯得粉碎。悠长而深沉的静寂，使他不禁抬起头来，诧异神父为什么不说话。木兰树下面，天色渐渐黑下来，一切东西都显得昏暗、模糊，但还有一丝余光足以显出蒙泰尼里脸上怕人的惨白。他低低地垂着头，右手紧紧抓住了凳子的边缘。亚瑟不由起了一种畏惧的感觉，诧异地急忙把头转过去。他仿佛是无意之中闯进圣地了。

"上帝啊！"他想，"我在他身边显得多么渺小和自私！即使我的不幸是他自己的，他的伤感也不过就这样吧。"

一会儿，蒙泰尼里抬起头来，向周围看了一下。"无论如何，至少在目前，我是不会强迫你回到那儿去的，"他用他最亲切的语调说，"可是你一定要答应我，等今年暑假一开始，就得彻底休息一次。我想你还不如远离来亨，上别处去度假。我决不能让你搞垮自己的身体。"

"神学院放了假，你打算上哪儿去呢，神父？"

"跟往常一样，我要带领学生上山去，照料他们在那儿安顿好。可是到了八月中旬，副院长就会销假回来。那时候，我打算去登一次阿尔卑斯山，换一换生活。你愿意跟我去吗？我可以带你到深山中去作几次漫游，你一定高兴去研究研究阿尔卑斯山的苔藓和地衣之类的东西。不过，单是你跟我两个人，你也许会感到太枯燥一些。"

"神父！"亚瑟不由得拍起手来——他这种拍手的姿势，被裘丽亚叫作他的"外国派头"，"我一定要丢开一切跟你一同去。只是……我还不能确定……"他停住了。

"你想勃尔顿先生会不答应吗？"

"自然，他是不高兴让我去的，不过他也不好干涉我。我今年已经十八岁，可以自己做主了。总之，他不过是我的异母兄长，我看不出我为什么一定非服从他不可。他待母亲又一直都不好。"

"但如果他真的反对，我想你还是不违拗他的好。你在家庭里的处境是要更感困难的，如果……"

"未必有什么更困难的了。"亚瑟激动地打断他的话，"他们过去一直都恨我，将来也会……不管我怎么做他们都是一样的。而且你是我的……忏悔神父，我跟着你去，詹姆斯怎么能真的反对？"

"可是你要记着，他是一个新教徒[1]。无论如何，你最好还是写封信给他，我们不妨等一等，听听他的意见。你不要太急躁，我的孩子；不管人家恨你或是爱你，都要检点你自己的行动。"

这些责备的话说得很温和，使得亚瑟听了连脸都不曾红起来。"是的，我知道，"他叹了口气回答说，"不过这是多么困难啊……"

"星期二晚上你没有到我这儿来，我觉得很可惜。"蒙泰尼里突然转到一个新的话题上去了，"那天阿雷佐[2]教区的主教在我这里，我是希望你能跟他会一会面的。"

"我先已答应了一个同学到他的寓所去开会，不去的话他们要在那儿等我的。"

"什么会？"

---

1 新教是16世纪欧洲宗教改革运动中从天主教中分裂出来的派别。在英语中，"新教徒"和"抗议者"同一个词根，在这里也暗指亚瑟与詹姆斯之间的裂痕，一语双关。
2 意大利中部城市，保留有中世纪教堂华美的壁画和彩色玻璃等古迹。

亚瑟好像让这个问题窘住了。

"这……这不是一个经……经常的会，"他说话时微微带着一种神经质的口吃，"有一个学生从热那亚来，他向我们作一次讲话——一……一种类似演讲性质的……"

"讲哪一方面的事情？"

亚瑟踌躇起来。"神父，你不会向我追问他的名字的，是不是？因为我曾经答应过……"

"我不会问你什么的，你既然答应了人家守秘密，当然就不应该再告诉我，但是到了现在，我想你总差不多可以信任我了。"

"神父，当然我可以信任你。他讲到……我们，以及我们对人民的……和对我们自己的……责任，还讲到……我们可以怎样去帮助……"

"帮助谁？"

"农民……和……"

"和什么？"

"意大利。"

一阵长久的沉默。

"告诉我，亚瑟，"蒙泰尼里扭转身子向着他，非常郑重地说道，"你对这桩事情考虑了多少日子了？"

"自从……去年冬天开始。"

"还在你母亲去世之前吗？她知道不知道这件事？"

"不。我……那时候对这些事并不留心。"

"那么现在你……留心这些事了？"

亚瑟又从毛地黄上捋下一把花铃儿。

"是这样的，神父。"他眼看着地下，开始说，"去年秋天我准备入学考试，曾经结识了许多大学生。这你总还记得吧？当时，他们当中有些人就跟我谈起……这一切事情，还借书给我。我并不怎么留心，只是想早些回家去看母亲。你是知道的，在那牢狱一般的屋子里，母亲住在那些人中间完全是孤独的，光是裘丽亚的那条舌头就够送她的命了。到了冬天，她的病更重了，我就把那些大学生和他们的书全都忘掉了。后来，你知道的，我根本就不到比萨来了。当时我如果想到这些事，我一定会跟母亲说的，可是我始终没有想到。后来，我看出母亲快要死了……你也知道，我差不多一直陪伴她直到她断气。晚上我常常一直坐到天亮，要等白天华伦·琼玛来接替我的时候，我才睡一下。就在这些漫长的夜晚，我才想到那些书和那些大学生说的话……我感到困惑……他们的话究竟对不对……还有……我们的主对于这一切会怎么说呢。"

"你曾经问过主吗？"蒙泰尼里的声音有些颤抖。

"常常问的，神父。有时我向主祷告，请他指示我应该怎样做人，或者请他让我跟母亲一起死掉。可是我得不到任何答复。"

"你可从来没有向我提过一个字。亚瑟，我总希望你已经信任我了。"

"神父，你知道我是信任你的！但一个人总有些事情是他对任何人都不能讲的。我……我以为这桩事是没有什么人可以帮助我的——即使是你，即使是母亲，也都帮不了，我必须直接从上帝那儿求得我自己的解答。你明白，这是关系我一生和整个灵魂的大事。"

蒙泰尼里把头转开去，凝视着木兰枝叶浓密的地方。在苍茫暮色里，他的形象显得很模糊，仿佛是树荫底下一个灰暗的鬼影。

"后来呢？"他慢吞吞地问。

"后来……她死了。你知道，最后三个晚上我一直陪伴着她……"

他说不下去了，沉默了一会儿；蒙泰尼里却一动也不动。

"她还没有下葬的那两天之中，"亚瑟把声音放低继续说，"我什么事情都不能想。后来出了殡，我就病了；你总记得，我连忏悔都没有能来。"

"是的，我记得。"

"就在那天晚上，我半夜起来走进母亲房里去。房间里空空的，壁龛中那个巨大的十字架还在那儿。我想也许上帝会帮助我，我跪下去，等着——直等了一夜。第二天早晨清醒过来的时候……神父，我没有办法，我无法解释。我无法告诉你我曾经看见了什么，连我自己也不十分清楚。但我知道上帝已经答复我了，因此我不敢违拗他的意旨。"

他们在黑暗里静坐了一会儿。然后蒙泰尼里转身把一只手放在亚瑟肩上。

"我的孩子，"他说，"要是我说上帝不曾对你的灵魂讲过什么话，那是他不许可的。但是你得记着事情是在什么情况下发生的，不要把由于悲痛或疾病所生的幻想当成他庄严的感召。即使真是上帝的意旨，他要借那死亡的阴影来答复你的问题，你也得弄确实你并没有误解他的话。你心里想着要去做的事究竟是什么呢？"

亚瑟站了起来，好像背诵一篇教文一样，缓慢地回答：

"要把我的生命献给意大利，帮助她从奴役和贫困之中解放出来；要把奥地利人驱逐出去，使意大利成为一个除了基督没有帝王的自由共和国。"

"亚瑟，想一想，你说的是什么话！你是连意大利国籍都还没有的人呀。"

"这没有什么区别，我是我自己。我既已了解这个事业，就是这个事业中的一员了。"

又是一阵沉默。

"你刚才说主基督可能说了——"蒙泰尼里缓缓开口，但是亚瑟打断了他：

"主基督说：'为我而丧失生命的人将获得生命。'"

蒙泰尼里把一只臂膀靠在一条树枝上，举起一只手放在眉毛下面遮住两只眼睛。

"你来坐一会儿，我的孩子。"他终于说。

亚瑟坐了下来，神父把他的两只手紧紧握住。

"今天晚上我不能跟你讨论，"他说，"事情对我来说来得太突兀……我完全没有料想到……我必须有充分的时间来仔细考虑一下。改天我们再确切地谈一谈。但目前我要你记住一件事：如果你为了这件事情搞出麻烦来，如果你……因此而死，那你是要使我心碎的。"

"神父……"

"不，让我把要说的话说完。有一次我曾经告诉过你，说我在这个世界上，除了你之外再没有第二个人。我想，你一定不能完全懂得这句话的意思。一个年轻人要懂得这一点是困难的；当我像你这么大的时候也不会懂的。亚瑟，你对于我好像是我的……亲生孩子一般。你明白吗？你是我眼睛里的光明，心坎里的希望。我就是死，也不肯让你走错一步路，以致断送你的生命。

可是我也无能为力。我并不要求你对我做出任何承诺，我只要求你记住这一点，并且随时留心自己。在采取任何决定性的行动之前，必须先考虑成熟，就是不为你母亲的在天之灵，也要为我。"

"我会考虑的……那么……神父，你就替我祷告祷告吧，也替意大利祷告祷告。"

他默默地跪了下去，蒙泰尼里也默默地把手放在他那弯下去的头上。过了一会儿，亚瑟站起来，吻过那只手，穿过沾满露水的草地，轻盈地走了。蒙泰尼里一个人坐在木兰树下，凝视着他前面的一片黑暗。

"上帝的报复已经降临到我头上，"他想，"恰如当初落在大卫王的头上一样。我曾亵渎过上帝，我曾让主基督的身体落在污秽的手中……他对我已经很容忍了。现在报复终于来了。'你在暗中行这事，我却要在以色列众人面前，日光之下，报应你，故此你所得的孩子必定要死。'[1]"

---

[1] 典出《圣经·旧约》：以色列王大卫借敌人的刀剑杀死了赫人乌利亚，霸占了乌利亚的妻子拔示巴。这触怒了上帝耶和华。耶和华遂派拿单用这些话来警告大卫王。后来大卫王和拔示巴所生的第一个儿子果然得病死去。

023

第二章

詹姆斯·勃尔顿先生对于他那年轻的异母兄弟要跟蒙泰尼里一起去"漫游瑞士"的打算，心里一点儿也不愿意。但是同一位上了年纪的神学教授去作一次采集植物标本的旅行，本是一件没有害处的事。他要是正面出来阻止，亚瑟不知道他之所以要阻止的理由，就会认为他过分专横。亚瑟会立刻把这种阻止归结到宗教或血统的偏见上去，而勃尔顿一家正是一向以具有开明的容忍精神自豪的。一百多年之前，伦敦和来亨两处勃尔顿父子轮船公司开始营业以来，他们这一家人就已成为忠实的新教徒和保守党了。但是他们认为一个英国绅士必须待人公正，哪怕是对天主教徒也不该例外，因而当这一家的老主人鳏居寂寞而跟他的小儿女的美丽的家庭女教师——一个天主教徒——结婚时，他的长子詹姆斯和次子汤麦斯对于这个年龄跟他们相差无几的继母的出现，虽然不免感觉愤懑，但仍能勉强抑制自己，而把这种事情的发生归之于天意。自从他们的父亲死后，大哥一结婚，原来本已难处的局面就变得更加复杂；但是继母葛兰第斯在世时，他们兄弟总还是由衷地努力保护着她，免得她遭受裘丽亚无情的长舌的伤害，并且在对待亚瑟方面，也尽了他们自己认为应尽的责任。他们并不假装喜爱他,只是把他们对他的慷慨主要用以下方式表示出来:毫不吝啬地供给他零用钱,并且听凭他自由自在。

为此,这回亚瑟在詹姆斯的复信中收到了一张够用的支票和几句冷话,允许他在假期中随意行动。亚瑟把多余的钱花了一半去买植物学的书籍和储藏标本的夹子,就同神父出发去作阿尔卑斯山的初次漫游了。

蒙泰尼里的精神显得很轻松,亚瑟已经好久没有见他这样了。自从在花园里那次谈话给了他第一次精神上的打击之后,他已经逐渐恢复了心境的平衡,现在他对于这件事情坦然得多了。亚瑟还很年轻,还没有成熟,他的决心总还不至于无可挽回。他才刚刚向那条危险的路上起步,一定还来得及用温和的劝解和理喻去把他拉回来。

他们本想在日内瓦多住几天,但是亚瑟一看见耀眼的白色街道和游客拥挤、尘土飞扬的游憩场所,就微微皱起了眉头。蒙泰尼里以一种欣慰的心情望着他。

"你不喜欢这儿吗,亲爱的?"

"难说得很。这和我原来所期望的差得太远了。是的,湖是美丽的,那些山的模样我也挺喜欢。"当时他们正在卢梭岛[1]上,亚瑟用手指着萨伏依[2]方向那条连绵起伏的峰峦的轮廓说,"但是这个市镇看上去是这样的拘谨和整齐,有些像——十足的新教徒派头,具有一种自满的神气。是的,我不喜欢这个地方,它使我想起裘丽亚来了。"

---

[1] 罗纳河上的一个小岛,法国启蒙思想家卢梭(1712—1778)曾在此避难。
[2] 日内瓦湖南岸地区。

蒙泰尼里笑了出来。"可怜的孩子，多么不幸！好吧，我们原是为自己寻乐来的，没有理由一定要待在这个地方。今天我们到湖里去划一趟船，明天一早就上山去，好不好？"

"可是，神父，你不是想在这儿待一些时候的吗？"

"亲爱的孩子，这些地方我都玩过十多次了。我的假日只是为了使你快乐。你高兴到哪儿去呢？"

"如果你随便到哪儿都无所谓的话，最好我们就沿着这条河回溯到它发源的地方去。"

"罗纳河[1]？"

"不，阿尔沃河[2]。你看它流得多湍急啊！"

"那么我们就上夏蒙尼[3]去。"

整个下午，他们都在一只小小的帆船上面随波荡漾。但这美丽的湖给亚瑟的印象，远不及那条灰色而混浊的阿尔沃河。他生长在地中海边，看惯了那种蔚蓝的微波，就渴望看到一种迅流急湍，因而这一条像冰河一般向前疾泻的河流，使他感到了无上的喜悦。"它是多么急切啊！"他说。

第二天早晨，他们向夏蒙尼出发了。当驱车走过肥沃的山谷里的田野时，亚瑟感觉很高兴，但进入克鲁西斯镇附近的盘曲山道之后，看见那些锯齿形的大山冈向他们渐渐围拢了来，他就变

---

1 欧洲主要河流之一，发源于瑞士圣哥达峰罗纳冰川，是日内瓦湖的主要水源。河水中的泥浆在日内瓦湖沉淀后，流出的罗纳河水清澈蔚蓝，与随后汇入的浑浊的阿尔沃河形成鲜明对比。
2 罗纳河的一条支流，源出萨伏依阿尔卑斯山脉主峰勃朗峰下的夏蒙尼峡谷冰川，水流湍急，冲刷强烈，导致该河的含沙量大，河水浑浊。
3 阿尔沃河的发源地，坐落在阿尔卑斯山最高峰勃朗峰脚下，已形成一处游览胜地。

得严肃而沉默了。从圣马丁镇起,他们开始步行,沿着山谷慢慢走上去,在路旁的牧人小屋或小山村住宿,然后又随意向前漫游。亚瑟对于景物的变换特别敏感,他们在路上遇到的第一个瀑布,就使他沉入狂欢之中,那样子连别人看了也为之高兴;但当他们逼近积雪的山顶,他又从狂欢堕入了梦一般的恍惚状态,那样子是蒙泰尼里从来没有看到过的。亚瑟和这些高山之间仿佛存在着一种神秘的联系。他往往一连几个钟头动也不动地躺在那阴沉而神秘的呼啸着的松林之中,从挺直而高大的树干中间向外边看出去,看着闪烁的山峰和光秃的崖石组成的阳光灿烂的世界。蒙泰尼里看见他这个样子,就用一种悲哀的嫉妒心情注视着他。

"我很希望你能把你所见到的景象指给我看看,亲爱的。"有一天蒙泰尼里对亚瑟说。当时蒙泰尼里正在看书,他一抬头,看见亚瑟又跟一个钟头之前一样在他身边那块青苔上面直挺挺地躺着,瞪着一双又圆又大的眼睛,凝视着那一望无际的晶莹耀眼的一片蓝色和白色。他们是刚刚离开了公路,到这狄奥赛士瀑布附近一个幽静的小村庄来投宿的,当时无云的天空中太阳已经快要坠落,他们爬上一块松林荫翳的岩石,等待阿尔卑斯山的夕阳从那连绵的、或浑圆或陡峭的勃朗群峰[1]上面斜射过来。亚瑟抬起头来,眼睛里充满惊异和神秘。

"你问我看见了什么吗,神父?我看见一个巨大的白色生物,匍匐在无始无终的蓝色虚空之中。我看见它在那儿年复一年地等待着上帝圣灵的降临。我像是模模糊糊从镜子里看到的。"

蒙泰尼里叹了一口气。

---

[1] 勃朗峰是阿尔卑斯山脉最高峰,海拔4807米。

"从前我也常常看到这类景象。"

"难道现在你看不见了吗？"

"看不见了。我再也不会看见它们了。我知道它们在那儿，但是我已经没有可以看到它们的眼睛了。现在我看见的是完全不同的东西。"

"你看见些什么呢？"

"我吗，亲爱的？我只看见蓝色的天空和雪山——这就是我向高处望去时所能见到的一切。但是下面的景象就不同了。"

他向下面的山谷指了指。亚瑟跪起来，向悬崖的边缘弯下身子。只见那些巨大的松树，在愈来愈浓的苍茫暮色里显得十分阴沉，仿佛是沿着河岸警卫着的哨兵一般。一会儿工夫，那一轮红得像炽炭般的太阳直向那锯齿形的山峰后面沉了下去；于是一切生命和光明都从大自然的容颜上消逝了。山谷立刻罩上了一片黑暗——险恶，恐怖，仿佛充满刀枪剑戟。光秃秃的西方诸山的陡壁，就像一个巨怪的獠牙，那妖怪正在暗伺着一个牺牲品，准备把它一下子就攫进一个松涛呼啸的黑郁的深谷里面去。那松林就像一排尖刀，正在霍霍低语："摔下来吧！"同时在愈来愈浓的黑暗中，一道奔泉正在怒吼着、咆哮着，怀着一种由于永恒绝望而起的狂怒，冲击着它那山岩的牢狱。

"神父！"亚瑟站起来，发着抖，赶快离开了悬崖的边缘，"这就像是地狱！"

"不，我的孩子，"蒙泰尼里温和地答道，"这只是像一个人的灵魂。"

"像那些处在黑暗和死亡的阴影里的人的灵魂吗？"

"就像那些每天在街上从你身边走过去的人的灵魂。"

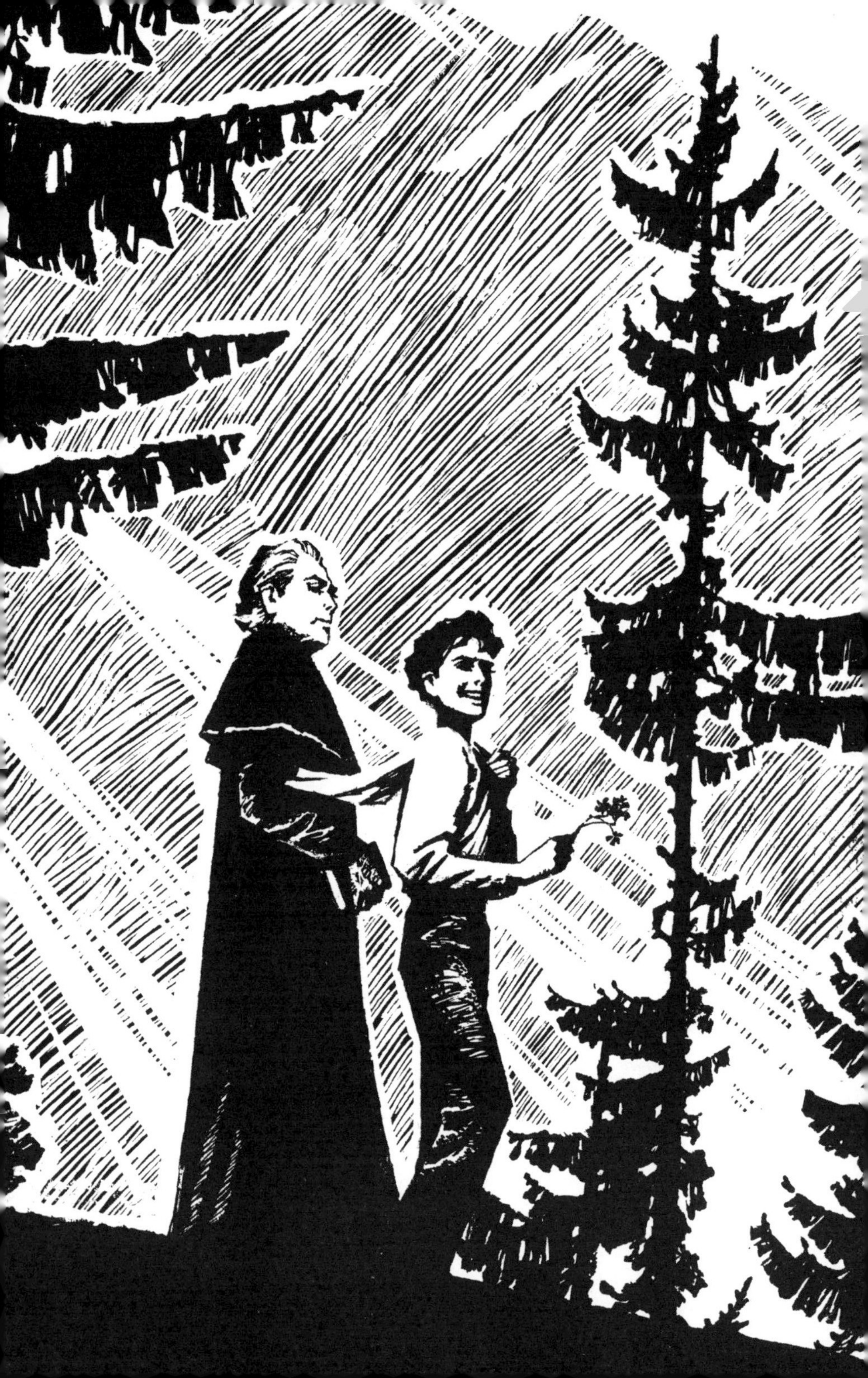

亚瑟颤抖着，注视着下面的阴影。一阵朦胧的白雾悬浮在松树中间，跟那绝望呻吟的奔泉若即若离，仿佛一个可怜的无法予人以任何安慰的幽魂。

"瞧！"亚瑟突然说道，"'在黑暗中行走的百姓看见了大光。'[1]"

东方积雪的山峰正在落日的反照中燃烧着。等到那片红光从山峰的绝顶消失之后，蒙泰尼里转过身子，碰一碰亚瑟的肩膀，把他唤醒过来。

"回去吧，亲爱的，现在什么光亮都没有了。我们要是再待下去，就会在黑暗中迷路的。"

"这好像一具尸体。"亚瑟对那高大的、在昏暗中闪光的山峰魑魅般的面孔最后瞥了一眼，转身说道。

他们小心地往下穿过那片黑暗的树林，回到他们准备住宿的那所牧人小屋里去。

晚饭的时候，蒙泰尼里一走进亚瑟在餐桌旁边等他的那个房间，就看见亚瑟已经摆脱了刚才那种黯淡的心情，完全换成另一个人了。

"啊，神父，快来看这只荒唐的狗，它会用后腿跳舞呢！"

他的心神完全被这只狗和它的舞蹈吸引去了，正像他刚才被那落日反照所吸引一样。当他逗着狗玩的时候，那个脸色红润、系一条白围裙的女主人正用两条强健的臂膀叉着腰，站在旁边微笑。

"能够这样专心地逗着玩，心里准是什么别的念头都没有的，"她用本地土话对她的女儿说，"而且这小伙子长得多俊啊！"

---

[1] 语出《圣经·旧约》。

亚瑟像一个女学生似的脸涨得绯红,那个女人知道他听得懂她的话,看着他那种发窘的样子便笑着走开去。吃饭的时候,亚瑟什么都不说,只是谈论以后漫游、爬山以及采集标本的计划。显然,刚才那种做梦似的幻想,并没有影响他的精神和食欲。

第二天早晨蒙泰尼里醒来,亚瑟已经不见了。原来他不等天亮就到山上的牧场"帮着嘉斯伯赶山羊去了"。

但是早饭开出来不多久,他就飞奔回屋里来,光着头,肩上驮着一个三岁模样的农家女孩子,手里拿着一大束野花。

蒙泰尼里抬起头,微笑着朝他看。这跟在比萨或来亨时严肃而又沉默的亚瑟,是一个多么奇异的对照啊。

"你这野孩子,上哪儿去啦?早饭也不吃就满山乱跑吗?"

"啊,神父,多好玩啊!太阳升起的时候,山景是这么壮丽,露水又这么浓!你瞧!"

他举起一只湿漉漉的泥泞的靴子。

"我们去的时候就带了一些面包和干酪,到山上牧场里又挤了些羊奶喝;啊,那可真是脏!可是现在我又饿了,也要弄些东西给这小家伙吃。安妮特,你吃点蜜糖好不好?"

他已经坐了下来,把小女孩子放在他的膝上,帮她把花整理好。

"不,不!"蒙泰尼里干涉道,"我不能让你受凉。快去把湿东西换掉。安妮特,到我这儿来。你从哪儿把她抱来的?"

"村头啊。她的父亲就是我们昨天碰到的那个人——那个在村上做鞋匠的。她有一双可爱的眼睛,是不是?她口袋里面还有一只小乌龟呢,她把它叫作卡罗琳。"

等亚瑟换掉了湿袜子回来吃早饭时,他看见那小女孩早已坐在神父的膝头上,叽叽呱呱跟他谈她那只小乌龟的事。她把乌龟朝天托在一只胖胖的手掌里,为了好让"先生"能够欣赏它那不住划动的四只脚。

"看,先生!"她用不好懂的方言一字一顿地说,"看卡罗琳的靴子!"

蒙泰尼里坐在那儿跟小女孩子玩耍,抚摩着她的头发,欣赏她那宝贝小乌龟,并讲些惊奇的故事给她听。女主人进来收拾桌子时,看见安妮特正把这位教士装束、神态庄严的绅士的衣袋翻转过来,不由惊异得瞪着眼看呆了。

"上帝教孩子们辨别好人,"她说,"安妮特平常最怕陌生人,可是你瞧,她见了这位先生竟一点儿不害臊了。真是怪事!跪下来吧,安妮特,趁这位好先生没有走之前,要他给你祝福祝福;这会让你交好运道的。"

"我还不知道你会跟孩子们这样玩儿呢,神父。"一个钟头之后,他们在阳光灿烂的牧场上散步时,亚瑟说道,"那孩子的眼睛一直都不离开你。你知道吗,我想……"

"唔?"

"我想说的是——我以为教会不允许教士结婚是一件可憾的事。我不大明白这有什么道理。你是知道的,教养儿童是很重大的事业,让儿童一开头就受到周围的良好影响,对他们有重大意义。我认为,一个人所从事的事业越是崇高,生活越是纯洁,就越适宜于做一个父亲。我敢断定,神父,假如你不曾宣过誓——假如你结过婚——你的孩子们一定是很……"

"嘘!"

这轻轻的一声是突然迸发出来的,以致那接着而来的一阵静默似乎格外深彻。

"神父,"亚瑟看见对方阴郁的神情觉得很难受,便又开始说,"你觉得我刚才的话有说错的地方吗?当然,也许是我错了,可是,自然而然涌上我心里的念头,我是不得不去想它的。"

"也许,"蒙泰尼里温和地答道,"刚才你说的这些话的意义,你还没有完全明白。再过几年你的看法就会不同了。目前我们最好还是谈谈别的事情。"

在这理想的假日里,他们之间一直保持着一种极度舒适而和谐的气氛,而这是第一次出现裂痕。

离开夏蒙尼,他们沿泰第纳瓦尔河到马蒂尼[1]去,由于天气非常闷热,在马蒂尼就歇了下来。午饭之后,他们在旅馆的凉台上坐着,那儿太阳晒不到,并可俯瞰全山的景致。亚瑟拿出了他的标本箱,两个人就很严肃地用意大利话谈起植物学来了。

两个英国画家也在那凉台上坐着,一个人在写生,一个人在懒洋洋地聊天。那个聊天的人似乎没有想到新来的两个生客可能懂英语。

"不要画风景了,威廉,"他说,"那边那个挺漂亮的意大利小伙子正对着几片羊齿叶子出神呢,你就画他吧。看看他眉毛的线条!只要把他手里的放大镜换成一个十字架,把他身上的短衫和短裤换成罗马人的大法衣,你就可以画出一个完完全全形神毕肖的早期基督徒来了。"

"去你的早期基督徒!刚才吃午饭我就坐在这小伙子旁边,他对那只烤鸡也跟现在对那些肮脏野草一样的出神。他长得的

---

[1] 古罗马时期的战略要地,位于连接意大利和法国的交通要道上。

确漂亮，棕榄色的脸也很美，可是他远不如他的父亲那么富于画意。"

"他的——谁？"

"他的父亲，就是坐在你正对面的那一位。难道说你没注意到他吗？他的脸多么庄严！"

"怎么，你这糊涂蛋，你这个卫理公会[1]的教徒就只会上礼拜堂！碰到一个天主教的教士都会不认得？"

"一个教士？哦，天，真的是一个教士！对啦，我忘记了，他们有不讨老婆的誓言，以及诸如此类的戒律。好吧，那我们来做做好事，就算那个孩子是他的侄儿吧。"

"这些白痴！"亚瑟抬起头来目光闪烁地低声说，"可是，多承他们的好心，说我像你；我要真是你的侄儿才好呢……神父，你怎么啦？你的脸色这么白！"

蒙泰尼里一面站起身，一面用一只手压在额头上。"我有点儿头晕，"他用一种虚弱低沉得有些奇怪的声音说，"也许今天早晨我在太阳下面晒得太久了。我要去躺一会儿，亲爱的；没有什么，不过有点儿中暑罢了。"

亚瑟和蒙泰尼里在琉森湖[2]边勾留了半个月，就由圣哥达山口回到意大利。就天气来说，他们是很幸运的，好几次出去远游都非常愉快，只是初出发时所感到的那种魅力现在已经消失了。蒙泰尼里不断地被那"确切地谈一谈"的不愉快的念头烦扰着，

---

[1] 基督教新教的一派，18世纪时起源于英国。
[2] 瑞士中部的重要湖泊，湖光山色相映，风景如画。又译卢塞恩湖。

因为他知道这次假期正是进行这个谈话的好机会。在阿尔沃河的山谷中,他故意避免那些他们曾在木兰树下面谈过的话题;他想,对于亚瑟这样一个具有艺术气质的人,要是当他正在欣赏阿尔卑斯山风景的时候,就拿这些势必令人感到苦痛的谈话去破坏他的新鲜的喜悦,那未免太残酷了。后来到马蒂尼时,他从第一天起,就每天早晨对自己说:"今天我一定要同他谈了。"而每天晚上又说:"我明天一定要同他谈了。"现在假期快结束了,他还是在不断地重复着"明天、明天"。他之所以不能开口,是因为有一种说不出的寒冷感觉阻挠着他,他感觉到事情将不会和从前完全一样,感觉到自己和亚瑟之间仿佛隔着一层看不见的薄纱;直到假期的最后一天傍晚,他才突然明白,如果终于非说不可,那么现在是必须开口的了。当时他们留在卢加诺[1]过夜,第二天早晨就要动身回比萨。至少他要探察一下,他这心爱的人在这个性命攸关的意大利政治旋涡中究竟已经陷溺得多深了。

"雨已经停了,亲爱的,"太阳下山后他说,"我们要看这个湖,现在是唯一的机会。出去走走,我要跟你谈一谈。"

他们沿着湖边走到一个僻静的地方,在一堵低矮的石墙上坐了下来。紧靠着他们身边,长着一丛挂满猩红果实的野蔷薇;一两球迟开的奶油色花朵依旧悬挂在一茎较高的枝条上,满含着雨水,哭也似的在那儿摇曳着。绿盈盈的湖面上,一条微微抖动着白色船翼的小船,在润湿的微风中漂荡,那样子看上去显得很轻盈,很纤弱,就像是投在水面上的一簇银色的蒲公英。高踞在萨尔瓦托山上一所牧人的茅屋的窗口,仿佛是一只睁开的金色眼睛。

---

[1] 瑞士南部城镇,与意大利接壤,因卢加诺湖而成为度假胜地。

蔷薇花在九月的闲静白云底下垂着头，做着好梦。湖水在靠岸的鹅卵石中间泼溅着，喃喃低语着。

"在一个长时期里，这是我可以和你私下谈谈的唯一机会了。"蒙泰尼里开始说，"你将回到你学校的功课和自己的朋友中去了；我呢，这一个冬天也会很忙。我想要彻底了解一下，往后我们彼此之间究竟应该以怎样的立场相处，所以，如果你……"他停了一下，用更慢的语速往下说，"如果你觉得自己还能够跟往常一样信任我，我希望你比在神学院园子里那个晚上说得更明确些，告诉我到底你参与这件事已经到了怎样一个程度。"

亚瑟的眼睛看着湖的对岸，他静静地听着，没有说什么。

"如果你肯告诉我，我很想知道，"蒙泰尼里接着说，"你是不是已经使自己受了约束，由于宣过誓，或者……别的什么。"

"没有什么好说的，亲爱的神父。我并没有约束自己，但我是受约束的。"

"我不懂你的话……"

"宣誓有什么用呢？宣誓并不能约束人。如果你对一桩事情有了某种体会，你就被它约束住了；如果你没有那种体会，什么也不能约束你。"

"那么你的意思是，这桩事情……这种……体会，是无可变更的了？亚瑟，你对现在说的这些话有没有考虑过？"

亚瑟转过身子，直视着蒙泰尼里的眼睛。

"神父，你刚才问过我能否信任你。那你能不能也信任我？真的，要是我有什么该告诉你，我会把它告诉你的；可是关于这些事情多说是没有用处的。我并没有忘记那天晚上你对我所说的话，将来也永远不会忘记。但是我必须跟随着我所看见的光明，走我自己的路。"

蒙泰尼里从花丛中摘下一朵蔷薇，把花瓣一片一片地扯下来，抛进水里去。

"你的话很对，亲爱的。是的，我们以后不再谈这些事情了。的确，话说多了确实没有什么帮助……好吧，好吧，咱们回去吧。"

第三章

　　秋冬两季平静无事地过去了。亚瑟非常用功，很少有空闲的时候。可是每个星期，他总要抽出一些时间——哪怕只有几分钟——去看一两次蒙泰尼里。他时常要带几册不容易看得懂的书去请教神父；这种时候，他们只谈书上的问题，不谈别的事。蒙泰尼里观察到——确切地说是感觉到——那隐微而不可捉摸的障碍已经横梗在他们中间，因而处处留心，不让亚瑟看出来他在努力保持那密切的老交情。现在，亚瑟的来访所带给他的已经是痛苦多于快乐了，因为他要不断努力装出很泰然的样子，装得一切都好像没有改变的样子，这是很痛苦的事情。至于亚瑟呢，也注意到了神父的态度有着微妙的变化，却还不大明白是什么缘故；他只隐隐感觉到这一定和"新思想"[1]这个恼人的问题有些关系，因之也竭力避免提到那在他思想中老是盘旋着的题目。他爱蒙泰尼里从来没有像现在这样深切。从前，他有一种模糊而持续的不满足的感觉，一种精神上空虚的感觉，他曾努力想用那些深奥的

---

[1] 指青年意大利党人关于解放意大利的新思想。

神学理论和烦琐的宗教仪式来窒息它，现在他和青年意大利党[1]有了接触之后，这种感觉却自然而然地完全消失了。从前由于生活孤寂和服侍病人而产生的种种不健康的幻想，现在也不再有了；从前常常要用祈祷来解决的那些疑问，现在不用任何法术也就自然不存在了。伴随着这种新的热情的萌动和更明晰、更新鲜的宗教理想（因为他主要是从这一方面，而不是单从政治发展方面来看学生运动的），他有了一种心安理得和毫无遗憾的感觉，一种举世升平与对人友爱的感觉；在这样一种庄严而温和的高昂心境之中，他觉得整个世界都充满着光明。就是在那些从前他最不喜欢的人的身上，现在他也发现了某些可爱的新的品质；至于他五年来一直认为是他的理想英雄的蒙泰尼里，现在在他的心目中更加上了一道新的光辉，仿佛他就是他那新信仰里面的一个具有神通的先知似的。他满腔热忱地倾听着神父的讲道，努力想从神父的话里面找出一些痕迹，借以证明这些道理和他自己的共和理想有一种内在的血肉关联；他又深入钻研各种福音书[2]，庆幸着基督教义的根源中原来就具有一种民主倾向。

一月里的一天，他上神学院去还一本书，听说院长出去了，就走进蒙泰尼里的私人书房，把那本书放回书架。正要出来，桌上放着的一本书的书名引起了他的注意。那是但丁的《帝制论》[3]。他开始读它，不一会儿就看得那么全神贯注，连房门开闭的声音

---

[1] 青年意大利党是19世纪30年代由马志尼（1805—1872）在马赛领导成立的一个秘密团体，它的目标是在共和的基础上谋求意大利政治上的统一。

[2] 指《圣经·新约》前四卷，即《马太福音》《马可福音》《路加福音》和《约翰福音》。

[3] 但丁（1265—1321），意大利诗人。《帝制论》主张创立一个不是由教皇而是由世俗权力来领导的、强大而又统一的意大利，19世纪时被罗马教皇列为禁书。

都没听见。直等蒙泰尼里在他背后说话,他才从出神的状态里面醒过来。

"我没料到你今天会来,"神父一面说,一面看了一下书上的书名,"我正要差人去找你,问你晚上能不能来。"

"有什么要紧的事吗?今天晚上我有一个约会;不过我可以不去,如果……"

"不,明天来也成。我要跟你见见面,因为下星期二我就要走了,我已奉令要上罗马去。"

"上罗马去?要在那儿停留很久吗?"

"信上说'要住过复活节'。这是梵蒂冈发来的命令。我本来想立刻通知你的,但是为了结束神学院的事务,又要替新院长安排一下,弄得很忙。"

"可是,神父,你总不会脱离神学院吧?"

"也许不得不脱离;不过我大概还会回比萨,至少要在比萨再待一段时间。"

"可是你为什么要脱离呢?"

"唔,我已被任为主教,不过命令还没有公布。"

"神父!在哪一区?"

"就是为了这一点,我必须要到罗马去一下。是到亚平宁山区去做正主教,还是留在这儿做副主教,现在还没有决定。"

"新院长选定了没有?"

"已经任命了卡尔狄神父,他明天就要到这儿来了。"

"这不是太突然了吗?"

"是的,可是……梵蒂冈的决定有时候是直到最后一分钟才通知的。"

"你认识这位新院长吗?"

"没有见过面,不过听说声望很高。那个写文章的贝洛尼主教就说他学问很渊博。"

"神学院的同学一定会非常惦记你的。"

"我不知道他们怎么样,但是我知道你一定会惦记我,亲爱的;也许跟我惦记你是差不多的。"

"那是一定的。可是尽管惦记,还是非常高兴。"

"是吗?我不知道我自己是不是也高兴。"他在桌旁坐下来,脸色很憔悴,不像是一个马上要调升职务的人的神色。

"今天下午你忙吗,亚瑟?"过了一会儿他说,"要是不忙,我希望你再陪伴我一会儿,晚上你是不能够来的。我觉得我有点儿不大舒服,很想在我走以前尽可能多同你谈谈。"

"好的,我可以再坐一会儿。我是约定了六点钟去的。"

"又是开会吗?"

亚瑟点点头;蒙泰尼里急忙把话题扭转。

"我想和你谈谈你自己的事。"他说,"我走之后,你得找另外一位忏悔神父。"

"你回来之后,我仍旧可以到你这儿来忏悔,不成吗?"

"亲爱的孩子,你怎么还要问这个?我说的当然只是指我不在这儿的那三四个月。你愿意到圣卡特琳娜教堂去找一位神父吗?"

"好的。"

他们谈了一会儿别的事情,然后亚瑟站了起来。

"我该走了,神父。他们在那儿等我呢。"

那种憔悴的神色重新回到蒙泰尼里的脸上。

"已经到时候了吗?你差不多把我的阴暗心情都赶跑了呢。好吧,再见。"

"再见。我明天一定来。"

"想法子早点儿来,让我可以有时间和你一个人谈谈。明天卡尔狄神父就要到这儿了。亚瑟,我亲爱的孩子,我走之后你要当心;不要去参加任何鲁莽的行动,至少要等到我回来。你真不知道,我离开你是多么不放心啊。"

"不必那样,神父,一切都很平静。事情还远着呢。"

"再会。"蒙泰尼里突然说了这么一句,就坐下来写东西了。

亚瑟走进大学生们正在举行小集会的那间房子,眼光接触到的第一个人就是他小时候一同玩耍的伴侣、华伦医生的女儿。她正坐在一个靠窗口的角落里,脸上显出一副聚精会神的诚诚恳恳的神气,倾听着那"启发者"之———那个穿着一件破外衣、身材高大的年轻的伦巴第[1]人——对她所讲的话。近几个月来,她大大地变了,发育得很快,现在看上去已经是一个成熟了的青年妇女,但仍旧是女学生的打扮,背后挂着两条浓黑的辫子。她全身穿着黑衣裳,因为房间里很冷而且有风,把一条黑色围巾披在头上。她的胸前插着一枝柏树叶子,那是青年意大利党的标志。那位"启发者"正在对她热情地描述卡拉布里亚地区[2]农民的悲惨情况;她坐在那儿静静地听着,一手托着脸颊,两只眼睛注视着地面。她这个样子,亚瑟看起来就好像是一个自由神的化身,正在哀悼那失去的共和国。(但要是用裘丽亚的眼光来看,那就

---

[1] 意大利北部地区,是意大利最重要的经济区。
[2] 位于意大利南部,经济较意大利北部落后。

一定说她是一个发育得太快的野丫头,因为她脸色又黄,鼻子长得又不好,而且穿了一件用老式料子做的短得不称身的外衣。)

"你在这儿,琼!"亚瑟一等那"启发者"被人叫到房间那头去的时候就走近她说。"琼"是她受洗礼时所取的怪名字琼尼弗给孩子们叫别了的音。她的意大利女同学都叫她琼玛。

她吓了一跳,把头抬起来。

"亚瑟!啊,我不知道你……在这里面!"

"我也没想到你在。琼,你是什么时候起……"

"你不明白!"她急忙打断他,"我不是一个党员。我不过是曾经办过一两件小事情,才到这儿来的。你总明白,我会过毕尼了——你知道卡洛·毕尼吗?"

"当然,知道的。"毕尼是来亨党支部的组织人,所有的青年意大利党人都知道他。

"是的,就是他和我谈起这些事情的;我要求他让我参加一个学生的集会。前几天他就写了封信到佛罗伦萨[1]去给我——你还不知道我已到过佛罗伦萨度圣诞节吗?"

"我近来不大听到家乡的消息。"

"哦,对了。我去跟莱伊特姊妹住了几天。(莱伊特姊妹是琼玛的老同学,后来搬到佛罗伦萨去的。)随后毕尼写信到那儿,叫我在今天回家的路上经过比萨,好到这儿来。哦!他们要开会了。"

演讲的题目是理想的共和国以及青年们为此所肩负的责任。演讲人对于这个题目的理解还有些模糊的地方,但是亚瑟怀着虔

---

[1] 意大利中部城市,著名的艺术之都。当时是托斯卡纳公国的首都。

诚和钦佩的心情倾听着。在这一个时期，亚瑟的思想还非常缺乏批判能力；当他接受一种道德的理想时，总是一口就把它整个儿吞进去，再也不去想一想是否消化得了。演讲之后，有一番很长的讨论，等讨论完毕，学生们开始散了，亚瑟就走到还坐在房间角落那边的琼玛身旁去。

"咱们一起走吧，琼。你住在什么地方？"

"玛利耶太家里。"

"你爸爸的老管家婆吗？"

"是的。她家离这儿很远。"

他们默默地走了一会儿。亚瑟突然说：

"你今年十七岁了，是不是？"

"去年十月就满十七岁了。"

"我一向都知道你，不像别的女孩子那样一到成年就想上舞会之类的。琼，亲爱的，我心里真是常常在想，你会不会成为我们当中的一个。"

"我也常常这么想。"

"你刚才说你曾经替毕尼做过工作，我还不知道你竟也认识他。"

"并不是替毕尼工作，而是替另一个人。"

"哪一个？"

"就是今天晚上和我谈话的那个——波拉。"

"你跟他很熟识吗？"亚瑟略微带一点妒意问她道。亚瑟一提起波拉就不高兴；他们曾争着做某一桩工作，但结果青年意大利党的执行委员会把它交给波拉去做了，说亚瑟年纪太轻，没有经验。

"是的,我跟他很熟,而且我很喜欢他。他曾在来亨住过。"

"我知道,他是去年十一月间去的。"

"就是为了那桩轮船的事情。亚瑟,你想那桩工作不是在你家里比我家里更安全一些吗?像你们那样一个有钱的经营航运的家庭,绝没有人会怀疑;而且你跟码头上的每一个人都认识……"

"嘘,不要说得这么响,亲爱的!那么,从马赛运来的那批书报是藏在你家里的?"

"只放了一天。啊!也许我不应该告诉你。"

"怎么不应该呢?你知道我是在这个团体里的。琼玛,亲爱的,你能来参加我们一道,是我最高兴的事情了——你,再加上神父。"

"你的神父!他自然……"

"是的,他有不同的想法。但有时候我却幻想……就是说……希望……我说不出来……"

"可是,亚瑟!他是一个教士呢。"

"那有什么关系?我们的团体里也有教士——有两位还在报上[1]写文章。而且为什么不可以写呢?教士的使命就是引导世界向着更崇高的理想和目标前进,我们的团体还想做什么别的呢?总之,这不是单纯的政治问题,主要是一个宗教的和道德的问题。如果所有的人都配做自由而肯负责任的公民,那就谁都不能够奴役他们了。"

琼玛皱起了眉头。"我觉得,亚瑟,"她说,"你的逻辑总有什么地方搞错了。教士只宣传宗教信条,我看不出那跟赶走奥

---

[1] 指《青年意大利报》。

地利人有什么关系。"

"一个教士是宣传基督教的教师,而一切革命家中最伟大的一个正是基督。"

"你知道吧,有一天我和父亲谈起了天主教教士,他说……"

"琼玛,你的父亲是一个新教徒。"

停了一会儿,她直率地打量了他一下。

"你听我说,我们最好不要讨论这个题目。一谈到新教徒,你就要不耐烦起来。"

"并不是我要不耐烦,我倒觉得新教徒们一谈到天主教教士,就都变得不耐烦。"

"就算是那样吧。总之,我们过去常常为这个问题争吵,现在犯不着再吵了。你觉得刚才的演讲讲得怎么样?"

"我非常喜欢——特别是最后那一部分。他强调地讲到我们必须实现那个共和国,不要光是梦想它,这使我觉得很高兴。这正如基督说过的:'天国就在你自己心里。'"

"我不喜欢的恰好就是这一部分,他说了那么多我们应该去想、去感觉、去实现的新奇事物,却始终没有告诉我们实际上应该怎么办。"

"爆发的时机一到,我们就会有很多工作要做的。可是我们必须忍耐,这些巨大的变革不是一天做得成功的。"

"一桩事业的完成需要的时间越长,那就越有理由立刻动手去做。你一直在说一个人必须配享受自由——你可知道还有什么人比你母亲更配享受自由吗?难道她不是你曾经看到的最最完美的天使一般的女人吗?可是她那一切善良究竟有什么用?一直到死为止她都是一个奴隶——一直受着你的哥哥詹姆斯和他的老婆的欺凌、烦扰、侮辱。假如你的母亲不是这样温和容忍，那对她就要好得多了，他们绝不至那样看待她。意大利的情形就是这个样子。现在需要的并不是忍耐——而是要有人站起来，来保卫他们自己……"

"琼，亲爱的，如果愤怒和热情能够拯救意大利，她应该早就获得自由了。意大利所需要的并不是恨，而是爱。"

当他说到最后一个字的时候，一阵突发的红潮涌上了他的前额，随即又消退了。琼玛没有注意到这个，她正皱起眉，抿着嘴，眼睛直看着前面。

"你以为我是错了，亚瑟，"她停了一会儿说，"但我是对的，将来总有一天你会明白过来的。这就是我住的地方。不进去坐坐吗？"

"不了，已经很晚了。晚安，亲爱的！"

亚瑟站在门阶上，紧握着琼玛的手。

"为了上帝和人民——"

琼玛缓慢而庄严地接上去念完了那一句口号：

"始终不渝。"

然后琼玛抽回她的手，跑进屋子里去了。当那扇门在她身后关上之后，亚瑟弯下身子，拾起了那枝从她胸前掉下来的柏叶。

第四章

亚瑟回到宿舍里,轻快得像长出了两只翅膀。他感到一种绝对的、纯净的快乐。在会议上,已经有准备武装起义的暗示;现在琼玛又是他们的一个同志了,而他是爱她的。以后他们会在一起工作,甚至可能死在一起,为了那将要实现的共和国。他们的希望快要到开花结果的时候了,神父将会亲眼看见它,因而相信它。

可是第二天早晨,他醒来时心里就比较清朗些了,他记起了琼玛要到来亨去,而神父也要到罗马去。一月、二月、三月——要长长的三个月才到复活节!而且,琼玛在家里要是受到新教徒的影响呢(在亚瑟的语汇里,"新教徒"等于"非利士人"[1])!不,琼玛永远不会像来亨其他的英国姑娘一样,去学那种打情骂俏、卖弄风骚的样子,来勾引游客和那些秃头的轮船老板。她是由完全不同的质料造成的。可是她的处境也许会非常苦恼,因为她是这么年轻,又没有朋友,在所有那些木头人当中是非常孤单

---

[1] 地中海东南沿岸的古代居民。《圣经》上说他们是自私、伪善、心地狭窄的市民,专门追求物质利益,忽视知识和精神教养。

的。要是母亲还在就好了……

傍晚,他到神学院去,看见蒙泰尼里正在招待那位新来的院长,显得又疲乏又厌烦。他看到亚瑟时,不但不像往常那样立刻兴奋起来,反而显得更加阴郁。

"这就是我刚才跟你谈起的那个学生,"他说着,一面生硬地介绍亚瑟,"如果你能允许他继续利用这个图书馆,我是非常感激的。"

卡尔狄神父,一个外貌慈祥的老教士,立刻就和亚瑟谈起萨宾查大学[1]来,谈得那么自然而亲切,显得他对大学生活是很熟悉的。随后话题就很快地转到大学校规上去,这在当时是最迫切的一个问题。那位新院长对于当时大学当局用种种无意义的苛细规程来不断麻烦学生的做法大加抨击,这让亚瑟喜出望外。

"指导青年这桩事我是有过很多经验的,"他说,"我给自己定下了一个原则,无论什么事情,要是没有充分的理由,决不能加以禁止。如果当局能够对同学们的问题加以适当的考虑,而且对他们的人格予以相当尊重,故意要捣乱找麻烦的青年是很少的。但是,自然啦,如果老是抽紧缰绳,最驯良的马也会踢人的。"

亚瑟把眼睛睁得大大的,他料不到这些替学生辩护的话会由这位新院长的口中说出来。蒙泰尼里没有参加这个讨论,这个题目显然并不使他感兴趣。他脸上的表情显得那样沮丧和厌倦,卡尔狄神父就突然把话截住了。

"恐怕我已经使你过分疲乏了,神父。请你原谅我话说得太

---

[1] 罗马大学的前身,亚瑟在该大学就读。

多；我对这个问题感到非常愤激，就忘记别人要觉得厌倦了。"

"哪儿的话，我是很感兴趣的。"蒙泰尼里向来不习惯说这种应酬的客套话，因而亚瑟觉得他的声调非常刺耳。

卡尔狄神父回自己的房间去了。蒙泰尼里转身对着亚瑟，脸上仍旧带着这一整晚都有的那种焦躁、烦乱的表情。

"亚瑟，我亲爱的孩子，"他慢慢地开始说，"我有些事要告诉你。"

"他一定得到了什么不好的消息。"亚瑟焦急地看着这张憔悴的脸，心里闪过这一念头。两人相对沉默了好久。

"你觉得这位新院长怎么样？"蒙泰尼里突然问道。

问题来得这么突然，亚瑟一时竟不知道怎样回答才好。

"我……我非常喜欢他，我想……至少……不，我还不能十分确定我是否真的喜欢他。跟一个人只见了一次面，这可是很难说的。"

蒙泰尼里坐在那儿轻轻拍着椅子的扶手，他逢到焦急或是惶惑的时候老是这样的。

"关于这次上罗马的事，"他重新开了一个头，"如果你想到会有什么……就是说……如果你希望那样的话，亚瑟，我可以写信给他们，说我不能去。"

"神父！可是梵蒂冈方面……"

"梵蒂冈方面会再找别的人，我可以向他们做出解释。"

"可是为什么呢？我不懂。"

蒙泰尼里用手擦了下额头。

"我不放心你。我的脑子里涌起了各种念头……而且毕竟，我并没有去的必要……"

"可是那主教的职位……"

"唉,亚瑟!那我又怎么犯得上,如果我得到一个主教的职位而竟失去……"

他突然停住了。亚瑟从来没有看见他这样过,心里感到非常不安。

"我不明白,"他说,"神父,你能不能给我解释得更加……更加明确些,到底你在想什么……"

"我并没有想什么,可是我受到一种恐怖感觉的袭击。告诉我,你有没有什么特别的危险?"

"他一定是听到什么风声了。"亚瑟记起当时种种关于密谋起义的传言,心里这么猜想。可是这个秘密绝不能由他泄露;他只是反问:"会有什么特别的危险呢?"

"不要问我——要回答我!"蒙泰尼里的声音由于急切竟近乎粗暴了,"你到底有没有危险?我并不想知道你的秘密,我只要你告诉我这一点!"

"我们大家都在上帝的掌握之中,神父。什么事故都随时可能发生的。可是我想不出什么理由,为什么我不该平安无事地活在这儿等你回来。"

"等我回来……你听我说,亲爱的,我要把这桩事让你自己来决定。你无须跟我讲什么理由,只要对我说'留下来',我就放弃这次旅行。这对任何人都不会有什么害处,只要你在我身边,我就感到你会比较安全一些。"

亚瑟觉得这种病态的怪念头和蒙泰尼里平素的性情是不相称的,因而很着急地望着他。

"神父,你一定是身体不舒服了。你当然该到罗马去,而且设法彻底休养一段时间，把你那失眠和头痛的老毛病治好。"

"很好，"蒙泰尼里打断了他，好像对这话题已经感到厌倦，"明早我就乘早班驿车动身了。"

亚瑟看着他，心里觉得很奇怪。

"你不是还有事情要告诉我吗？"亚瑟说。

"不，不，没有什么事情了——没有什么重要的事情。"他的脸上显出一种吃惊的、近乎恐怖的表情。

蒙泰尼里动身后没有几天，亚瑟上神学院图书馆去借书，在楼梯上遇到卡尔狄神父。

"啊，勃尔顿先生！"那位新院长喊道，"你来得正好。请进来帮我解决一个困难。"

他开了书房的门，亚瑟跟着他走进去，心里不觉暗暗有一种无谓的怨恨的心情。这个他亲爱的地方，本是他神父的私人书房，现在给一个陌生人侵占了去，他觉得有点儿难受。

"我是一只可怕的蛀书虫，"新院长说，"我到这儿来以后第一桩事情就是检查图书馆。这是很有趣的工作，可是我不懂这儿的书目是怎么一个编法。"

"图书目录是不完全的，最近又添了许多很好的新书。"

"你能不能花半个钟头把编目的方法给我说明一下？"

他们一起走进图书馆，亚瑟把那目录仔细说明了一番。当他站起来拿帽子要走的时候，院长却笑着阻止他：

"不，不！我不能让你这么匆匆忙忙就走。今天是星期六，你尽可以撇下功课，到星期一早晨再说。我已经累得你这么晚了，索性在我这儿吃了晚饭再走吧。我是非常寂寞的，很高兴有个人给我做伴。"

他的态度这样爽快,亚瑟立刻觉得和他在一起一点儿没有什么拘束。他们随便闲谈了一会儿,院长就问他认识蒙泰尼里有多久了。

"差不多有七年了。那时我十二岁,他刚从中国回来。"

"哦,对了!他就是在中国做传教士的时候出了名的。你就是从那时候起做他学生的吗?"

"一年之后他才教的我,大概就是我开始认他做忏悔神父的那个时候。我进了萨宾查大学以后,他还是继续帮我学习那些课外的我要研究的东西。他待我太好了——你意想不到他待我有多好。"

"我很相信你的话,他是一个谁都不能不敬慕的人——他有极高贵、极优美的品质。我曾经碰到过几位跟他一起去过中国的传教士,他们对他那种不怕艰苦的精神和勇气,以及他那种始终不懈的虔诚,都称赞得无以复加。在青年时代,你能碰到这样一个人来帮助你、指导你,真是幸运极了。可是据他告诉我,你的双亲都已过世了。"

"是的。父亲去世的时候我还很小,母亲是一年前去世的。"

"你有兄弟姊妹吗?"

"没有。我只有异母兄弟,我还在婴孩的时候,他们就已经是商人了。"

"那么你儿童时代一定是很孤寂的了,也许就是这个缘故,你对蒙泰尼里神父的好心觉得更珍贵吧。我倒想起来了,你在他离开的这个时期里,已经另外选定忏悔神父了吗?"

"我想到圣卡特琳娜大教堂去找一位,要是他们的忏悔人不太多的话。"

"你愿意向我忏悔吗?"

亚瑟诧异得瞪大了眼睛。

"可敬的神父,当然我……我是非常高兴的,就只怕……"

"只怕神学院的院长照例是不接受世俗忏悔人的,是不是?这原是不错的。可是我知道蒙泰尼里神父对你非常关切,而且照我的想象,他对你有些不放心——就是我要离开一个心爱的学生也会一样不放心——他如果知道你得到他的同事的精神指导,一定很高兴的。而且,我也不妨对你十分坦白地说,我的孩子,我喜欢你,很高兴尽我的力量帮助你。"

"如果你肯这样,我对能够得到你的指导,当然非常感激。"

"那么你愿意从下个月起就来向我忏悔吗?那很好。我的孩子,以后你只要晚上有空,随时都可以来看我。"

复活节之前不久,消息正式公布了,蒙泰尼里受任亚平宁山中伊特鲁里亚地区[1]布里西盖拉小教区主教。他怀着愉快而平静的心情从罗马写信给亚瑟,那种沮丧情绪显然已经消散了。"每逢假期你都必须来看我,"他写道,"我也常常要到比萨来;即使不能完全如愿,我也总希望能多看到你几次。"

华伦医生也曾写信来,邀请亚瑟去跟他和他的孩子们同过复活节,免得他回到那个老鼠横行的凄凉的老家,回到那个现在已经归裘丽亚趾高气扬地统治着的老家去。那封信里附着一张简短的字条,是琼玛用她那种幼稚的不熟练的书法草草写成的,请求

---

[1] 托斯卡纳东部边境的山区,位于意大利中部。

他要是可能的话务必去一趟，"因为我有一桩事情要跟你谈谈"。但最使亚瑟感到兴奋的，是大学同学中间正在交头接耳地传播着一个消息，每个人都准备着迎接即将到来的复活节之后的巨大事变。

这一切都使亚瑟沉入一种狂喜的期待心情中，同学们所传播的最无稽、最狂妄的说法，在他看来也觉得是自然的，而且好像真的会在两个月内实现。

他打算在受难周[1]的星期四先回家去，在家里度过假期的头几天；这样一来，他那因访问华伦一家而感到的喜悦，和因见到琼玛而得到的快乐，就都不会使他不适宜参加本季教堂所召集的全体教徒的庄严的默念式了。他写信给琼玛，答应在复活节星期一[2]到她家里去；所以星期三那天晚上，他是怀着一颗宁静的心回到寝室里去的。

他在十字架前跪下来。卡尔狄神父已经答应在第二天早晨接受他的忏悔，而为了复活节圣餐礼前这最后一次忏悔，他必须用长久而恳切的祈祷让自己准备起来。他合掌跪在那儿，低头回想一个月来的全部生活，把所有急躁、疏忽和轻率等等，凡是曾经在他那洁白的灵魂上面留着一点小小污迹的微细罪行，都历历细数出来。但是除了这些之外，他再找不出什么来了；这一月来他实在是快乐得很，并没有工夫去多犯过错。他自己画了画十字，站起来，开始脱衣服。

---

1 也称复活节周，从复活节前的一个星期日开始，经复活节前的星期四（立圣餐日）和星期五（受难日）到星期日（复活节）结束。

2 即复活节（星期日）的下一天。

他解开了衬衫的扣子，有一张字条从衬衫里露出来，微微摆动着飘到地板上去。那是琼玛的信，他已经把它贴在脖子上整整一天了。他把它拾起，摊开来，在那亲爱的字迹上亲了亲；这才仿佛觉得这种举动未免太可笑，正要把它重新折起来，突然发觉那张纸条背面还有几句附言是以前没有见到的。"请一定来，愈快愈好，"那上面写道，"因为我希望你来会一会波拉。他现在住在这儿，我们每天都在一起读书。"

亚瑟看到这儿，一阵热血涌上了额头。

老是波拉！他又在来亨搞什么？琼玛为什么要跟他在一起读书？他私运了一趟书报就把她迷住了吗？一月里那次会上已经很容易看得出来，他已爱上了她，所以他才会那么热心去向她进行宣传。现在他又跟她接近了——还每天在一起读书呢。

亚瑟突然把信丢开，重新在十字架前跪下去。这就是准备着要去请求基督赦罪，要去参加复活节的圣餐礼的灵魂——准备着要跟上帝、跟自身以及跟整个世界和平相处的灵魂！这个灵魂竟是这样怀着卑鄙的嫉妒和疑虑，怀着自私的敌意和偏狭的仇恨，来反对自己的一个同志！他用两手掩着脸，沉浸在苦痛的羞愧中。不过五分钟以前，他还有过殉教的梦想，而现在他竟萌起了这样卑鄙龌龊的念头！

星期四早晨，他走进神学院的小礼拜堂时，只看见卡尔狄神父一个人在那儿。亚瑟背过了忏悔祷文，立刻就说起自己昨天晚上犯了罪的事。

"我的神父，我控诉我自己犯了嫉妒和愤恨的罪；我对于一个待我毫无过错的人起过卑鄙的念头。"

卡尔狄神父心里很明白，他所要对付的这个忏悔者是怎样的一种人。他只是温和地说道:"你还没有把一切都告诉我呢,我的孩子。"

"神父,我曾用非基督教的思想去想他的那个人,是我所特别应该爱他而且尊敬他的。"

"一个跟你有血统关系的人吗?"

"比血统更要密切的关系。"

"那是什么关系呢,我的孩子?"

"同志关系。"

"什么事业中的同志关系?"

"一桩伟大而又神圣的事业。"

一个小小的停顿。

"那么你对于这个……这个同志的愤恨,你对于他的嫉妒,是因为他在这桩事业中的成就比你更大而引起的吗?"

"我……是的,这是一部分原因。我嫉妒他的经验……他的才干。还有……我担心……我害怕……他会把我……所爱的那个姑娘的心夺过去。"

"你所爱的那个姑娘是我们圣堂里的一个姊妹吗?"

"不,她是一个新教徒。"

"一个异教分子?"

亚瑟觉得非常窘,把自己两只手绞扭着。"是的,一个异教分子。"他重复道,"我们是在一块儿长大的;我们的母亲是好朋友。我……我嫉妒他,因为我看出了他也在爱她,而且因为……因为……"

"我的孩子,"卡尔狄神父沉默了一会儿之后,缓慢而庄严地说下去,"你还是没有把一切都告诉我呢,你的灵魂上面一定还不止这点负担。"

"神父，我……"他支吾了一下，又停住了。

卡尔狄神父静静地等待着他。

"我嫉妒他，因为我们的团体……青年意大利党……我也在里边的……"

"唔？"

"我们的团体把我所希望的一桩工作交给他了——我是希望交给我的，我认为我特别适宜。"

"什么工作？"

"把那些书籍……政治性的书籍……从轮船上携带……到城里……找一个隐藏的地方……"

"党把这桩工作交给你的竞争者了，是不是？"

"交给波拉了——因此我嫉妒他。"

"那么他就没有什么别的不对的地方可以使你发生这种情感吗？你并不责备他对于他所担负的使命曾有什么疏失吗？"

"不，神父，他工作得很勇敢而且忠诚；他是一个真正的爱国志士，我除了爱他和尊敬他之外，不应该有其他的情感。"

卡尔狄神父默默沉思了一会儿。

"我的孩子，如果你的心里怀着一种新的光明，怀着一个要为你的同胞完成某种伟大工作的美梦，怀着一种为那些受苦难的人、受压迫的人减轻负担的希望，那么你对待上帝所给你的这种极宝贵的恩惠就要非常留心。一切好的东西都是上帝赐予的，因为上帝的赐予才有新的诞生。如果你已经找到了牺牲的道路，已经找到了引导到和平的道路；如果你已经跟亲爱的同志们联合起来，准备把解放带给那些在暗中哭泣和悲悼的人；那么你得时时留意，要使你的灵魂完全摆脱掉嫉妒和情欲，要使你的心地像一个祭坛，让圣洁的火永远在上面燃烧。你要记住，这是一桩崇高和神圣的事业，承担这一事业的那颗心，必须把每一种自私自利的念头都洗涤净尽。这个职务跟教士的职务是一样的。它不是为了一个女人的爱，也不是为了那种转瞬即逝的私情，它是'**为了上帝和人民**'，它是'**始终不渝**'的。"

"啊！"亚瑟吓得跳起来，把两只手绞扭着；他一听到这句口号就几乎禁不住流出眼泪，"神父，你把教会的批准给我们了！主基督在我们这边……"

"我的孩子，"卡尔狄神父庄严地答道，"基督曾经把兑换钱币的商人赶出了神庙，因为上帝的屋宇应被称为祈祷的屋宇，而他们竟把它变成一个盗贼的污窟了。"

经过一阵长久的沉默，亚瑟颤声低语道：

"把他们驱逐出去之后，意大利就是上帝的神庙了……"

他说到这儿停了一下，神父则柔声答复说：

"'主说，大地和大地上的一切是属于我的。'"

第五章

那天下午，亚瑟打算长途步行回家。他把行李托给一个同学照管，就徒步向来亨走去。

天气显得潮湿、阴沉，可并不冷；低平的原野好像比他往常看到的样子还要美一些。脚下柔软的有弹性的湿草，路旁春天野花微妙的笑容，都给他以一种喜悦的感觉。在那一片狭小的树林的边缘，有一只小鸟正在一丛刺槐上面筑巢；当他走过那儿，小鸟受了惊，便吱地叫了一声，扑着褐色的翅膀急急飞开去。

他竭力把自己的思想集中于虔诚的默念之中，来适合这个耶稣蒙难前夕的日子。但对于蒙泰尼里和琼玛的思念却不断地缠扰着他，以致他最后不得不放弃这个集中心神的努力，任凭他的幻想去跑马：他想着即将降临的起义的奇迹和光辉，想着他心目中的两个偶像在这次起义中会扮演怎样的角色。他幻想着，神父将是领袖、使徒和先知，在他神圣的威力面前，一切黑暗势力都将退避，在他的领导下，年轻的"自由"保卫者将在一种全新的、想象不到的意义上来重新学习旧的教义和旧的真理。

至于琼玛呢？啊，琼玛将冲到栅寨前战斗。她是由塑造那些女英雄的质料做成的；她会是一个十全十美的同志，是无数诗人所一直梦想着的那个纯洁无畏的圣女。她将站在他身边，肩并着肩，共同享受那生死斗争的暴风雨中的喜悦，他们将要在一起战死，也许就正在那获得胜利的时刻——毫无疑问，他们将获得胜利。他决不把他的爱告诉她；凡是那些足以扰乱她的和平心境、破坏她的宁静的同志感情的话，他都将一个字不提。她，在他的心目中，是神圣的，是一个白璧无瑕的牺牲品，为了解救人民，不惜把自己送到祭坛上去焚化。他是谁，竟想闯进这样一个只知爱上帝和意大利的灵魂的洁白圣地里去？

上帝和意大利……当他走进"宫殿街"那所巨大阴沉的住宅时，他突然由崇高的云端跌入了世俗的泥潭。裘丽亚的老管家在楼梯上碰到他，还是那副老样子，穿着干净，神气安详，一副彬彬有礼却又瞧不起人的态度。

"晚安，吉朋斯。哥哥们都在家吗？"

"汤麦斯先生在家，先生；勃尔顿太太也在。他们正在客厅里。"

亚瑟怀着一种压抑的沉重心情走进去。一所多么阴郁可怕的房子！生活像潮水一样在它旁边流过去，却永远冲不到它的头上。房子里什么都不曾变动——无论是住的人，还是那一家人的肖像，那笨重的家具和恶俗的器皿，那庸俗的摆阔的排场和每一件东西的死气沉沉的形象，都原封未动。就是那些插在黄铜花瓶中的鲜花，也好像是上过油漆的金属制成的假花，在和暖的春天里也没有那种青春气息的激动。裘丽亚，已经穿上了餐服，在那对她说来就是生活中心的客厅里等待着客人。她脸上显出呆板的微笑，头上耸着亚麻色的发髻，膝盖上还伏着一只小狗，那样子活像时装画里的人。

"你好,亚瑟。"她生硬地说了一句,把她的指尖给亚瑟握了一握,随即转过去抚摸那只小狗的光泽毛皮,好像那样更来得舒适些一样,"希望你身体好,并且在学校里大有进步。"

亚瑟喃喃地说了几句临时想起来的客套话,就陷入一种不自然的沉默之中。詹姆斯同一个拘谨的上了年纪的轮船公司经理神气俨然地走了进来的时候,这个生硬的局面并没有好转。直到吉朋斯进来说开饭了,亚瑟才像得救似的舒了一口气,站了起来。

"我不吃晚饭了,裘丽亚。如果你能原谅我,我想到我房里去了。"

"你的斋戒做得太过分了呢,我的孩子。"汤麦斯说,"你这样一定会饿出病来的。"

"啊,不会的!晚安!"

亚瑟在走廊里碰到一个使女,就叫她第二天早晨六点钟去敲他的房门。

"小主人要上教堂吗?"

"是的。晚安,黛丽莎。"

他走进自己的房间。这本来是他母亲住的,在她久病期间,窗子对面一个壁龛已经改装成一个祈祷坛。一个巨大的装着黑色底座的耶稣蒙难十字架,安放在祭坛的中心,前面挂着一盏罗马式的吊灯。这也就是他母亲去世的房间。她的肖像挂在床边墙壁上;桌上的一只瓷缸也是她的遗物,缸内装着一大束她心爱的紫罗兰。那天恰好是她去世的周年;那些意大利仆人并没有忘记她。

他从行囊里拿出一幅小心包扎着的配着框子的画像。这是一张蒙泰尼里的彩色铅笔像,几天前才从罗马寄来的。他正在解开那珍贵的包封,一个侍候裘丽亚的仆人捧着一个食盘进来了。那个意大利老厨娘在食盘里摆了一些分量很少的精致食品,她在泼辣的新女主人进门之前就已服侍着葛兰第斯,她以为她亲爱的小主人也许肯吃这些分量很少的东西,不会觉得这是违犯教规的。亚瑟只拿了一块面包,便把别的东西都退回去。那个仆人是吉朋斯的一个侄子,新近才从英国来的,他拿走食盘的时候意味深长地咧嘴微笑了一下。原来他已经在佣仆室里加入新教徒的阵营了。

亚瑟走进壁龛,在十字架前跪下去,竭力安定自己的心神,想好好地进行祈祷和默念。但是他觉得很难做到。正如汤麦斯所说,他把四旬斋[1]的斋戒做得太过分了,现在他的头脑好像喝了烈酒一样,背上也微微发抖,那个十字架在他眼前就像在云雾里荡漾。一直到他机械地一遍一遍将祷文背诵了好久,才排除掉奔放不羁的幻想,把注意力集中到赎罪的祈祷上面来。最后,一种纯粹体力上的疲劳压服了他神经上的激动,使他从各种骚动不安的思想中摆脱出来,带着一种宁静平和的心境躺上床去睡了。

他正睡得沉酣,突然响起了一阵猛烈紧迫的敲门声。"啊,黛丽莎!"他一面想一面懒洋洋地转动了一下。敲门声重复响起,他猛一跳,醒了过来。

"小主人!小主人!"一个男人用意大利语喊着,"做做好事,快些起来。"

亚瑟从床上跳下来。

"什么事?是谁?"

"我,吉安·巴第士达。起来吧,快些,无论怎么样!"

亚瑟赶紧穿上衣服,打开门。他正困惑地注视着那马车夫苍

---

[1] 基督教规定在复活节前四十天为封斋期,教徒在此期内必须守斋。

白惊惶的脸色,一阵杂沓的脚步声和银铛的金属声已经从走廊上响过来,他立即明白了这是怎么回事。

"捉我?"他冷静地问。

"捉你的!啊,小主人,赶快!你有什么东西要藏起来?你瞧,我可以放到……"

"我没有什么要藏起来。哥哥他们知道没有?"

第一个穿制服的人已经在走廊的转角上出现了。

"主人已经被喊起来了;全家都被闹醒了。唉!多不幸——多么可怕的不幸!恰恰就在耶稣受难日!天上的圣人啊,可怜可怜吧!"

吉安·巴第士达急得哭起来。亚瑟上前几步去等候那些宪兵,他们正靴声橐橐地走过来,后面跟着一大群仆役,穿着各色各样临时披上的衣服。宪兵把亚瑟围起来的时候,男女主人才在这个奇异的行列的最后出现,男的穿着睡衣和拖鞋,女的穿着梳妆长袍,头发上扎满卷发纸。

"看来一定又要发洪水了,一对对的都正在向方舟[1]跑!最后还有一对很奇怪的野兽呢!"

亚瑟看到这些奇形怪状的人物,心里忽然记起这一段书。他很想笑出来,只是觉得这时候不该笑才忍住了——现在还有更大的事情应该考虑。"万福,圣母马利亚,天国的女王!"他低低地念了一句,就把眼睛转过去,免得裘丽亚头上那些跳动不停的卷发纸引得他发笑。

---

[1] 即诺亚的方舟。《圣经》里说洪水快要到来的时候,诺亚携家并率一对对的飞禽走兽避难在方舟上,等到洪水退后,才出来重新繁衍。

"请对我说一说这是什么道理，"勃尔顿先生走近宪兵军官说道，"你们这样粗暴地侵入私人住宅是什么意思？我警告你，除非你给我一个满意的解释，否则我便不得不向英国大使控诉了！"

"我以为，"那军官生硬地说，"你会把这个东西理解为充分的解释，英国大使也会这样。"他拿出一张逮捕状，上面写着亚瑟·勃尔顿的名字，并且注明是哲学系学生，接着他把它递给詹姆斯，冷冰冰地加上一句："如果还需要进一步的解释，那你不如亲自向警察局长去请求。"

裘丽亚从她丈夫手里抢过那张公文，望了一眼，就把它向亚瑟脸上扔过去，俨然一个时髦女人勃然大怒的气派。

"哦，原来是你，让我们全家人丢脸！"她尖叫着，"你要让全城的下流坯子都来看新闻，对我们伸舌头、瞪眼睛，是不是？你是满肚子神圣的呀，现在，怎么要去坐牢呢！我们早就料到那个天主教女人养出来的孩子……"

"你不可以对一个犯人说外国话，太太。"那军官打断她说；可是他这些话却被裘丽亚那阵聒噪的英国话的湍流所淹没，简直听不到了。

"不出我们的意料！什么斋戒呀，祈祷呀，默念呀，原来暗地里搞的是这么一套！我想这下可该收场了。"

华伦医生有一次说过，裘丽亚好比是厨子把酸醋瓶倒翻在里面的一盆沙拉，亚瑟现在听到她那种尖锐刺耳的声音，牙齿真觉得有点儿发酸，不由得不记起那个比喻。

"这套话是用不着说的，"亚瑟说，"你们不必害怕有什么不愉快的事情，大家都明白你们是完全没有干系的。我想，诸位先生，你们要搜查一下我的东西。我是没有什么需要隐藏的。"

宪兵搜查房间了，看了他的信件，查了他的学校笔记，把抽屉箱笼全翻了过来。他坐在床沿上等着，脸上激动得微微有些发红，但一点儿也不痛苦。搜查并不使他着急。凡是可能连累任何人的信件，他平常总是把它烧掉了，因此，除了几首一半带革命性一半带神秘性的诗稿以及两三份《青年意大利报》之外，宪兵们白忙一阵，什么都没有发现。后来，裘丽亚经不住小叔子汤麦斯的再三力劝，终于装出一副鄙夷不屑的神气，掠过亚瑟身旁，回房睡觉去，詹姆斯也乖乖地跟在她后面走了。

汤麦斯原先一直都在房间里踱来踱去，努力装出一副不以为意的样子，等他们离开了房间之后，他才走近那个军官，要求允许他跟犯人说几句话。那军官点了点头，他就走到亚瑟身边，嗄声说：

"真是的，事情糟透了，我心里很难受。"

亚瑟抬起头，脸上跟夏天的早晨一样明朗。"你一向待我很好，"他说，"用不着难受。我会平安无事的。"

"听我说，亚瑟！"汤麦斯把胡子狠狠地捋了一下，贸然提出一个糊涂问题，"这……这是不是跟……钱有关系？因为，要是这个的话，我……"

"钱？哦，不！这会跟钱有什么……"

"那么，这是什么政治上的把戏了？我也这么想。好吧，你不要丧气——刚才裘丽亚那一套无聊的话也别介意，她那个舌头本来就是这样的；如果你需要帮助——现款或者别的什么——通知我一声，好吗？"

亚瑟默默地伸出他的手，汤麦斯握了握就走出去了。由于他硬要装出一副无所谓的神气,以致脸上比平常还要显得呆板难看。

这时候,宪兵的搜查已经完结,那个负责的军官就叫亚瑟穿上出门的衣服。亚瑟立刻穿好衣服,正要出房门,忽然犹豫起来,停住了脚步。当着这些宪兵的面来和母亲的祈祷坛告别,他觉得有点儿为难。

"诸位可不可以离开这儿一会儿?"他问,"你们总知道,我是逃不了的,也没有什么东西要隐藏。"

"抱歉得很,让犯人一个人留下来是不准许的。"

"好吧,这也没有什么关系。"

他走近了那个壁龛,跪了下来,在耶稣蒙难像的脚和底座上吻了一吻,柔声说:"主啊,支持我至死不渝吧。"

当他站起来的时候,那军官正站在桌子旁边察看蒙泰尼里的画像。"是你的亲戚吗?"他问。

"不,这是我的忏悔神父,布里西盖拉的新任主教。"

楼梯上,那些又焦急又伤心的意大利仆人正在那儿等着。他们都爱亚瑟,为他本人也为了他的母亲,大家拥上来围着他,怀着热切的忧虑吻了他的手和衣服。吉安·巴第士达站在一旁,眼泪一直淌到灰色胡须上。但是他自己家里的人却没有一个出来送他。他们的冷淡越发彰显了仆人们的亲切和同情,以致亚瑟跟那许多伸向他的手逐一握别的时候,也几乎要哭出来了。

"再见,吉安·巴第士达,替我吻吻你的孩子们。再见,黛丽莎。再见,再见。"

他急忙下楼朝大门走去。一会儿之后,就只剩下小小一群沉默的男人和哭泣的女人站在门阶上目送着那辆逐渐远去的马车了。

第六章

　　亚瑟被解进海港入口处那个巨大的中世纪堡垒里去了。他觉得牢狱生活还可以忍受。他那间牢房又暗又湿，很不舒服，但他是在波尔勒街的一个旧宅里长大的，因而所有这些空气的不流通、老鼠，或者臭味，对他都并不是新奇的东西。牢里的食物很恶劣，分量也不够，但是詹姆斯很快就获得当局的许可，从家里送一切生活必需品给他。他是孤零零地关着的，尽管看守对他的监视并不像他所预料的那么严，却始终得不到关于他被捕原因的任何解释。虽然这样，他还是一直保持着进来时那种平静的心境。牢里不许看书，他只得拿祈祷和虔诚的默念来消磨时光，不焦不急地静待事态的进展。

　　一天，一个士兵开了牢房的门锁，向他喊着："出来，打这儿走！"亚瑟问了他两三个问题，所得到的回答只是"不准说话"几个字。他只得听凭命运的摆布，跟着那个士兵穿过迷阵一般的多少带点儿霉味的许多院落、走廊和楼梯，走进一个又大又光亮的房间。只见一张铺着绿呢、堆满公文的长条桌后面坐着三个穿军服的人，正在懒洋洋地聊天。他一进去，他们就立刻装出一副正经的神气。其中最年长的一个，显得阔绰时髦的样子，留着灰色络腮胡子，穿着上校制服，用手向桌子那边的一张椅子指了指，然后开始了初步的讯问。

亚瑟预料自己要受到威吓、侮辱和谩骂，早就准备好了要用庄严和忍耐的态度对付他们，可是他竟意外地失望了。上校的态度虽然很矜持，很冷淡，而且打着官腔，却非常有礼貌。他提出了关于姓名、年龄、国籍和社会地位等照例的问题，亚瑟都回答了，这些答话也一一被记录下来了。亚瑟正有些厌倦和不耐烦，这时上校问他：

"现在，勃尔顿先生，你知道关于青年意大利党的事情吗？"

"我知道那是一个政治团体，他们在马赛出版一种报纸，在意大利境内发行，目的是鼓动人民起义，把奥地利的军队赶出国境。"

"我想，你曾读过那种报纸吧？"

"是的，我对这件事情很感兴趣。"

"当你读它的时候，你知道你在进行一种违法行为吗？"

"当然知道。"

"从你房间里抄出的那几份报纸，是从哪儿得来的？"

"那我不能够告诉你。"

"勃尔顿先生，你在这儿是不可以说'我不能够告诉你'这句话的，你有回答我问题的义务。"

"如果你不准我说'不能够'，那么，是我不愿意。"

"如果你让自己继续使用这一类词句，你要后悔的。"上校要他注意，但是亚瑟并没有回答。他就又继续说道：

"老实告诉你吧，证据已经落在我们手中，证明你跟这个团体有更密切的关系，不仅是读他们的书报而已。坦白承认是对你有利的。无论怎样，事情的真相一定会水落石出的。你会看出来，用遁词和否认来掩蔽自己是毫无用处的。"

"我并没有打算掩蔽自己。你想知道些什么？"

"第一，你是一个外国人，怎么会牵连到这种事情里面去呢？"

"对于这一桩事情，我曾经详细考虑过，而且凡是能搜集得到的有关书报，我也都读过，从而我得出了我自己的结论。"

"是谁劝你入党的？"

"没有谁，是我自己愿意加入的。"

"你在骗我，"上校厉声说，他显然有些沉不住气了，"没有人可以不经介绍就加入一个团体。你曾向谁表示过你要入党的愿望？"

沉默。

"你愿意回答我吗？"

"你要是问这一类的话，我是不回答的。"

亚瑟这句话里含着怒意，心里充满了一阵不可名状的神经质的忿激。他这时已经知道比萨和来亨两处都已有很多人被捕，尽管还不大清楚那灾祸的范围究竟有多大，但据已得到的消息，就大可替琼玛和其他同志的安全担心了。他见到那些审问官假装的礼貌，听到那套好像一刺一挡的击剑游戏一般的阴险的问话和闪烁的回答，就不由得烦恼起来；同时门外那个卫兵走来走去的脚步声，也刺耳得使人不能忍耐。

"哦，顺便问一声，你最后一次碰到乔万尼·波拉是在什么时候？"上校把话岔开一下之后问他，"就在你离开比萨之前，是不是？"

"我不知道有这样名字的人。"

"什么！不认识乔万尼·波拉？你一定认识他的——一个高个子年轻人，脸上修得光光的。怎么，他还是你的一个同学呀。"

"大学里有很多同学我都不认识。"

"哦，可是你一定认识波拉，一定的！看，这是他的亲笔。你瞧，他对于你很熟悉呢。"

上校不在意地把一张纸交给他，上面的标题是"供词记录"，底下是乔万尼·波拉的签名。亚瑟的眼光往下一溜，就看到他自己的名字了。他惊异地抬起了头："要我自己看吗？"

"是的，你不妨看看，这和你有关系。"

亚瑟开始看那供词，那三个审问官静静地坐在那儿观察着他的脸色。那个文件似乎是一份回答一长串问题的供词。显然波拉也一定被捕了。供词的开头是一套刻板式的东西，接着是一段关于波拉怎样和党发生关系，怎样在来亨散发违禁书报，以及学生们怎样开会等等的简短叙述。然后，他看到："在加入我们党的那些同志当中，有一个年轻的英国人，亚瑟·勃尔顿，他是属于一个开设轮船公司的富裕家庭的。"

热血涌上了亚瑟的脸。波拉已经把他出卖了！波拉，这个负有党的启发者的神圣职责的人；波拉，这个曾经使琼玛改变了信仰而且爱琼玛的人！他放下了那张纸，向地板瞪视着。

"我想这个小小的文件已使你的记忆重新清楚起来了吧？"上校很有礼貌地暗示着。

亚瑟摇摇头。"我不知道有这样名字的人，"他用一种低沉而坚决的声音重复说，"这里面一定有某种错误。"

"错误？啊，胡说！得啦，勃尔顿先生，骑士风度和堂吉诃德式的行为[1]的本意原来是好的，但是用不着做得太过分。这种过分是你们这些青年人一开始都会犯的错误。想一想吧！人家已经把你出卖了，你还要拘守这种小节，以致把自己牵连在里面，毁灭自己一生的前途，这对你有什么好处？现在你已经亲眼看到，他供到你的时候，对你并没有什么特别关顾啊。"

上校的声音里面隐约含着一种嘲弄。亚瑟猛地惊抬起头，脑海中突然闪现一道亮光。

"这是谎言！"他喊了出来，"这是伪造！我可以从你的脸上看出来，你卑鄙地……你一定是又想陷害什么犯人，不然的话，就是想弄一个圈套把我拖进去。你是一个伪造文书的家伙，一个说谎的家伙，一个流氓……"

"住嘴！"上校暴跳起来大叫；他的两个同僚也已经站起来。"托麦赛上尉，"他向其中的一个叫道，"请你按铃叫卫兵，把这位年轻的先生送到惩罚牢里去关几天。我知道他需要一顿教训才能回复理性。"

惩罚牢是一间黑暗、潮湿而又肮脏的地下室。这非但不能使亚瑟"回复理性"，反而把他彻底激怒起来。他的奢侈的家庭早已使他养成一种非常讲究个人清洁的习惯，这些滑腻腻的爬满了毒虫的墙壁，堆满了垃圾的地板，再加上那些青苔、脏沟水、烂木头发出的一阵阵恶臭对他所产生的强烈刺激，就够使那位被冒犯的审问官感到满意了。亚瑟一被推到里边，牢门立刻被反锁，

---

[1] 指不合时宜的豪侠精神。堂吉诃德是西班牙作家塞万提斯（1547—1616）所著小说《堂吉诃德》的主人公，因为中了中世纪骑士小说的毒，把自己用破旧的盔甲和长矛武装起来，骑了瘦马想出去干大事业，打抱不平，结果到处碰壁，闹了许多笑话。上校以此来讥讽亚瑟对自己事业的忠诚是迂腐的、可笑的。

他就伸出两手，小心翼翼地向前跨了三步，手指一触到那滑腻的墙壁，心里就嫌恶得浑身战栗起来。他在一片漆黑里摸索，想找一块稍微干净点儿的地方坐下来。

漫长的白天在黑暗和静默中溜过去，黑夜也一样。一切外界印象的泯灭和不存在，使他逐渐丧失了时间的感觉。第二天早晨，当一把钥匙在门锁里转动，那些受惊的老鼠吱吱叫着从他身边掠过去时，他突然吓醒过来，心剧烈地跳动着，耳朵里发出一阵阵轰轰的响声，仿佛他跟光亮和声音的隔绝已经不是几个钟头，而是好几个月了。

门开了，透进来一线微弱的灯光——这对于他却像一道炫目的光的洪流——随后那个看守长进来了，拿着一块面包和一杯水。亚瑟向前跨上了一步，心里满以为那个人是来领他出去的，但还没有来得及开口，那个人已经把面包和杯子放到他手里，一声不响地转身出去，重新把门锁上了。

亚瑟向地上顿脚。他有生以来第一次这样狂暴地发怒。但随着时间的流逝，他对时间和空间的感觉也越来越模糊了。黑暗仿佛是无边无际的东西，既没有开始也没有终了。对他来说，好像生命已经终止了。第三天黄昏，当门被打开，看守长同一个士兵在门槛上出现时，亚瑟抬起头来，感到一阵晕眩和迷乱。他用手遮住眼睛，躲避那不习惯的亮光，心里迷迷糊糊的，不知道自己在这坟墓里究竟已经过了多少钟头或是多少星期了。

"出来，打这儿走。"看守用冷冷的公事腔说着。亚瑟站起来，机械地向前移动，步子很不稳定，跟跟跄跄同一个醉汉一样。看守想搀他走上那通院子的陡峭、狭窄的台阶，他不要他搀，但当他踏上最高那级台阶时，突然一阵眩晕，身子再也把不定了，

073

如果不是看守抓住他的肩膀,他一定会一个跟头翻下去的。

"看吧,他马上就会好的,"一种高兴的声音在说话,"他们一出来碰到外面的空气,多半要这样晕过去的。"

当又一捧水泼到亚瑟的脸上时,他拼命挣扎着转过了一口气。眼前那片黑暗似乎哗啦一声飞散了,他这才突然苏醒过来,完全恢复了知觉。他推开了看守的臂膀,脚步很稳地沿着走廊走去,登上楼梯。他们在一个门口停了一会儿,门开了,在他还没有来得及明白他们究竟把他带到了什么地方之前,他已经走进那间灯光明亮的讯问室,疑惑地凝视着那张桌子、桌子上的公文和那些坐在老位置上的军官。

"啊,是勃尔顿先生!"上校说,"我希望现在我们可以好好地谈一下了。好吧,那间黑牢房的滋味怎么样?不见得有你哥哥的客厅那么富丽堂皇吧?呃?"

亚瑟抬起眼睛望着上校那张笑盈盈的脸。一阵狂野的冲动攫住了他:恨不得立刻扑到那长着灰色络腮胡子的花花公子的咽喉上去,狠狠地咬它几口。这个冲动大概已经流露在脸上,因而上校立刻换了一种完全不同的口气接着说:

"坐下来,勃尔顿先生,喝点儿水,你太兴奋了。"

亚瑟推开递给他的水杯,两臂支在桌子上,抬起一只手托着额头,想努力集中一下思想。上校观察着他,用锐利而老练的眼光注视着他那颤动的手和嘴唇、湿淋淋的头发、蒙眬的眼神——这些都说明了他体力虚弱,神经紊乱。

"现在,勃尔顿先生,"几分钟后他说,"我们要从上次中断的地方谈起。不过我们之间既然有了一点儿不愉快,我不妨先向你声明一下：在我这一方面，除了要对你宽大之外没别的用意。只要你能够表现出正当和理性的态度，我可以向你保证，我们决不对你施用不必要的粗暴手段。"

"你们要我干什么？"

亚瑟的声音是强硬而含怒的，跟他本来的音调完全两样。

"我只要你用直率老实的态度，把你所知道的关于这个团伙和它的追随者的事坦白地告诉我们。首先是，你认识波拉有多久了？"

"我一辈子也没有见过他的面。他的事情我什么都不知道。"

"真的吗？好吧，这个问题我们过一会儿再谈。我想你总认识一个叫作卡洛·毕尼的青年吧？"

"我从来没有听到过这样一个人。"

"这真奇怪极了。那么弗兰西斯科·奈里呢？"

"我从来没有听见过这个名字。"

"可是这儿有一封信是你亲笔写给他的。瞧！"

亚瑟漫不经心地瞥了一眼那封信，就把它放在一边了。

"你晓得这封信吗？"

"不。"

"你否认这是你的笔迹吗？"

"我什么也不否认。我记不起来了。"

"也许你记得这一封吧？"

第二封信又交给了他。他一看，那是他去年秋天写给一个同学的。

"不。"

"连那收信人也不认识吗？"

"连收信人也不认识。"

"你的记忆力真是坏得奇怪了。"

"这就是我一直感到痛苦的一种缺陷。"

"真的吗！可是我有一天听到你们大学里的一位教授谈起你，说你什么缺陷都没有，事实上倒是很聪明的。"

"你大概是拿密探的标准来判定聪明的程度的，而大学教授们用的字眼又是另外一种意思。"

从亚瑟的声音里面显然可以听出他的恼怒程度正在增强。由于饥饿、空气恶浊和缺乏睡眠，他在生理上早已精疲力竭了；身上的每一根骨头都疼得像要裂开似的；上校的声音又在不断地摩擦着他已经激愤的神经，使得他把牙齿咬得吱吱响，好像一支石笔在石板上擦着一样。

"勃尔顿先生，"上校把身体向后靠到椅背上，严肃地说，"你又忘记了自己的处境；我再一次警告你，这样的谈话对你是没有好处的。你肯定已尝够了黑牢的滋味，至少目前是不想再尝的。我老实告诉你，如果你坚持拒绝我们的温和手段，我们可就要采取激烈手段来对付你了。你注意，我是有了证据的——确确凿凿的证据，知道这些青年里面有人参加过那桩私运违禁书报进港的事情，而且你是跟他们都有过来往的。现在，你是不是准备，不要我们强迫，把你所知道的关于这桩事情的一切告诉我呢？"

亚瑟越发把头低下去。一阵盲目的、不自觉的、野兽一般的狂怒开始在他内心里激荡起来，仿佛是一个什么活的东西。他感觉到快要失去控制自己的能力了，因而不由得惊惶起来，那较之任何外来的威胁更使他觉得害怕。他第一次认识到，在任何上流人士的涵养和基督徒的虔敬的深处，都不免隐伏着某种潜势力；

因此，他对自己产生了深深的恐惧。

"我正等着你的答复呢。"上校说。

"我没有什么可以答复。"

"你公然拒绝答复吗？"

"我什么都不愿意告诉你。"

"那么我只有命令你回到惩罚牢去，一直到你回心转意为止。如果再有什么旁的麻烦，我就让你戴上镣铐。"

亚瑟抬起头来，浑身颤抖。"听你的便吧，"他慢吞吞地说，"至于英国大使肯不肯听凭你们拿一个毫无过错的英国侨民这样开玩笑，只好等他自己决定了。"

末了，亚瑟被带到他原先住的那间牢房。他往床上一倒，一直睡到第二天早晨。他并没有被上镣铐，也再没有被关进那可怕的黑牢，但是他和上校之间的敌意却随着每一次的审问愈加根深蒂固起来。他在牢房里，一直都祈求上帝赐恩，使他能够克服那种邪恶的愤怒，夜晚躺在床上，就默念基督的忍耐精神和柔和态度，直到半夜，可是毫无效果。他一被带进那个空洞的长房间，看见那张铺绿呢的长桌子，以及上校嘴上那撮蜡黄的唇髭，那种非基督徒的精神又会立刻将他控制住，使他想出种种刻毒和轻蔑的答话来。他在牢里不到一月，他和上校之间的敌意就已发展到彼此只要一见面就都怒气冲冲的程度。

这种小冲突所造成的连续不断的紧张，已开始严重地影响了他的神经。他知道自己是非常严密地被监视着，而且记起了曾经听到过的某种可怕谣言，说是当局会暗中给犯人吞服颠茄，以便把他们的谵语记录下来，他就渐渐地连睡也怕睡、吃也怕吃了；而且，夜里如果有只老鼠从他身边跑过去，他会忽然惊醒，吓出一身冷汗，簌簌地发抖，仿佛真有人躲在房里，偷听他可能说的梦话。那些宪兵显然在尝试把他拖进一个圈套，好使他招供，把波拉牵连进去，因此他唯恐自己一时疏忽，失足落进陷阱，神经就老是那么紧张着，几乎真有说梦话的危险了。波拉的名字日日夜夜在他耳朵里响着，连祈祷也受到妨碍，甚至当他数着念珠念着马利亚的时候，也会念起波拉来。但最糟糕的是，他的宗教信仰似乎也跟外界一样，一天天地跟他愈离愈远了。他用狂热的固执紧紧抓住他这最后的立脚点，每天要花费好几个钟头来做祷告和默念；但是他的思想越来越多地转到波拉身上，以致他的祷告也逐渐变得非常机械了。

他最大的安慰就是牢里的那个看守长。他是一个肥胖秃顶的小老头，最初还拼命装出一副严厉的样子，后来，他那胖脸上每一个笑窝透露出来的好心，渐渐制服了他在职务上的一切顾虑，他竟开始从一个牢房到另一个牢房替犯人传递消息了。

五月中旬的一个下午，这个看守长走进亚瑟的牢房，满脸的恼怒和阴郁，以至亚瑟吃惊地注视着他。

"怎么啦，安里柯！"亚瑟叫道，"你今天碰到什么晦气的事啦？"

"没有什么。"安里柯狠声狠气地回答着，到草铺上面拉起那条垫毯——那是亚瑟带来的东西。

"你拿我的东西干什么？要我搬到别的牢房去吗？"

"不，你被释放了。"

"释放了？什么——今天吗？大家一起吗？安里柯！"亚瑟激动得一把抓住那老头子的臂膀，但他却忿然挣脱了。

"安里柯！你怎么啦？你怎么不回答我？我们全都获释

了吗?"

一阵轻蔑的喉声是唯一的回答。

"听我说!"亚瑟又抓住了看守长的臂膀,笑着说,"你用不着对我气咻咻的,反正我不会生气。我想知道别人的消息。"

"哪一些别人?"安里柯一面嘟哝着,一面就把手里正在折叠的一件衬衣突然扔下去,"不见得是说波拉吧?"

"当然是,波拉和所有其他同志。安里柯,你到底是怎么回事啊?"

"唔,他是不见得马上就会获释的,这可怜的孩子,他让一个同志出卖了呢。嘿!"安里柯厌恶地重新拿起那件衬衣。

"出卖了?一个同志?啊,多么可怕啊!"亚瑟惊吓得眼睛都发愣了。安里柯急忙转过身来。

"怎么,不是你干的吗?"

"我?发疯了吗,你这家伙!我?"

"唔,可是昨天他们审问他的时候是这么讲的呀。如果不是你干的,我就很高兴了,我原说你是个正派的孩子呢。这儿走!"安里柯跨出牢房来到走廊上;亚瑟跟着他,心里的疑团涣然消释了。

"他们告诉波拉说是我出卖了他吗?当然,他们是会这样做的!怎么不会呢,老头子,他们也曾告诉我,说是他出卖了我呢。不过,波拉绝不会蠢到去相信他们那种鬼话吧?"

"那么,这的确不是真的了?"安里柯走到楼梯脚下,站住脚,朝亚瑟浑身上下打量了一下;亚瑟只是耸了耸肩膀。

"当然,这是扯谎。"

"好,我的孩子,我很高兴听到这句话,我会去告诉波拉,说你是这么说的。可是你知道他们是怎样对他说的，他们说你之所以要告发他，是由于……唔，由于嫉妒，因为你们两个人爱上了同一个姑娘。"

"这是扯谎！"亚瑟用一种急促的低语把这句话重复了一遍，一阵突发的、使人瘫软的恐惧侵袭了他，"同一个姑娘……嫉妒！"他们怎么会知道……怎么会知道的呢？

"等一等，我的孩子，"安里柯在通向讯问室的那条走廊上停了下来，温和地说，"我相信你；可是我只要你告诉我一件事。我知道你是个天主教徒，你在忏悔的时候曾说过什么没有……"

"这是扯谎！"这一次，亚瑟的声音已经提高成一种闷住的哭喊了。

安里柯耸耸肩膀，继续向前走。"当然了，你自己心里最明白；可是像这样被骗上钩的傻小子，并不止你一个。近来比萨被一个教士闹得满城风雨，事情是你的一些朋友揭穿的，他们已经印发了传单，说他是一个间谍。"

他推开讯问室的门，看亚瑟动也不动地呆在那儿茫然瞪着眼，就轻轻地把他推过门槛。

"午安，勃尔顿先生，"那上校微笑着，和颜悦色地露出了他的牙齿，"我以极大的喜悦向你祝贺。佛罗伦萨那边来了一道释放你的命令。请你在这份文件上签个字好吗？"

亚瑟走近了他。"我想要知道，"他哑声说，"是谁告发我的？"

上校微笑着耸起了眉毛。

"你猜不出来吗？想一想吧。"

亚瑟摇摇头。那上校摊开两手,做出一种有礼貌的惊诧的姿势。

"你猜不出来吗?真的?怎么,勃尔顿先生,是你自己呀。旁人怎么会知道你的恋爱私情呢?"

亚瑟默默地掉转头。壁上挂着一个巨大的木雕的耶稣蒙难十字架;他的目光慢慢移到那雕像的脸上,可是眼里并没有祈求的意思,只有一种隐约的惊奇:这位软弱而能忍耐的上帝,对一个出卖忏悔人的教士,为什么竟没有加以雷殛。

"这是领取你文件的收据,请你在上面签个字好吗?"上校殷勤地说,"签好后我就不必再耽搁你了。我知道,你是一定急于要回家去的,我呢,为了波拉那个傻小子的事情也正忙得厉害。这回他把你的基督徒的忍耐性考验得苦了。我怕他的罪名不会太轻吧。午安!"

亚瑟签了字,拿了他的文件,在死一般的沉默中走出来。他跟着安里柯走向那沉重的大门;一句道别的话也没有说,他走下石级到水边,一个船夫正在那儿等着把他渡过壕沟。当他走上了通向大街的石级,一个穿布衣戴草帽的姑娘便伸着两手跑来迎接他。

"亚瑟!啊,我快活极了……我快活极了!"

亚瑟抽回手,簌簌发抖。

"琼!"过了许久他才开口,那声音似乎并不是他的,"琼!"

"我在这儿等了半个钟头了。他们说你四点钟就可以出来的。亚瑟,干吗这样瞪着眼看我?出了什么事情啦?亚瑟,你碰到了什么啦?站住!"

亚瑟已经转过身子，慢慢地走到街上去，仿佛忘记有她在身边似的。她被他这种神态吓坏了，追过去抓住了他的臂膀。

"亚瑟！"

他停了下来，抬起一双迷惑的眼睛朝她看了看。她把自己的臂膀插进他的臂弯里，两个人默默地向前走去。

"听我说，亲爱的，"她温和地开始说，"你千万不要为了这桩倒霉事情弄得自己这么神魂颠倒。我也知道这是叫你非常难受的，可是大家心里都明白的呀。"

"什么倒霉事情？"他还是用那种低沉的声音问。

"就是波拉那封信的事。"

亚瑟一听到这个名字，脸上就痛苦地抽搐起来。

"我总当你还没有听到这桩事，"琼玛继续说，"可是我想他们已经告诉了你。波拉竟会异想天开干出这样的事来，一定是彻底疯了。"

"这样的事……？"

"那么，你还没有知道这事吗？他曾经写出一封可怕的信，说是你说出了轮船的事情，所以他才被捕。当然，这是荒谬透顶的话，凡是知道你的人都会看得出来，只有那些不知道你的人才会被它激怒。我现在特地跑来接你，实在就为了这桩事情——我是来告诉你的：我们团体中没有一个人会相信他信里面的话。"

"琼玛！但这是……这是真的！"

她慢慢地从他身边退缩开去，寂然不动地站着，眼睛睁得大大的，阴沉沉地充满了恐怖，脸色白得就跟她脖子上的丝围巾一样。一片冰冷的沉默仿佛一阵巨浪冲过他们两人的四周，将他们冲进另外一个世界里，跟街上的人和一切活动完全隔绝了。

"是的，"他终于低声说，"那轮船的事情……我曾经说过；而且我还说出了他的名字……啊，我的上帝！我的上帝！我该怎么办好呢？"

他突然清醒过来，看见琼玛站在他面前，又看见她脸上那种异乎寻常的恐怖。是的，当然，她一定以为……

"琼玛，你不明白！"他突然迸出这句话，同时向她凑近，但她尖叫着避开了。

"不要碰我！"

亚瑟猛地一下抓住了她的右手。

"听我说，看上帝的面上！这不能怪我，我……"

"放开，放开我的手！放开！"

随即，她的指头从他手里挣脱了，而且就用她脱空了的手打了他一个耳光。

一阵雾也似的东西遮住了他的眼睛。一时，他除了琼玛那张惨白而绝望的脸和她那只在衣裙上狠命揩擦的右手之外，什么意识都没有了。后来，白天的光亮恢复了，他四面一看，发觉他一个人留在那儿。

第七章

亚瑟在波尔勒街那所大厦的前门按铃时，天色早已黑了。他记得自己刚才曾在街道上游荡，但是在哪儿，为什么，有多久，他都想不起来了。裘丽亚的仆人开了门，打着呵欠，对着那张憔悴的没有表情的脸意味深长地咧起嘴来。他看见小主人坐了牢回家，竟像一个"酒醉糊涂"的叫花子，觉得是桩很好玩的事情。亚瑟向楼上走去。到了二楼，他遇见吉朋斯从上面下来，还是那么一脸自高自大、瞧不起人的神气。亚瑟含含糊糊地向他敷衍了一个"晚安"，就想从他身边擦过去，但吉朋斯并不是一个肯轻易让你擦过去的人。

"主人们都出去了，先生。"他说着，就对亚瑟那一身不整洁的衣裳和那一头蓬乱的头发细细端详起来，"他们是跟女主人一起去赴晚会的，怎么也得到十二点左右才回来。"

亚瑟一看他的表，还只九点钟。啊，很好！他会有时间……有很多的时间……

"先生，女主人叫我问你，你要不要吃点晚饭；又说她希望你坐着等她，因为她一定要在今天晚上跟你谈谈。"

"谢谢你，我什么也不需要；她回来时你可以告诉她，说我还没有睡。"

他上楼到自己房间里。他被捕以后，房间里什么都没有改变：蒙泰尼里的画像还是放在他原来搁着的地方，耶稣蒙难十字架也和以前一样立在壁龛里。他在门槛上略停一停，仔细听了听，屋子里非常静；显然不会有人来打扰他。他轻轻踏进房间，锁上了门。

这样他已经走到尽头了。再没有什么要想念、要烦恼的了；只要把那无用的生之意识摆脱掉，就再也没有什么别的了。不过，这总有点儿像是一种愚蠢的、无谓的事情。

他想要自杀，并不曾下过什么决心，实在也没有好好想过，只觉得这桩事情已经十分明显而无可避免。他甚至对于采取哪一种死法也没有打定主意，只觉得最要紧的是把这件事赶快做了——把它做了并且忘掉了。他房间里并没有武器，连一把小刀也找不到；不过，那没有关系——一条毛巾就行了，或者拿床单撕成布条也行。

窗子上面恰好钉着一枚大钉，这就可以了；可是它必须钉得很牢，要能够载得起自己的体重。他爬到椅子上把钉子摇了摇，不十分牢，就又跳下来，从抽屉里拿出一把铁锤。他把钉子敲进去一些，正要从床上拉下一条床单来，忽然记起还没有祷告。这怎么行呢，一个人临终的时候是必须要祷告的，每一个基督徒都这么做。他们甚至还给临死的人编了特别的祈祷文呢。

他走近壁龛，跪在耶稣蒙难十字架前面。"全能的慈悲的上帝啊……"他开始大声祷告，可是念了这句就停住了，念不下去了。实在的，世界已经变得这样乏味，还有什么值得祈求或诅咒呢？而且，从没有受过这种痛苦的主基督，怎能了解这种痛苦？

他只不过像波拉一样被人家出卖罢了,却从来不曾因受骗而出卖别人。

亚瑟站起来,照着老习惯在胸前划一个十字。他走近桌旁,看见桌上放着一封写给他的信,是蒙泰尼里的笔迹,用铅笔写的:

我的亲爱的孩子:我不能在你获释那天见到你,觉得非常失望;我被人请去看一个临死的人,不到深夜是回不了家的。明天一清早你到我这儿来吧。匆此。

罗·蒙

亚瑟把信放下,叹了一口气:这桩事情的确要使神父难受。

街上的人还是那么在嬉笑!什么都没有变动,跟他活着的时候是一样的。他身旁的一切日常琐事,并不因为有一个人的灵魂,一个活生生的人的灵魂被毁灭了而发生丝毫的变化。一切都会跟从前一模一样。喷水池里的水还是在迸溅,屋檐下的麻雀还是在叫,就像它们昨天那个样子,而明天也还是这样。可是他,他却死了——完完全全死了。

他在床沿上坐下来,两臂交叉着伏在床栏上,把头伏在臂膀上面。时间还很充裕;他的头可痛得厉害——似乎脑髓中心在作痛;一切都无聊极了,愚蠢极了……简直没有丝毫意义……

前门的铃突然尖声震响。他吓得喘不过气来,双手捂住了喉咙。他们已经回来了……他坐在这儿做梦,让宝贵的时光白白溜过去了……现在他可得去看他们的嘴脸,听他们的恶声……让他们去嘲笑、批评了。啊,要是有一把小刀就好了……

他向房间四周拼命寻找，在一个小碗橱里，放着他母亲的针线筐，里面一定有剪刀，他可以拿它来铰断喉管。不，床单和钉子比较靠得住，只要他还有时间。

他将床单从床上拉下，发疯似的急忙撕下了一条。脚步声响上楼梯来了。不，那布条太宽，会抽不紧的，而且还得做一个绳套。脚步声音愈来愈近，他的动作也愈来愈急；血液在太阳穴里冲撞着，在耳朵里轰响着。快些——快些！啊，上帝！再给我五分钟啊！

门上传来一阵敲打声。那条撕下来的布条从他手里落到地上，他一动不动地坐在那儿，屏住气倾听着。门上的把手转动了一下，接着裘丽亚的声音就响了：

"亚瑟！"

他站起来，喘着气。

"亚瑟，开门啊，我们等着呢。"

他团起那条撕破了的床单，丢进抽屉里，匆匆地抚平了床铺。

"亚瑟！"这一回是詹姆斯的声音，门的把手被他不耐烦地摇动着，"你睡着了吗？"

亚瑟向四面一望，看到一切都藏放好了，就把门打开。

"亚瑟，说好了叫你坐着等我们，我想这一点儿事情你总会依允的吧。"裘丽亚一边说，一边怒冲冲地走进房里，"让我们在门口侍候上半个钟头，看来你还认为这是应该的……"

"才四分钟呢，亲爱的。"詹姆斯温和地纠正了她，跟在他太太的粉红缎长裙后面踏进房里，"不过，亚瑟，我说你也确实应该更有……礼貌一点儿，如果……"

"你们有什么事？"亚瑟打断了他。他用手扳住门站在那儿，好像一只落在陷阱里的野兽似的，对着他们偷偷地从这个看到那个。可是詹姆斯很迟钝，裘丽亚是气昏了，都没有注意到他那种神色。

勃尔顿先生先给他太太安排了一把椅子，自己也坐下来，小心地拉拉他那两条笔挺的裤脚管。"裘丽亚和我，"他开始说，"觉得我们有义务跟你认真谈一谈关于……"

"今天晚上我不能听你们谈；我……我不舒服，我头痛……改天再谈吧。"

亚瑟说话的声音是奇怪而含糊的，带着一种精神恍惚、语无伦次的样子。詹姆斯吃惊地向周围看了一看。

"你是怎么回事啊？"他突然记起了亚瑟是刚刚从传染病温床出来的，所以急切地问，"不是生了什么病吧？你那样儿很像在发烧。"

"胡说八道！"裘丽亚尖刻地打断了他，"他向来就是这样做作的；这是因为他没有脸见我们。你过来坐下，亚瑟。"

亚瑟慢慢地走到床沿上坐下来。"唔？"他疲乏地说道。

勃尔顿先生咳嗽了几声，清了清喉咙，抹了抹他那本来已经很整洁的胡子，然后才把那一番小心准备好的话重新开起头来。

"我觉得这是我的义务……我的痛苦的义务……来很认真地跟你谈谈你那种非常的行为：你结交那一批……呃……目无法纪、杀人放火的匪徒……以及……呃……那一批声名狼藉的败类，我相信，这或许是由于你的愚蠢，不一定是由于你的堕落……"

他停住了。

"唔？"亚瑟重复道。

"现在，我也不来深责你，"詹姆斯看见亚瑟当时那么一副厌倦到无可奈何的神气，已经不由得把语气放软些了，"我很愿意相信，你是给坏朋友带坏了的，而且也要原谅你年纪太轻，没有经验，而且你是生成那么一种……呃……呃……鲁莽而又……呃……容易冲动的性格的，这些恐怕都是你的母亲遗传给你的。"

亚瑟的眼光慢慢转到他母亲的画像上，随即又收了回来，但是他没有开口。

"可是，我准知道你会明白的，"詹姆斯接着说道，"像我们这样一个大家都极尊敬的家庭的好名声，如今有人使它公然蒙羞受辱，我是绝对没有办法再把这个人留在家里的。"

"唔？"亚瑟又重复了一遍。

裘丽亚唰地折起了手里的扇子，将它横放在膝上，尖刻地说："怎么？亚瑟，除了一声'唔'之外，你总还可以费心开开口吧？"

"当然，你们认为怎么好，就怎么办吧，"亚瑟一动不动地慢吞吞说道，"不管怎么样都没有关系。"

"没有……关系？"詹姆斯愕然地重复了一句，他的太太却冷笑一声站起来了。

"啊，没有关系的，是不是？好吧，詹姆斯，我想现在你总该明白了吧，明白你能希望他这一种人怎样来报你的恩了吧。我早就告诉过你，你那一片好心会得出什么结果，好心用在那种天主教的投机女人以及他们的……"

"嘘，嘘！别提那些个，亲爱的！"

"呸！詹姆斯，我们这样婆婆妈妈，到现在也已经够瞧的了！本来是个小杂种，居然冒充家里人……现在也该让他知道知道自己的母亲是个什么样的人了！一个天主教教士养的私生子，凭什么要我们来负担呢？这儿……去瞧去吧！"

她从她口袋里掏出一个皱了又皱的纸团，隔着桌子向亚瑟扔过去。亚瑟把它摊开来，上面的字迹是他母亲的亲笔，日期是他出世前四个月，原来是他母亲写给她丈夫的一张忏悔书，下面有两个人签名。

亚瑟的眼光顺着那张纸慢慢地往下移，看过了他母亲签名的那几个颤抖的字，底下就是刚劲有力的熟识的"罗伦梭·蒙泰尼里"的签名了。他对那个签名瞪视了一会儿，然后，一句话不说，重新折好那张纸，把它放在桌上。詹姆斯站了起来，拉拉他太太的臂膀。

"喂，裘丽亚，这就得了。现在就下楼去吧，时候不早了。我还有点小事要跟亚瑟谈一谈，那是你不会感兴趣的。"

裘丽亚抬头瞥了她丈夫一眼，然后回过来看看亚瑟，见他正默默地瞪视着地板。

"我看他有些呆傻了呢。"她低声说。

她撩起裙子走出去了，詹姆斯就小心翼翼地关上门，回到桌旁原来的座位上。亚瑟仍旧坐在那儿，一动都不动，一声也不响。

"亚瑟，"詹姆斯用比较温和的语调开始说，因为现在裘丽亚不在旁边听了，"我抱歉得很，这桩事情竟至揭穿了。其实你是无需知道的。好在都是已经过去了的事，我看到你的态度能够这样镇静，心里高兴得很。裘丽亚是有点儿……有点儿激动了；女人家总是……无论如何，我是不会使你太难堪的。"

詹姆斯停了一停，要看看他这几句好言好语在亚瑟身上产生了什么效果，但亚瑟丝毫没有动静。

"自然，我亲爱的老弟，"詹姆斯过了一会儿接下去说，"这一段故事是使大家都很不愉快的，我们最好的办法就是大家绝口不把它说出去。当初你母亲向我父亲忏悔她堕落的经过时，他老人家很慷慨，并没有跟她离婚，只是要求那个把她引诱坏了的男人立刻离开国境；所以，你知道的，他就到中国传教去了。后来他回国，我是竭力反对你去跟他发生任何关系的；可是我父亲临终的时候，竟答应让他教你读书，只要他永远不跟你母亲再见面。这一个条件，说句公道话，我相信他们两个都是忠实遵守到底的。这原是一桩伤心的事情，可是……"

亚瑟抬起头，一切的活力和表情都从他脸上消失掉了，它变得像一个蜡制的假面具。

"你……你……不认为，"亚瑟轻轻地说着，奇怪地口吃起来，"这……这一切……都很……很滑稽吗？"

"滑稽？"詹姆斯把椅子从桌旁移开一点儿，坐在那儿对他瞠视着，吓得连脾气也发不出来了，"滑稽！亚瑟，你发疯了吗？"

亚瑟突然将头往背后一仰，爆发出一阵疯狂的大笑。

"亚瑟！"轮船公司的老板一面板着面孔站起来，一面大叫，"你这样轻狂的态度，真叫我大吃一惊！"

但是什么回答也没有，就只一阵接着一阵的狂笑，笑得那么响，那么厉害，弄得詹姆斯也不由得怀疑起来：这种轻狂里面是否还有其他更加严重的成分。

"活像一个歇斯底里的女人。"他喃喃自语着，转过身，轻蔑地耸了耸肩膀，很不耐烦地在房间里一来一去地踱起步来，"真的，亚瑟，你比裘丽亚还不如了；喂，不许再笑！我不能在这儿整夜侍候你。"

但是，他这个要求简直等于请耶稣雕像自己从底座上走下来。亚瑟对于他的规劝或训诫再也不理会了；他就只是笑，笑，无止境地笑。

"这太荒唐了！"詹姆斯终于停住了步说，"看来今天晚上你是激动得不可理喻的了。像你这个样子，我怎么好跟你谈正经事呢！明天吃过早饭你上我那儿去吧。现在你不如上床去睡觉。晚安。"

他走出去，砰的一声将门带上。"现在又得去对付楼底下那个歇斯底里的了，"他一面放重脚步匆匆走开，一面小声抱怨，"那边准又在淌眼泪呢！"

疯狂的笑从亚瑟的嘴唇上消失了。他从桌上抓起了那柄铁锤，奋身向那耶稣蒙难像扑过去。

随着一阵喀喇喇的响声，他突然清醒过来，站在那个空底座前面，手里仍旧拿着那柄铁锤，神像的碎片在他脚前撒满一地。

他丢掉了铁锤。"这么容易！"他说着，掉转身子，"我以前真是蠢呀！"

他在桌旁坐下来，气咻咻地喘息着，两手托住前额。随后他又站起来，走到洗面台前，拿一壶冷水浇了自己的头和脸。他很平静地走回来，坐下来思索。

他之所以会遭受这么许多羞辱、刺激以及绝望的痛苦，原来都是为了这些东西——为了这些虚伪而卑鄙的人和这些不会开口、没有灵魂的神；假使他用一条绳子把自己吊死了，真的，那就单单是为了有一个教士是骗子。好像他们都不是骗子了似的！好吧，

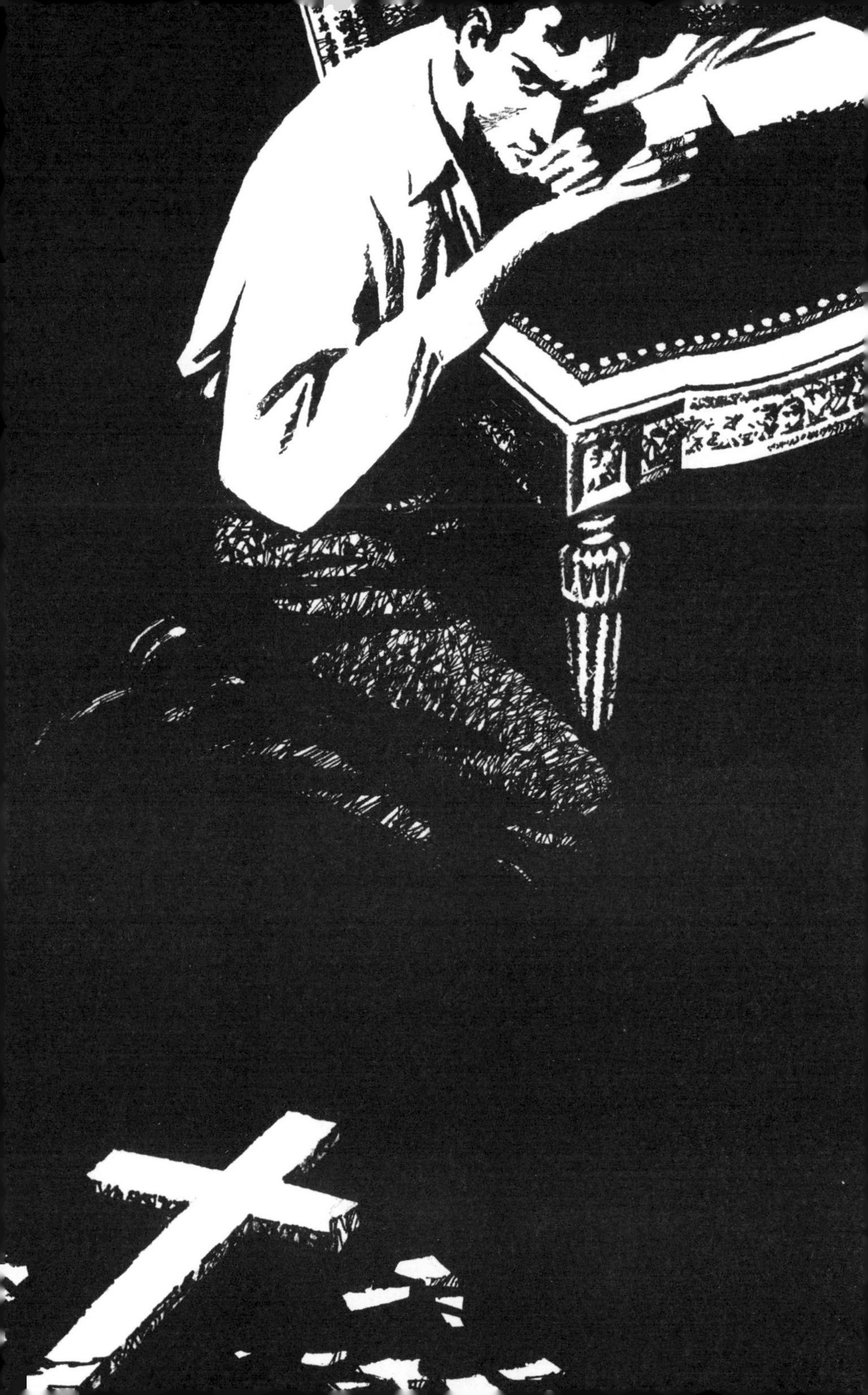

所有这一切都滚蛋了；现在他聪明起来了。他只需要摆脱这些毒虫，然后开始新的生活。

码头上停泊着许多货船；将自己藏在一个船里，偷出港去，是一桩很容易的事情；这样，他就可以渡过海到加拿大，到澳大利亚，到开普殖民地[1]，或是到随便什么地方去。随便到什么国家都没有关系，只要离得远远的；至于在那边的生活，他可以看情形，如果不合适，他还可以设法换到别的地方去。

他把他的钱袋拿出来。里面只有三十三个玻里[2]，可是他那只表很值钱，可以帮他一些忙。无论如何都不要紧——他总有办法克服困难。但是他们，这些家伙，一定要寻他，一定会到码头上去查问。不，他必须布一些疑阵，好让大家当他已经死了；这么一来，他就可以自由自在——自由自在。他想到将来勃尔顿一家寻找他尸体的情形，不禁对自己轻轻发笑。这是一出多么可笑的滑稽剧啊！

他拿过一张纸，把他心里首先想到的几句话写在上面：

我相信你跟相信上帝一样。上帝是一个泥塑木雕的东西，我只要一锤就把它敲得粉碎；你呢，却一直拿谎话欺骗我。

他折起了那张纸，写上蒙泰尼里的姓名，又拿过一张纸来，在中间横写满一行大字："**到达森纳船港去找我的尸体。**"然后他戴上帽子，走出房间。当他经过他母亲的肖像时，抬起头来看

---

1 今南非境内，包括开普敦及其邻近地区，在1806—1910年间为英国殖民地。

2 意大利当时的银币。

了看，笑了一声，耸耸肩膀。她，也一样，曾经欺骗了他。他轻轻溜过走廊，悄悄地拉开门闩，走到那宽大、黑暗而且发出回声的大理石楼梯上。当他向下走时，好像有一个漆黑的深坑正在底下张开着大口。

他穿过院子，小心地把脚步放轻，怕惊醒了睡在底层的吉安·巴第士达。在后面那个堆放木柴的地窖里，有一个铁栅栏的小窗，是朝河边开的，离地面不到四英尺。他记得那生锈的铁栅栏有一边已经坏了，只要稍微推一下，就可以推出一条很宽的缝隙来让他钻出去。

那铁栅栏很牢固，把他的手擦伤了，袖子也划破了，但这都算不了什么。他向着街道两头张望了一下，看不到一个人影，只见那条河，那条丑恶的壕沟，漆黑而沉静地躺在两道笔直的泥滑的堤岸中间。他想起自己没有经历过的那个世界，可能是一个阴暗的洞穴，但是比起现在正要离开的这个角落来，绝不会更加卑俗、更加污浊。如今再没有什么值得惋惜、值得回顾的了。这是一个有毒而腐臭的小天地，里面有的是卑鄙的谎言和笨拙的欺骗，有的是这种臭气熏天的小阴沟，浅得连个人也淹不死。

他沿着河岸走去，走到美第奇宫[1]旁边的一个小广场上了。这儿就是不久之前琼玛那么眉飞色舞、张开两臂跑来迎接他的地方。这儿就是那一道下到壕沟去的潮湿的石级。隔着这条污水，那个堡垒正显出一副怒容。他过去从来不曾注意到它是这么丑恶、这么卑劣。

---

[1] 美第奇家族在15—18世纪曾是佛罗伦萨的统治者，这一家族世袭托斯卡纳大公爵，产生过三个教皇。

他穿过一些狭窄的街道，走到达森纳船港，脱下帽子，把它扔到水里。他想，他们来寻找尸体的时候当然会发现它的。然后他沿着港岸走去，一路苦苦地想着下一步应该怎么办。他必须设法躲到某一艘船上去，但这一桩事是不大好办的。唯一的机会就是走到那条古老的美第奇长堤上去，一直走到尽头。那边尖角上有一家下等酒馆，总可以找到一个水手去向他行贿。

但是船港的门紧闭着。他怎么过去，并混过海关人员的查验呢？想要买通他们，在这深更半夜放过一个没有护照的人，身上的钱是无论如何不够的。何况他们也许要认出他来。

当他经过那"四个摩尔人"[1]的铜像时，一个人影忽然从船港对面的一幢老房子背后闪出，一直向桥这边走来。他立刻躲到铜像后面浓黑的阴影里去，在黑暗中蹲下来，从铜像底座的拐角小心窥探着。

这是一个柔和的春夜，天气温暖，星光灿烂。水拍打着港湾的石堤，在那石级旁边荡漾着柔和的涡纹，发出一种像是低笑的声音。近处有一条铁链在缓慢地来回晃动，吱吱作响。一架巨大的铁的起重机昂然而凄寂地矗立在一片昏茫中。那几个戴着锁链挣扎着的奴隶形象，黑沉沉地映在一片繁星密布的天空和珍珠色的云圈上，正在对他们悲惨的命运作徒然的激烈抗议。

那个人跌跌撞撞沿着港岸走过来，嘴里哼着一支英国小曲。那显然是个水手，刚刚从什么酒店里痛饮回来的。四周看不见一个旁的人。等那个人走近来时，亚瑟站了起来，走到路当中去。

---

[1] 在托斯卡纳大公爵科西莫·美第奇（1519—1574）的纪念碑底座上有四个被绑着的摩尔人铜像。

那个水手咒骂一声,把小调儿截断了,突然收住了脚步。

"我想跟你说几句话,"亚瑟用意大利语对他说,"你懂得我的话吗?"

那个水手摇摇头。"跟我说这种土话是没有用的。"他先用英语说;接着又换成拙劣的法语,很不高兴地问:"你做什么的?干吗不让我过去?"

"别在这亮地儿待着,咱们过去一下,我要跟你说几句话。"

"哦!你不喜欢吗?不在亮地儿待着!大概你身上什么地方有一把刀吧?"

"不,不,朋友!难道你还看不出我是要你帮忙的吗?我要酬报你的。"

"哦?什么?身上穿得倒像个花花公子……"那水手又换了英语说了。接着他走进那阴影里,身体靠在铜像底座的栏杆上。

"好吧,"他又换上那套可怕的法国话了,"你想要什么?"

"我想要离开这儿……"

"啊哈!想要偷坐轮船哪!要我把你藏起来,是不是?我想你一定是犯了什么案子了。拿刀戳了人,是不是?就好像那些外国人!那么你想上哪儿去呢?我看不见得是要上警察局吧?"

他醉意蒙眬地大笑起来,一只眼睛向亚瑟眨眨。

"你是哪条船上的?"

"加洛达号——打来亨开到布宜诺斯艾利斯[1]的;从这儿装油去,从那儿装皮革回来。它就泊在那儿。"——说着他向长堤那一头指了指——"一艘破旧不堪的老家伙!"

---

[1] 阿根廷的首都,南美第一大城。

"布宜诺斯艾利斯……好的！你能把我带到船上不论什么地方藏一藏吗？"

"你出多少？"

"不很多，我只有几个玻里。"

"不行。比五十少了不行……那还算便宜的呢……像你这样一个花花公子……"

"你说我花花公子是什么意思？如果你喜欢我这套衣服，我可以跟你换，可是我只有这么点儿钱，不能再多了。"

"你那儿还有一只表哩，拿来。"

亚瑟掏出一只女用的金挂表来，上面的花纹和珐琅都很精致，表壳后面刻着"G.B."[1] 两个缩写字母。这是他母亲的东西——可是事到如今，还顾得到这些吗？

"哟！"那水手急速瞥了一眼说，"不用说，是偷来的啦！让我看看！"

亚瑟急忙缩回手。"不，"他说，"得等到上了船再给，没有上船可不行。"

"倒看你不出，竟不是一个傻瓜！可是我敢打赌，你一定还是第一次干这种事情，对不对？"

"那不关你的事。啊！巡查来了。"

他们在铜像背后蹲下来，等那巡查走过去，然后水手站起来，要亚瑟跟在后面，自己却一路傻笑着向前走去。亚瑟默默地跟着他。

那水手领着他重新回到美第奇宫旁边那个不方不圆的小广场

---

[1] 亚瑟母亲的姓名葛兰第斯·勃尔顿（Gladys Burton）的首字母缩写。

上，在一个黑暗的角落里站住了，小心地压低声音嘱咐道：

"等在这儿。再向前走就要给那些兵看见了。"

"你干什么去？"

"给你弄几件衣服来啊。你袖子上净是血点子，我不打算就这样子带你上船的。"

亚瑟低头看看那给窗上的栅栏划破的衣袖。上面果然有几滴血，是那只擦破了的手给染上的。显然那个水手把他当作一个杀人犯了。好吧，随他怎么想。

过了一会儿，那个水手回来了，得意扬扬地夹着一捆东西。

"换吧，"他低声说，"手脚快点儿。我得赶快回船去，那个犹太佬跟我讨价还价，耽误了我半个钟头。"

亚瑟依着他的话，但是刚一接触到那些旧衣服，不免起了一种本能的厌恶，有点缩手缩脚。幸而衣服虽然质料粗，却还干净。等穿好新装走进光亮里，那水手凝着蒙眬的醉眼打量了他一番，便严肃地点头同意了。

"行了，"他说，"这儿走，不要作声。"亚瑟抱着换下的衣服，跟着他曲曲折折地穿过许多蜿蜒的沟渠和幽隘的小弄；这地方就是从中世纪直到现在的一个贫民窟，来亨的居民管它叫"新威尼斯"。那些破旧的房屋和污秽的院场中间，偶尔可以看见一座阴森森的旧宫殿，孤零零地夹在两条臭水沟之间，那种神气仿佛是要竭力保持它昔日的尊严，而又明知这种努力是全然无望似的。至于那些狭窄的街道，他知道其中有几条是小偷、杀人犯和私贩子的著名巢穴，其他的，虽然不是藏垢纳污的地方，却是穷得怕人的。

在一座小桥旁边，那水手停住了脚，向四面探望一下，看见没有人，才走下一道石级，走到一个狭窄的埠头上。桥下停着一只肮脏破烂的旧船。那水手厉声命令亚瑟跳进船里去躺下，随后他自己也在船里坐下来，开始向港口那边划过去。亚瑟一动不动地躺在那潮湿的漏水的船板上，藏在水手扔到他身上的一堆衣服里面，向外窥视着那些熟识的街道和房屋。

不久他们穿过了一座桥，驶进那条作为堡垒壕沟的河道。巨大的围墙从水面上升起来，底部很宽，向上愈来愈窄，直到那个阴惨惨的尖顶为止。不过在几个钟头之前，这堵围墙对他而言还是那么不可逾越、那么可怕的东西！现在……他躺在船底轻轻笑起来。

"不要响，"那水手低声说，"把头盖起来！快要到海关了。"

亚瑟拉些衣服把头盖起来。小船向前滑了几码，就在一列用铁链系住的桅杆前面停住了。原来是那些桅杆横在河面上，把那堡垒围墙和海关之间的一段狭窄通路堵住了。一个睡眼惺忪的关员打着呵欠走出来，到岸边俯下身子，手里拿着盏风灯。

"请出示护照。"

水手把他的证件递过去。闷在衣服下的亚瑟屏住呼吸，倾听着。

"你回来得真是时候哪，半夜三更的！"那个关员埋怨着，"在岸上玩得挺痛快吧。船里是什么东西？"

"旧衣服。捡便宜捡了来的。"那水手拿起一件背心来给他看看。那关员放低了风灯，弯着身，眯起眼睛朝船里看了看。

"行了。去吧。"

他掀起了障碍物，小船就缓缓地滑进那黑沉沉的、水波荡漾的港口里了。过了一段路，亚瑟推开衣服坐了起来。

"就是这只船,"那水手默默地划了一程之后低声说,"你紧紧地跟着我,不要出声。"

水手从一边爬上那个黑色大怪物,低声抱怨着这个从未出过海的人手脚不灵便。其实亚瑟天生很敏捷,不像大多数同样处境的人那样笨拙。他们安全地上了船,小心地从一堆堆黑乎乎的索缆、机器中间爬过去,终于到了一个舱口跟前。那水手轻轻把盖板揭开来。

"从这儿下去!"他低声说,"我一会儿就回来。"

那舱洞里不仅潮湿、黑暗,而且肮脏不堪。最初,亚瑟嗅到生皮和脂油发出的臭气,就感觉窒息难受,本能地向后退缩。后来,他记起了"惩罚牢",就耸了耸肩膀,走下梯子。生活似乎到处都是一样的:丑恶,腐朽,充满着毒虫,到处是可耻的阴私和黑暗的角落。然而生活终究是生活,他必须充分利用它。

过了几分钟,那水手回来了,手里拿着几件东西。亚瑟在黑暗里看不清楚是什么。

"现在,把表和钱给我吧。快些!"

趁着黑暗,亚瑟居然给自己留下了几个钱。

"你得给我拿点儿什么吃的来,"他说,"我饿得很。"

"我已经带来了,就在这儿。"水手递给他一把水壶、几块硬饼干和一块咸肉,"现在,你记着,明天早晨关员来查船的时候,你得躲进这只空木桶里边,像只小耗子那样,不要有一点儿声音,直到我们出海为止。到了可以出来的时候我会来叫你的。还有,千万别让船长看见,给他捉住……旁的没有什么了!饮料放好了吗?晚安!"

舱口关上了,亚瑟就把那壶珍贵的"饮料"放到一个安全的地方，爬上一个油桶去吃他的咸肉和饼干。吃完了，他就在那肮脏的地板上蜷起身子躺下来，准备生平第一次不做祷告就睡觉了。黑暗中有许多老鼠在他的周围奔来窜去；可是不管它们怎样不停地吵闹，也不管那条船怎样摇晃，那脂油臭味怎样使人作呕，明天的晕船怎样令人担心，都不能使他醒过来。这一切他都不管了，就像昨天还被当作神来崇拜的那些打碎了的庄严扫地的偶像一样，用不着管了。

第二卷

十三年之后

第一章

　　一八四六年七月的一个黄昏，有一些熟人在佛罗伦萨的法布列齐教授家里集会，讨论未来的政治活动计划。

　　其中几个是属于马志尼党的，他们非要求有一个民主的共和国和一个统一的意大利而不能满足。其余的是君主立宪党人和各种程度的自由主义分子。但他们无论如何有一点是意见一致的，就是对于托斯卡纳公国[1]出版审查制度的不满；因此，这位名教授召集了这个会议，希望这些不同党派的代表至少能在这一个问题上进行一小时的讨论，不至于发生争吵。

　　自从庇护九世[2]即位对教皇国[3]领地的政治犯颁布了有名的大赦令以来，历时不过两个星期，但是由它所掀起的自由主义的热潮，却已波及意大利全境了。在托斯卡纳公国，就连政府也已受到这一惊人事件的影响。所以，法布列齐和佛罗伦萨城另外几个处于领导地位的名流，都感觉到这正是大力争取修改出版法的一

1　当时意大利分为许多小国，托斯卡纳公国是其中之一，佛罗伦萨、比萨、来亨都属该公国。
2　庇护九世（1792—1878），意大利籍教皇，在位三十二年（1846—1878）。
3　当时意大利境内诸小国之一，由罗马教皇本人直接统治。

个好机会。

"当然了,"当剧作家莱伽初次提到这个问题时,他曾经这样说,"非到我们使出版法有了修改之后,要创办报纸是不可能的;我们连创刊号都不应该出。不过也许已经可能通过审查来出一些小册子;我们搞得愈快,出版法的修改也可以实现得愈早。"

现在这位剧作家正在法布列齐教授的图书室里说明他那一番关于目前的自由主义作家应该采取什么方针的理论。

"那是毫无疑问的,"他的同伴当中一个头发灰白、说起话来慢吞吞的律师插嘴说,"我们应该设法利用这一个时机。我们想要进行重大的改革,将来怕不能再碰到这样有利的时机了。可是我怀疑出小册子是否有好处。这样的小册子恐怕只会激怒和吓退政府,并不能把它争取到我们这一方面来,而这正是我们真正要干的事。一旦当局把我们当作了危险的煽动分子,我们就再也没有机会获得他们的帮助了。"

"那么你以为我们应该怎么办呢?"

"请愿。"

"向大公[1]请愿吗?"

"是的,请求他放宽出版自由的尺度。"

一个靠窗坐着的目光锐利、面孔黝黑的人笑了一声,转过头来。

"你去请愿会有很大收获的!"他说,"我还以为伦齐[2]一

---

1 公国的统治者被称为大公,当时托斯卡纳公国的大公是利奥波德二世。
2 1846年在利米尼(在教皇国领地内)组织起义的领袖,被托斯卡纳政府出卖,引渡给教皇,终于被害。

案的结果,已经足够教训那些想用这种方法来搞工作的人了呢。"

"亲爱的先生,伦齐被引渡,我们想阻止但没有成功,我和你一样觉得非常遗憾。不过说实在话,虽然我并不愿意伤害任何人的感情,可是我不得不认为,我们那一次运动的失败,大部分还是由于我们内部有些人的操切和激烈所造成的。我当然应该犹豫……"

"你们皮埃蒙特人[1]都是这样的。"那黑面孔尖刻地打断他说,"我真不懂那一次有什么激烈和操切的地方,除非你把我们那一连串软弱无力的请愿也说成是过火的行动。这在你们托斯卡纳或者皮埃蒙特也许被认为是激烈,可是在那不勒斯[2],我们并不把它格外说成激烈的。"

"幸而,"那皮埃蒙特人讽刺说,"那不勒斯人的激烈是那不勒斯人所独有的。"

"喂,喂,先生们,得啦!"教授干涉着,"那不勒斯人的习惯有它的长处,皮埃蒙特人的习惯也是这样;可是目前我们是在托斯卡纳,托斯卡纳人的习惯却是注意抓紧眼前的事情。现在,格拉西尼主张请愿,盖利反对。列卡陀医生,你有什么意见?"

"我看请愿没有什么害处,所以格拉西尼要是拟好一份请愿书,我将把在那上面签个名视为平生的幸事。但是我以为光请愿而不采取其他手段,是不会有多大成效的。我们为什么不能又请愿又出小册子呢?"

"就因为出了小册子要引起政府的恶感,那它就不会接受我

---

[1] 皮埃蒙特位于意大利西北部,当时属撒丁王国。
[2] 意大利西部港口城市,当时属两西西里王国。

们的请愿了。"格拉西尼说。

"不管出不出小册子，政府反正都不会接受的。"那不勒斯人说着站了起来，走到桌旁，"各位先生，你们走错了路了。跟政府妥协是没有什么好处的。我们必须做的事情是唤起民众。"

"说起来容易做起来难。请问你打算怎样着手？"

"那还用得着去问盖利吗！当然喽，他的第一步就是去把检察官打个头破血流呀。"

"不，自然不会那样，我是不会那样做的。"盖利坚决地说，"你们总以为，只要是个南边来的人，就一定不相信辩论，只相信冷冰冰的钢铁。"

"好吧，那么你提议怎么办呢？嘘！请注意，各位！盖利有一个提案要提出来了。"

全体出席的人，原来已经三三两两一堆一堆地在那儿分别谈论，现在都向桌子围拢来听。盖利连忙举手声明：

"不，各位先生，这不算一个提案，这只是一个建议。大家对新教皇这样高兴，照我看来，这里面存在着一种重大的实际危险。人们似乎都在想：教皇已经打开一条新的路，而且颁布了这次大赦令，我们只要自己——我们全体，全意大利——投在他的怀里，他就会带我们到'福地'去了。对于教皇这种行为的赞美，我并不落在任何人后面，这一次大赦确实是一桩辉煌的伟业。"

"我敢断定圣座一定觉得被恭维得受不了啦……"格拉西尼轻蔑地插进去说。

"喂，格拉西尼，让人家讲下去呀！"这次轮到列卡陀出来打断了，"真奇怪，怎么你们两个老是像猫和狗一样，一见面就要互相咬起来呢。讲下去，盖利！"

"我想说的是这一点,"那不勒斯人继续说,"圣座之所以这样做,他的本意无疑是很好的;至于他所实施的改革究竟能达到什么程度,那就是另外一个问题了。单就目前来说,事情既然进行得十分顺利,意大利全境的反动分子当然都会暂时销声匿迹一两个月,好让因大赦令而引起的兴奋渐趋消失;可是不经过一场搏斗,他们是不见得肯把自己手上的权力让人家抢了去的。照我看起来,今年冬天过不到一半,那些耶稣会派、格黎高里派、圣信会派[1]的教士们,以及他们的狐群狗党,都会出来捣乱,用种种的阴谋诡计来对付我们,凡是不会被收买的人,都要被他们一网打尽。"

"这倒是极有可能的。"

"很好,那么,我们究竟是在这儿等待,仅仅送出几份请愿书,直到拉姆勃鲁斯契尼[2]和他的党徒们说服了大公,把我们一起交给耶稣会派去管制,或者再派几队奥地利的轻骑兵上街巡逻,使我们不得不乖乖地听话呢;还是我们先发制人,利用他们暂时失势的机会,先下手给他们一个打击呢?"

"请你先告诉我们,你提议的是怎样一种打击?"

"我建议,我们该开始一种有组织的宣传和鼓动,来反对耶

---

[1] 耶稣会派是16世纪(1534年)西班牙教士罗耀拉(1491—1556)创立的一个教派,又名耶稣军,是罗马教皇用来对付宗教改革的有力支柱和武器。格黎高里派是教皇格黎高里十六世的拥护者,他们反对新教皇庇护九世的自由主义改革。圣信会派是1799年意大利反动势力为对抗民族解放运动而创立的一个教派,全名是"神圣信仰门徒会"。圣信会派的教士们极端仇视意大利人民,他们不止一次地支持奥地利人。

[2] 格黎高里派的主脑人物。教皇格黎高里十六世在位时,他是教皇国的大主教兼圣院(类似国会,由七十个红衣主教所组成)书记长。他常常唆使和利用奥地利人来镇压意大利人民的革命运动。

稣会派。"

"事实上就是用小册子宣战，是不是？"

"对啦。我们要暴露他们的阴谋，揭穿他们的诡计，号召人民团结一致去攻击他们。"

"但是这儿并没有耶稣会派的教士要我们去攻击呀。"

"没有吗？等上三个月，看会有多少吧。到那时候再想打退他们就来不及了。"

"要想真正唤起全城人民来反对耶稣会派，话就非说得露骨不可；但是这样露骨的话，又怎么能够逃得过审查呢？"

"我不准备逃避审查，我要向审查制度挑战。"

"你准备印发匿名的小册子吗？那是很好的，但是事实上，我们大家都已看够了秘密出版物的命运了……"

"我不是这个意思。我要公开印发小册子，把我们的姓名、住址都印上去。让他们来检举我们吧，只要他们敢。"

"这计划真荒唐极了，"格拉西尼嚷起来，"这完全是狂妄，简直就是拿自己的脑袋放进狮子嘴里去。"

"哦！你用不着害怕！"盖利尖刻地打断了他，"我们绝不会为了我们的小册子要你去坐牢。"

"住嘴，盖利！"列卡陀说，"这不是害怕不害怕的问题，只要对事情有利，我们大家都跟你一样准备去坐牢，可是这样无谓的冒险确是幼稚的举动。我个人对这提案有一点修正。"

"好吧，你怎样修正？"

"我以为，我们可以小心地设法和耶稣会派作斗争，而不至跟审查制度发生冲突。"

"我不明白你打算怎么办。"

"我认为把我们要说的话伪装一下是有可能的,譬如用这样一种迂回曲折的方式……"

"使得审查员看不懂吗?可是你是希望每一个贫苦的手艺人和劳工都能凭他们那一点儿一知半解就看出里面的意思来的!这种想法好像不大切合实际吧。"

"玛梯尼,你的意思怎么样?"法布列齐教授转身问他旁边一个长着棕色大胡子的阔肩膀的人。

"我愿意暂时保留我的意见,等到有更多的事实根据的时候再来考虑。这是一个要先经过种种试验,再看试验的结果来决定的问题。"

"那么你呢,萨康尼?"

"我倒很想听听波拉太太怎么说。她的意见向来是很有价值的。"

大家都回过头去看那房间里唯一的女人。她正坐在沙发上,用手托着腮静听别人的争论。她有着深沉而严肃的黑眼睛,可是现在抬起头来的时候,眼睛里面却显然流露出一种嘲笑的神色。

"我怕我跟各位的意见都不同。"她说。

"你老是这个样子,可是你的意见偏偏老是对的。"列卡陀插嘴说。

"我以为,我们必须采取某种方法去跟耶稣会派作斗争,这一点是非常正确的;假如用这一种武器不行,就必须用另外一种。但是光用挑战来做武器,力量太弱,逃避审查又太麻烦。至于请愿,那就是小孩的玩意儿了。"

"我希望,太太,"格拉西尼摆出一副庄严的面孔插嘴说,"你不至于主张用……暗杀手段吧?"

111

玛梯尼拿手不住捋着他的大胡子，盖利立刻忍不住笑。这位向来很矜持的青年妇人甚至也压抑不住微笑了。

"相信我，"她说，"如果我竟凶恶到了想做这种事，也不至于幼稚到在这儿公开谈论它。可是我所知道的最厉害的武器，就是嘲讽。如果你能把耶稣会派形容得非常可笑，使一般民众都去讪笑他们和他们的主张，那你不要流血，就可以征服他们了。"

"你这一番话我相信都是对的，"法布列齐教授说，"可是我还不大明白你怎样去实行。"

"为什么我们不能实行呢？"玛梯尼问，"一篇讽刺的文章总比严肃的政论更容易通过审查的难关。即使它必须要加上一个幌子，那比起一篇科学论文或经济论文来，一般读者更容易从这些显然荒唐的笑话中去发现双关的意义。"

"那么，太太，你的建议是，我们应该发行一种讽刺的小册子或是试办一种滑稽小报吗？可是我敢断定，最终审查机关是一定不会准许的。"

"我也不是主张出小册子或是办报纸。我相信，我们如果连续印出一套讽刺性的小传单——内容是诗歌或是散文都可以——拿到街上去廉价发售，或者免费散发，那是一定很有效果的。要是我们找得到一个聪明的艺术家，能够深刻领悟这种文字的精神，那么，我们还可以在传单上加一些插画。"

"这个主意只要能实行，那是最好的了；不过事情不干则已，要干就得好好干一下。我们需要一个第一流的讽刺家，但这样的人到哪儿去找呢？"

"对啊，"剧作家莱伽补充说，"我们当中大多数人都是写正经文章的，要是忽然学起幽默来，我说句不怕得罪人的话，那是等于教大象去跳塔兰泰拉舞[1]。"

"我并不是主张大家一窝蜂地都去干那外行工作。我的意见是，我们应该尝试去找一个真正有天才的讽刺家——我想在意大利境内一定可以找得到一个——并且替他筹好必需的资金。当然，我们必须调查一下这个人，而且要确实知道他会按照我们所同意的方针去工作。"

"但是你到哪儿去找这样一个人呢？我们国内真正有点儿天才的讽刺家可以数得出来，那些人没有一个是合适的。裴斯梯[2]不会接受，事实上他也已经忙得不可开交了。伦巴第有一两个好手，可是他们只能用米兰[3]的方言写作……"

"还有一层，"格拉西尼说，"我们可以另外找更高明的方法来影响托斯卡纳人。如果我们把这一个有关政治自由和宗教自由的严肃问题当作一种开玩笑的事情来处理，大家至少要说我们缺乏政治智慧。佛罗伦萨并不像伦敦那个只晓得开厂搞钱的野蛮地方，也不像巴黎那个穷奢极欲的魔窟，它是一个有过伟大历史的城市……"

"雅典当年也是这样。"波拉太太微笑着打断他，"可是我们这儿确是'太臃肿太麻木了，应该有一只牛虻来刺醒大家'。"

列卡陀拍了一下桌子："怎么，我们竟没有想起牛虻！这是

---

[1] 意大利南部一种轻快的民间舞。
[2] 裴斯壁·裴斯梯（1809—1850），意大利诗人，也是天才的讽刺家。他的作品尖刻地讽刺和抨击了奥地利压迫者和他们的意大利走卒。
[3] 城市名，在伦巴第地区。

个最合理想的人啊！"

"什么人？"

"牛虻——范里斯·列瓦雷士。你们不记得他了吗？三年前从亚平宁山下来的穆拉多里[1]队伍里面的那个人。"

"哦，你是认识他们这班人的，是不是？我记得他们到巴黎去的时候，你是跟他们一起走的。"

"是呀，我一直走到来亨，送列瓦雷士动身上马赛去。当时他不愿意留在托斯卡纳，他说起义已经失败了，留在这儿除了嘲讽没有别的事可干，所以他宁愿上巴黎去了。无疑的，他的见解跟格拉西尼先生差不多，以为托斯卡纳这个地方是不适宜于嘲讽的。不过我有很大的把握，如果我们去请他的话，他一定会回来，因为现在意大利又有可以干一下的机会了。"

"你刚才说的是什么名字？"

"列瓦雷士。我想他是个巴西人吧。至少，我知道他在那儿住过。他是我生平所遇到的最机智的人。我们在来亨的那一个星期，心情是很不好的，一点儿兴致也提不起来。只要想到那可怜的兰姆勃尔梯尼[2]，就足够我们伤心的了。可是一有列瓦雷士在座，就再也没有一个人还是愁眉苦脸的样子，他那满口诙谐的谈吐，简直是一团永远喷发不完的烈火。他脸上有一道可怕的刀伤，记得还是我替他把伤口缝起来的。他真是一个怪物，可是我相信，他以及他那一套玩笑，曾经鼓励了很多人，使他们不致因伤心而

---

1 指穆拉多里兄弟。1843年教皇国领地的波伦亚和拉文纳两地一个准备起义的组织被发现了，领导者穆拉多里兄弟带了一队人逃入亚平宁山区，想在那儿组织游击队，结果是失败了，参加该组织的人有好些被政府军捉住，后在波伦亚被害。

2 穆拉多里队里的人。

绝望。"

"他不就是那位用牛虻的笔名在法国报纸上发表政治短剧的人吗？"

"是的，他发表的大都是短文，还有一些幽默辛辣的小品。亚平宁山的私贩子们知道他的舌头厉害，给他起了一个绰号，叫他牛虻，他就把这绰号拿去做笔名了。"

"这位先生的事情我也知道一些，"格拉西尼用他那种缓慢而庄重的语调插进来说，"我可不能说，我所听到的都是称赞他的话。他确实有些能吸引人的浅薄的小聪明，可是要说他有什么了不起的才干，就未免太夸张了。也许他并不缺乏敢作敢为的勇气，可是他在巴黎和维也纳的声誉，我敢说，离纯洁两字还远得很呢。他好像是一个绅士，冒过……呃……呃……很多次险，可是身世不明。据说他是被杜普雷的探险队从南美赤道一带的某处荒野中为了做好事收留下来的，当时他已经像个野蛮人，堕落得一塌糊涂了。至于他怎么会沦落到那种地步，我相信他从来没有圆满地解释过。再说，亚平宁山区的起义，我怕大家也都已知道，参加那一次不幸事件的人物原是很复杂的。其中在波伦亚被判处死刑的那部分人，谁都知道，不过是一些普通的匪徒；就是那许多逃脱了的人，品质上也都不大经得起推敲。当然了，其中也确有**少数几个**是具有高贵品质的……"

"其中有一些还是在座几位的知交呢！"列卡陀打断了他，声音里面有些怒意，"格拉西尼，你这样分别对待、不一概而论的态度原是很好的，可是这些'普通的匪徒'曾经为了他们的信仰而牺牲，就比你我一直到现在所干的事要伟大得多了。"

"还有，下次倘使再有人跟你谈起这套从巴黎传来的飞短流长的话，"盖利补充说，"你就说是我讲的，他们所传关于杜普雷探险队的情形是和事实不符的。杜普雷有一个助手麦丹尔，跟我很熟，他已经把这桩事情的原委统统告诉我了。他们发现列瓦雷士在那儿流浪，是确有其事的。当时他因参加阿根廷共和国的独立战争做了俘虏，后来逃了出来，便用各种各样的方法乔装起来在阿根廷境内流浪，并设法回到布宜诺斯艾利斯去。至于说探险队为了做好事才把他收容进去，那完全是捏造的。事实是：队里的翻译害病回国去了，那些法国人都不能讲本地话，这才把他请去担任翻译的。他跟探险队整整走了三年，从事于亚马逊河支流的探险。麦丹尔告诉我，假如没有列瓦雷士帮忙，他相信他们那次探险是绝不能完成的。"

"不论他是怎样一个人，"法布列齐教授说，"只要看他竟能使得杜普雷和麦丹尔这样两个阅历丰富的老探险家都一见倾心，就可见得他一定具有一种过人的长处了。你以为怎样，波拉太太？"

"这事情我可一点儿也不清楚；当初那一班人经过托斯卡纳逃出去的时候，我刚巧在英国。可是照我想起来，那些跟他一起在那种荒野之地探险了三年的同伴以及那些跟他一同参加起义的同志都说他好，那就已经是一份很有力量的保荐书，足以抵消那套无稽谰言而有余了。"

"讲到他的同志们对他的意见，那是毫无疑问的，"列卡陀说，"从穆拉多里和柴姆贝卡里[1]直到最粗鲁的山民，都对他极

---

[1] 穆拉多里的战友。

崇敬。此外，他跟奥尔西尼[1]的私人交情也很好。至于巴黎方面，的确流传着关于他的种种不大愉快的无稽谰言；但是如果一个人害怕树敌，他就不会成为一个政治讽刺家了。"

"我也仿佛还记得，"剧作家莱伽插嘴说，"当初那一班人经过这儿逃出去的时候，我似乎看见过他一次的。他是一个驼背吧？不然就是腰有些弯曲，总之他是有这一类毛病的。"

法布列齐教授已经拉开了写字台的抽屉，翻阅着一大堆文件。"我想我这儿还找得到警察局通缉他的告示。"他说，"你们大概都还记得，他们逃出来躲在山峡里的时候，他们的图像是到处张贴起来的，而且大主教——那个流氓叫什么名字？哦，是斯宾诺拉[2]——还悬赏买他们的头呢。"

"提起警察局的这张告示，我又记起一段有关列瓦雷士的辉煌故事来了。他曾穿了一套旧军服，假装成一个在执行任务时受了伤而想找寻同伴去归队的骑兵，在国内到处流浪。有一次，碰到了斯宾诺拉的搜查队，他竟搭上他们的便车，坐了整整一天，还对那些搜查队员讲了许许多多惊心动魄的故事，说他怎样做了那些叛徒的俘虏，怎样被他们拖到山上的匪窟里，受到种种残酷的拷问。队员们拿那张悬赏捉拿的告示给他看，他又信口胡诌许多话来形容那个'绰号牛虻的恶魔'。后来到晚上，队员们都睡熟了，他就把一大桶水泼在他们的火药里，装了满口袋的粮食和弹药，逃走了……"

---

[1] 范里采·奥尔西尼（1819—1859），意大利解放运动的有名战士之一，马志尼党人，因谋刺法皇拿破仑三世失败被捕，后在巴黎被害。

[2] 教皇手下的省长之一，他在19世纪30—40年代间以残酷镇压起义党人而臭名昭著。

"啊，这就是那张告示。"法布列齐教授插进来说，"'范里斯·列瓦雷士，绰号牛虻。年龄，三十岁左右；籍贯、家世，不详，大约系南美人；职业，新闻记者。身材矮小；黑发；黑须；皮肤黝黑；眼睛，蓝色；前额，宽阔方正；鼻子，嘴巴，下颏……'对了，在这儿呢：'特征：右脚跛；左臂扭曲；左手缺二指；脸上有新砍刀痕；口吃。'接下去还有一个附注：'该犯枪法极精，逮捕时须特别留意。'"

"当时那搜查队手上有这样一张详细明确的鉴别单，他居然能骗过他们，真是一桩骇人听闻的事。"

"自然，这完全是靠他那一种异乎寻常的大胆。要是人家对他略微有一点儿怀疑，他就完蛋了。可是一个人要是能够随时装出一副怪天真的模样，使得人家不能不相信，那是无论怎样的险境都可以渡过的。好吧，各位先生，你们对于这一个提议究竟有什么意见？在座似乎有几位是跟列瓦雷士很熟识的。我们是不是要去向他表示，说我们这儿很希望能得到他的帮助？"

"我以为，"法布列齐教授说，"我们不妨先向他试探一下，看他是不是愿意考虑我们这个计划。"

"啊，他一定愿意的，你们放心好了，只要这是一桩向耶稣会派斗争的工作；他是我所见到过的最激烈的反对教权的人，事实上，他在这一点上简直是要疯狂了。"

"那么你可以给他去信吗，列卡陀？"

"当然，让我想一想，目前他在什么地方。我想是在瑞士吧。他是个最不肯休息的人，老是东奔西跑的。可是关于小册子的问题呢……"

于是他们进行了一番长久而热烈的讨论。及至最后大家开始散了，玛梯尼就走到那个沉默寡言的青年妇人跟前。

"我送你回家，琼玛。"

"谢谢。我正有一件正经事要和你谈谈。"

"通信地址出了什么毛病吗？"他轻声地问。

"并不怎么严重，可是我想现在可以把它们稍稍改动一下了。这个星期里面有两封信被扣留在邮局里。信都是无关重要的，而且也可能是偶然的事情；不过我们经不起冒险。警察局一怀疑到我们的任何一个地址，就必须立刻更换它。"

"这桩事情等我明天来了再谈。现在我不打算谈正经事；你好像很累了。"

"我不累。"

"那么，又是心境不好了？"

"啊，不；不是特别地。"

第二章

"太太在家吗,卡蒂?"

"是的,先生,她正在穿衣服。请到客厅里坐一会儿,她很快就下楼来了。"

卡蒂很高兴很亲切地把客人领进客厅。玛梯尼是她特别欢迎的客人。他能够说英国话,当然说起来像个外国人,可是也已经很出色了;他又不像旁的客人一样,一坐下来就高谈政治,谈到深更半夜,不管女主人疲倦不疲倦。还有,当初她的女主人在极痛苦的时候——爱子刚死,丈夫垂危,他曾经赶到德文郡[1]去帮助过她;从那时候起,卡蒂就觉得这个高大、笨拙而沉默的男人就跟现在蜷伏在他膝上的那只懒洋洋的黑猫一样,已经变成"家里人"了。帕希脱呢,它把玛梯尼当成一件很有用的家具。这位客人从来不踏痛它的尾巴,也不把烟喷到它眼睛里去,而且让它躺在舒适的膝盖上打呼噜;吃饭的时候,也从来不让它在一旁干看着,好像不相信猫对于人类吃鱼会感兴趣的样子。他们之间的交情可是有年头的了。有一次,当时帕希脱还只是一只小咪咪,

---

[1] 在英格兰西南部。

它的女主人病了,没有心思再想到它,幸亏玛梯尼照顾,才把它装在一只篮子里从英国带到这儿来。从那时起,长时期的经验使它相信:这个粗笨得像头熊的人倒是一个可以共患难的朋友。

"看你们俩多舒服!"琼玛走进房里来说,"人家还当你们打算就这样消磨这个黄昏呢。"

玛梯尼小心地把黑猫从膝盖上捧下来。"我来得这么早,"他说,"就是希望你能在我们出发之前给我吃一些茶点。今天那边大概是极拥挤的,而且格拉西尼家里不见得会给我们提供什么晚餐,那种时髦的家庭是永远不会这么做的。"

"得了!"琼玛说着,笑了,"你也学上盖利的那么一套恶毒了!可怜的格拉西尼,就是不把他妻子不会管家的罪名加到他头上,自己的罪名也已经够多了。茶马上就好。卡蒂特意给你做了德文郡饼呢。"

"卡蒂真是个好孩子,是不是呀,帕希脱?哦,你到底穿上了这套漂亮衣服了。我还以为你会忘记的。"

"我答应过你穿它的,虽然这么热的天气穿这样的衣服并不合适。"

"到了菲耶索莱[1]就会凉快得多;而且你穿白色开司米[2]套装是再合适不过的。我给你带来几朵花,跟这衣服很相配。"

"啊,这样可爱的一球球的玫瑰花,真惹人欢喜!可是我想还是把它插在瓶里的好。我是不爱戴花的。"

---

[1] 城镇名,在佛罗伦萨附近。

[2] 开司米是克什米尔(cashmere)的另一音译。此处是山羊绒的原产地,所以英语中将"山羊绒"称为开司米。

"喏！你的迷信的怪念头又来了。"

"不，并不是；我只是想，让这些花伴着我这样乏味的人去消磨整个黄昏，它们一定会觉得厌倦的。"

"今天晚上恐怕我们大家都会觉得厌倦。晚会一定乏味得叫人受不了。"

"为什么呢？"

"一部分是因为，凡是格拉西尼的手接触过的东西，一定跟他本人一样的乏味。"

"说话不要太刻薄。我们要到他那里去做客，说这样的话可是不公道的。"

"你说的话总是对的，太太。那么，好吧，它之所以乏味，是因为那班有趣的朋友有一半都不能到会。"

"怎么回事呢？"

"我也不知道。到别的地方去啦，害了病啦，或者有别的事情啦。不过，无论如何，那儿总会有两三位外国大使、几位德国学者，照例还有一班莫名其妙的旅行家、俄国王子、法国军官，以及文艺俱乐部里的人，等等；所有这些客人我一个都不认识——除了那新来的讽刺家，今晚最引人注目的人物。"

"新来的讽刺家？怎么，列瓦雷士吗？可是我还以为格拉西尼是非常不赞成他的呢。"

"是的，他原是不赞成他的。可是既然这个人已经到了这儿，以后大家又一定要谈到他，那么格拉西尼就一定要把他的家作为新来的名士第一次露脸的地方。你可以相信，现在列瓦雷士还没有听到格拉西尼不赞成他的话。可是他也许会猜得到，他是非常敏感的。"

"我是连他已经来了都还不知道呢。"

"他昨天刚到。茶来了。不，你不要站起来，茶壶我会去拿的。"

在这一间小巧玲珑的书房里，玛梯尼是再快乐也没有的了。琼玛的友谊，她在不知不觉之中对他散发的魅力，她那种坦率而质朴的同志爱，在他平淡的一生中，没有比这些更闪耀了。只要心里特别难受的时候，公务完了他就要到这儿来和她坐坐，常常是默默地看着她斟茶或者低头做针线。她从来不问他为什么烦闷，或者用言语来表示什么同情，可是每当临走时，他就变得坚强起来，平静起来，就像他自己说的，觉得又可以"好好地再活上两个星期了"。她具有一种善于安慰人的特长，虽然自己并不自觉。两年前，玛梯尼那班知己朋友在卡拉布里亚被人出卖，结果像狼一样被射杀了。可能就是她那坚定的信念，才把他从当时的绝望中拯救出来。

逢到星期天的早晨，玛梯尼间或要来跟她"谈谈正经事"。所谓正经事就是指与马志尼党内的实际工作有关的事情，因为他们俩都是马志尼党积极而忠诚的党员。在这种时候，她就变成一个完全不同的人了：机警，冷静，思想有条理，非常精细而且非常公平。那些只知道她怎样做政治活动的人，都把她看成是一个训练有素、遵守纪律的革命家，是一个可以信任的、勇敢的、各方面都值得珍视的宝贵党员，只是稍稍缺乏人情和个性。盖利曾经这样评论她："她是一个天生的革命家，一个人就抵得上我们一打，可是此外也就没有什么别的了。"玛梯尼所认识的这位"琼玛夫人"，一般人确实是很难了解的。

"那么，你们这位'新来的讽刺家'是怎样一个人呢？"琼玛一面打开食橱的门,一面回头望着玛梯尼问,"看,西萨尔[1],这儿有给你吃的大麦糖和罐头蜜饯。说来也真奇怪,搞革命的人都这么喜欢吃甜东西。"

"旁人也喜欢的呀,不过他们嘴里不肯承认,以为说出来会失身份罢了。你问那新来的讽刺家吗?他是这么一个人,一般女人见了会热烈谈论,可是你不会喜欢他的。他以卖弄刻薄话做职业,装着一副慵懒的样子,满世界游走,身后老是跟着一个漂亮的跳芭蕾舞的女人。"

"你的意思是,他的身边真有一个跳芭蕾舞的女人,还是因为你不满意他,想模仿那种刻薄话?"

"天知道!我干吗要不满意他呢!那个跳芭蕾舞的女人是千真万确的,而且对于那些喜欢泼辣美人的人来说,她长得的确很漂亮。至于我,我是不喜欢的。据列卡陀说,她是一个匈牙利的吉卜赛女郎,或者是诸如此类的人,出身于加里西亚[2]的地方戏院。看来他的脸皮是相当老的;他把那个女人介绍给人家,就好像她是他一个没有出嫁的姑妈。"

"这样才公平啊,如果是他把她从她家里带出来的话。"

"你可以这样看,亲爱的夫人,可是一般社会上却不会这样看。我想当他把那个女人介绍给别人的时候,许多人一定要大不高兴,因为他们明知道她不过是他的情妇呀。"

"要不是他自己告诉他们,他们怎么会知道呢?"

"这是非常明显的,等你碰到她的时候就会明白的。不过我

---

[1] 玛梯尼的名字。照英国人的习惯,叫名字表示亲呢,叫姓表示客气。
[2] 旧地区名。在今波兰东南部和乌克兰西北部接壤处,曾属奥地利。

想即使是他,也不会胆敢把她带到格拉西尼家去吧。"

"他们不会接待她的,格拉西尼太太是一个不肯违背礼俗的女人。但是我想知道的是作为一个讽刺家的列瓦雷士先生,而不是他私人的事。法布列齐告诉我,他已经接到了我们的信,而且已经应允到这儿来担负起攻击耶稣会派教士的战斗任务了——这就是我最后听到的消息。这一星期的工作太忙了。"

"我也不一定能供给你更多的消息。钱的问题看来是没有什么困难了,这是我们原先没有料到的。他的境况似乎相当好,愿意工作,不计报酬。"

"那么,他有一笔私人财产吗?"

"显然是有的;虽然这桩事情看上去很奇怪——那天晚上在法布列齐家里,谈到杜普雷探险队发现他时他的处境,你是听到的。可是现在他手里已经有巴西某处矿山的股票了;而在巴黎、维也纳和伦敦写专栏文章的收入也很可观。他似乎可以运用六种文字,在这儿也并不妨碍他跟别处报纸的联系。单是骂骂耶稣会派教士,不至占去他全部的时间。"

"那是当然的。我们该动身了吧,西萨尔。哦,我还得把这几朵玫瑰别在身上。请你等一会儿。"

她跑上楼去,下来时胸前已经别好了玫瑰花,头上披了一条西班牙黑花边的长肩巾。玛梯尼用艺术家的眼光欣赏着她。

"你像一个皇后了,我的太太,就好像那又伟大又聪明的示巴女王[1]。"

"你可真能挖苦人啊!"她笑着驳斥他道,"为了把自己打

---

[1] 据《圣经·旧约》,示巴是所罗门时代东方古国之一,其女王以兼具美貌与聪明而闻名。

125

扮成一个典型的社交太太,我已经煞费苦心,够受的了!一个地下革命党人谁愿意装扮成示巴女王?那并不是摆脱暗探的方法呀。"

"你一辈子也学不会那些社交太太的庸俗样子,不管你怎样学。这不要紧,虽然你不会像格拉西尼太太那样把脸藏在扇子后面媚笑,但是你这么漂亮,暗探们一看,就再也不会去猜想别的什么了!"

"哦,西萨尔,不要再提那个可怜的女人了吧!喏,再拿几块糖去甜甜你那恶毒的舌头。你准备好没有?我们这就走吧。"

玛梯尼的话说得不错,晚会确是又拥挤又乏味。那些名流学者彬彬有礼地在谈着一些琐事,看上去显得非常无聊;"那班莫名其妙的旅行家们和俄国王子们",却在房间里穿来穿去,互相打听谁是名人,并竭力装得满口斯文的样子。格拉西尼接待客人的那种矜持态度,就跟他那双擦得雪亮的靴子一样,但一见琼玛,他冰冷的脸上顿时放出了光彩。他并不真正喜欢她,而且私下还有些怕她;但是他心里明白,如果没有她,他的客厅里就要缺乏一种很大的吸引力了。他在他那一行里面已经爬得很高,钱也有了,名也有了,现在他一心只想使自己的家变成一个当地开明人士和知识分子的社交中心。他痛苦地意识到,他年轻时结下的婚姻是一种错误,他那位相貌平庸、妆饰过度的矮小太太,谈吐无味,姿色早衰,实在不配做一个大规模文艺沙龙的女主人。每次开晚会,如果琼玛肯答应参加,他就料定那一定会开得很成功。她那一种娴静文雅的态度,会使客人们感到舒适,只要她在座,他想象中一直缠绕着这所房子的那股可怕的俗气也就完全消失了。

格拉西尼太太亲切地欢迎琼玛,大声对她"耳语"着:"今天晚上你多迷人啊!"一面用苛刻的批评的眼光细细打量她那一身白绒服。她对这位女客有一种妒忌的怨恨，她恨的正是玛梯尼所爱的那些东西：她性格中的沉静的力量，那种庄重而又诚挚的爽直，稳定平衡的心理，以及她脸上的那种表情。而当格拉西尼太太恨一个女人的时候，她是用一股喷发的热情来表现的。琼玛对她这一套恭维和亲昵抱着见怪不怪的态度，从来不费心思去多想它。在她心目中，所谓"社交活动"是一件使人厌倦和不愉快的任务，一个不愿惹起暗探注意的秘密党人必须有意识地完成的任务。她把这看成和用密码写东西的麻烦工作是一类的事情，她知道一个女人如果能以衣着美丽出名，实际上就有了一种有价值的保障，可以使得人家不致怀疑她，因此，她研究时装样本的细心，并不下于她研究密码。

那些阴郁无聊的文人学士一听到琼玛的名字，脸上顿时露出一丝光彩来，因为她在他们中间很有名望；特别是那些激进的新闻记者，立刻都被吸引到她身边来。但她是一个富有实际经验的秘密党人，绝不致让他们独占她。激进分子是她天天都可以遇到的，所以当他们成群地围上来的时候，她就马上婉劝他们去做自己的事，微笑着提醒他们，那儿有许多旅行家需要他们去指导，不必浪费时间来跟她谈话。她呢，就专心一意去对付一位英国议员，因为共和党人急于要争取那个议员的同情。知道他是个财政专家，为了引起他的注意，她首先向他请教，问他对奥地利通货方面的一个技术问题有什么意见，然后巧妙地谈到伦巴第—威尼西亚[1]政府的预算情况上来。那位英国人原觉谈谈闲天无聊得很，听她谈起这些话，很吃惊地朝她看了一看，很怕自己已经落到一

---

[1] 指包括伦巴第和威尼西亚两地的意大利北部地区，当时在奥地利统治之下。

位女学究的手里，但一看她态度大方，谈吐生动，不觉肃然起敬，立刻认真地和她讨论起意大利的财政问题来，好像她就是梅特涅¹一样。当格拉西尼领着一个法国人来，说他"想向波拉太太问问青年意大利党的一些历史"的时候，这位议员先生惶惑地站了起来，觉得意大利人之所以不满意，理由也许比他原来所设想的多。

过了一些时候，琼玛悄悄地溜到客厅窗外的凉台上，想在那高大的山茶花和夹竹桃中间去独坐一会儿。房间里闷人的空气和川流不息的人群使她开始感到头痛了。凉台的一端放着一排栽在大木桶里的棕榈树和凤尾蕉，遮在木桶前面的有一排百合花和别的花木。这些花木构成一道周密的屏风，屏风背后有一个小小的角落，从那儿可以俯瞰外面山谷里的一片美好风景。石榴枝头簇生着晚开的花朵，垂挂在花木的间隙旁。

琼玛躲在这个角落里，希望不会有人猜到她在哪儿，好让她休息一会儿，清静一会儿，避免头痛加剧。夜是暖和的，幽静的，但她刚从燠热而闷人的房间里出来，不免感到一些凉意，因此把那条镶边肩巾披在头上。

不多一会儿，走廊上传来的说话声和脚步声就把她从蒙眬睡意中惊醒。她退缩到阴影中去，希望人家不会注意到她，让她再忙里偷闲清静片刻，然后再用疲倦的脑筋去应付那些谈话。不料，讨厌得很，那脚步声竟停止在屏风的近旁，接着，格拉西尼太太那种像笛子一样尖细的声音在一阵喋喋不休的谈话里中断了一会儿。

---

1 梅特涅（1773—1859）是当时的奥地利首相（1821—1848）。

另一个声音是一个男人的，非常柔和悦耳；美中不足的是中间带着一种特殊的拖沓，这也许只是装腔，但更可能是因为长期努力矫正口吃才变成这个样子，总之叫人听了很不舒服。

"你说她是英国人吗？"那声音问，"但那名字分明是意大利人的。是什么——哦，波拉？"

"是的。她就是差不多四年前死在英国的那个可怜的乔万尼·波拉的寡妇——你不记得了吗？哦，我忘记了——你过的是那样的流浪生活，当然不见得会知道我们这个不幸的国家所有殉难烈士的——多得很哪！"

格拉西尼太太叹了一口气。她跟陌生人谈起话来老是这样；那神气好像一个爱国志士在为意大利的忧患而叹息，可又很带点寄宿学校女生的派头，还像小孩子撒娇似的噘着嘴。

"死在英国！"那男人的声音重复着她的话，"那么，他是一个亡命者了？我对这个名字好像有些熟识，他不是跟初期的青年意大利党有关系吗？"

"是的，他是一八三三年被捕的那批不幸的青年人里面的一个——你还记得那桩悲惨事件吗？几个月以后他被释放了，但过了两三年之后，政府又发出逮捕他的拘票，他就流亡到英国去了。以后我们所听到的就是他在那边结了婚。整件事都很离奇，不过可怜的波拉一向就很神秘。"

"后来他死在英国了，你说？"

"是的，肺病死的；他受不了英国那种可怕的气候。就在他要死的那几天，她唯一的孩子又生猩红热死掉了。惨得很哪，不是吗？而我们大家又这样喜欢亲爱的琼玛！她略微有点矜持，可怜的人儿；英国人老是这样的，你总知道。不过我想她是太不幸了，才会变得这样忧郁的，而且……"

琼玛站起身，推开石榴树枝走了出来。把她私人的不幸遭际这样搬出来做闲谈的资料，在她几乎是不可忍受的，因此，当她重新踏进灯光下面的时候，脸上显然带着恼怒的神色。

"啊，她在这儿！"女主人保持着一种可钦佩的镇静态度嚷起来，"琼玛，亲爱的，我刚才想不透你跑到哪儿去啦。范里斯·列瓦雷士先生要见见你哪。"

"那么，这就是牛虻了。"琼玛心里想，怀着一点儿好奇心看了看他。他很有礼貌地向她鞠躬，但是他的眼睛扫过她的脸和身材时，她觉得那眼光却是这样的傲慢而锐利，就像在审问她似的。

"你在这儿找到了一个清……清……清静的地方，"他对那道厚厚的天然屏风看了一眼说，"这儿的景物……多……多么迷人啊！"

"是的，这块小地方挺美丽。我是到这儿来吸点儿新鲜空气的。"

"这样可爱的夜晚，要是待在屋子里，那真太辜负了仁慈的上帝了。"女主人说着，抬起眼睛望着天上的星星（因为她有很好的睫毛，想拿来炫耀一下），"瞧，先生！我们这可爱的意大利如果获得了自由，不就成了尘世里的天堂吗？你想想看，她有这样的花朵，这样的天空，却是一个被束缚的奴隶！"

"还有这么些爱国的女人呢！"牛虻用他那种柔和的懒洋洋的拖长的声音含糊地说。

琼玛有些惊骇似的转过头来瞧了他一眼；他那种无礼的讽刺是明显得任何人都骗不过的。可是她把格拉西尼太太要人恭维的胃口估计得太小了；那可怜的女人垂下她的睫毛，叹了一口气。

"啊，先生，一个女人能够做的工作实在太少了！不过，谁知道呢？也许有一天我可以证明我不愧为一个意大利人。现在我得回去招待客人了；法国大使曾经请求我，要我把他的养女介绍给这儿所有的名流；你们过一会儿就进来见见她吧。她是一个挺可爱的姑娘呢。琼玛，亲爱的，我领列瓦雷士先生出来看看我们这儿美丽的景物，现在我得把他交给你了。我知道你会招呼他的，给他每个人都介绍一下。啊，那边那个讨人喜欢的俄国王子过来了！你碰到过他吗？他们说他是尼古拉皇帝[1]手下很得宠的一位人物呢。现在他是波兰一个城市的司令官，那城市的名字是谁也没有本领念得出来的。多美的夜晚啊！不是吗，我的王子？[2]"

格拉西尼太太像蝴蝶似的飞了开去，跟那边一个男人絮絮地谈起话来。那男人的脖子粗得像公牛，下巴臃肿不堪，外衣上佩着闪耀的勋章。她那为"我们不幸的祖国"[3]而发的悼词里，夹着一些"多迷人啊""我的王子"[4]的词儿，沿着走廊渐渐消失了。

琼玛在石榴树旁静静地站着。她对那可怜而愚蠢的小妇人心里觉得不忍，而对牛虻那种懒洋洋的无礼讽刺感到烦恼。这时他正目送他们远去，他脸上那种神情尤其使她愤怒。对这样的可怜虫也要讥笑，他似乎太不宽厚了。

"那儿，意大利的和……和俄罗斯的爱国主义，"他微笑着向她回过脸来说，"臂膀勾着臂膀，满心欢喜地结起伙伴来了。

---

1 即俄国沙皇尼古拉一世（1796—1855）。

2 原文系法文。

3、4 原文均系法文。

这两种爱国主义里边你喜欢哪一种？"

琼玛微微皱起了眉头，没有回答。

"当……当然，"他继续说道，"这完全是个……个人口味的问题；可是这两者之中，我是喜欢俄罗斯那一种的——它是那样彻底。假如俄罗斯帝国不是依靠火药和子弹而是依靠花朵和天空来维持它的霸权，你想这位'我的王子'能够把他的波兰要塞保……保持多久呢？"

"我以为，"她冷冷地回答，"我们尽管不妨坚持我们个人的意见，却无需在做客时去嘲笑女主人。"

"啊，是的，我竟忘……忘记了这儿、意大利是富于好客精神的；这些意大利人，他们是非常好客的民族。无疑地，奥地利人早已知道他们是这样的了！你请坐下来好吗？"

他就一瘸一拐地到走廊那边替她端了一把椅子来，自己却靠着栏杆在她对面站着。灯光从一个窗子里面透出来，亮晃晃地射到他的脸上，因此她能够从容不迫地来打量他。

她觉得很失望。原来以为他的脸纵使不讨人喜欢，也一定显得动人和有力，现在看上去，外表最显著的特点只有一种服饰华丽的倾向，至于神情态度上隐伏的傲慢，那就不仅仅是一种倾向而已了。此外，他的皮肤是微黑的，像一个黑白种的混血儿，而且他虽然是个瘸子，举动却矫捷得像只猫一样。他的全部性格非常容易使人联想到一只黑色的美洲虎。他的前额和左颊上面带着长长一条弯曲的刀伤的疤痕，使那一张脸显得非常可怕；她已经注意到，当他开始吃吃说不出话来的时候，面孔的那一边就要起一种神经性的痉挛。假如没有这些缺陷，虽然带点儿飞扬浮躁的神气，他的相貌也还是很漂亮；现在呢，那一张脸当然不好看了。

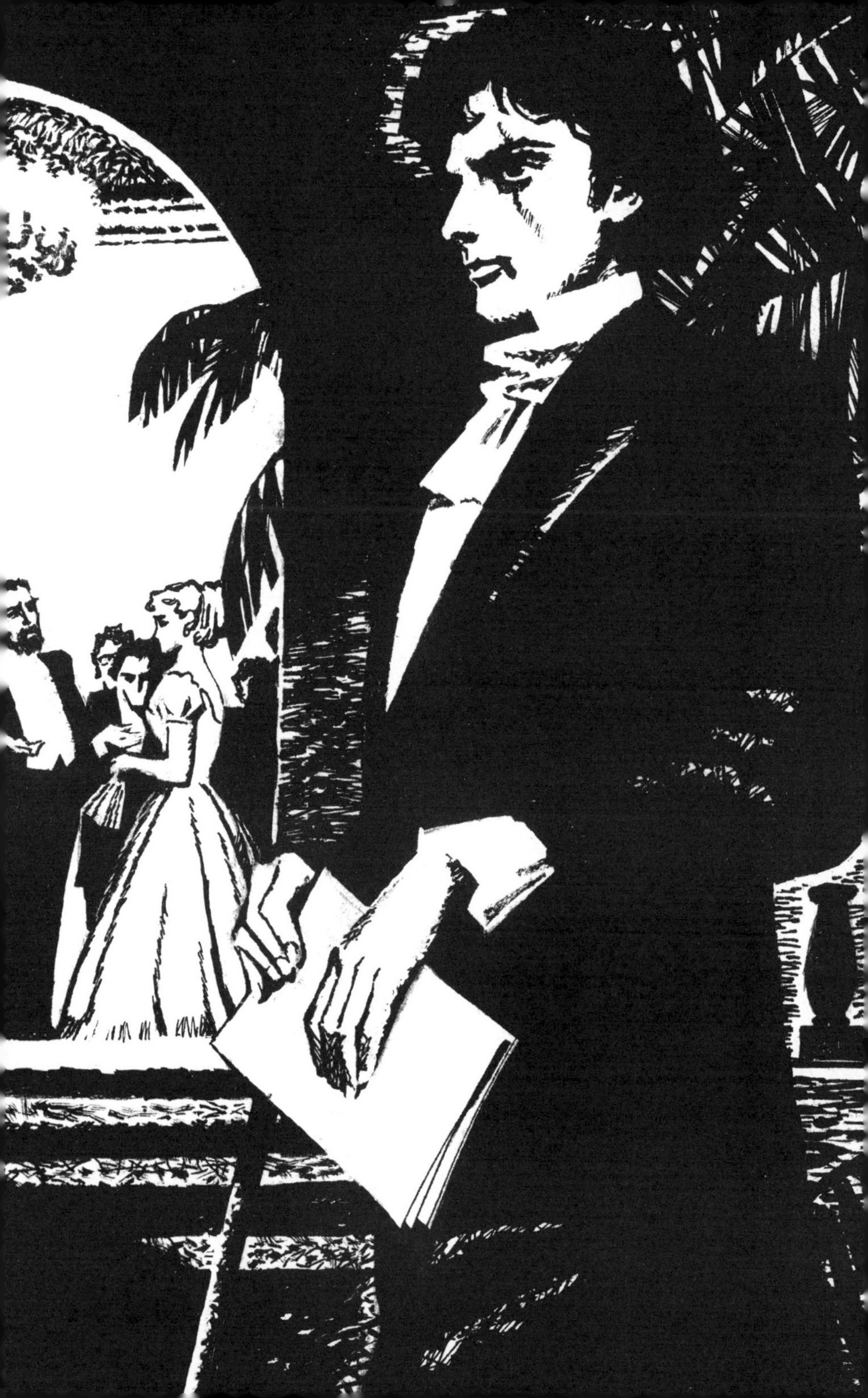

过了一会儿，他那种柔软的模糊语声又响起来了。（"简直就像一只美洲虎在说话，假如美洲虎能够说话而且碰到它脾气好的时候。"琼玛怀着愈来愈强烈的愤怒对自己说。）

"我听说，"他说，"你对激进派的报纸很感兴趣，而且常常给它们写文章。"

"我写得不多，没有工夫多写。"

"啊，那是！我从格拉西尼太太那儿知道，你还担任别的重要工作呢。"

琼玛微微耸起了眉毛。很明显，格拉西尼太太这个傻女人一定不小心对这滑头滑脑的家伙乱说了什么；而琼玛自己却真正开始讨厌他了。

"忙确是忙，"她冷冷地说，"可是格拉西尼太太把我的工作未免估计得过分重要了。其实都是些无足轻重的小事。"

"唔，要是我们大家都把时间耗费在替意大利唱哀歌上面，这个世界就要糟糕了。照我想，跟今晚的主人和他太太的经常亲近，会使每个人都会为了自卫而把自己说得无足轻重的吧。哦，我知道你要说的是什么话；你说的自然很对，可是他们这对儿宝贝的爱国主义实在滑稽得很——怎么，你打算进去了吗？这儿多么好啊！"

"我想我马上要进去了。那是我的肩巾吗？谢谢你。"

肩巾是他给拾起来的，现在他正站在那儿看着她，一双眼睛睁得大大的，深蓝而天真，像清溪里的两朵勿忘我花。

"我知道你是对我生气了，"他有些后悔地说，"因为我愚弄了这个彩色的蜡制洋娃娃；可是这有什么办法呢？"

"你既然问我，我确实以为把一个智力不如自己的人拿来这

134

样开玩笑,是一种不宽厚……甚至……是卑怯的行为,这就好比去嘲笑一个瘸子,或者……"

牛虻突然痛苦地屏住呼吸,缩身对那瘸脚和残手瞥了一眼,但随即就又恢复了自制力,迸发出一阵大笑。

"这不见得是一个适当的比方,太太;我们这些瘸子并不在别人面前夸耀自己的残废,像她夸耀自己的愚蠢一般。至少你得相信我们,我们自己也承认,弯曲的脊背并不比弯曲的行为更使人愉快。这儿有台阶,让我来挽你一把好吗?"

琼玛怀着一种惶惑的心情默默地回到屋子里去;他那出人意料的敏感,使她觉得非常狼狈。

他一拉开那间巨大的接待室的门,琼玛立刻看出自己离开之后这儿已经出了什么不平常的事情了。大多数绅士们的脸上都显出恼怒和不安,太太小姐们都涨红着脸,竭力装出若无其事的样子,大家都拥挤在房间的一头;男主人正在托着他的眼镜,分明要把一肚子的怒气硬压下去;那些旅行家站在一个角落里,嬉皮笑脸远远望着房间的另一头。显然,那一头一定有了什么事,这些旅行家才觉得很好笑,大多数客人才觉得受了一种侮辱。只有格拉西尼太太一个人好像丝毫没有注意这回事,只管轻轻地挥摇着扇子,跟荷兰大使馆的秘书在那儿谈天;那位秘书脸上浮着一种痴笑,在倾听着。

琼玛在门口停住了脚步,回头看看牛虻是否也已注意到那种不安的情形。牛虻正从那位木然无知的有福的女主人脸上看到房间那头一张沙发上面去,眼光分明含着一种恶毒的得意神情。她立刻明白了:原来他已经通过一套玄虚把他那情妇带到这儿来了,可是这套玄虚除了格拉西尼太太之外谁也骗不了。

那个吉卜赛女郎斜靠在那张沙发上，正被一大群卖弄风流的纨绔子弟和假装斯文的骑兵军官包围着。她穿着一身琥珀色和猩红色相间的衣裳，显着东方色彩的浓艳，并且佩戴着琳琅满目的饰物，因之在这个佛罗伦萨文艺沙龙里非常惹人注目，正如一只热带鸟混在一群麻雀和椋鸟里面一般。她自己似乎也感觉到不大合适，便用一副恶狠狠的藐视一切的怒容望着那班生气的太太们。现在她看见牛虻同琼玛一起走过来，就急忙跳起身迎了上来，滔滔不绝地说出了一大篇错误百出的法国话。

"列瓦雷士先生，我哪儿都找到了！萨尔特柯夫伯爵问你明天晚上能不能上他别墅里去。会有舞跳的。"

"抱歉得很，我不能去；就是去了我也不能跳舞。波拉太太，请允许我给你介绍，这位是绮达·莱尼小姐。"

那吉卜赛女郎带着点儿挑战的神气把琼玛打量了一下，生硬地鞠了一躬。正如玛梯尼所说，她生得的确漂亮，具有一种生气勃勃的野兽般的粗鲁的美；她那极其和谐而又潇洒自如的行动也十分讨人喜欢；但是额头生得低了一些，窄了一些，那精致的鼻孔的线条，显得有点刻薄甚至带点儿冷酷。琼玛跟牛虻站在一起，本已有一种受压抑的感觉，现在加进这个吉卜赛女郎，那种感觉就更加强烈了。因此，等到过了一会儿主人来请她到另外一个房间里去招待几位旅行家的时候，她就如释重负地立刻答应了。

"那么，太太，你觉得这个牛虻怎么样？"玛梯尼跟琼玛同坐马车深夜赶回佛罗伦萨去的时候问她，"那样地愚弄格拉西尼家那个可怜的矮小女人，你想还有比这更无耻的行径吗？"

"你是说那个跳芭蕾舞的女人吗？"

"是的，他哄骗格拉西尼太太，说那个女人将来要红极一时。只要是一个出名的人，格拉西尼太太是什么都肯干的呀。"

"我以为他这种做法很不应该，而且太刻薄；他不但使格拉西尼夫妇丢脸，就是对于那个吉卜赛女郎本人，也未免有点残忍。我敢断定，她一定觉得很不舒服。"

"你不是跟他谈过话吗？你对他有什么感想？"

"啊，西萨尔，也没有什么别的感想，只是一离开他就感到一阵愉快。我从来没有碰到过一个人像他这样令人厌倦的。我跟他见面不到十分钟，就感觉头痛了。他简直就像个魔鬼，动乱的化身。"

"我早就知道你不会喜欢他的；我呢，老实说，也跟你一样。这个家伙狡猾得像条鳗鱼，我对他是不能信任的。"

第三章

牛虻住在罗马门外，和绮达的寓所相近。他的生活显然有些西巴列斯[1]人的作风；房间里虽没有什么过分豪华的东西，但是在那些零星物件上面却显出一种奢侈的倾向，一切陈设布置都非常精雅，这就使得盖利和列卡陀不胜惊异了。他们原先总以为，一个曾在亚马逊荒野里流浪过的人，嗜好上应该比别人简单些，现在看见他那些一尘不染的领带、排列成行的靴鞋，以及写字台上经常摆放的鲜花，就不由不感到诧异。大体上说来，他和他们相处得很好。他对每一个人都很殷勤、友善，对当地马志尼党的分子尤其如此。但对琼玛显然是一个例外；自从他们第一次见面，他似乎就不喜欢她了，此后他就总是设法避免和她接触。曾经有过两三次，他竟至用粗暴的态度对待她，以致激起了玛梯尼深深的憎恨。玛梯尼和他一开始就没有好感，因为他们的性情是这样的不相同，彼此之间只有互相憎恶。不过在玛梯尼这方面，这种憎恶很快就发展为仇恨了。

"他不喜欢我，我倒毫不在乎，"有一天玛梯尼显出一副烦

---

[1] 古代意大利南部城市，居民以奢侈逸乐而闻名。

恼的神情，对琼玛说，"反正我也不喜欢他，这没有什么了不得。可是他对待你的那种态度，我可受不了。要不是怕党内的人说闲话——说我们把人家请了来，又去跟人家吵架——我就非跟他算账不可。"

"随他去吧，西萨尔。这些都无关紧要，而且话说回来，我也有我的不是。"

"你有什么不是？"

"就是为了这桩事情他才这样不喜欢我的呀。还是格拉西尼家里开晚会的那天晚上，我和他第一次见面，我就对他说了句无礼的话了。"

"你说了无礼的话？这是很难叫人相信的，太太。"

"当然我是无意的，而且当时就觉得非常抱歉。我因旁的事情偶然说起人家嘲笑瘸子的话，他就当我说他了。其实我心里从来不当他是个瘸子，他也本来算不得怎样残废啊。"

"当然算不得残废。他不过是肩膀一高一低，左臂坏得相当厉害，除此之外，他既不是驼背，也不是跛脚，至于走路有点儿颠拐，那是算不了什么的。"

"可是当时他竟气得浑身发抖而且脸色都变了。当然，也是我太粗心，可是他那样敏感可真是少见。我想，他从前也许吃过这类恶毒讥笑的苦头。"

"我倒以为很可能是因为他自己曾经这样讥笑过别人。那个人有一种内在的残忍，外表上却那么文雅，这使我感到非常不舒服。"

"哦，西萨尔，你这话可不对了。我也跟你一样不喜欢他，可是我们何苦要言过其实地糟蹋人家呢？他的态度确实有点儿装腔作势，使人不耐烦——我想这是因为他给人家捧得太厉害了吧——而且那一套无穷无尽的俏皮话，也非常令人讨厌，可是我总不相信他存心要伤害别人。"

"我不知道他的存心怎么样，但是嘲笑一切的人，心地是一定有些不纯洁的。就像那天法布列齐家里的那一场辩论，他把罗马那边的改革竟骂得那么一钱不值，似乎对一切事情都要找出一种卑鄙龌龊的动机来，我就大不高兴了。"

琼玛叹了一口气。"就这一点说，我怕我倒是同意他而不同意你。"她说，"所有你们这些好心肠的人，都这样充满着最乐观的希望和期待；你们老是以为，只要有一个善意的中年绅士幸而当选为教皇，一切事情就自然会好起来了。那个当选的好人只要去把牢门打开来，给他周围的每个人祝福一下，那'千福年'[1]就会在三个月之内降临了。你们似乎永远不会明白，即使新教皇一心要搞好，事情也还是搞不好的。错误是在于事情的原则上，跟这个人或是那个人的行为是没有关系的。""什么原则？教皇的世俗权力吗？"

"为什么要特别指出这一点呢？这不过是总的错误的一部分而已。那根本性的有害的原则在于：一个人握有操纵别人的权力。这是人与人之间的错误的关系。"

玛梯尼双手举起来。"够了，太太，"他笑着说，"你要搬出那套腐臭的'废除道德论'[2]来了，我不跟你讨论了。我看你

---

1 《圣经》称：耶稣将再来人间，为人类造福一千年。又译千禧年。
2 即福音废除道德论。主张只要信仰福音，不必遵守伦理道德便可救世。由约翰·安格列科拉创立。

的祖上一定是十七世纪的英国平等派的成员[1]。何况，我是为了这篇稿子才来的。"

他把稿子从口袋里掏出来。

"又是一本新编的小册子吗？"

"就是列瓦雷士这家伙交到昨天举行的委员会来的一篇蠢东西。我知道我们不久一定会跟他吵起来的。"

"怎么回事啊？说老实话，西萨尔，我想你也不免有成见，列瓦雷士是一个令人不快的人，但他绝不蠢。"

"啊，我并不否认这篇稿子有它特别聪明的地方，可是你不如自己去念一下吧。"

那篇稿子是针对着当时还弥漫在整个意大利的那种对新教皇的狂热心情而作的一篇讽刺文章。它跟牛虻所有的文章一样，是刻毒的，充满敌意的；琼玛虽然不喜欢那种风格，却也不得不衷心承认那批评是很公正的。

"我十分同意你的话，这篇稿子的确非常恶毒。"她放下那篇稿子说，"可是，不幸的是，他的话完全是对的。"

"琼玛！"

"是的，它说的的确是对的。要是你高兴的话，你尽可以把这个人说成是一条冷血的鳗鱼，但是他把真理抓到他那一方面去了。我们用不着自欺欺人，硬说这篇文章没有击中敌人的要害——事实上它确实击中了！"

"那么你主张我们应该把它印出来吗？"

---

[1] 平等派是克伦威尔军队中最激烈的一派，约翰·李尔奔（1618—1657）为其领袖。他们主张普选，废除君权，归还农民被圈土地。

"啊！那是另外一件事。当然，我并不主张就这个样子去付印；那是会触犯和吓退每一个人的，而且毫无好处。可是如果他肯把它修改一下，把人身攻击的部分删掉，我想那就可以成为一篇很有价值的作品。当作政治评论来说，这篇文章是很出色的。我料想不到他会写得这么好。他说出了必须要说的话，这是我们当中没有一个人敢说的。特别是这一段，把意大利比作一个醉汉，搂住一个扒手的脖子在哀哭，而那扒手却正在掏他的口袋，真写得好极了。"

"琼玛！这正是这篇文章里最糟的一段！我就痛恨这种对一切人和事都狂吠的态度！"

"我也跟你一样，但是问题不在这儿。列瓦雷士的文章原有一种讨厌的风格，而且作为一个人来说，他也不令人喜欢，但是他说我们已经过分沉醉在宗教游行和互相拥抱并且高叫爱啦、解啦这些热烈的场面里，说这只会对耶稣会派和圣信会派有利，这看法是完全正确的。昨天的委员会我可惜没有参加。你们最后作了什么决议？"

"这就是我到这儿来的目的：请你到那儿去和他谈一谈，劝他把语气改和缓些。"

"我？可是我对这个人不很了解，而且，他是不高兴我的。人很多，为什么偏要叫我去呢？"

"只是因为今天没有别的人可以做这件事。而且，你比我们大家都要理智些，不会像我们一样，弄得要跟他作无谓的辩论和争吵。"

"自然，我绝不会跟他争吵的。好吧，如果你们要我去的话，我就去好了，虽然我也没有什么成功的把握。"

"我知道只要你肯尝试一下，你一定治得了他的。对啦，你去告诉他，说从文学的观点看，委员会的同志全都钦佩他那篇文章。这么一说，他会高兴的，而且这也是实在话。"

牛虻坐在一张摆满鲜花和凤尾草的桌子旁边，茫然凝视着地板，膝上搁着一封已经拆开的信。一只毛烘烘的牧羊狗蜷伏在他脚边地毯上，听见琼玛敲着那虚掩的门，就抬起头来汪汪地叫。牛虻急忙站起来，生硬而有礼貌地向她鞠躬，面容突然变得严峻和没有表情了。

"你太客气了，"他用极冷峻的态度说，"其实，只要通知我一声，说要跟我谈话，我就会去拜访你的。"

琼玛看到他那一副很明显的拒人于千里之外的辞色，就立即说明来意。牛虻又鞠了一躬，还端了一把椅子给她。

"委员会要我来拜访你，"琼玛开始说了，"他们对于你写的那本小册子，有点儿不同的意见。"

"这是我意料中的事。"牛虻微笑着在她对面坐下来，随手把一大瓶菊花挪到他面前来挡住光。

"大多数的委员认为这本小册子是一篇极可钦佩的文学作品，但是就这样拿去出版，他们以为不大合适。他们恐怕这篇文章语气太激烈，要得罪人，而且可能把平常帮助和支持我们党的人吓得跑开去。"

牛虻从花瓶上摘下了一朵菊花，开始把那白色的花瓣慢慢地一片一片扯下来。琼玛的眼光偶然触着了他那只一片接着一片在扯花瓣的瘦棱棱的右手，突然掠过一阵不安的感觉，仿佛她从前在什么地方看见过这种姿势。

"当作一件文学作品来说，"他用他那种柔和而冷漠的声音说，"这是一点儿价值也没有的，只有那些完全不懂文学的人才会称赞它。至于说它要得罪人，那正是我原来的用意。"

"这是我很了解的，问题在于你是否会得罪错了人？"

牛虻耸了耸肩膀，把一片扯下来的花瓣放到牙齿中间。"我想你错了，"他说，"问题是，你们委员会请我到这儿来的目的是什么？据我的了解，是要我来暴露和讽刺耶稣会派教士的。那么我已经尽我的能力履行我的义务了。"

"我可以向你保证，绝对没有人对你的才能或是好意有任何怀疑。委员会所害怕的是，这本小册子也许会得罪自由派的人，而且本城的工人们也可能要撤回他们道义上的支持。你的原意是要用这小册子来攻击圣信会派的教士，但是很多读者会把它解释成对整个教会和新教皇的攻击。这种情形，就政治上的策略来说，委员会认为是不妥当的。"

"我开始明白了。倘使我把攻击的范围限制在你们目前觉得不对劲的那一群教士上，我就可以畅所欲言地说出真理来；可是当我直接触犯到委员会诸公所宠爱的那些人时，那么'真理就是一只狗，就一定要把它关进狗窝里去；而且，如果你们的圣座也被攻击到的话，那就还应该拿皮鞭把它打出去[1]。'不错，傻子[2]的想法是对的，可是我什么都愿做，就不愿做一个傻子。我自然应该尊重委员会的决议；但是我还是以为，委员会未免太把注意

---

1 这段引文源于莎士比亚的悲剧《李尔王》第一幕第四场中傻子的一段话，原文是："真理是一条贱狗，它只好躲在狗洞里；当猎狗太太站在火边撒尿的时候，它必须一顿鞭子被人赶出去。"（朱生豪译文）

2 即《李尔王》一剧中的傻子。

力用到两旁的小卒身上，却放过了站在当中的蒙……蒙……蒙泰尼里主……主教大人了。"

"蒙泰尼里？"琼玛重述了一遍，"我不懂你的意思。你是指布里西盖拉教区的主教吗？"

"是的，你知道，新教皇刚刚把他提升做红衣主教。我这儿有一封说到他的信，你想要听听吗？写信的人是我在边界那面的一个朋友。"

"教皇国领地的边界吗？"

"是的。这就是他所写的……"他把琼玛进房时就已在他手上的那封信拿出来，开始大声朗读，突然口吃得很厉害。

"'不……不……不久之后……你……你将有幸……碰……碰到我们最恶……恶毒的一个敌人，红……红衣主教罗伦梭·蒙……蒙泰……尼……尼里，也就是布里西……盖……盖拉的主……主教。他……'"

念到这儿他中断了，停了一会儿才又继续念下去，念得非常慢，声音拖长得叫人不耐烦，不过不再口吃了。

"'他打算在下个月内到托斯卡纳来，负有某种和解使命。他将先在佛罗伦萨讲道，在那儿逗留三周左右，然后到西耶纳[1]和比萨，再经过皮斯托亚[2]回到罗马涅省[3]。表面上，他要算是教会中的自由派，而且是教皇和范勒蒂大主教的密友。前任教皇格黎高里在位时，他是个失宠的人，被打发到亚平宁山区的一个小

---

[1] 托斯卡纳公国的城镇名。
[2] 托斯卡纳公国的城镇名。
[3] 教皇国的一个省份，布里西盖拉即属该省。

角落里，无声无臭。现在他突然红起来了。实际上，当然他也跟国内任何一个圣信会教士一样，是由耶稣会牵线的。他这次的使命，就是由几个耶稣会的神父授意的。他是天主教会里边最出色的一个传教士，手段的阴险，跟拉姆勃鲁斯契尼大主教本人不相上下。他的任务是要维持一般人对新教皇现有的热情，不让它衰退下去，同时要吸引公众的注意，直等大公在耶稣会派的代理人准备呈上去的那份计划书上签了字。至于计划书的内容如何，我现在还无法探悉。'这底下，信里又说：'究竟蒙泰尼里是明知道他被派遣到托斯卡纳来的目的呢，还只是受了耶稣会派的愚弄，我可搞不清楚。总之，他要不是一个异乎寻常的老奸巨猾，便是天下第一号的蠢驴。只是有一桩事情很奇怪：据我所知，他既不享贿赂，又没有情妇——这倒是我生平第一次遇到的。'"

他放下了那封信，坐在那儿眯起眼睛看着她，显然在等她开口。

"你对那报告人所说的事实的正确性觉得满意吗？"过了一会儿她问。

"关于蒙……蒙泰尼……尼里大人那种无可非议的私生活吗？不，这一点是我那朋友自己也认为靠不住的。你总也注意到了，他有一句保……保留的话的：'据我所知……'"

"我不是指这一点，"她冷冷地打断他，"我说的是关于他所担负的使命。"

"我可以完全信任写这封信的人。他是我的老朋友，一八四三年的老同志之一，他所处的地位是特别有利于探听这类事情的。"

"那么他是梵蒂冈的一个什么官吏了。"琼玛心里闪过了这个念头，"原来你还有这种秘密联系啊？我早就有几分猜到了。"

"这一封信当然是私信，"牛虻继续说，"你也知道，这种消息是要你们委员会的同志严守秘密的。"

"这是用不着说的。那么这本小册子的事，我可不可以去回复委员会，说你已答应略加修改，使语气稍稍和缓些，或者是……"

"太太，你不以为这种改动一面缓和了语调的激烈，同时也要损坏这一'文学作品'的美吗？"

"你是在问我个人的意见吗？我到这儿来向你表达的却是整个委员会的意见。"

"那么，你的意思是，你……你……你并不赞同整个委员会的意见吗？"说着，他把那封信放进口袋里，将身子倾向前些看着她，脸上显出一种急切而又专注的神情，跟刚才的面容全然两样了，"你认为……"

"如果你想要知道我个人的想法——我在这两方面跟他们大多数人的意见并不一致。从文学的观点看，我并不欣赏这本小册子，至于它所暴露的事实，我却认为是真实的，就策略的意义来说也是聪明的。"

"那么你是……"

"你说意大利正在被鬼火引入迷途，又说目前这种欢欣鼓舞的情境难免要使她陷进一个可怕的泥沼里去，这种说法我都十分同意，而且你把这种意思公然地、大胆地说出来，即使触犯和吓退一些正在支持我们的人也在所不惜，这一点尤其使得我衷心称快。但是作为团体的一分子，既然大多数人都抱着跟我相反的看法，我就不能够坚持个人的意见了；同时，我也确实认为：话固

147

然不能不说，但是也应该说得缓和些，平稳些，不要采取小册子里的这种口气。"

"你能再等一会儿让我把稿子再看一遍吗？"

他就拿起那本原稿，一页页地看下去，接着就皱起眉头，仿佛他自己也觉得不大满意。

"是的，不错，你的意见是完全对的。我这篇东西写得像下等咖啡馆里看的小报上的东西，不像一篇政治讽刺文章了。但是叫我怎么办呢？如果我写得过分文雅，一般人就会看不懂它；要是写得不够恶毒，大家就要说它乏味了。"

"那么你不以为恶毒得太过火了也会变得乏味吗？"

牛虻用锐利的眼光迅速地望了她一眼，接着发出一阵大笑。

"哦，你这位太太显然是那一类可怕的人，说出话来没有一次是不对的！照这么说，假如我不能改掉这种恶毒，那我总有一天会变得跟格拉西尼太太一样乏味的，对不对？天呀，多悲惨的命运啊！不，你用不着皱眉头。我知道你不喜欢我，我马上就要跟你谈正经事了。这事的结局实际上就是：如果我删除了那些人身攻击，让主要的部分留着不动，委员会将会觉得非常遗憾，认为他们不能负责印行。如果我除去了政治上的真理，将所有的攻击集中到党的敌人身上去，毫不牵涉别人，委员会就会把这本小册子捧上天，而你我却明白这是不值得印行的。这就真的成了思辨哲学上的一个微妙论点了：印行而不论其价值呢，还是保存其价值而不印行呢？唔，波拉太太？"

"我想你并非一定要在这两者之中去选择一种。我相信，如果你肯删掉人身攻击的部分，委员会是肯印出来的。自然啦，虽然他们大多数人并不同意其中的看法，我可确信这篇文章能够发生很大的作用。可是你必须把那种恶毒口气收起来。即使你要说的事情的实质是要读者吞服一大粒苦药，那也并不一定要在形式上一开头就吓唬他们。"

牛虻叹了一口气，无可奈何地耸了耸肩膀："我投降了，太太，不过有一个条件。如果现在你剥夺了我讥笑的自由，下一次我是非要不可的。就是说，等到那位无可非议的红衣主教他老人家的台驾降临佛罗伦萨的时候，那就无论你还是你们的委员会都不能反对我尽情恶毒一下了。那是我应有的权利！"

他说话时的态度是极其轻蔑、极其冷酷的，一面将瓶中的那束菊花拔出来，高高地举起，透过那半透明的花瓣去看太阳光。"他那双手抖得多厉害啊！"琼玛看见那些花正在猛烈地抖动，不由得心里诧异，"他该没有喝酒吧！"

"你最好去跟委员会别的同志讨论一下，"她说着站了起来，"他们对这一点会有什么意见，我是料想不到的。"

"那么你自己的意见呢？"他也站了起来，靠在桌子上，拿菊花紧贴着自己的脸。

她迟疑了一下。这个问题引起她一些往昔的不幸的回忆，使她很痛苦。"我——不大知道。"她终于说，"好多年以前，我对这位蒙泰尼里先生的事情是有些知道的。那时候他还不过是一个神父，是我儿童时代所居住的那个省份里的神学院院长。我从一个……一个非常熟识他的人那儿听到他的很多事情，从来没有听说他做过什么坏事。我相信，至少在当时，他的确是一个非常值得尊敬的人物。但那是很久以前的事了，可能现在他已经变了。漫无限制的权力曾经腐化了多少人啊。"

牛虻从花束中抬起头，脸色坚定地朝她看着。

"无论如何,"他说,"这位蒙泰尼里先生即使本身不是一个流氓,也是在流氓掌握中的一个工具。流氓也罢,工具也罢,对我是一样的,对于边境那一面我那些朋友也都是一样的。比如一块拦路的石头,也许它存心极好,可是仍旧非把它一脚踢开不可。失陪了,太太!"他按了一下铃,就一瘸一拐地走到门边,开了门让她出去。

"你来看我真是太客气了,太太。让我去叫辆马车好不好?不要吗?那么,再见。碧安珈,请你打开厅堂的门。"

琼玛走到街上来,一路苦苦地想着。"'边境那一面我的那些朋友'——他们是谁呢?他用什么方法把那块石头从路当中一脚踢开去呢?如果只是用讽刺的话,为什么他说的时候露出那么凶险的眼光呢?"

第四章

十月的第一个星期,红衣主教蒙泰尼里到了佛罗伦萨。他的访问给全城掀起了一阵小小的骚动。他是一个有名的传教士和革新的教廷的代表,人们都急切盼望他来阐明"新的教义",来传布爱与和解的福音,从而医治意大利的忧患。委派吉齐红衣主教接替那万人痛恨的拉姆勃鲁斯契尼来做罗马圣院[1]书记长,这一措施已经把公众的热情提升到了空前的高度,而蒙泰尼里恰恰就是一个最便于维系这一热潮的人。他那无可非议的严肃的私生活,在天主教教会的显贵人物当中是罕见的;当时的民众看惯了一般高级教士的行为,总以为敲诈、贪污和不名誉的通奸等总是他们生活里几乎不能缺少的附属品,现在来了这样一个人物,自然就万人瞩目了。他做一个传教士的才能实在是很大的,他那优美的声音和磁石一般吸引人的人格,不论在什么时候,到什么地方,都能得到显著的成就。

格拉西尼按照他的惯例,费尽一切心机,想把这位新到的名人邀请到他家里去,但是蒙泰尼里并不是一个容易猎取的人。他

---

[1] 教皇领地国的国会,由红衣主教七十人组成。

对大律师的多次邀请，都用同样有礼貌而坚决的措辞谢绝了，说他的身体不好，事情很忙，没有多余的精力和时间参加宴会。

"格拉西尼夫妇简直是一对不择荤素、张口就吞的畜生！"一个晴朗而寒冷的星期日早晨，玛梯尼同琼玛经过西格诺里亚广场时，用轻蔑的口气对她说，"那一天，主教马车到达的时候，你注意格拉西尼那一鞠躬的卑鄙神情没有？只要是大家经常谈到的人，不管是谁，他们就以为是了不得了。我生平从来没有见过像这样追逐名人的家伙。刚刚八月间，他们捧的是牛虻，现在又是蒙泰尼里了。希望主教大人对他的捧场觉得高兴；跟他一起捧场的还有好些个宝贝投机分子呢。"

他们刚才是在教堂里听蒙泰尼里布道的。大教堂给热心的听众挤得那样满满的，以至玛梯尼害怕琼玛那讨厌的头痛病又要复发，不等弥撒完毕就劝她先出来了。那是一个星期苦雨之后的第一个晴朗的早晨，他借口天气好邀琼玛到圣尼科罗山坡上的花园里去散步。

"不，"她回答说，"如果你有空，我倒的确很愿意散一会儿步，可是我不想到山上去。我们不妨沿隆·阿诺河的河岸走走，蒙泰尼里从教堂回去要经过那儿，我像格拉西尼一样——倒很想瞻仰瞻仰这位名人。"

"可是你刚才已经看见他了呀。"

"没看清楚。教堂那么挤，马车过去的时候他又是背朝着我们的。如果我们站到那座桥旁边去，一定可以清清楚楚看他一下——你知道，他就住在隆·阿诺河的河边。"

"可是你怎么忽发奇想要看看蒙泰尼里呢？你是从来不注意那些有名的传教士的呀。"

"我不是要看有名的传教士,我是要看看他本人。我从前见过他一次,现在想看看他变成什么样子了。"

"你什么时候见过他?"

"亚瑟死后两天。"

玛梯尼忧虑地望了她一眼。当时他们已经走到隆·阿诺河边上了,她茫然地凝视着河面,脸上显出的那种神情正是玛梯尼最不愿意看到的。

"琼玛,亲爱的,"过了一会儿他说,"你想要让那悲惨的往事缠绕你的一辈子吗?在十七岁的时候我们大家都犯过错误的呀。"

"可是我们在十七岁的时候不见得大家都杀死过自己最亲爱的朋友啊。"她疲乏地回答,把臂膀靠在桥边的石栏杆上,俯视着河水。玛梯尼不敢再作声了;每当她怀着这种心情的时候,他简直就怕跟她说话。

"我一看到河水就不能不引起回忆。"她说着慢慢抬起头来,望着他的眼睛,身上微微起了一种神经质的颤抖,"我们再往前走走吧,西萨尔,站在这儿怪冷的。"

他们默默地过了桥,沿着河边向前走。过了一会儿,她又说起话来。

"那个人的声音多美啊!那里面蕴含着一种东西,我从别人的声音里从来没有听到过。我相信,他之所以有这样的感化力,一半就在这个秘密上面。"

"他的声音确实是有些奇妙,"玛梯尼表示同意,他紧紧抓住这个话题,免得她停留在因河水而引起的可怕的回忆里,"而且除了声音以外,他也是我听说过的最卓越的一个传教士。但是

153

我相信，他之所以有这样的感化力，还有更深奥的秘密。那就是他跟所有其他高级教士不同的那种生活态度。我不知道你在整个意大利教会里面，除了教皇本人之外，还能不能再指出一个高级教士，能像他那样享有毫无瑕疵的声誉。记得我去年在罗马涅的时候，曾经路过他的教区，亲眼看见那些强悍的山民都冒着大雨站在那儿等候他经过，希望能看他一眼，或者是摸一摸他的衣服。他在那边被人尊奉得几乎像一个圣人，在那些一向憎恨穿法衣的人的罗马涅人中间有这样高的威信，可见得他确实有些了不起。我曾经跟一个老农——也是我生平见过的一个最典型的私贩子——谈过话，我说那边的人似乎对他们的主教极其崇拜，他说：'我们并不爱主教，他们都是些骗子；我们爱的是蒙泰尼里大人。从来没有人听说他撒过一次谎，或是干过一桩不公道的事。'"

"我心里在猜，"琼玛一半对她自己说，"不晓得他究竟知不知道人家对他有这样的想法。"

"怎么会不知道呢？难道你以为人家那种想法不对吗？"

"我知道是不对的。"

"你怎么知道？"

"因为他这样对我说过。"

"他对你说的？蒙泰尼里？琼玛，你这话是什么意思？"

她把头发从额头上向后掠了一掠，转过身子面对着他。他们又默默地站住了，玛梯尼靠在栏杆上，琼玛用阳伞的尖端在走道上慢慢地划线。

"西萨尔，你我做了这许多年的朋友了，我可从来没有把亚瑟那桩事的实在情形告诉过你。"

"用不着告诉我，亲爱的，"他急忙打断了她，"我已经统统知道了。"

"乔万尼告诉你的吗？"

"是的，在他临终的那几天告诉我的。有一天夜里，我坐在他身边陪伴着他，他就把这桩事情告诉了我。他说起了——琼玛，亲爱的，既然我们已经谈起了这桩事情，我还是对你讲老实话吧。他说起了你常常为了这桩不幸的事情默默沉思，他要求我尽力跟你做一个好朋友，尽力设法防止你去想这桩事情。我是已经尽我的力了，亲爱的，虽然我可能没有成功——不过我的确已经尽力了。"

"我也知道你已经尽力。"她温和地回答，抬眼看了一会儿，"我要是没有你的友谊，那就更加难受了。可是——乔万尼没有把蒙泰尼里的事情告诉过你吗？"

"没有。我不知道蒙泰尼里跟这有什么关系。他告诉我的只是关于那间谍的一切事情，以及……"

"以及我打了亚瑟一个耳光和他投河自杀的事。那么，我来把蒙泰尼里的事情告诉你吧。"

他们又转身向蒙泰尼里将要经过的那座桥走回去。琼玛一面说话一面目不转睛地注视着河水。

"在那个时候，蒙泰尼里还只是一个神父，在比萨神学院里当院长。亚瑟进了萨宾查大学以后，他常给他讲哲学，并且跟他在一起读书。他们彼此竭诚相爱，就如同一对情人，绝不只是师生的情感。亚瑟对于蒙泰尼里是差不多连他脚踏过的地面也要崇拜的，我还记得他有一次对我说，要是他失去了他的'神父'——这是他对蒙泰尼里的惯常称呼——他就情愿跳到河里

155

去淹死。后来你知道的,就发生了间谍的事情。他失踪的第二天,我爸爸和勃尔顿兄弟——那是亚瑟的异母兄弟,极其讨厌的人——花了整整一天的工夫,在达森纳船港里打捞尸体,我呢,独自坐在自己房间里,想着我做了的事情……"

她停了一会儿,接下去说:

"黄昏的时候,我父亲走进房里来说:'琼玛,我的孩子,到楼下去一趟,那儿有一个人,我要你跟他见见面。'我们下了楼,亚瑟团体里的一个同学正在诊室里坐着,白着一张脸,浑身发抖;他告诉我们,乔万尼已从牢里寄出第二封信来,说他们已从狱卒那儿听到了卡尔狄的事,知道亚瑟是在忏悔的时候上了他的圈套。我还记得那个大学生对我说:'现在我们明白了他是无辜的,这至少也是一种安慰。'我父亲握住了我的手,竭力安慰我,可是当时他还不知道我打了亚瑟一个耳光的事情。后来我回到自己房间里,独自在那儿整整坐了一夜。第二天早晨,我父亲又跟勃尔顿兄弟同到船港里去看打捞尸体去了。他们还是希望能在那儿找到它。"

"可是终于没有找到,是不是?"

"是的,一定是被冲到海里去了,可是他们总以为还有希望。我正独自坐在房间里,一个女仆上楼来告诉我,说有一位可敬的神父来拜访我们,她告诉他说我父亲在码头上,他就走了。我知道那一定是蒙泰尼里,就打后门追出去,在花园大门口追上了他。当时我对他说:'蒙泰尼里神父,我想跟你说句话。'他就停住了,默默地站在那儿,等着我说话。啊,西萨尔,你真没有看见他那张脸呢——后来我足足有几个月一闭眼睛就会看见它!我说:'我是华伦医生的女儿,我要告诉你,杀死亚瑟的人就是我。'于是我把经过情形统统告诉他,他像一个石头人似的站在那儿听着,直等我说完,这才说:'我的孩子,你安心吧,杀他的人是我,不是你。我欺骗了他,他发觉了。'说完他就转身走出园门去,再没有一句话了。"

"后来呢?"

"后来我不知道他怎么样了。我只听说,就是那天晚上,他曾晕倒在街上,被人救到码头附近一户人家里,此外我就不知道了。当时我父亲竭力设法安慰我,直到我把一切情由告诉他,他就歇了诊所,立刻把我带到英国去,使我不再听到那些足以引起我的记忆的事情。他怕我也要去投河,而事实上,我也确曾有一次几乎走上这条路。但是到后来,你知道,我们发觉父亲害了癌症,我就不得不醒悟过来——因为除我以外就没有别的人服侍他了。父亲去世以后,我得照顾我的几个小兄弟,直到我的大哥有力量可以教养他们。这时乔万尼来了。你知道吧,当他初到英国的时候,我们几乎是怕见面的,因为一碰面就难免要引起那可怕的回忆。当时他万分痛心,为了这桩惨事的原因里边也有他的一份——他不该从牢里写出那封使人愤激的信来。但是我相信,实际上就是双方共同的苦痛把我们结合在一起的。"

玛梯尼微笑着,摇摇头。

"在你这方面也许是这样,"他说,"乔万尼却是从第一次见你的面就下定决心了。我还记得他第一次访问来亨以后回到米兰,就那么发狂似的向我称道你,直到我一听说英国姑娘琼玛就感觉头痛为止。我想当时我心里是恨你的。啊!那边车子来了!"

马车过了桥,到隆·阿诺河边一所大厦门前停下来。蒙泰尼里靠在坐垫上，似乎已经很疲乏，顾不到那些聚集在大门前等着瞻仰风采的狂热群众。他在布道时那一脸激动的表情，现在已完全消失，却被阳光照出焦虑和疲乏的皱纹来。他下了马车，显得老态龙钟，没精打采地拖着沉重、疲乏的脚步，走进屋子里去了。琼玛转身慢慢向桥头走去。在那一刻，她的脸上似乎也出现了蒙泰尼里那种衰老、绝望的神情。玛梯尼在她身旁默默地走着。

"我常常在猜想，"停了一会儿她又开口说，"他所说的欺骗究竟指什么。有的时候我会偶然想起来……"

"想起什么？"

"唔，真的奇怪，他们两个的相貌有极相像的地方。"

"哪两个？"

"亚瑟和蒙泰尼里。注意到这一点的不止我一个。而且他们那一家人的关系是有一点神秘的。勃尔顿太太，就是亚瑟的母亲，是我所知道的最和善的一个女人。她脸上有一种圣洁的表情，跟亚瑟脸上的一模一样，而且我相信他们的性情也是相像的。但是她仿佛一直都有点儿骇然，像一个被查获的罪犯一般；那前妻的儿媳妇呢，对后母又一直是连对一只狗都不如。还有，亚瑟跟勃尔顿一家那些粗俗的人又相差得那么厉害。当然，一个人在儿童的时代是什么事情都不在意的，但以后回头一想，就常常要觉得诧异，不晓得亚瑟究竟是不是勃尔顿家的人。"

"可能他发觉了他母亲的什么秘密——也许那就是他自杀的原因，跟卡尔狄的事件全然没有关系。"玛梯尼劝解地说，这是他在当时可以想得起来的唯一的安慰之辞。琼玛摇摇头。

"假如你当时看见亚瑟被我打过以后的那张脸，西萨尔，你就不会这样想了。蒙泰尼里的事情也许是真的[1]——很可能是这样的——但是我所做过的事情是已经无可挽回了。"

他们又向前走了一程，彼此都不说话。

"亲爱的，"玛梯尼终于说，"如果世界上有这么一种妙法，可以取消已经做过的事情，那也许还值得我们对自己从前的错误苦苦思索；但事实上这并不可能，那就只有让死亡的死掉算了。这桩事情是可怕的；但至少，那可怜的孩子现在已经获得解脱了，而且比起有些还活着的人——那些流亡的和坐牢的——都要幸运些。你我得替那些活下来的人着想，没有权利去为死者痛心。别忘了你们自己的雪莱[2]说过：'过去属于死神，未来属于你自己。'趁未来还属于你自己的时候，抓住它吧。不要专心懊悔早已过去了的事情来糟蹋自己，而要在目前所能做的事情上全力去帮助别人。"

这个时候，他因急于要劝解琼玛，已经握住了她的手。但背后传来一种柔和、冷漠而拖长的说话声，使他突然放开她，并且缩回了手。

"蒙……蒙泰尼……尼里大人这个人呢，"那懒洋洋的声音模模糊糊地说，"那当然是再也没有什么话好说的了，我的好医生。事实上是，他已经好到了这个世界不配他居住，而应该把他客客气气护送到下面那个世界里去了。我敢说一句，他在那儿也一定会像在这儿一样，会引起极大的轰动；那边大……大概有许多老鬼是从来不曾见过像'诚实的主教'这种新鲜玩意儿的！那

---

[1] 指蒙泰尼里曾对琼玛说，他欺骗了亚瑟，导致他自杀。
[2] 雪莱（1792—1822）是英国诗人。琼玛是英国人，玛梯尼是意大利人，故有此说。

些鬼所最爱好的正是新奇的东西……"

"你怎么知道?"列卡陀医生的声音问,语气里显然有一种不容易压抑下去的恼怒。

"从《圣经》上看来的,亲爱的先生。如果福音书是可信的话,那么我们知道,即使那些最最上流的鬼也是喜欢那种奇奇怪怪的拼合物的。现在你瞧,'诚实'加上'主……主……主教'——这一种拼合,我就觉得有些奇特,并且教人不舒服,就像虾儿拼甘草一般。啊,玛梯尼先生,还有波拉太太!雨后的天气很可爱,不是吗?你们也去听过那位新……新萨伏纳罗拉[1]的布道吗?"

玛梯尼一下子转过身来。牛虻嘴里衔着一支雪茄,钮孔里插着一朵从花房里买来的鲜花,正向他伸来一只瘦长的整整齐齐套着手套的手。阳光在他那光亮的皮靴上发出反光,又从水面上反映到他那笑盈盈的脸上,所以他在玛梯尼眼中不像往常那么的瘸腿,而且好像比往常神气得多。他们握着手,一个和蔼可亲,另一个却悻悻含怒,突然列卡陀医生叫了起来:

"我怕波拉太太不很舒服呢!"

她的脸色是这样惨白,以致她那帽檐下的阴影部分,看上去简直是一片铅青色,脖子上的帽带在簌簌发抖,分明是由于心脏的猛烈跳动所引起的。

"我要回家去了。"她虚弱地说。

他们叫来了一辆马车,玛梯尼和她一起坐上去,护送她回家。

---

[1] 萨伏纳罗拉(1452—1498)是有名的佛罗伦萨传教士。他常常揭露教会和当局腐败的不道德行为,因此遭当局迫害,1498 年被判邪教并处死。

牛虻弯腰给她拉起那被车轮钩住的披风时，突然抬头看着她的脸，而玛梯尼就见她急忙缩回去，神色有些恐怖。

"琼玛，你是怎么一回事？"他们的车子出发后他用英语问她，"那个流氓跟你说了什么呀？"

"没有说什么，西萨尔，这不怪他，是我……我……吃了一惊了……"

"吃了一惊？"

"是的，我好像看到……"她举起一只手来蒙住自己的眼睛，玛梯尼默默等着她恢复自制力。她的脸色渐渐复原了。

"你刚才的话很对，"琼玛终于回过头来向着他，用她平常的声调说，"回顾恐怖的往事，是不但无益而且有害的。这种回顾要影响一个人的神经，因而造成种种荒唐的幻觉。西萨尔，我们以后永远不要再谈起这桩事情了，要不然的话，我会在每个人的脸上幻想出一个亚瑟来的。这是一种幻觉，好像大天白日的梦魇一般。刚才那个讨厌的家伙走过来的时候，我竟把他认作亚瑟了！"

第五章

显然,牛虻是一个擅长于为自己树敌的人。他是八月里到佛罗伦萨来的,但是到了十月底,那个请他来的委员会里就有四分之三的人赞同玛梯尼的意见了。他对蒙泰尼里那么无情地攻击,使得那些崇拜他的人也有些懊恼起来;甚至像盖利这么一个人,他最初对于这位机智讽刺家的一言一行都是竭力支持的,现在也渐渐露出忧虑的神情,以为大可不必去跟蒙泰尼里纠缠了。"品行端正的主教是不可多得的,偶然出现这样一个人,总该对他客气些才是。"

当那漫画和讽刺文章暴风雨似的攻击过来时,显然只有一个人是能够始终处之泰然的,那就是蒙泰尼里自己。正如玛梯尼所说,一个人能用这样好的态度来对待别人的讽刺,那就简直不值得耗费精力去攻击他了。城里有人传说,说有一天蒙泰尼里和佛罗伦萨大主教在一起进餐,他在大主教的房间里看到了牛虻写的一篇对他肆行人身攻击的讽刺文章,拿起来念了一遍,又把它递给大主教去看,说道:"写得很巧妙,是不是?"

有一天，城里又出现了一张传单，标题是《圣母领报节[1]之秘密》。即使作者去掉那个已为读者所熟知的签名——一只张开翅膀的牛虻——那种恶毒而尖刻的笔调，也一定会使大多数读者毫不费猜疑就认得出谁是作者。那篇讽刺文是用对话的形式写成的。托斯卡纳的人民算是圣母马利亚，蒙泰尼里算是那位天使；他手里拿着一枝纯洁的百合花，头上戴着一圈象征和平的橄榄枝，正在奉告人们：耶稣会派的教士们就要降临。对话中从头到尾都充满着人身攻击的隐喻和许多过分臆测的暗示，以致整个佛罗伦萨都觉得它既不忠厚又不公正。不过大家都还是笑起来了。因为牛虻那种板着面孔说的荒唐笑话里，包含着那样一种令人不可抗拒的因素，以致即使是那些最不赞成、最不喜欢他的人，也跟他的最热烈的拥护者一样，见了他的讽刺文章都禁不住哗笑起来。这张传单的口气虽然不受人欢迎，它却在全城人们的情绪上留下了痕迹。当时蒙泰尼里声望非常高，不论讽刺他的文章写得多么机智，都不能严重地伤害他，但是在传单流布的短时间内，一般潮流已经几乎转变到要反对他了。牛虻是知道该刺伤什么地方的；这时虽然主教大人门前仍有狂热的群众在那儿看他上下马车，但那欢呼声和祝福声中已常常要混杂着"耶稣会派的走狗！""圣信会派的奸细！"这一类的反对口号了。

但是蒙泰尼里并不缺乏支持他的人。那张讽刺传单发出之后两天，当地首屈一指的教会报纸《信徒报》上就发表了一篇漂亮的文章，题目是《答〈圣母领报节之秘密〉》，署名是"一教

---

[1] 基督教的节日之一，在3月25日，相传是天使长加百列以耶稣降生的消息奉告圣母马利亚的日子。

徒"。它针对牛虻的诽谤性的攻击为蒙泰尼里热烈辩护。这个匿名的作者以极大的雄辩和无比的热忱，先阐明了世界和平及善意待人的教义，指出新教皇就是这一福音的传播者，结尾则向牛虻提出挑战，要他为自己的论断中的任何一点提出证明，同时又庄严地劝告读者，不要相信这个卑劣的诽谤者。这一篇文章，作为一种特殊的抗辩文字，是具有说服力的，作为一篇文学作品，也有它的价值，而且这些特点都大大地超过了一般的水平，所以立刻就引起了很多人的注意，尤其是它的作者，竟连报纸的编辑也猜不出究竟是什么人。不久，这篇文章就被印成了小册子，而这位"匿名的辩护人"就在佛罗伦萨的每一家咖啡馆里被人纷纷谈论了。

牛虻的答复是对新教皇及其拥护者加以更猛烈的攻击，特别是对蒙泰尼里，他很巧妙地暗示读者，那篇颂扬他的文章大概是他本人授意的。对于这一点，那匿名的辩护人又在《信徒报》上愤怒地加以否认。在蒙泰尼里逗留佛罗伦萨的其余日子里，大家的注意力被这一来一往的猛烈论战所吸引，甚至对这位有名的传教士本人也无心去注意了。

自由党里的有些党员曾经大胆地向牛虻提出抗议，劝他不必拿这样恶毒的口气去对付蒙泰尼里，但是他们并没有从他口里得到怎样满意的答复。他只是和颜悦色地微笑，带点儿口吃有气没力地回答说："真……真的，诸位先生，你们太不公道了。上次我对波拉太太表示让步的时候，我是明白提出过条件的，这回得允许我随意开个小……小玩笑。这是双方有契约的呀！"

十月底，蒙泰尼里回到罗马涅省自己的教区里去了。在离开佛罗伦萨之前，他作了一次告别的布道，中间提到了那一场论战，对于双方作者的激烈态度微微表露了不赞成之意,并且请求他那不知名的辩护人在这一方面树立一个宽大的榜样,把这一场无益而不像样子的论战结束掉。第二天,《信徒报》上就登出了一则启事,说"一教徒"甘愿遵照蒙泰尼里主教大人公开表示的意旨,退出这一论战。

这样,最后的话得由牛虻来说了。他发布了一张小小的传单,说他已为蒙泰尼里那种基督教的柔顺精神所感化,宣告自动解除武装,而且还准备搂住他将碰到的第一个圣信会派教士的脖子,痛流和解之泪。他结束道:"我甚至愿意去跟那位匿名的挑战者本人拥抱呢;而且,如果我的读者也像主教大人和我自己一样,明白这场论战所包含的意义以及那个人为什么要匿名,他们就一定会相信我接受感化是真诚的。"

十一月下旬,牛虻通知委员会,说要到海滨去休假半个月。他显然是去来亨,但是列卡陀医生随后赶到那边想找他谈话,却找遍了全城也不见踪影。十二月五日,教皇国领地沿亚平宁山各省,爆发了非常激烈的政治示威,大家才开始猜疑牛虻忽发奇想在隆冬到海滨去休假的理由了。那次起义平定了以后,他又回到佛罗伦萨来,在街上碰到列卡陀医生,和蔼地对他说:

"我听说你到来亨找我,当时我在比萨。那是一个多美丽的古城啊!大有阿卡迪亚[1]的意境。"

圣诞周的一天下午,他去参加委员会的一次会议,那是在列卡陀医生位于克罗斯门附近的寓所里举行的。到会的人很多,他略微迟了一步,当他歉然地鞠躬微笑踏进会场时,似乎一个空座

---

[1] 古希腊传说中的世外桃源,在伯罗奔尼撒半岛上。这里是讽刺性的用法。

位都没有了。列卡陀站起来,要到隔壁房间里去给他搬椅子,但牛虻拦住了他。"不用费心,"他说,"我就坐在这儿也蛮好的。"说着他走到琼玛座椅旁边那个窗口,就在窗台上坐下来,头懒洋洋地靠在百叶窗上。

当他向下看着琼玛的时候,眼睛半闭着流露出一种微笑,那一种微妙的跟狮身人首像一般的神气,看上去就是里奥那多·达·芬奇[1]画的一幅人像。琼玛本已被他激起一种不信任的感觉,现在这种感觉更深化成为一种不可理解的恐惧了。

讨论中的提案是:对于正在威胁托斯卡纳的饥荒,委员会必须发布一种小册子,提出自己对灾荒的看法和救济的对策。这一提案要想获致一个决议是相当困难的,因为,也像往常一样,委员会对于这个问题的意见颇有分歧。比较激进的一派,包括琼玛、玛梯尼和列卡陀在内,主张同时向政府和公众发出有力的呼吁,要他们立刻采取适当的办法去救济农民。温和的一派呢——自然有格拉西尼在内——却怕过分激烈的口气非但不能说服当局,反而会激怒他们。

"诸位先生,使农民们立刻得救,用意固然极好,"格拉西尼四面看了看那些面红耳赤的激进分子,用一种平静而带怜悯的神气说,"我们大多数人是即使对于不见得能够得到的东西也要这样那样要求的,但是我们如果一开头就采取如你们刚才所建议的那种口气,政府就很可能要一直等到真正发生大灾荒的时候,再来想救济的办法。如果我们只采取一种劝告的方式,请当局去

---

[1] 里奥那多·达·芬奇(1452—1519),伟大的意大利艺术家,在绘画、雕刻、建筑、科学等方面都有特殊的成就。

调查一下收获的情形,那倒是一个准备步骤。"

坐在火炉旁边一个角落里的盖利跳了起来,驳斥对方。

"准备步骤——不错,我可爱的先生,可是,万一发生了大灾荒,它是不会等待我们这样从容不迫地去进行的。我恐怕在切实的救济办法出来之前,那些农民早就饿死了。"

"我很想知道……"萨康尼开始发言,但是好几个声音打断了他。

"说得响些,我们听不清楚!"

"的确听不清楚,街上闹得跟地狱里一样。"盖利恼怒地说,"列卡陀,那个窗关上没有?我连自己说的话都听不见了!"

琼玛回头看了看。"关上的,"她说,"窗子关得好好的。我想是一班玩杂耍的或是诸如此类的表演队经过这儿了。"

喊声和笑声,铃声和脚步声,一阵阵从下面街上传进来,中间还夹杂着一个拙劣的乐队的吹奏和一面大鼓猛烈敲打的声音。

"这几天是没有办法的,"列卡陀说,"圣诞节期间总免不了这样的吵闹。萨康尼,刚才你说什么?"

"我说我很想听听比萨和来亨那边的人对这桩事有什么想法。也许列瓦雷士先生能够告诉我们一点;他是刚从那边回来的。"

牛虻没有回答,他正向窗外注视着,显然没有听到人家说的话。

"列瓦雷士先生!"琼玛喊着。她是唯一坐在他近旁的人,见他仍然不作声,她就弯身向前去碰碰他的臂膀。牛虻慢慢地向她转过头来,琼玛看到那张脸死板得那么可怕,不觉吃了一惊。在那一刻,那就像是一具死尸的脸;然后两片嘴唇才怪模怪样、毫无生气地掀动起来。

167

"是的，"他低声自语，"一班玩杂耍的。"

琼玛的第一个冲动就是想遮住他，好使别人不会惊异。她虽然并不明白他为什么会这个样子，却已看出他当时整个身心都已沉入一种可怕的幻想或幻觉之中。她急忙站起来，遮断别人看向他的视线，一面打开窗户，好像是要向外面看看的样子。这样，除了她自己，就没有一个别的人看到他的脸孔了。

一个走江湖的马戏班正打街上经过，里面有骑在驴子上的卖艺人，也有穿得花花绿绿的"哈里昆"[1]。节日里参加蒙面游行的群众哗笑着，拥挤着，和马戏班中的小丑们互相打诨取笑，拿一串串的纸带扔他们，又把装着陈皮梅的小纸袋儿掷给那个坐在马车上的"考伦朋"。那个扮"考伦朋"的女人用金银纸箔和羽毛把自己打扮得花枝招展，额头上挂着几绺假卷发，两片涂得红艳艳的嘴唇上面故意显出一种不自然的微笑。那辆马车后面跟着一大群各色各样的人物——街上的流浪儿、乞丐，一路翻着跟头的小丑以及叫卖的小贩。大家正向一个人的周围挨挤着，投掷着东西，鼓掌欢呼着。那个人被夹在汹涌的人潮中，琼玛起先还看不见，但是过了一会儿，她就看得清清楚楚了：一个又矮又丑的驼子，穿着滑稽丑角的衣服，戴着尖顶的纸帽，还挂着一些铃铛。显然他是那个江湖杂耍班里的，一路装着可憎的鬼脸，扭着丑陋的身腰，来博取群众的哗笑。

"街上在搞什么？"列卡陀走近窗口来问，"你们好像很感兴趣呢。"

他见他们不顾全体开会的人等待，竟去看街上的卖艺人，心

---

[1] 意大利民间戏剧中的主角，一个和下面提到的快乐的女仆"考伦朋"谈恋爱的油滑的男仆。

里有点惊异了。琼玛转过了身子。

"没有什么有趣的东西,"她说,"不过是个杂耍班,可是他们闹得那么厉害,我当是还有什么旁的呢。"

她把一只手搁在窗台上,站在那儿,突然感觉到牛虻冰冷的手指把她的手热情地捏了一捏。"谢谢你!"他温和地轻轻说了一声,就关上窗子,仍旧在窗台上坐下来。

"对不起,"他用他那种轻飘飘的态度说,"我打断了诸位。我正……正在看那班玩杂耍的,真……真好看哪。"

"萨康尼在问你呢!"玛梯尼粗鲁地说。在他看来,牛虻的这种行动是一种荒唐透顶的装腔作势,可恼的是琼玛也会糊涂到去学他那种样子。这可不像她平素的行为。

牛虻声明他在比萨"只过了一个休假日",对于那边人的一般情绪并不了解。接着他就兴高采烈地大发议论了,首先讲到农业方面的前途,其次谈到小册子问题,吃吃地滔滔不绝,一直弄到别人都觉得十分厌倦。他却仿佛从他自己的声音里面发现了无穷的乐趣。

会议结束了,大家站起来要走的时候,列卡陀走到玛梯尼身边。

"你能留在我这儿吃晚饭吗?法布列齐和萨康尼已经答应不走了。"

"谢谢你,可是我要送波拉太太回家去。"

"你真的怕我一个人回不了家吗?"琼玛说着站起来,披上了她的围巾,"当然他会留在这儿的,列卡陀医生。他也该换一换口味,他在外边的时候太少了。"

"如果你允许,我愿意送你回家,"牛虻插嘴说,"我也是

169

往那边去的。"

"如果真的是顺路的话……"

"今天晚上我怕你没有工夫再弯到这儿来了吧，列瓦雷士？"列卡陀问他，一面给他们开了门。

牛虻回过头来笑了笑："我吗，亲爱的？我要去看杂耍了呢！"

"多么古怪的家伙，对卖艺的有着这么古怪的感情！"列卡陀送走他们后回来对他的客人说。

"应该说这是一种同行的感情，"玛梯尼说，"要是我曾经见过卖艺的人，那这家伙本人就是一个。"

"我倒情愿他只是一个卖艺的人。"法布列齐很正经地插进来说，"如果他是一个卖艺的，恐怕也是非常危险的一个。"

"什么样的危险？"

"唔，我就不大放心他老喜欢搞的那种神秘的短期旅行。你们知道，这已经是第三次了。我绝不相信他到过比萨。"

"我想这已经差不多是公开的秘密了，他是上山区去的。"萨康尼说，"当初他在萨维尼奥起义事件里认识了的那些私贩子，现在仍旧跟他有联系，这一点他并不否认，因之他利用他们的友谊把传单运过边境，这是很自然的。"

"就我来说，"列卡陀说，"现在我想跟你们谈谈的也正是这个问题。我偶然想起，我们最好是请列瓦雷士来负责我们自己的走私工作。皮斯托亚的那个印刷所，我以为工作效率是很不好的，运送传单的方法就只知道卷在雪茄烟里那一套，简直是太幼稚了。"

"可是那种方法直到目前为止还是很好的呀。"玛梯尼执拗地说。他听到盖利和列卡陀老是把牛虻当作一个模范来推崇，渐渐觉得讨厌起来了,心想这个"懒洋洋的海盗"没有来教训大家该怎样做之前,事情也一样进行得很好呀。

"这种方法之所以直到目前还能使我们满意,只因为我们还没有更好的方法;但是你们都知道,逮捕和没收的事已经发生过好多次了。现在我相信,如果列瓦雷士肯替我们承担这一桩工作,这种事情是可以大大减少的。"

"你为什么这样想?"

"第一,那些私贩子把我们当作外行,甚至当作榨油水的对象,但牛虻却是他们的好朋友,而且很可能是他们的领袖,他们对他是尊敬的,信任的。你可以相信,亚平宁山区里的每一个私贩子对于一个参加过萨维尼奥起义的人是什么事都肯干的,对于我们就不见得是那样。第二,我们中间没有一个人能像列瓦雷士那样熟识山区。你们总记得,他曾经在山里隐藏过一个时期,那些私贩子的路径他都记得很熟。他们即使心上想欺骗他,也不敢;即使敢,也欺骗不了他。"

"那么,你的提议是,我们应该请他负责我们这些印刷品在边界那面的全部工作——散发、投寄、秘密保管的地方等统统在内呢,还是只要他替我们运过边界呢?"

"唔,关于投寄和秘密保管的地方,我们知道的他大概都知道,甚至比我们知道的还要多得多。我看在这方面我们未必能告诉他什么新鲜方法。至于散发工作,这当然得看事行事。照我想起来,主要的问题在于偷运过境。只要我们的东西能够安全到达波伦亚,分发的事情就比较简单了。"

"就我来说,"玛梯尼说,"我是反对这个计划的。首先,你们说他办事多么干练,这只是一种猜测,我们并没有实际见他

171

干过走私的事，也还不知道他在紧急关头是否能保持镇定。"

"哦，这是用不着怀疑的，"列卡陀插进来说，"萨维尼奥事件的那段经历就证明他是能保持镇定的。"

"其次，"玛梯尼接下去说，"由于我对列瓦雷士不大了解，我绝对不赞成这样贸然地把党的全部秘密托付给他。我总觉得他是一个轻举妄动、装腔作势的人。把党的私运工作的全权交付到一个人的手里，那是一桩严肃的事情。法布列齐，你以为怎么样？"

"如果我只有像你这样几点反对的意见，玛梯尼，"教授回答说，"我一定打消它，因为我们现在所说的列瓦雷士这个人，是确实具有列卡陀所说的一切优点的。照我的看法，我对于他的勇敢、诚实和镇定都没有丝毫怀疑，而他对山区和山民都很熟识这一层，我们也已有了充分的证据。可是我另外有一点异议。因为我不能断定，他是不是专为私运小册子的事情到山区里去的。我已经开始怀疑，他是不是就没有其他的目的。当然啦，我们只好自己说说，这不过是一种怀疑罢了。我觉得他很可能跟那里边的一个什么'团体'有联络，而且也许正是最危险的那一个。"

"你的意思是指哪一个——'红带会'吗？"

"不，'**短刀会**'。"

"'短刀会'！那是一群不法分子组成的小团体，里面大多数是农民，都是没有受过教育也没有政治经验的。"

"当初参加萨维尼奥起义的人也是这种情形；但是他们有几个受过教育的人做他们的领袖，也许这个小团体也有这种领袖。你要记得，罗马涅省那几个比较激烈的团体里，大部分人就是萨维尼奥起义的余党，这是大家都知道的事情；他们觉得自己力量太薄弱，不能用公开的起义来反抗教会，这才退一步采用暗杀手段的。他们的力量还不够，手里拿不到枪，就只得先拿短刀了。"

"但是你怎么会看出列瓦雷士跟他们有关系呢？"

"我没有看出，我只是猜想。无论如何，我以为把私运的事情托付给他之前，不如把这件事情查一查清楚。如果他兼任两方面的工作，那是要使我们的党受到极大的损害的，那只会毁坏我们党的名誉，不会有任何好处。不过这桩事情我们还是下次再谈吧。我来告诉你们一个从罗马来的消息。据说那边已经指定一个委员会，来起草一部地方自治宪法了。"

第六章

琼玛和牛虻默默地沿着隆·阿诺河走着。牛虻那一股滔滔不绝的劲儿似乎已经衰退了；自从出了列卡陀家的大门，他就没有说过一句话。琼玛见他不开口，感到了衷心的快慰。她跟他在一起的时候，老是觉得非常窘，今天尤其如此，他在开会时那种奇怪的表现，曾经使她感觉非常惶惑。

到了乌菲齐宫[1]的旁边，他突然站住了，转过身子面对着她。

"你觉得疲倦吗？"

"不。怎么了？"

"今天晚上不太忙吗？"

"不忙。"

"我想请求你一件事，请你和我一起去散一会儿步。"

"上哪儿？"

"没有特定的地方，你爱上哪儿都可以。"

"可是为了什么呢？"

他迟疑了一会儿。

---

1 佛罗伦萨的著名建筑，原属美第奇家族。现为意大利最大的美术馆。

"我……不能告诉你……至少,这是很难说出来的。可是,你要是能够的话,请你答应我。"

他原先注视着地面的眼睛突然抬了起来,她看到他的眼神是多么奇特。

"你一定有什么心事。"她温和地说。牛虻从钮孔里的花朵上摘下一片叶子来,开始把它扯得粉碎。她觉得他怪像一个人——谁呢?那个人的手指动作也这样的灵巧,手势也是这么急促和带点儿神经质。

"我心里觉得烦闷,"他注视着自己的手,用一种几乎听不出来的声音说,"今天晚上,我……我不想一个人待着,你肯陪伴我吗?"

"当然可以,不过最好是你到我寓所里来。"

"不,你和我一起到饭馆里吃饭去。西格诺里亚广场上就有一家。请你不要推却。哦,你答应了!"

他们走进那家饭馆,他叫了饭,但他自己那一份却一动也没有动,只是闷声不响地坐在那儿,把一片面包放在桌布上揉得粉碎,又不住搓着餐巾的边缘。琼玛感到非常不安,深悔自己不该答应他到这儿来。那种沉默愈来愈难堪;但他好像已经忘记了她在他的面前,她又不好先开口。挨了好些时候,他才抬起头来突然问道:

"你高兴去看杂耍吗?"

她惊异地注视着他。他怎么会忽然想起杂耍来的?

"你以前看过杂耍吗?"他不等她开口又问。

"不,从来没有看过。我想那没有什么趣味。"

"那是很有趣味的呢。我不相信一个人没有看过杂耍可以研

175

究人民的生活。我们回到克罗斯门去吧。"

他们到达那儿时，卖艺的早已在城门旁边支起了帐篷，一阵刺耳的提琴声和咚咚的大鼓声，宣告表演已经开始了。

这种娱乐是最粗俗的一种。几个小丑、"哈里昆"、走绳索的、一个骑马钻桶箍的，加上那个浓妆艳抹的"考伦朋"，以及那个演出种种乏味而愚蠢的滑稽动作的驼背，就代表那个马戏班的全部阵容了。从大体上说，那套滑稽倒也不怎么粗俗、讨厌，但都是平淡无奇而且陈腐不堪的，从头到尾提不起人的兴致来。由于托斯卡纳人天生的礼貌观念，观众对一套套的表演都笑着、鼓着掌；但真正能够使他们欣赏的只有那个驼背的表演，而琼玛也看不出其中有什么机智或是巧妙来。那种表演只是一连串奇形怪状、丑恶可憎的身体的扭曲，那班观众却都在模仿他，而且把他们的孩子高高举在肩膀上，好让那些小家伙也看得清那个"丑人儿"。

"列瓦雷士先生，你真的觉得这个有趣味吗？"琼玛回过头来向牛虻说，当时牛虻正把一条臂膀搂住了帐篷的木柱站在她身边，"照我看来是……"

她突然截住了，仍旧对他默默注视着。除了她跟蒙泰尼里一起站在来亨花园门口那一次，她从来没有看见过一个人的脸上有过这样深不可测、绝望、苦恼的表情。她看着，不由得想起了但丁的地狱[1]。

过了一会儿，那驼背被一个小丑踢了一脚，便翻了个跟头，像个奇形怪状的肉球似的滚到圈子外面去。两个小丑开始对话了，

---

[1] 指意大利诗人但丁（1265—1321）所作《神曲》中描写的地狱。

牛虻仿佛从睡梦中突然醒来。

"我们可以走了吧？"他问道，"还是再看一会儿？"

"我想还是走吧。"

他们离开了帐篷，穿过那片黑暗的草地向河边走去。好几分钟两个人都没有说话。

"你对那表演有什么感想？"牛虻开口问她。

"我以为那是一种很无聊的行业，里面有一部分使我感到非常不愉快。"

"哪一部分？"

"唔，就是那些装鬼脸和扭身子。那只有丑，没有一点儿什么高明的地方。"

"你是指那驼背的表演吗？"

琼玛记得牛虻对于有关他生理缺陷的话题具有特殊的敏感，就避免提及表演中的那个节目；但是现在他自己提到了，她就回答说："是的，我完全不喜欢这一部分。"

"这正是观众最欣赏的部分呢。"

"也许是这样吧。最糟糕的正是这一点。"

"因为缺乏艺术性吗？"

"不；这套表演本来是全都缺乏艺术性的。我是说——这一部分是残酷的。"

他微笑了。

"残酷？你是说对那个驼背是残酷的吗？"

"我的意思是——那个驼背本人当然是无所谓的，这不过是他的一种糊口方式，跟那耍马戏的或是演'考伦朋'的没有两样。但是那种表演使人觉得不舒服。这是耻辱，这是人类的堕落。"

177

"但是他总不见得比没有干这一行的时候更加堕落吧。我们大多数人都是堕落的,只是堕落的方式不同罢了。"

"那是对的;不过这个——我敢说你一定会认为这是一种荒谬的偏见;不过一个人的肉体,在我看来是一件神圣的东西,我不愿意看见它受到糟蹋,变成丑恶。"

"那么一个人的灵魂呢?"

他骤然站住了,将一只手搁在堤岸的石栏杆上,眼睛直盯着她。

"一个人的灵魂?"她一面重述他的话,一面也站住了,惊异地注视着他。

他突然热烈地伸出双手。

"难道你从来不曾想到过,那个可怜的小丑也会有一个灵魂——一个活生生的、拼命在挣扎的人的灵魂,被拴牢在那一个弯曲的躯壳里被迫做它的奴隶吗?你对于一切都慈悲为怀,你看见那个穿着愚人衣服、挂着铃铛的肉体会感到怜悯,难道你就没有想到过,那个可怜的灵魂是那么赤裸裸的竟连一件遮羞的彩衣都没有吗?想一想吧,它在那些观众面前,冷得簌簌发抖,被羞耻和苦恼压得喘不过气来,只觉得观众的嘲弄就像皮鞭一般抽着它,观众的哄笑就像烧红的烙铁烫着它裸露的皮肉!想一想吧,它在观众面前是那样无可奈何:四面看看,想找山来藏,山不肯倒在它身上;想找石来挡,石又无心来遮护它;因而它嫉妒老鼠,倒不如它们还能有地洞可以钻!而且你还得记住,灵魂是哑的,它哭喊不出声来,只得忍受,忍受,忍受!啊!我在这儿胡说八道呢!你到底为什么不笑啊?你这个人缺乏幽默感!"

琼玛慢慢回过头,在死一般的静寂中沿着河边向前走。整个晚上，她始终没有想到过他的苦闷——不管它是什么——跟这杂耍班有什么相干；现在听见他突然发出那一阵感慨，才仿佛窥见他那内心世界的模糊影子了，心里着实可怜他，可又找不出一句话来加以安慰。他继续和她并排走着，却把头转开去注视着河水。

"我希望，你务必明白，"他突然露出一副挑战的神气转过身对着她说，"刚才我说的每一句话纯粹是想象。我一直喜欢这样幻想，可是我不喜欢别人把这一种话当真。"

她没有回答，他们仍旧默默地向前走着。经过乌菲齐宫的门口时，他忽然踱到路旁，向那靠着栏杆的乌黑的一堆东西俯下了身子。

"你是怎么回事啊，小家伙？"牛虻问，那声音非常温和，琼玛觉得从来没有听到过，"你为什么不回家去啊？"

那一堆东西动起来了，用一种低沉、悲痛的声音在回答他。琼玛也走过去看，只见一个六岁模样的孩子，衣服又破又脏，蹲在人行道上，好像一头受了惊的小野兽。牛虻俯下身子用手抚摸着他那蓬乱的头发。

"你说什么？"牛虻把身子弯得更低，去细听那模糊的答话，"你应该回家去睡觉了；小孩子深更半夜待在外边做什么？你要冻坏了呢！把手伸给我，像一个大人的样子跳起来吧！你住在什么地方？"

他抓住那孩子的臂膀，想把他拉起来。可是那孩子发出一声尖叫，急忙把身子缩回去了。

"咦，怎么一回事？"牛虻一面问，一面就向人行道上跪下去，"啊，太太，你来看！"

那孩子的肩膀上和短裤上染满了鲜血。

"告诉我，这是怎么一回事？"牛虻继续亲切地问他，"不是跌坏的吧？不是？有人打了你了？我想是的！谁打你的？"

"我的叔叔。"

"啊，是吗！什么时候打的？"

"今天早晨。他喝醉了，我……我……"

"你去麻烦他了……是不是？小朋友，大人喝醉了的时候，你不好去麻烦他们的啊，他们要不高兴的。太太，你看我们对这小家伙怎么办？到这亮的地方来吧，孩子，让我看看你那肩膀。拿你的胳膊搂住我的脖子，我不会伤害你的。这就对了！"

他把那孩子抱起来，穿过街道，将他放在那宽阔的石栏杆上。于是他掏出一把小刀，敏捷地割开那只已经撕破的衣袖，一面用自己的胸部支持着那孩子的头，同时琼玛帮他拿住那只受伤的臂膀。原来那孩子的肩膀伤破得非常厉害，手臂上面也有一道很深的伤痕。

"像你这样一个小家伙，给伤得这么厉害也够受了呢。"牛虻一面说，一面用他的手帕扎住了伤口，免得衣服擦着它，"他用什么东西打你的？"

"铲子。我去问他要一个索尔多[1]，想到拐角店里买小米稀饭吃，他就拿起铲子来劈我了。"

牛虻发起抖来。"啊！"他柔和地说，"那疼得很，是吗，小家伙？"

"他拿铲子劈我……我逃出来了……我逃出来了……因为他劈着我了。"

---

[1] 旧时意大利铜币，20索尔多等于1里拉。

"你就在街上一直待到现在连饭也没有吃吗？"

那孩子没有回答，却抽抽搭搭哭起来了。牛虻把他从栏杆上抱起来。

"别哭，别哭！马上就会弄好的。什么地方能叫到马车吗？我怕所有的车辆现在都等在戏院门口了，今天晚上有很精彩的表演呢。真抱歉，太太，把你拖累了这么久，但是——"

"我很愿意跟你走。你也许需要帮忙的。你想这么远的路你能一直抱他回去吗？他不是很重吗？"

"啊，我有办法的，谢谢你。"

到戏院门口，他们一看只有几辆马车停在那儿，又都是人家雇定了的。戏已经散了，观众都已经走了。墙头的广告上用大字印着绮达的名字，她是在芭蕾舞里担任主角的。牛虻请琼玛等他一会儿，自己绕到演员的出入口，跟一个侍者说起话来。

"莱尼小姐走了没有？"

"没有，先生，"那侍者一面回答一面莫名其妙地瞠视着他，心想怎么这样一位衣冠楚楚的绅士手里抱着一个破破烂烂的小叫花子，"我想莱尼小姐马上就要出来了，她的马车正在这儿等着她。你瞧，她来了。"

绮达靠着一个青年骑兵军官的臂膀走下楼梯来。她显得非常美丽，一件火红色天鹅绒的披风罩着她的夜礼服，一把庞大的鸵鸟毛的扇子从她的腰部垂下来。走到门口，她突然站住了，从那军官的臂弯里抽出她的手，惊异地走近牛虻。

"范里斯！"她小声小气地嚷着，"你抱着个什么呀？"

"我打街上捡着了这个孩子。他受了伤，饿坏了，我想把他尽快带回家去。可是到处都找不到车子，想借你的马车用一用。"

181

"范里斯！你不要把这样怕人的小叫花子带到你屋子里去呀！去叫一个警察来，让他把这孩子带到难民收容所里或是旁的地方去，不就完了吗？城里的叫花子你是收不完的呀……"

"他受了伤，"牛虻重复地说，"就是要送收容所，也得等明天，目前我得先照顾他一下，给他一点儿吃的。"

绮达做了一个表示厌恶的鬼脸："你竟让他的脑袋贴着你的衬衫！你怎么能这样？脏哪！"

牛虻抬起头，脸上突然闪出了怒意。

"他饿了。"他恶狠狠地说，"你是不懂怎样叫饿的，是不是？"

"列瓦雷士先生，"琼玛上前插嘴说，"我的寓所离这儿不远。我们把这孩子带到我那儿去吧。你要是再找不到车，我会安排他在我屋里过夜的。"

他迅速转过身子："你不嫌麻烦吗？"

"当然不。晚安，莱尼小姐！"

那吉卜赛女郎生硬地鞠了躬，气愤地耸了耸肩膀，重新勾住那个军官的臂膀，拉起她的裙裾，掠过他们身边，去上那一辆引起争执的马车了。

"如果你要的话，列瓦雷士先生，我可以叫这部马车回转来接你跟那个孩子。"绮达在车门的踏脚上停下来说。

"很好，我把地址告诉他。"他走到人行道上，把地址告诉了赶车的，仍旧抱着那个孩子回到琼玛身边。

卡蒂正在等候她的女主人；她一听是这么回事，就立刻跑去拿热水和别的必需品。牛虻把孩子放在椅子上，在他身边跪下来，很敏捷地替他脱掉那身破烂的衣服，温和而熟练地给他洗净了伤口,并包扎起来,然后又给他洗了个澡,拿一条温暖的毛毯包好他。刚弄停当,琼玛捧着一个托盘进来了。

"你的病人已经预备吃饭了吗?"她问着,对那陌生的小家伙微笑,"这顿饭是我刚给他做的。"

牛虻站起来,把那脏衣服捆成一团。"我们把你的房间搞得乱七八糟了。"他说,"这一捆东西,还是干脆烧掉它好了。明天我替他买新的来。你家里有白兰地吗,太太?我想该让他喝一点儿。现在我要洗一洗手,如果你允许的话。"

那孩子吃过饭,立刻躺在牛虻怀里睡着了,把个乱蓬蓬的脑袋抵住他的雪白的衬衫。琼玛帮着卡蒂把房间收拾干净,这才在桌边坐了下来。

"列瓦雷士先生,你得吃点儿东西再回家——今天晚饭你没有吃什么,现在又已经深夜了。"

"如果方便的话,我倒想按英国方式喝杯茶[1]。真抱歉,害得你这么晚了。"

"啊!没有关系。把孩子放到沙发上去吧,他要累坏你的。等一等,我在坐垫上先铺条毯子。你打算把他怎么办呢?"

"明天吗?我要先查一查,他除了那个酒鬼野兽之外,是否还有旁的亲属;要是没有的话,我想只能照莱尼小姐说的办法,送他到难民收容所去了。但是最仁慈的办法,也许是在他脖子上缚一块大石头把他丢到那边河里去,不过这是要使我得到不愉快的后果的。睡熟了!你是多么倒运的一个小肉团啊,你这小鬼——倒不如一只迷路的小猫更能够保卫自己呢!"

---

[1] 即喝茶的同时吃甜点。

卡蒂把茶盘托进来时,那孩子睁开了眼睛,神情惶惑地坐了起来。他一认出了牛虻——他已经把牛虻当作自己当然的保护人了——就从沙发上挣扎下来,带着那条毛毯拖拖沓沓地走到他身边来跟他偎贴着。现在他的精神已经完全恢复,开始好奇起来;他指着牛虻那只拿着饼的残缺的左手,问着:"这是什么?"

"什么?饼呀。你要不要吃几块?我想你是吃饱了。等到明天再吃吧,小东西。"

"不,是那个!"那孩子伸出手,摸摸牛虻那几个断指的指根和他手腕上的大疤痕。牛虻放下了手里的饼。

"哦,那个!那是跟你肩膀上的东西一样的——从前被一个力气比我大的人打的。"

"那不疼得厉害吗?"

"啊,我不知道——不见得会比别的伤更疼得厉害的。唔,现在,再去睡去吧,你用不着在这深更半夜的时候问七问八的。"

马车来的时候,那孩子又睡着了。牛虻怕搅醒他,轻轻地把他抱起来,朝门口的楼梯走去。

"今天你是做了我的服务天使了,"他到门口停下来对琼玛说,"可是我想我们以后仍旧可以吵个痛快,不会因这桩事受到妨碍的。"

"我可没有跟任何人争吵的意思。"

"哦!可是我有啊。没有争吵,生活是不能忍受的。一场激烈的争吵就是这个世界上的盐,比一场杂耍有意思得多了!"

说完,他就抱着那个睡着的孩子,一路吃吃笑着走下楼梯去了。

第七章

一月第一个星期里的一天，玛梯尼发出了委员会每月座谈会的请柬，随后就接到牛虻一张简短的字条，上面用铅笔潦草地写着"很抱歉，不能来"几个字。他有点儿恼怒，因为请柬上明明注着"要事"的字样；牛虻这种傲慢的态度，他以为已到了无礼的地步。加上，他那一天接连收到了三封报告坏消息的信，同时外面又刮东风，玛梯尼感到很不舒服，脾气很坏。开会的时候，列卡陀医生问他："列瓦雷士没有来吗？"他就悻悻地回答说："没有啊，他好像是在干什么更有兴趣的工作，说不能来，或者是不愿意来。"

"真的，玛梯尼，"盖利愤愤不平地说，"你大概可以算是佛罗伦萨成见最深的一个人了。只要你反对哪一个人，他所做的一切就都是错的。列瓦雷士害着病，叫他怎么能来呢？"

"谁告诉你他害病了？"

"你还不知道吗？他已经在床上躺了四天了。"

"什么病？"

"那我不知道。这个星期四，我跟他本来有一个约会，也因他病了取消的。昨天晚上我过去看他，据说他病势很重，不能够见客。我还当是列卡陀给他诊治的呢。"

"我一点儿都不知道。今天晚上我可以到他那儿去一下，看他要不要人照料。"

第二天早晨，列卡陀医生脸色很苍白很疲倦的样子，走进琼玛的小书房。她正坐在桌旁向玛梯尼念着一长串单调的数字，玛梯尼一手拿着一面放大镜，一手拿着一支削得极尖的铅笔，在一本书上做着极其微细的记号。琼玛做了个手势，请求列卡陀不要作声。列卡陀知道写密码的时候不宜去打扰，就在她背后的沙发上坐下来，连连打着呵欠，好像撑持不住就要睡着的样子。

"二，四；三，七；六，一；三，五；四，一；"琼玛的声音机械而平匀地直往下念，"八，四；七，二；五，一；这一句完了，西萨尔。"

她用一根小针刺在纸上做了一个明确的记号，这才转过身来。

"早安，列卡陀医生，怎么你这样憔悴？你身体好吗？"

"啊，我好得很——只是累坏了。我跟列瓦雷士在一起受了一夜的罪呢。"

"跟列瓦雷士在一起？"

"是的，我陪着他坐了一个通宵，现在又得到医院里去看病人了。我特地到这儿来问一声，你们能不能找一个人去陪伴他几天。他的情况很坏。当然，我会尽我的全力，可是实在腾不出工夫；我说要派个看护给他，他又无论如何不肯要。"

"他是什么病？"

"唔，症状很复杂。首先是……"

"首先是，你吃过早饭了吗？"

"吃过了，谢谢你。讲到列瓦雷士的病状——无疑的，由于过分的神经刺激才变得复杂起来，但是主要的病因还在于旧创复发，大概当初治得过分草率了。总之，他已经处于一种可怕的崩溃状态；我猜是南美战争那次得的……当时受伤后一定没有得到适当的治疗，也许战场上的医疗是非常粗枝大叶而且因陋就简的。他能够活到现在已经算运气了。但是那伤到底已经形成一种慢性发炎的倾向，细微的刺激就能使它发作起来……"

"发作起来危险吗？"

"唔……不，这种病的主要危险在痛得要发狂时病人会吞服砒毒。"

"一定是痛得厉害吧？"

"痛得简直可怕，我不知道他怎么受得住。昨天晚上，我竟不得不用鸦片去麻醉他了——这东西我对一个神经质的病人是向来不肯用的，可是我不能不给他止痛啊。"

"他是神经质的，我想。"

"神经质得厉害，可是他那种熬痛的能力实在了不起。昨天晚上没有痛得真正晕过去的时候，他那种冷静的态度是惊人的。可是临到末了，我终于不得不出此下策。你们猜猜他这病已经发了多久了？整整五晚！而且除了那个愚蠢的房东太太之外，没有一个人可以叫得应，她是即使房子塌下来也不会醒的，就是叫醒她也没有什么用处。"

"那么那个跳芭蕾舞的女人呢？"

"是啊，这不是一桩怪事吗？他竟不许她近前。他对她有一种病态的恐惧。总而言之，他是我生平遇见过的最不容易了解的怪人——完完全全是个矛盾的集合体。"

他掏出表来，忧心忡忡地看了一眼。"我到医院要晚了，可是也没有办法。我那助手只得一个人开诊了。我感到遗憾的是没有早几天知道——这种病是不应该让它这样一夜一夜拖的。"

"可是他到底为什么不派个人来告诉我们一声呢？"玛梯尼插嘴说，"他总该知道我们是绝不会置之不理的。"

"列卡陀医生，"琼玛说，"昨天晚上你就应该到我们这儿来找个把人去的，省得你自己累到这个样儿。"

"亲爱的太太，我本来是要去叫盖利的，可是列瓦雷士听见就像发了狂一般，我就不敢去叫了。我又问他是不是要我去另找一个他所喜欢的人，他对我注视了一会儿，仿佛被我惊呆了，他这才把两手蒙住自己的眼睛，说道：'不要告诉他们，他们会笑我的！'他似乎被一种幻想迷住了，仿佛看见人家正在讥笑什么，究竟是什么我也听不出；他老说着西班牙话；不过病人有时是会说出些奇奇怪怪的事情来的。"

"现在有谁在他的身边？"琼玛问。

"没有人，就只房东太太和她的女佣。"

"我马上到他那儿去。"玛梯尼说。

"谢谢你。晚上我再去。你可以在那个大窗子前面的桌子抽屉里找到一张写好的服法。鸦片放在隔壁房间的架子上。如果痛又发作了，就再给他一服——可是以一服为度；无论如何不可把药瓶放在他拿得到的地方，他也许要熬不住把它服得太多的。"

玛梯尼一经踏进那个昏暗的房间，牛虻就马上转过头来，朝他伸出一只滚烫的手，拙劣地装出他平时那种轻率的态度说：

"啊，玛梯尼！你是来催我交校样的吧。昨天晚上我没有到会，你用不着咒骂我；事实上是我身体不怎么好，而且……"

"不要去管开会的事吧。我刚刚碰到列卡陀，所以我来看看，看能不能帮你做点儿什么。"

牛虻的脸变得像一块火石。

"哦，真的！你太客气了；但这是用不着麻烦你的。我不过是略微有点儿不适意罢了。"

"我已经从列卡陀那儿听到了一切。我相信，他是陪着你坐过一整晚的了。"

牛虻狠狠地咬着自己的嘴唇。

"我很舒服，谢谢你，也不需要什么。"

"很好，那么我到隔壁房间里去坐坐，也许你要一个人清静些。我把那扇门开着，喊我我就来。"

"请你不必费心，我真的什么都不需要。我要白白浪费你的时间的。"

"瞎说，朋友！"玛梯尼粗鲁地打断他，"你想拿这种话来欺骗我，那有什么用处呢？你当我是没有眼睛的吗？静静地躺着，要是睡得着就睡吧。"

他走进隔壁房间，让房门开着，拿起一本书坐了下来。不一会儿他就听见牛虻翻来覆去地转动了两三次。他放下书倾听着。静了一会儿，又是一阵翻来覆去的转动；然后是一种急促而沉重的喘息，因为牛虻正在咬紧牙关硬压住他的呻吟。他回到那间房里去。

"我能给你帮一点儿忙吗，列瓦雷士？"

没得到回答，他就走到了床边。牛虻露出一张鬼一般的青铅色的脸，对他注视了一会儿，默默地摇摇头。

"我再给你一服鸦片好吗？列卡陀说过你如果痛得厉害可以再吃的。"

"不，谢谢你，我还能再熬一会儿。过一会儿也许痛得更厉害。"

玛梯尼耸了耸肩膀，在床边坐下来。他默默地观察着，经过了仿佛无穷无尽的一小时，这才站起身，去把鸦片拿来了。

"列瓦雷士，我不能再看着你这样下去了；即使你还受得了，我可真受不了啦。你得把这吃下去。"

牛虻一言不发地吞服了鸦片，于是转过脸去闭上眼睛。玛梯尼又坐下来，倾听着那渐渐深沉而均匀的呼吸。

这时牛虻体力已经过度消耗，所以一睡着就不容易醒来。一小时一小时溜过去，他仍丝毫不动地躺在那儿。从白天直到夜晚，玛梯尼曾好几次走近他，去看他那毫不动弹的身体，可是除了呼吸之外再看不出一点儿生命的迹象来。那张脸灰白得不成人色，以致玛梯尼不由得害怕起来：不会是刚才的鸦片给得太多了吧？牛虻那条受过伤的左臂搁在被面上，他就轻轻地摇了摇它，想把他摇醒。这样几摇，那只没有扣上的袖子褪下去了，露出一连串深得可怕的疤痕，从手腕到臂肘全部盖满了。

"当初这些疤痕还新鲜的时候，这条臂膀一定是很好看的呢。"列卡陀的声音在他背后响起来。

"啊，你到底来了！你来瞧，列卡陀，难道这个人就此长眠不醒了吗？我是十个钟头以前给他服药的，从此他就连筋都没有动过一根。"

列卡陀弯下去听了一会儿。

"不，他呼吸得十分正常；没有什么，只是过度疲劳罢了——经过那么可怕的一夜，这是意料中事。大概不到天亮还要有一次发作。我希望能有一个人来陪着他。"

"盖利会来的；他已差人来说过，十点钟左右准来。"

"现在已经快到十点钟了。啊，他要醒过来了！你去叫那女佣把肉汤热起来。轻些——轻些，列瓦雷士！得了，得了，你用不着打了，朋友，我不是主教！"

牛虻突然惊醒过来，显出一副畏缩、惊惶的神色。"轮到我了吗？"他用西班牙语着急地说，"再让他们乐一会儿吧，我——啊！我还没有看见你，列卡陀。"

他向四周围看了一看，惶惑不解似的拿起一只手来擦了擦额头。"玛梯尼！怎么，我还当你走了呢。刚才我一定睡熟了。"

"你睡了十个钟头了呢，睡得像童话里的睡美人似的。现在你得喝一点儿肉汤，喝了再睡吧。"

"十个钟头了！玛梯尼，你不见得一直都在这儿的吧？"

"我一直都在这儿的。我已经害怕起来，怕我给你吃的鸦片太多了。"

牛虻狡黠地瞥了他一眼。

"没有这样的运气！要是那样的话，你们委员会开起会来不就安静得多了吗？你又来干什么，列卡陀？看在老天爷的分儿上，让我安静安静不行吗？我最恨医生来跟我吹毛求疵。"

"好吧，那么，喝完了这些肉汤，我就让你安静。不过隔上一两天我还是要来的，要来给你做一次彻底的检查。现在我想你已经渡过了最大的难关了，你的气色已经不像一个盛酒浆的骷髅头了。"

"啊，我马上就会好的，谢谢你。那是谁——盖利吗？啊，今天晚上我这儿真是贵客如云，不胜荣幸呢。"

"我是来陪你过夜的。"

"胡说！我不需要人陪我过夜。快回家去吧，你们大伙儿全回去。即使我这毛病再发作，你们也帮不了我，我不能把鸦片只管吃下去。这种东西偶然吃一次是很好的。"

"我想你这话很对，"列卡陀说，"不过这种决心不很容易维持到底就是了。"

牛虻抬起头来微笑着。"不用害怕！要是我会吃上瘾，那早就已经上瘾了。"

"但是无论如何，我们不会让你独个儿在这儿的。"列卡陀冷冷地回答，"盖利，到隔壁房间里去一下，我要跟你说几句话。晚安，列瓦雷士，我明天再来看你。"

玛梯尼正要跟他们走出房，听见牛虻轻轻地喊他的名字，并且向他伸出一只手。

"谢谢你！"

"唔，少说废话！睡吧。"

列卡陀走了之后，玛梯尼又在外面房间里跟盖利谈了一会儿。后来他开了前门，听见园门外边一辆马车停住了，并且看见一个女人下了车，打那条小径上走来。那是绮达，显然是刚刚从什么宴会回来。玛梯尼举起帽子站在一旁让她走过去，这才出了大门，走进那条通向帝国山的黑暗小巷里去。但是一会儿园门吱的一声又开了，一阵急促的脚步声朝胡同这边响过来。

"等一等！"绮达说。

玛梯尼回转身迎上前去，她就站住了，然后，慢慢地沿着篱笆向他走来，将一只手拖在背后。转角的地方有一盏孤独的街灯，凭着灯光他看出她垂着头，好像很窘迫而害羞的样子。

"他怎样了？"她头也不抬地问。

"比早上好多了。他差不多睡了整整一天，好像精神已有点儿恢复。我想他已经脱离险境了。"

她的眼睛还是注视着地面。

"这一次的发作很厉害吧？"

"我想不能比这更厉害了。"

"我也这么想。每当他不肯放我进门，那就一定是病得厉害了。"

"他这种病常常要像这样发作的吗？"

"那得看——很不规则的。去年夏天，在瑞士，他就很好；可是冬天我们在维也纳的时候，那就吓人了。一连几天他都不让我走近他身边。有病的时候他就恨我在他身边的。"

她抬起头来瞥了一眼，又低下头去继续说：

"他自己觉得快要发病的时候，老是用这样那样的借口把我打发开去参加跳舞会、音乐会之类，随后他就独自锁在房里了。我常常偷偷地溜回来，坐在他的房门外候着——可是他知道了就要大大发火。要是他的狗在外面叫，他倒会放它进去，就只不让我进门。他对待我连狗都不如。"

她表现出一种奇特的、愠怒的反抗。

"好吧，我希望以后这病不会再发作得这么厉害了，"玛梯尼温和地说，"列卡陀医生对这场病看得非常认真。也许他有办法把他根治好的。无论如何，目前他已使得病势缓和下来了。不过下一次，你最好是立刻派人来通知我们。倘使我们早一些知道，他就可以少吃许多苦了。晚安！"

他伸出了他的手，但她急忙做了一个拒绝的手势，缩回去了。

"我不明白你为什么要跟他的情妇握手。"

193

"当然，那得随你高兴。"他觉得很难为情。

她突然顿起脚来。"我恨你！"她转过脸来向他大嚷，两只眼睛好像烧红的炭火一样，"我恨你们这批人！你们到这儿来跟他谈政治，他就让你们通宵陪着他，并且让你们给他止痛的药吃，我呢，倒连在门缝里偷看一下都不敢！他同你们到底是什么关系呀？你们有什么权利上这儿来把他从我手里抢过去呀？我恨你们，我恨你们！我恨透你们了！"

说着她就呜呜咽咽大哭起来，随后突然重新冲进园子，当着他的面砰地把门关上了。

"我的天！"玛梯尼向小巷里走去，一边自言自语地说，"这个女人真的爱他呢！真是大怪事……"

第八章

　　牛虻的病很快就痊愈了。第二个星期的一天下午,列卡陀见他已经穿着一件土耳其式的睡衣,躺在沙发上跟玛梯尼和盖利聊天了。他甚至说起要下楼去走动走动,列卡陀听了只是对他笑笑,还问他第一趟出门是否就越过山谷到菲耶索莱去远足。

　　"你倒不如去找格拉西尼夫妇换换口味吧,"他又继续挖苦地说,"我可以保证,这位太太一定很高兴见你,特别是现在,因为你那副尊容苍白得很有意思。"

　　牛虻用演悲剧的姿势把两手握紧。

　　"呵呀!我怎么会想不起来的!她一定会把我当作意大利的殉难烈士,和我大谈其爱国主义。我可以扮演得很逼真,告诉她说,我曾被人家在一个地下土牢里切成一块一块的,然后又乱七八糟重新拼凑起来;她一定要仔细问我,在那肢解拼凑的过程中有一种怎样的感觉。你当她不会相信吗,列卡陀?我愿意拿我那把印第安人的匕首跟你医室里的那瓶绦虫来打赌,她一定会把我所能捏造得出的最荒唐的谎话也一口咽下去的。这笔生意便宜呀,你赶快跟我赌吧。"

　　"谢谢你,我并不像你那样喜欢这种杀人的家伙。"

"唔，绦虫跟匕首一样会杀人的呀，而且随时都可杀，又不如匕首好看。"

"可是事情偏偏是这样，亲爱的朋友，我不要匕首，我只要绦虫。玛梯尼，我得赶回去。现在这个淘气的病人该你负责了。"

"只到三点钟为止。盖利和我得到圣米涅亚多去一趟，可是波拉太太就来了，她要一直等着我回来接班。"

"波拉太太！"牛虻用一种惊惶失措的声音重复说，"怎么，玛梯尼，那绝对不可以！我绝不能让一位太太为着我和我的病来麻烦。而且，叫她坐在哪儿呢？她是绝不愿意进这儿来的。"

"你是什么时候学会这套臭礼节的？"列卡陀笑着问，"我的好人，波拉太太是我们全体的看护长呢。从她穿短外套的时候起，她就已经在看护生病的同志了，而且看护得比我所知道的哪一位护士小姐都好。她不愿意进你的房间！怎么，你是在说格拉西尼的那个女人吧！玛梯尼，如果波拉太太要来的话，我就用不着留什么服法说明了。哎呀，已经两点半了，我得走了！"

"现在，列瓦雷士，趁她还没有来的时候把你的药吃下去吧。"盖利拿着一只药杯走近沙发说。

"这该死的药！"牛虻已经到了一个很容易发怒的康复阶段，存心要使他忠心的护士们为难，"现在我已经不痛了，你们为……为什么还要硬给我吞……吞……吞服这些可怕的东西啊？"

"为的是要你不再痛。一会儿波拉太太来了，要是你再痛得那样，以致她不得不给你吞服鸦片，你也不情愿吧。"

"我的好……好先生，如果要再痛的话，它是一定要痛的，这不比牙……牙疼，可以用你们这种蹩脚药水吓退它。对我这种病来说，这套东西的用处就好比拿一支玩具水枪去救火。虽然如此，我想你们还是非要我吞下去不可的。"

他用左手接过药杯，盖利一看见手上那些可怕的疤痕，就又记起刚才说的话来了。

"随便谈谈吧，"他说，"你是怎么会受到这许多伤的？在战场上，是不是？"

"喂，我刚才不是告诉过你，这是秘密土牢里的事，而且……"

"不错，可是你那种说法是为格拉西尼太太编造的呀。说正经话，我想你是跟巴西人打仗的时候受的伤吧？"

"是的，我在那儿受过几处伤，后来在那些荒蛮的地方打猎的时候也受到一些，另外还有这样那样的事。"

"啊，对了，那是在进行科学探险的时候。你可以扣上你的衬衫，我已经给你统统弄好了。我看你在那边过了一段险恶的生活。"

"唔，自然啰，在那样荒蛮的国度里，少不得要冒几次险，"牛虻轻松地说，"而且不见得每次都是令人愉快的。"

"可是我还是不明白，你怎么会受到这么多的伤，除非你曾经在野兽群里冒过险——譬如说你左臂上面那一串疤痕。"

"哦，那是打美洲狮的时候得来的。你知道，当时我已经开了枪……"

有人敲了一下门。

"屋子里干净吗，玛梯尼？干净的？那么请你开开门。太太，你太好啦；我不能起来，请你原谅。"

"你当然不用起来，我又不是来做客的。西萨尔，我来得稍

197

微早一点儿。我以为你们也许急于要走的。"

"我还可以再待一刻钟。我来把你的披风放到隔壁房间里去。要不要把篮子也拿过去？"

"当心，里面是新鲜鸡蛋。今天早晨卡蒂到奥列佛多山那边去找来的。列瓦雷士先生，这儿有几枝圣诞玫瑰送给你，我知道你是爱花的。"

她在桌旁坐下来，先修剪了花梗，然后把花插在花瓶里。

"唔，列瓦雷士，"盖利说，"把那打美洲狮的故事讲完吧。刚刚才开了一个头呢。"

"啊，是了！刚才盖利问起我在南美时的生活，太太，我正跟他谈到我左臂受伤的经过。那是在秘鲁的事情。当时我们是涉过一条河去打美洲狮的，我一见到那家伙就开了一枪，谁知那一枪发不出子弹，火药给弄潮了。自然了，那家伙不会坐在那儿等着我把枪收拾好的，结果就是这些疤痕了。"

"那一定是一次有趣的经验。"

"啊，并不坏！当然我们得把苦乐扯平来看，可是大体说来，那是一种辉煌的生活。就像捕蛇……"

他就这么一件又一件地喋喋不休地说下去：一会儿提起阿根廷的战争，一会儿谈到巴西的探险，一会儿又谈到打猎时的野宴，以及遭遇到土人和猛兽的冒险故事。盖利像孩子听神话似的感到津津有味，不时提出问题来打断他。因为他具有那不勒斯人那种易于感受的特性，喜欢一切动人心魄的东西。琼玛从篮子里拿出编织物来，一面做活一面低头默默倾听着。玛梯尼皱起眉头，有些坐立不安了。他觉得牛虻讲故事的神气有些存心夸张和做作。过去一个星期，他看到了牛虻能有那么惊人的耐性去经受肉体的痛苦，虽然不由得十分钦佩，可是他实在不喜欢牛虻，不喜欢他所做的事情和作风。

"这可真算得一段辉煌的生活了！"盖利真心羡慕地叹了一口气，"我真不懂你怎么舍得离开巴西的。经历了那样的生活，到别的国家一定觉得平淡极了！"

"我想我在秘鲁和厄瓜多尔的时候是最快活的，"牛虻说，"那才真是一个壮丽无比的地方。自然啰，气候是很热的，特别是在厄瓜多尔沿海的区域，谁都会觉得有点儿受不了，可是那儿风景的美丽是使人想象不到的。"

"我相信，"盖利说，"在一个野蛮国家里完全自由地生活，比任何风景都更能吸引我。一个人到了那儿，就一定会感觉到个性的解放和人类的尊严，那是在我们这种人口密集的城市里永远感觉不到的。"

"是的，"牛虻回答，"那是——"

琼玛抬起头来，朝牛虻看看。他的脸突然涨得绯红，把话截住了。接着是暂时的沉默。

"不是又发作了吧？"盖利着急地问。

"啊，没有这回事，多亏得我所咒……咒骂的你那止……止……止痛的药。你预备走了吗，玛梯尼？"

"是的。走吧，盖利，我们要太晚了。"

琼玛跟着两个人走出房间，不一会儿就端来一碗牛奶冲鸡蛋。

"请喝吧。"她用一种温和的命令语气说，就又坐下去做活。牛虻柔顺地服从了。

足足有半个钟头，两个人都没有说话。然后牛虻很低声地说：

"波拉太太！"

琼玛抬起头来。牛虻正在扯那床毯边上的穗子,眼睛一直低垂着。

"你不相信我刚才说的是真话吧?"他说。

"我一点儿也不怀疑刚才你讲的是假话。"她静静地回答。

"你说的很对。我是一直在这儿瞎说的。"

"那战争的事也是吗?"

"每一桩事都是谎话。我根本没有参加过那次战争。至于探险的事,当然我曾冒过几次险,那些故事也大部分是真的,可是这都不是我受伤的原因。现在你已经揭穿了我一个谎话,我想我倒不如把它全部都揭穿。"

"难道你不觉得编造这许多谎话浪费精力吗?"琼玛问着,"我以为这是犯不着的呢。"

"可是你有什么办法?你总知道你们英国自己那句俗语:'不去多问人家,就听不到人家说谎。'我并不喜欢拿谎话去愚弄别人,可是别人问我怎么变成残疾,我总得有句话回答他们呀。既然如此,我就不如索性编得好听些。你看盖利听了多么高兴。"

"你宁愿让盖利高兴,而不愿意讲老实话吗?"

"老实话!"他抬起头来,那条扯下来的床毯穗子已经在他手里了,"你要我跟他们讲老实话吗?那我宁可先割掉我的舌头了!"他很不自然地羞怯地突然接着说,"我还从来没有跟任何人说过,现在可要跟你说了,如果你要听的话。"

琼玛默默地放下手里的编织物。这个粗鲁、神秘、并不可爱的男人,突然要把自己的秘密,向一个他不很了解而且显然也不喜欢的女人倾吐,在她看来,这里面一定有着某种很可悲痛的原因。

接着是长时间的沉默,她又抬起头看了看他。他正将他的左臂支在他身边的小桌上,拿他那只残缺的手遮着眼睛。她看到他的手指有一种神经质的紧张,手腕上那个疤痕也正在掣动。她走近他,轻轻唤了声他的名字。他猛地惊醒过来,抬起头来。

"我忘……忘记了,"他讷讷地表示歉意说,"我刚才正……正要跟你讲……讲……"

"关于那次——使你瘸腿的意外事件或者别的什么。但是如果你要因此而感到烦恼的话……"

"意外事件?哦,那次被人家痛打?对啦,这并不是一桩意外事件,那是一根拨火的铁棒。"

她茫然骇然地凝视着他。他举起那簌簌发抖的手,把头发往后掠开,抬起头来对她微笑着。

"你怎么不坐下来?请你把椅子挪近些。我很抱歉不能替你挪。真……真的,现在想起来,那次伤假使是列卡陀给我诊治的话,他一定会把这个病案当成一个非……非常好的宝……宝库。他对于打碎的骨头具有一个真正外科医生所特有的爱好,而我相信,当时我身体内部凡是打得碎的东西,是全都打碎了——只除了我的脖子。"

"还有你的勇气。"她轻声插进来说,"可是你也许是把它列在那些打不碎的东西里面的。"

他摇摇头。"不,"他说,"我的勇气也是后来跟其余的东西一起修补好的。当时,它被打得粉碎了,跟一只砸碎了的茶杯一样;那是那桩事情里面最惨的一部分。啊——对了,唔,我刚才是说那根拨火棒。"

"这是——让我想一想——大概是十三年前在利马[1]的时候。我刚才说过，秘鲁是一个宜人的国度，可是你要是碰巧手头没有一文钱，像我当时那样，那就有些不妙了。我曾到过阿根廷，后来又到过智利，大部分的时间都是在流浪和饥饿中度过的，后来我受雇做临时工，从瓦尔帕莱索[2]坐牲口船到利马。我在利马找不到事情，就闯到码头上去——你知道，那些码头就在卡亚俄[3]——想去碰碰运气。当然，那些港埠里都有那种下流的场所，是一般以航海为生的人聚会的地方；过了不久，我就被那儿一家赌窟雇去做仆人了。我得烧饭，在弹子台上记分，给那些水手和他们的女人送茶、送酒，以及诸如此类的事。这并不是很愉快的工作，可是我能找到它还是高兴的。那儿至少有得吃，并且可以接触到人类的面孔和声音。你也许以为这没有什么好处，可是当时我刚害过黄热病，曾经孤零零地躺在一所破旧荒废的茅屋旁边的棚子里，那种情形实在把我弄怕了。有一天晚上，赌窟里边有个喝醉酒的拉斯加[4]在那儿吵闹，因为他上岸把钱输光了，正在没有好气。赌窟的老板命令我把他撵出去，我如果不愿意失业而饿死的话，当然不能不服从。谁知他的气力比我大两倍——当时我还不到二十一岁，又是病后，衰弱得像一只猫。何况他还有一根拨火棒！"

　　他停了一下，向她偷偷望了一眼，才接下去说：

1　秘鲁首都。
2　智利一港口。
3　利马一港口。
4　东印度群岛的土著水手。

"显然他想一下子就送掉我的命,可是他的活儿干得有点儿草率——那些拉斯加做活总是这么草率的,因此他竟没有把我完全砸碎,让我还留下一口气刚够活下去。"

"哦,可是旁的那些人呢,他们不出来干涉的吗?难道那么些人还怕一个拉斯加?"

他抬起头来望望她,爆发了一阵大笑。

"**旁的人?**那些赌客和赌窟里的人吗?怎么,你竟不明白!那都是些黑人呀、华工呀,还有天知道一些其他什么人呀!而且我是他们的仆人——**他们的财产哪!**当然,他们都围拢来看热闹。在那种地方,这类事情是当好玩的呢。那也的确好玩,只要你自己并不刚巧就是那玩物。"

她战栗起来了。

"那么结果怎么样呢?"

"我不能详细告诉你了!一个人碰到这样的事情,照例是有几天什么都记不得的。可是当时附近船上有一个外科医生,大概他们看看我还没有死,就去把他请了来。他就把我大致缝补起来了——列卡陀以为他缝补得很马虎,不过那也许是由于同行嫉妒。总之,等我恢复知觉的时候,一个本地老太太就发了基督教的慈悲把我收留下了——这话听起来奇怪,不是吗?那老太太老在茅屋的角落里缩作一团地坐着,衔着一个黑烟斗,向地板上吐着痰,一个人嘀咕着。她是一个好心肠的人。她告诉我说,我尽可以平安地死去,没有人会来打扰我的。但是我当时的反抗精神相当强,终于选择了活下去这条路。但爬回活路上来可真不容易,有时我也想到,单单为了要活下去而费这样大的劲,似乎有些犯不着。但无论如何,那老太太的耐心是惊人的,她留我躺在她的茅

203

屋里——有多少日子？将近四个月。我常常像一个疯子似的说胡话，又像一只肿了耳朵的熊那么凶。那痛是厉害的，你知道，而且我的脾气又是从小就娇养坏了的。"

"后来呢？"

"哦，后来——我勉强可以起来，就爬走了。不，你不要以为这是因为我太体贴人，觉得不好意思再受一个老太太的赡养——我早已顾不得这些了。我之所以要走，只是由于那个地方实在让我受不了啦。你刚才不是说我有勇气吗？你还没有看见我当时的情景呢！最厉害的痛照例是在傍晚发作的，就是黄昏时分。每天下午我总独自躺在那儿，眼睁睁地看着太阳一点点地低下去——啊，你不会明白！现在我一看到太阳下山就要觉得难受！"

一阵长久的沉默。

"唔，然后我才往内地走，看能否在什么地方找到工作——如果再在利马待下去，那简直要使我发疯了。我一直流浪到库斯科[1]，到了那边——真的，我不知道为什么要拿这些过时的经历来向你啰唆，这是连有趣两个字都说不上的。"

她抬起头来，用深沉而恳切的眼光看看他。"请你不要这样说吧。"她说。

他咬着嘴唇，又扯下了一根床毯穗子。

"你要我说下去吗？"停了一会儿他问。

"如果……如果你愿意的话。我怕你回想起来会觉得非常难受。"

---

[1] 秘鲁一古城，11世纪初是印加帝国的首都，距利马约有600公里路程。

"难道你以为我不说就忘得了吗？那就越发糟。可是你不要以为使我这样念念不忘的是那事情的本身，不，我忘不了的是我曾经丧失过自制力的事实。"

"我……我不大明白你的意思。"

"我指的是，我曾经落到勇气丧尽，到头来发现自己是一个懦夫的事实。"

"任何人的忍受肯定都有一定的限度。"

"是的，可是一个人只要曾经达到那个限度，就永远不会知道他几时还会再达到这个限度了。"

"你可否跟我谈谈，"她迟迟疑疑地问，"怎么你才二十岁就会独自流浪到那种地方去的？"

"非常简单：在这古老国家的家中，我的生活原有一个很好的开端，后来我逃走了。"

"为什么？"

他又急促而粗鲁地笑了起来。

"为什么？因为当时我是一头自命不凡的小野兽，我想。我生长在一个过分奢侈的家庭里，被他们娇养宠爱得什么似的，以致我就当这世界是由粉红色的棉毛和糖包的杏仁制成的了。后来有一天，我发觉我所信任的一个人曾经欺骗了我。怎么，你这么吃惊！这是怎么回事？"

"没有什么。请讲下去吧。"

"我发觉人家施用诡计使我相信了一个谎言，当然这种事情是很普通的；但是，正如我刚才告诉你的，当时我又年轻又自负，总以为凡是说谎的人都要下地狱的。所以我就从家里逃出去了，逃到南美去过流浪的生活，口袋里边没有一文钱，嘴里又说不出一句西班牙话，除了一双白嫩的手和爱花钱的习惯之外，并没有任何本领可以赚饭吃。这样，那自然的结果就是，我深深地陷入了真正的地狱，来矫正我对于假地狱的想象。这一下可陷得真深——整整过了五年，才由杜普雷探险队把我救出来。"

"五年！啊，太可怕了！难道你没有朋友吗？"

"朋友！我——"他突然转过脸来狠狠地对着她，"我是今生今世从来不曾有过一个朋友的！"

随后他似乎觉得那样激动有点儿不好意思，就急忙接下说：

"你用不着把这些话看得太认真，说不定我是把恶劣的情形说到极点了，实际上开头那一年半里面并不怎么坏的。我年轻力壮，因而日子倒也过得还好，一直到那个拉斯加在我身上留下他的标志为止。从此以后，我就找不到工作了。想起来真也奇怪，只要运用得法，一根拨火棒就会变成那么有效的一种工具，而人一旦成了瘸子，就没有人肯雇用的了！"

"你干过些什么工作？"

"什么都干。有时是打零工，给那些黑人在甘蔗地里搬搬东西，跑跑腿，以及诸如此类的事情。说到这些，我就又想起人类生活的一种怪现象来了：凡是奴隶，总想奴役别人。当时那些黑奴最喜欢的就是欺凌一个白种奴隶。但受欺负也没有用，那些监工还是常常要把我赶出去。因为我腿瘸，走不快，也扛不动重东西。而且那时我常常要害发炎症，或是莫名其妙的病症。

"过了些时，我流浪到银矿场里，想在那儿找工作，结果一无所得。经理们以为要收留我这样一个人，简直就是笑话，那班矿工呢，甚至要跟我拼命。"

"怎么会这样？"

"啊，我想那是人类的天性吧。他们看出我只有一只手可以还击嘛。我受尽了折磨，终于不得不离开那儿再往别处去，可又不晓得到底上哪儿好，只是到处流浪着，指望有机会碰上什么运气。"

"徒步走着吗？用那条瘸腿！"

他抬起头来，突然显出一阵可怜的喘不出气的样子。

"我……我当时是饿着肚子。"他说。

她的头稍稍转过去，一只手托着下巴。沉寂了一会儿，他又开口了，但声音愈来愈低：

"是的，我走了又走，一直走得我快要发狂，还是什么工作也得不到。我走到厄瓜多尔境内了，可是那边的情形更糟。有的时候我给人家补补锅——我是一个很不错的补锅匠呢，有的时候就给人家跑跑腿，或者是打扫打扫猪圈，有的时候我也做——啊，我也不知道做了些什么。这才到最后，有一天……"

那只瘦弱的棕色的手在桌子上突然紧紧捏起拳头来，琼玛抬起头，忧虑地望了他一眼。当时他正侧面向着她，她看见他的太阳穴上有一根血管在搏动，像一柄锤子在急速而不均匀地捶打一般。她将身子俯上前，用一只温柔的手按抚着他的臂膀。

"不要再讲下去，这种事情讲起来太可怕了。"

他怀疑地注视着那只手，摇摇头，这才又不快不慢地讲下去了：

"于是有一天，我遇到一队走江湖演杂耍的。你总还记得那天晚上的那个班子吧，唔，就是那样的东西，只是更粗俗，更下流。那些混血种的人，可不像文雅的佛罗伦萨人，如果不是猥亵和野蛮的玩意儿，他们是不会理你的。当然里边也有斗牛。当时他们已经在路旁搭起帐篷准备过夜了,我就到他们的帐篷旁去乞讨。唔,那天天气很热,我又已经饿得半死,所以……我在帐篷门口晕倒了。当时我已有一种突然昏过去的毛病,正如寄宿学校里那些胸脯束得太紧的女学生一般。他们把我扛进帐篷,给我白兰地,吃的,等等。然后……第二天早晨……他们就要我担任……"

又是一个停顿。

"他们需要一个驼背,或者是一个无论什么样子的畸形人,可以让孩子们扔橘子皮和香蕉皮……惹那些看客发笑……那天晚上那个驼背小丑你是看到了的……不错,我就是那样子……做了两年!

"这样,我得学会那一套把戏。我并不怎么畸形,可是他们有办法,用人工装起一个驼背,又尽量地利用我的这一只手和这一只脚——好在那些看客并不吹毛求疵,只要有一个活的东西可供糟蹋就很容易满足——还有那套花花绿绿的愚人衣,当然也起了不小的作用。

"唯一的困难就在我常常生病,不能出场。有时碰到班主发脾气,即使我正害着发炎症,他也要强迫我上场。碰到这样的夜场,我相信观众们是特别欣赏的。有一次,我记得表演到一半就痛得晕过去了……等到醒过来,那些观众已经把我团团围住……呼啸着,叫嚷着,用果皮扔着我……"

"不要讲了!我再也听不下去了!停止吧,看在上帝的分儿上!"

她用两手掩着耳朵站起来。他把话截住了,抬起头,看见她眼睛里含着晶莹的眼泪。

"真该死，我是怎样一个白痴啊！"他低声说。

琼玛走到窗前向外面张望了一会儿。等她转过身来，牛虻又已靠在桌子上，用一只手遮住眼睛。显然，他已经忘记她在那儿了，她就默默地在他身边坐下来。经过一段长时间的沉默，她才慢慢地说：

"我想问你一个问题。"

"什么？"他仍旧不动。

"你为什么没有自杀呢？"

他显得十分惊异地抬起头来看着她。"我料不到你也会提出这个问题。"他说，"你想，我的工作怎么办呢？谁能代替我去做呢？"

"你的工作——啊，我明白了！你刚才说起丧失自制力成为懦夫的话，唔，如果你经历了这样的处境而仍旧能保持你的决心，那你就是我生平所遇见的最最勇敢的一个人了。"

他又遮住了他的眼睛，一面热情地紧紧握住琼玛的手。仿佛是无穷无尽的沉默笼罩在他们的周围。

突然，一阵清越而娇嫩的女高音从下面花园里传上来，唱的是一首鄙俗的法国民歌：

喂，毕洛！跳舞吧，毕洛！
跳一会儿舞吧，我可怜的若诺！
永远跳舞和欢乐吧！
享受我们美丽的青春吧！
如果我哭泣，或者叹息，
　如果我想到悲伤——

先生，那不过是开玩笑罢了！

哈，哈，哈，哈，

先生，那不过是开玩笑罢了！

牛虻一听到歌声，就把他的手从琼玛的手上抽回来，同时轻轻地哼了一声，把身子往后退缩。琼玛用两只手抓住了他的臂膀，牢牢地揪住它，好像揪住病人让医生施行外科手术似的。那独唱的歌声中断后，接着又是一阵大笑和掌声所组成的合唱从花园里传上来。他抬起头来望着她，那双眼睛像是一只被拷打的野兽的。

"是的，那是绮达和她那些军官朋友们。"他慢吞吞地说，"那天晚上列卡陀还没有来的时候，她就想到我房间里来。如果她来碰着我，我是一定会疯的！"

"可是她不知道啊，"琼玛温和地抗议，"她料想不到她会使你难受的。"

"她就像一个克里奥尔人(指居住在西印度群岛的欧洲人和非洲人的混血儿。)。"说着他颤抖起来，"你还记得那天晚上我们把那小叫花子抱进去的时候她的那副表情吗？那就是混血种人发笑时的嘴脸。"

又是一阵大笑从花园里传上来。琼玛站起身，打开了窗子。绮达头上风骚地缠着一条金色花边的围巾，正站在花园的小径里，手里高高举起一束紫罗兰，三个年轻的骑兵军官好像正在那儿抢。

"莱尼小姐！"琼玛叫着。

绮达的脸上顿时罩上一层乌云。"什么事，太太？"她转过身子抬起头，带着一种挑战的神色说。

"能不能请你那几位朋友说话稍微轻一些？列瓦雷士先生很

不舒服呢。"

"滚出去!"[1]那吉卜赛女郎把手里的紫罗兰往地上一掷,向那三个吃惊的军官说,"我讨厌你们,先生们!"[2]

她慢慢地走出园子。琼玛关上窗子。

"他们都走了。"她回转来对他说。

"谢谢你。我……我很对不起,麻烦你啦。"

"倒也没有什么麻烦。"牛虻立刻发觉她说话的口气有些迟疑。

"'可是'?"他说,"太太,你的话还没有说完呢,你心里还有一个没有说出口来的'可是'在那儿。"

"既然你看到了人家的心坎里,那么你对人家心里的话就不能够生气了。事情当然跟我不相干,可是我总觉得不懂——"

"不懂我为什么这样讨厌莱尼小姐是不是?那是只有碰到……"

"不是的。我不懂你既然这样厌恶她,又为什么要跟她同居呢?照我看来,这是对她的一种侮辱,对于一个女人的侮辱,也就是对于……"

"一个女人!"他粗鲁地爆发出一阵大笑,"难道这就是你所说的一个女人吗?'太太,那不过是开玩笑罢了!'[3]"

"这是不公平的!"她说,"你没权利对任何人这样说到她——尤其是对另外一个女人!"

1、2 原文均系法文。

3 原文系法文。这是牛虻引用绮达唱的法国民歌中的最后一句,因为是对琼玛说的,所以把"先生"换成了"太太"。

他转过身子，眼睛睁得大大的，躺在那儿注视着窗外正要下山的太阳。琼玛拉下了窗帘，关上了百叶窗，不让他看见；然后她在另一个窗前的桌旁坐下，又开始编织起来。

"你要点灯吗？"过了一会儿她问。

他摇摇头。

及至屋子里暗得看不见了，琼玛就卷起她的编织物，放到篮子里。她叠着两只手坐了好一会儿，默默观察着牛虻那一动不动的形象。黄昏时模糊的光线照在他脸上，似乎把那种粗鲁的、嘲弄的、自负的神情融化掉了，同时却加深了他嘴边那种悲惨的皱纹。当时琼玛由于一种奇特的联想，记忆里面忽然浮出一个大理石十字架的鲜明形象来，那是她爸爸为了纪念亚瑟而竖立的，上面刻着的一行铭文是：

所有你的那些波涛和巨浪都已经在我的头上消逝了。

整整一个钟头在连续的寂静中过去了。最后，她站起来，悄悄地走出房去。回来的时候带着一盏灯，在门口停了一下，以为牛虻睡熟了。当灯光照到他脸上，他才回过头来。

"我给你煮了一杯咖啡。"她一面说，一面把灯放好。

"暂时把它搁着吧。请你过来一下好不好？"

他把她两只手统统握住了。

"我正在想，"他说，"你的话很对，这的确是我生活里一段丑恶的纠葛。但是你得记住，一个男人不是每天都能遇到一个可以……可以爱恋的女人的，而我……我是一个曾经陷溺过的人。我害怕……"

"害怕……"

"我害怕黑暗。有时我是不敢单独过夜的。我需要一件活的……结实的东西在我身边。我怕的是外在的黑暗,那会……不,不!并不是那种黑暗,外在的黑暗不过是一个只值六便士的玩具地狱罢了——我怕的是内在的黑暗。那儿并没有哭泣或咬牙的声音,只是寂寞……寂寞……"

他的眼睛发愣了。她静静地站在那儿,屏住呼吸,直到他重新说话。

"这一切对你都很神秘,是不是?你是不能理解的——可是幸亏你不懂。我的意思是,如果我尝试独自过下去,我是很可能会发狂的——所以如果你能够宽容,请你不要对我过分苛求责备吧,我到底不是你可能想象到的那种恶毒的野兽呀。"

"这我可不能替你判断,"她回答说,"我不曾吃过你那样的苦。但是——我也曾经深深地陷溺过一次的,只是方式不同。因之我以为——而且敢断言——如果你因为有所恐惧而竟干起一桩真正残忍的、不公道的或者是不宽厚的事来,你到将来一定要后悔。至于别的——如果你已经在这件事情上失败了,我知道我若是处在你的位置一定会全盘失败——早该怨天恨地而死了。"

他还是握着她的手。

"告诉我,"他非常温柔地说,"你生平曾经干过一桩真正残酷的事吗?"

她没回答,但已经把头低下来,两颗大大的泪珠滴到了他的手上。

"告诉我!"他热情地低声说着,把她的两只手捏得更紧,"告诉我吧!我已经把我的一切苦恼统统告诉你了。"

"是的……有一次……在很久以前。而且我是对我在世界上最心爱的人做出来的。"握着她的手的那两只手起了剧烈的颤抖,但仍旧没有放松。

"他是我的一个同志,"她继续说,"而我竟听信了一种诽谤他的谣言——由警察所捏造的显而易见的通常的谎话。我竟把他当作一个叛徒打了他一个耳光,以后他就走开,而且投水自杀了。两天之后,我发觉了他是完全无罪的。也许,这比你记忆里的任何事情都还要难受。假如做过了的事情可以取消,我情愿砍掉我这右手!"

他的眼睛里面闪出一种迅速的、危险的光辉——这是她从来不曾见过的。他突然弯下头来,吻了她的手。

她惊慌失措地往后退缩。"不要这样!"她可怜地嚷着,"以后请你再不要这样了!这要使我伤心的!"

"你以为你没有使你所杀死的那个人伤心吗?"

"被我……杀死的……那个人……啊,西萨尔已经回来了!我……我得走了!"

玛梯尼走进房时,只见牛虻独自躺在那儿,旁边放着一杯没有动过的咖啡,还是那样懒洋洋地、没精打采地自言自语咒骂着,仿佛对那杯咖啡不满意似的。

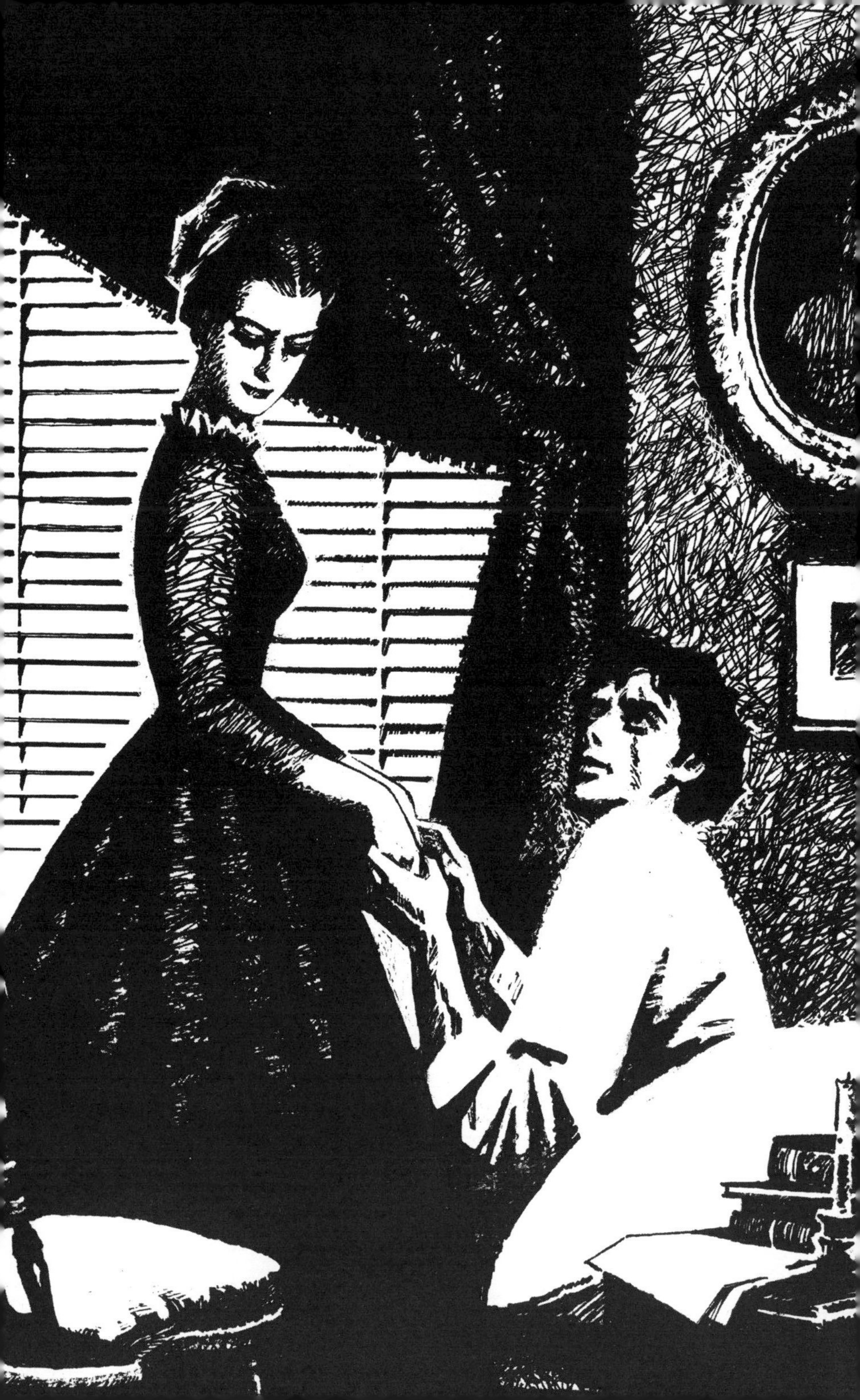

第九章

几天以后，牛虻带着仍旧非常苍白的脸色和瘸得更加厉害的腿，走进公共图书馆的阅览室，请求借阅蒙泰尼里的布道文集。坐在附近桌旁看书的列卡陀抬起头来望了一望。他是很喜欢牛虻的，只是不能理解他这一点——怎么他会对某一个具体的人有这样深的毒恨。

"你又准备要向这个不幸的主教开排炮了吗？"列卡陀有些恼怒地问。

"亲爱的人儿，你为什么老……老是以为人家做事是出于不好的动……动机的呢？这是最……最非基督教的态度。我是正给那新……新报纸预备一篇论现代神学的文章啊。"

"什么新报纸？"列卡陀皱起眉头。因为当时新的出版法快要出来，反对派正在筹备一张要使全城震惊的很激进的报纸，但这事至少在形式上还是一个秘密。

"当然是《骗局公报》啦，或许叫作《教会新闻》也说不定。"

"嘘！嘘！列瓦雷士，我们打扰别的读者了。"

"那么好吧，你去啃你的外科学吧，如果那就是你的科目，别……别……别来管我的神……神学——这是我的科目。我并不……不……不来干涉你对碎骨头的研究,虽然我比你知道的多……多得多。"

他就坐下去看他的布道文集,脸上立刻显得全神贯注起来。一个图书馆管理员走近了他。

"列瓦雷士先生!我想你是曾在杜普雷探险队里探索过亚马逊河支流的吧?也许你肯费神帮助我们解决一个困难。有一位太太向我们借阅那次探险的记录,可是那一套书正在装订。"

"她想要知道什么?"

"她只想知道探险队是哪一年出发的和他们经过厄瓜多尔的时间。"

"杜普雷探险队是一八三七年秋季由巴黎出发的,经过基多[1]的时候是一八三八年四月。我们在巴西工作了三年,然后到里约[2],一八四一年夏季回到巴黎。那位太太还需要知道每一次发现的日期吗?"

"不,谢谢你,只要这一点。我已经记下来了。范洛,请你把这张纸条送给波拉太太去。谢谢你,列瓦雷士先生。很对不起,麻烦你了。"

牛虻莫名其妙地皱起眉头,仰到椅子靠背上。她要这些日期干什么?他们经过厄瓜多尔的时候……

琼玛手里拿着那张纸条回到家里。一八三八年四月……亚瑟是一八三三年五月死的。五年……

---

1 厄瓜多尔首都。

2 里约热内卢的简称,1960 年 4 月以前为巴西首都。

她开始在房间里踱起步来。已经有好几夜没有睡好了,她的眼皮下面已经现出了黑影。

五年……而且是一个"过分奢侈的家庭"……而且是"一个向来信任的人曾经欺骗了他"……曾经欺骗了他……而他发觉了……

她站住了,举起两手来捧住头,啊,这完全是疯了……这是不可能的……这是荒谬的……

然而,当时他们在船港里是怎样打捞过啊!

五年……他碰到那个拉斯加的时候"还不到二十一岁"……那么他从家里跑出去的时候一定是十九岁了。他不是说过"开初那一年半"……而且他那样蓝的眼睛和那种神经质的不肯安静的手指是从哪儿来的呢?而且他为什么要对蒙泰尼里恨得这么厉害呢?五年……五年……

只要她能够知道他确实已经淹死……只要她能够亲眼见一见他的尸身;那么,总会有一天,她那旧伤疤不会再痛,她那回忆中的恐怖会消失。也许再过二十年,她就可以无所畏缩地来回首当年了。

因为经常想起自己做过了的事情,她的全部青春已经遭受到损害。一天又一天,一年复一年,她不得不坚决地和那悔恨的恶魔相搏斗。她不得不一直记住,自己的工作是在将来,不得不经常对过去的魔影闭起眼睛,塞住耳朵。然而一天又一天,一年复一年,那具被潮水冲入大海的尸体的影子始终不肯离开她,那压抑不住的惨痛呼声老是从她心坎里响出来:"我杀死了亚瑟!亚瑟死了!"有时她也觉得这种负担太沉重,再也受不住了。

现在呢,即使她送掉半条性命,她也情愿忍受那原先的沉重负担。因为她如果只是杀死了他,那不过是一种已经熟悉了的悲痛;她已经负担了这么长久,现在不至于经受不起了。但是假如她当初并不是把他赶到水里,而是把他赶到了……她坐下来,两手掩住了眼睛。为了他的缘故,她的一生已经弄得这么阴暗!因为他死了!啊,但愿她在他身上造成的后果不是比死更坏的东西……

她坚定地、无所顾惜地一步一步走进他以往生活的地狱里去。那些情景都生动得如同她自己亲眼看过、亲身经历过一般。那裸露的灵魂的无可奈何的战栗,那种比死还要难受的嘲笑,那种孤独时感到的恐怖,那种缓慢的、折磨人的、无情的肉体的痛楚。她仿佛就跟他并坐在那印第安人的肮脏茅屋中,跟他一起在那银矿里、咖啡地里以及那个可怕的杂耍班里受罪……

杂耍班——不,她至少得把这个印象赶快摆脱掉,这是只要坐在那儿想想就足够使人发狂的。

她拉开了写字台的一个小抽屉。里面放着几件个人纪念品,都是她舍不得毁掉的。她向来不习惯收藏这一类使人感伤的小东西,但她的天性中也有比较脆弱的一面,虽则她一直都竭力抑制它,也终于让了步,把这几件东西保存下来了。平时她是难得让自己去看它们的。

现在她把那些东西一件一件拿出来:乔万尼给她的第一封信,他临终时握在手里的那束花,她那个死去的婴孩的一绺头发,以及从她父亲坟墓上带回来的一片枯叶。但在那抽屉的最深处,还有亚瑟十岁时的一张小照——那是他现存的唯一肖像了。

她把那张照片拿在手里坐下来,对那美丽的、孩子气的头凝视着,直到那真正的亚瑟的脸在她眼前鲜明地浮现出来。那一张脸显得多么清晰啊！嘴边那些敏感的线条，那恳切的眼睛，那一副天使一般纯洁的表情——一切都深深地刻在她的记忆中，仿佛他是昨天才死去似的。慢慢地，热泪涌上来蒙住了双眼，遮蔽了手中的照片。

啊，她怎么可以有这样的思想呢！即使是在梦里，让这一光辉而超脱的灵魂被束缚在那种污秽、卑贱、苦楚的生活里，也要算是一种亵渎啊。一定是上帝也有些爱他，才让他年纪轻轻的就死掉。宁可让他化成绝对的虚空，也比活在世上做牛虻好一千倍呀——那样一个牛虻，连同他那光洁无瑕的领带，不可捉摸的机智，刻毒的舌头，还有他那跳芭蕾舞的女人！不，不！这完全是可怕的毫无意义的空想；她是拿这徒劳的幻想自寻烦恼！亚瑟已经死了！

"我可以进来吗？"门口有人低声问。

她吓了一跳，那张照片从她手里掉下去了。牛虻一瘸一拐地走进房，把它捡起来，递给她。

"你吓了我一大跳！"她说。

"很……抱……抱歉。也许我来打扰你了吧？"

"不。我正在翻检一些旧东西。"

她踌躇了一会儿，然后把那张小照片递给他。

"你看这个人的相貌怎么样？"

当他接过去看时，她留神观察着他的脸，好像她整个生命都要由他的表情来决定一样，但是他只显出一种消极的仔细审察的样子。

"你又给我出难题了，"他说，"这张照片已经褪色了，而且一个孩子的脸向来是最难判断的。可是照我想来，这孩子长大之后一定是个倒霉的人,他最聪明的办法就是压根儿不要让自己长大。"

"为什么?"

"你看他那下唇的线条。那……那就可以看出他是这样一种性格:觉得痛苦就是痛苦,错误就是错误。这样的人是这个世界所不……不容的,它只需要那种除了工作再没有任何情感的人。"

"你的熟人里面有谁跟他相像的吗?"

他把那张照片更仔细地看了一会儿。

"是的。多奇怪的事情啊!当然有人像,而且很像。"

"像谁?"

"蒙……蒙泰尼里大……大……大主教啊。我倒疑心起来了,这位品行端方的主教大人也许有侄儿的吧?你可不可以告诉我,这张照片是谁的?"

"这就是我那天告诉过你的那个朋友在儿童时代拍的照片……"

"就是你杀死的那一个吗?"

她不由得颤抖了一下。他把这个"杀"字说得多么轻飘,多么残酷啊!

"是的,我杀死的那一个——如果他真的死了。"

"如果?"

她仍旧注视着他的脸。

"我有时候是怀疑过的,"她说,"他的尸体始终没有找到。他可能也像你一样,从家里跑出去,跑到南美去了。"

"但愿他不是这样,那会使你回想起来觉得非常痛苦的。我生……生平也曾……曾有过几场剧烈的战斗，而且被我送……送到地狱里去的大概也不……不止一个人了。可是我心里如果老想着曾有一个活……活人被我送到南美去，那我晚上就要睡不着觉了……"

"那么你相信，"她插嘴说，绞扭着两手，向他走近一步，"如果那个人并没有淹死——如果他也像你这样经历过那些事情——那他就永远不肯回来，把往事勾销了吗？你就相信他永远不肯忘记它吗？要记住，这桩事情也曾使我付出了一些代价的。瞧！"

她把她额头上一堆浓密的鬈发往后一掠，那乌黑的鬈发里露出一大绺白发。

长时间的沉默。

"我以为，"牛虻慢吞吞地说，"已经死去了的还是让他死去吧。要一个人忘记一桩事情是很困难的。假如我做你那个已死的朋友，那我还是死……死了的好。还魂的鬼是丑恶的。"

琼玛把那照片放回抽屉里，锁起来。

"这是一种冷酷的理论。"她说，"现在我们谈谈别的吧。"

"我本来是来跟你商量一件小事的，如果你允许的话，是我的私事，关于我想到的一个计划。"

她将椅子拉到桌旁坐下来。

"你对正在草拟中的出版法有什么感想？"他开口说，他平时的那种口吃完全消失了。

"我有什么感想？我想它不会有多大价值，但是半片面包总比没有面包好。"

"那自然。那么你准备给这些好好先生正在筹办的报纸工作了？"

222

"我是这么想。因为要开办一种报纸，是有很多的实际工作要做的——印刷、发行以及……"

"你打算把你的聪明才力像这样浪费多少日子？"

"怎么说是浪费？"

"因为这正是浪费。你知道得很清楚，你的头脑比起跟你一起工作的大多数人要强得多，而你竟让他们派你做苦工，打杂差。从知识上讲，你是远远超过格拉西尼和盖利的，他们比起你来简直是小学生，你却跟印刷所的小徒弟一样坐在那儿替他们看校样。"

"首先，我并没有把全部时间花费在校样上面；其次，我觉得你把我的聪明才力过分夸张了。其实我无论如何不能像你所意想的那么出色。"

"我并不是说你的才力怎样出色，"他静静地回答，"我觉得你的思想是健全的、切实的，这一点就非常重要。那许多次无聊的委员会会议上，他们每个人在逻辑上的弱点总是你给揭发出来的呀。"

"你对他们未免太不公道了。举例来说，玛梯尼，他就有一个非常合逻辑的头脑，就是法布列齐和莱伽的才能也是没有疑问的。还有格拉西尼，他关于意大利经济统计方面的知识，也许比国内任何官吏都要丰富。"

"对，这些话并不过火，不过我们还是不要去谈他们和他们的才能吧。事实上，你既然有这样的才干，就很可以做点儿更重要的工作，处在一个更负责任的地位上。"

"我对我现在的地位非常满意。我所做的工作也许并没有多大价值，可是我们大家都做着自己能胜任的工作。"

"波拉太太，你我何必再玩这套恭维和谦虚的把戏呢？老实告诉我，你是否承认，你目前花费脑力所做的工作，是能力比你差些的人也一样可以担任的？"

"既然你这样逼着我回答，那么——我承认，但在某种限度以内。"

"那么，你为什么还要这样干下去呢？"

没有回答。

"为什么还要这样干下去呢？"

"因为……我没有办法。"

"为什么？"

她带着责备的神气抬起头来望着他："你太不客气了——你不应该这样逼我。"

"可是你反正要对我说明理由呀。"

"如果你一定要知道的话，那么——因为我的生活是已经砸得粉碎的了，现在我没有精力可以承担任何**真正**的工作。我在革命工作里，大概只配做一匹拉拉出差车的马，给党做些杂事。至少，我是全心全意去做的，而且这种杂事也总得有人做呀。"

"当然，事情总得有人做，可是并不一定要由一个人一直做下去。"

"大概是因为我适宜做这种工作。"

他眯起眼睛不可思议地看着她。不一会儿她抬起头来：

"本来是要谈正经事的，我们可又回到老题目上去了。我老实告诉你，你说我可以去做各种各样的事，那是没有用处的。现在我绝不会做的了。可是我也许能帮助你考虑你的计划。你的计划是怎么样的？"

"你把我说什么都没有用处说在前头,却又问我准备要你做些什么。我的计划需要你行动上的帮助,不单单是考虑它。"

"你先讲给我听听,我们再来讨论。"

"你先告诉我,你有没有听到说要在威尼西亚起义的计划。"

"从大赦到现在,我所听到的就是种种起义的计划和圣信会派那边的种种阴谋,可是恐怕我对这两种消息都是怀疑的。"

"就大多数的情形来说,我也和你一样。可是我现在说的是,一个全省规模的反奥地利人的起义,已经在确实认真的准备中了。教皇领地里——特别是四大教省里——的好多青年都在秘密准备越界去当志愿军,参加起义。我又从罗马涅省我那些朋友那儿听到……"

"告诉我,"她插嘴说,"你能十分肯定你的那些朋友都是靠得住的吗?"

"完全可靠。我跟那些人都有交情,而且都在一起工作过。"

"那么,他们都是你那个'团体'里的分子了,是不是?请原谅我的怀疑,可是我对于从那些秘密团体传来的消息总不敢十分相信。这大概是一种习性……"

"谁对你说我是属于什么'团体'的?"他尖锐地打断她。

"没有谁,是我猜想的。"

"哦!"他向椅背上一仰,皱起眉头看着她。"你一直喜欢猜度别人的私事吗?"过了一会儿他问。

"常常如此。我是长于观察人家的,而且习惯于把许多事情联系起来。现在我对你讲明,使你以后有什么事情要瞒我的时候可以当心一点儿。"

"你无论猜到了什么事情都没有关系,只要你不讲开去就成。

225

我想这桩事情你总还不曾……"

她抬起头来做了一个惊异而且有点儿生气的手势。"这自然是用不着问的!"她说。

"当然,我知道你不会向外人去说,可是也许你对党里的人……"

"党的工作是要根据事实的,而不是根据我个人的猜测和幻想。当然我从来不曾对任何人提起过这桩事。"

"谢谢你。那么,照你猜想起来,我是属于哪一个团体的?"

"我希望——你可不能怪我说话太直率,因为这是你自己先谈起来的,你知道——我确实希望你不属于'短刀会'。"

"为什么你这样希望呢?"

"因为你是适宜于做更好的事情的。"

"我们大家都适宜于做比过去所做的更好的事情。这又回到你自己的答复上了。事实上是,我并不属于'短刀会',而是属于'红带会'的。这是一个比较坚定的团体,工作也比较认真。"

"你是说行刺的工作吗?"

"那不过是其中的一桩。行刺这工作,就它的本身来说是很有用的,但是必须有一套良好的有组织的宣传作它的后盾。这就是我不喜欢'短刀会'的缘故。他们以为一把短刀就可以解决世界上的全部困难,那是一种错误。短刀可以解决好些问题,但不是全部。"

"你真的相信它可以解决任何问题吗?"

他惊异地注视着她。

"自然,"她继续说,"因狡猾的暗探或是可憎的官吏的存在而发生的一些实际困难,短刀是能够暂时把它消除的;但它是否会因消除了一种困难而造成更为棘手的困难,那就是另一问题了。我觉得这很像寓言里所说,一所房子经过一番打扫和粉刷,反而多招了七个鬼。每一次暗杀,都只足以使警察变得更凶恶,使民众更习惯于暴力和野蛮,因而最后的社会秩序也许比原先更要糟糕。"

"当革命到来的时候,你以为会发生什么事情?你想那时候的民众不应该习惯于暴力吗?战争就是战争啊。"

"是的,不过公开的革命是另一回事。这在人民的生活中只是一刻工夫,而且这是为了我们的一切改进所不得不付出的代价。毫无疑义,那时候会发生可怕的事件,那是每一次革命所不能避免的。不过这种事件应当是一些个别的事件——是非常时期的一些非常现象。至于那种乱糟糟的行刺之可怕,就在于它会变成一种习惯。民众习惯了,就习以为常,因而他们对于人类生命的神圣感觉就要渐渐变得迟钝。我在罗马涅待得不久,但是我在那儿见到的一些人就已经给我一种印象,似乎他们已经养成或者正在养成一种使用暴力的机械式的习惯了。"

"即便如此,也比那种顺从和屈服的机械式的习惯好得多。"

"我并不这样想。任何机械式的习惯都是坏的、奴性的,而这一种还是凶暴的。当然,如果你以为革命者的工作只是从政府那儿争取某些让步,那么你一定会把秘密团体和短刀当作最好的武器了,因为再没有别的东西能使政府这么害怕的。可是,如果你也跟我一样地想,用暴力胁迫政府本身并不是一个目标,而只是达到目标的一种手段;又想到我们真正需要改革的是人与人之间的关系,那你一定会改变你的工作方式的。使无知的民众习惯于流血的景象,并不是提高他们赋予人类生命价值的办法。"

"那么他们赋予宗教的价值呢？"

"我不明白你的意思。"

他微笑了。

"我想我们意见不同的地方，就在对祸害根源的看法这一点上。你以为祸害的根源在于对人类生命的价值不够重视。"

"我宁可说是对人性的神圣不够重视。"

"随便你怎么说吧。对我来说，我以为一切混乱和错误的主要根源是那所谓'宗教'的心理病症。"

"你是指某种特定的宗教吗？"

"哦，不！那不过是一个外在特征的问题。这种病症的本身就是所谓心理的宗教倾向。那种心理是一种病态的愿望，要树立起一种东西来向它崇拜，要找一种东西来对它磕头。至于那东西是耶稣，是菩萨，还是一棵吐姆吐姆树[1]，那是没有多大区别的。当然，我这意见你不会赞同。你可能是一个无神论者，或不可知论者，或任何别的什么，可是我远在五米之外就可以嗅到你身上的宗教气质了。虽然，我们用不着讨论这一点，但你说我把行刺仅仅当作铲除可憎官吏的手段，那你就完全错了。要把教会的威信连根铲尽，要使人民把一切教会的代理人都看成害虫，行刺确实是一种手段，而且我想，是最好的手段。"

"等你完成了这一工作，等你已经唤起了那在人民心里熟睡的野性，去向教会进攻，那么……"

"那么我就算是完成了不辜负我这一生的工作了。"

"就是你那天讲的那个工作吗？"

---

[1] 非洲一些部落奉以为神的一种树。

"是的，正是的。"

她颤抖起来，走了开去。

"你对我觉得失望吧？"他说着，抬起头来朝她微笑。

"不，不一定是这样。我是……我想……有些害怕你。"

过了一会儿她又回转来，恢复了她平常跟人商量事情的语调：

"这是一种无益的讨论。我们的立足点太不同了。在我这方面，我相信的是宣传、宣传、再宣传；等到宣传成熟，那就是公开的起义了。"

"那么我们再回转去谈我那个计划吧，这是跟宣传分不开的，跟起义尤其分不开。"

"是吗？"

"我已经告诉过你，好多志愿军正从罗马涅出发去加入威尼斯人的队伍了。我们现在还不知道起义什么时候会爆发。可能要拖到今年秋天或是冬天，但是亚平宁山区的志愿军必须武装起来，把一切准备好，以便一听到号召，就可以立刻开向平原。我已经承担了私运武器和弹药到教皇领地去供给他们的任务了……"

"等一等。你怎么会跟那一班人在一起工作的？伦巴第和威尼斯那些革命党人都是拥护新教皇的呀。他们跟教会的进步派正在携手进行革新运动。像你这样一个绝不妥协的反教会派怎么能跟他们合得来？"

他耸了耸肩膀："只要他们肯干他们的工作，他们喜欢抱个布娃娃[1]玩玩，这于我又有什么关系呢？他们之捧新教皇，当然

---

1 对教皇的讽喻。

229

是为了借他做招牌。但是只要起义的准备在进行，我又去管他们做什么？什么棍子都可以用来打狗，我以为，任何口号也都可以使人民起来反抗奥地利人。"

"那么你要我做什么工作呢？"

"主要是帮助我私运军火。"

"可是我怎么能干得了呢？"

"你正是能把这桩事干得最好的人。我想向英国去买军火，可是运回来就有很多困难。要从教皇国领地的任何一个海口运进来都不可能；必须先运到托斯卡纳，然后运过亚平宁山去。"

"这就不止要通过一道边境，而是通过两道了。"

"是的，不过除此之外别无办法；你绝不能把大批货物混进一个毫无贸易的海港里去，而且奇微塔·维岐阿[1]的全部船舶只不过是三条舢板和一条渔船，你是知道的。我们只要把那东西运过托斯卡纳，我就有办法可以通过教皇国领地的边界；我那些人知道山里的每一条小路，而且有很多的地方可以隐藏。货物必须由海路运到来亨，这是最困难的一点。我跟那边的私贩子没有往来，我相信你是有办法的。"

"让我考虑五分钟。"

她向前倾侧着身子，将一只臂肘支在膝上，用手托住下巴。经过一阵沉默，她把头抬起来。

"可能我对那一部分工作有点儿用处，"她说，"不过在我们往下讨论之前，我想问你一个问题：你能否给我保证，这桩事情不跟任何行刺或是任何暗杀发生关系？"

---

[1] 教皇国领地西海岸的主要港口。

"当然。那是用不着说的，我绝不会要你参加一桩你所不赞成的工作。"

"你什么时候要得到我的确切的答复？"

"时间是不能多耽搁了，可是我可以给你几天工夫去作决定。"

"星期六晚上你有空吗？"

"让我看——今天是星期四，行。"

"那时候你到这儿来吧。我要把这事情细细考虑一下，再给你一个最后的答复。"

星期天，琼玛给马志尼党佛罗伦萨支部委员会送去一封声明书，说她要去承担一桩特殊的政治工作，今后几个月都不能继续担任她一向替党负责的各种职务了。

这个声明使一些人感到惊异，但是委员会并没有反对。几年来，党内的人都知道她的判断是可以信任的。委员们一致同意，要是波拉太太采取了一个出人意料的步骤，那大概是具有充分理由的。

对于玛梯尼，她坦白地讲明，自己已经承诺协助牛虻进行"边界工作"。她曾经跟牛虻约好，她有权利这样去告诉她的老朋友，免得他们两个人发生误会，或因怀疑和神秘而感到痛苦。她觉得对玛梯尼不能不有这样一个声明，借以证明自己对他的信任。当她告诉他的时候，他不置可否，但她已经看出来，不知什么缘故，这个消息使他的感情深深受伤了。

他们坐在她寓所里的露台上，眺望着菲耶索莱的红色屋顶。长久的沉默之后，玛梯尼站起来，把两手插进衣袋，开始踱来踱

231

去，嘴里还吹着口哨——那是他心绪极其烦乱的一种明显的迹象。她坐在那儿对他注视了一会儿。

"西萨尔，你对这桩事情很担心吧？"她终于说，"我很抱歉，这事情使得你这样不高兴。可是你得知道，我觉得这事情是对的，所以才决定下来的。"

"我并不是为了那桩事情，"他阴郁地回答，"我还什么都不知道，而且你既然答应去参加，大概是不会错的。我所不能信任的是他这个人。"

"我想你误解他了，当初我还不大了解他的时候也跟你一样。他当然远不是一个完人，可是他的好处实在比你所想象的要多得多。"

"那很可能。"他又默默地踱了一会儿，这才突然在她身边站住了。

"琼玛，放弃这件事情吧！趁来得及的时候放弃它！不要让他把你拖下水，使得你将来后悔。"

"西萨尔，"她温和地说，"你的话未免有些欠考虑。并没有人要拖我去下什么水。我这样的决定完全是出于自己的意志，是经过我自己慎重考虑的。你对列瓦雷士是有个人的憎恶的，那我也知道，但是现在我们谈的是政治，并不是个人。"

"太太！放弃它吧！这个人是很危险的，他是神秘的，残酷的，无法无天的——而且他是爱上你了！"

她往后退缩了。

"西萨尔，你的头脑里怎么会起这样的怪念头？"

"他爱上你了。"玛梯尼重复说，"摆脱他吧，太太！"

"亲爱的西萨尔，我是不能摆脱他的，我也不能对你说明理由。我们已经联结在一起了——可并不是出于我们自己的意愿和行动。"

"你们既然已经联结在一起，那就没有什么可说了。"玛梯尼疲乏地回答。

他借口有事匆匆走了，在泥泞的街道上踯躅了好几个钟头。那天晚上，他觉得世界是一片漆黑。一只可怜的羔羊……那狡猾的野兽竟闯进来把它偷走了。

第十章

二月中旬之前，牛虻到来亨去了。琼玛把他介绍给那儿一个年轻的英国人，那是一个具有自由主义见解的轮船公司经理，是她和波拉在英国的时候认识的。他曾经给佛罗伦萨的激进分子帮过好几次小忙：在他们有意外急需的时候借钱给他们，允许他们利用他的营业地址作为党的通讯处，等等；但这些事情一向都是通过琼玛，并且是以她的私人朋友的身份来帮忙的。因此，按照党内的惯例，她可以自由利用这种关系去进行她认为有利的事情。至于这种利用是否会有什么结果，那就完全是另外一个问题了。向一个友好的同情者借用他的地址收受西西里岛的来信，或者在他会计室的保险箱里藏一些文件，是一回事；要他私运一大批军火来起义，是另一回事；而后者能否得到他的同意，琼玛觉得希望很小。

"你只能去尝试一下，"她曾经对牛虻说，"我想是不大会有什么结果的。要是你带了这封介绍信去见他，问他借五百斯库迪[1]，我敢说他马上会给你的——他是个极慷慨的人——当你

1　17至19世纪时的意大利银币。

危急的时候，也许他会把自己的护照借给你，或者把一个逃难的人藏到他的地窖里。但是你如果提起枪械，他一定会朝你瞪着眼，认为我们两个人都发了神经病。"

"虽然如此，他也许会给我一些暗示，或者给我介绍一两个肯帮忙的水手。"牛虻当时回答说，"无论如何，这是值得一试的。"

二月底的某一天，牛虻走进了琼玛的书房，身上不像平常那样穿戴整齐，但是她立刻从他脸上看出来，准是有好消息要报告了。

"啊，你到底来了！我正在担心你发生什么事呢！"

"我想还是不写信比较妥当，可是我又不能早些赶回来。"

"你刚刚到吗？"

"是的，我一下驿车就一直到这儿来的。我来告诉你，事情已经统统办妥了。"

"你是说贝莱真的答应帮忙了吗？"

"岂但帮忙，他已经把全部工作都承担下来了……装箱，运输……一切在内。枪械打算用货物包来隐蔽，并且准备直接从英国起运。他的合伙人威廉姆斯，他的一个好朋友，已经答应在南安普敦[1]那边负责起运，贝莱在来亨设法偷过海关。这么一商量，所以把日子耽搁久了。威廉姆斯刚刚动身到南安普敦去，我一直送他到热那亚[2]才回来。"

"为的跟他在路上详细研究那些细节吗？"

"是的，除掉我晕船很厉害的时候，一直都跟他谈。"

---

[1] 英国南部一港口。
[2] 意大利西北部一港口。

"你晕船吗?"她急忙问他,因为她记起从前有一天,她的父亲带着她和亚瑟一起去作海上旅行,亚瑟是晕得很苦的。

"尽管我在海上混过这么久,还是晕得非常厉害。可是在热那亚装货的时候,我们到底好好谈了一下。我想你是认识威廉姆斯的吧?他是一个真正的好人,既可靠又有见识;贝莱也很好,他们两个都绝不会走漏风声。"

"可是我总觉得,贝莱干这样的事情真是冒大险哪。"

"我也曾这样对他说,他却显出一副怒容反问我:'这事跟你有何相干?'他那种人用这样的口气说话,那还有什么问题?哪怕我在廷巴克图[1]遇见他,我也准会上去结识这位英国朋友。"

"可是我想象不出,你到底是怎样使他答应的。还有威廉姆斯,我怎么也不会想到他身上去。"

"是的,起先他也曾竭力反对,说他并不是怕危险,只是觉得这种事情'太不像生意经'。但是没有多久我就把他说服了。现在我们可以开始好好谈谈了。"

牛虻走到自己的寓所时,太阳已经下山了,垂挂在花园围墙上的盛开的棠梨花,在暮色中看去有些发暗。他采了几枝带进去。当他打开书房的门时,绮达从屋角里的椅子上跳起向他跑过来。

"啊,范里斯,我以为你永远不回来了!"

牛虻的第一个冲动是严厉责问她,问她为什么到他的书房里来,但他记起已经有三个星期没有见到她,就伸出了他的手,冷冷地说:

---

[1] 撒哈拉沙漠边缘一贸易中心,常常被用来指代遥远、未知、难以到达的地方。

"晚安，绮达，你好。"

她仰起脸来等他来吻，可是他好像没有看见那姿势似的越过了她，拿起一只花瓶来插花。随后房门突然大开，那只牧羊狗冲了进来，绕着他发狂似的跳舞，快活得汪汪叫个不住。他放下花，弯下身去，轻轻地拍抚着它。

"唔，沙顿，你好吗，老朋友？不错，是我回来了！握握手吧，像一只好狗！"

绮达脸上显出一副难堪的阴郁神情。

"我们去吃饭好吗？"她冷冷地问，"因为你信上说是今天傍晚到达，我已经在我那儿给你订了餐啦。"

他很快地转过身来。

"我很……很抱歉，其实，你用……用不着等我的！我略微整理一下马上就来。也……也许你不会嫌麻烦，把这些花拿点儿水养起来吧。"

他走进绮达的餐室时，她正站在镜子前面，把一枝棠梨花别到自己的衣服上去。显然她决心要做出很高兴的样子，一见他进来，就拿着小小一束鲜红的蓓蕾向他迎上去。

"这是给你的，让我把它插在你的外衣上吧。"

晚餐的时候，他始终维持着和颜悦色，跟她琐琐碎碎地谈天，她也一直笑容满面地对答着。他看见她因为自己回来就这样快乐，倒觉得有些不好意思了。他已经养成了一个很惯常的观念，认为她离开了他是会自己过活的，会跟她那些意气相投的朋友们、伙伴们一起去厮混，因而他从来不曾想到她会惦记自己。现在她竟兴奋得这个样子，分明他走之后她是感觉到非常寂寞的。

"我们到露台上去喝咖啡吧，"她说，"今天晚上暖和得很呢。"

"很好。要不要把你的吉他拿上去？也许你高兴唱点什么。"

她乐得涨红了脸，因为他对音乐一向很挑剔，不常要她唱歌。

沿着露台的矮墙有一圈宽板凳。牛虻拣了一个可以观看山景的角落坐下来，绮达坐在矮墙上，把脚搁在凳上，背靠着屋顶上的一根柱子。她并不注意风景，一心只对牛虻看着。

"给我一支烟，"她说，"难以相信你走之后我就一直没有吸过烟。"

"妙极了！我也正想抽……抽……抽烟，索性痛痛快快享享福。"

她向前倾侧着身子，急切地注视着他。

"你真的觉得快乐吗？"

牛虻的脸色开朗起来。

"是啊，怎么不快乐呢？我吃了一顿好饭，又面对着欧洲最……最美丽的风景，马上就要喝咖啡，听匈牙利的民歌，而我的良心和我的消化力又都没有出什么岔子。一个人还想望什么呢？"

"可是我知道你还想要一样东西。"

"什么？"

"这个！"她把一个小小的纸匣子扔到他手里。

"炒……炒杏仁！我没有抽……抽烟的时候你怎么不……不说呢？"他大声责怪她。

"怎么，你这小娃娃！抽过了烟也可以吃呀。咖啡来了。"

牛虻一面喝咖啡，一面吃炒杏仁，好像一只猫正在舔乳酪一般，一心一意地享受着。

"在来亨喝过那……那种咖啡,回来喝到这么好……好的,真是够味!"他慢悠悠地低声说。

"现在已经回来了,你就留在家里喝喝咖啡吧。"

"可是我不能久留,明天又得走了。"

她脸上的笑容顿时消失。

"明天!什么事?你到哪儿去?"

"啊!两三处地……地……地方,有公事。"

因为他跟琼玛商量好,他必须亲自到亚平宁山区去跟边境上的私贩子们安排好私运军火的事情。越过教皇领地的边境,对于他是一桩极危险的事情,但要工作成功又不得不去。

"老是公事!"绮达轻轻叹了一口气,又大声地问:

"你要去很久吗?"

"不,大……大概只要半个月或三个星期。"

"我想又是那一类公事吧?"她骤然问他。

"什么'那一类'公事?"

"就是你一直想要去送命的那一类公事啊——永远搞不完的政治。"

"那跟政……政治也有点儿关系。"

绮达丢掉了她的烟卷。

"你在骗我,"她说,"你是要去冒什么险的。"

"我正———一直走向地……地狱。"他懒洋洋地回答,"你是……是不是刚巧有什么朋友在那边,要我把那条常春藤带给他?可是你用……用不着把它统统都拉下来呀。"

她本已从柱子上狠狠拉下一把常春藤,现在愤怒地把它往地上一扔。

"你是去冒险的，"她重复说，"可是对我却连一句实话也不说！你以为我只是给人愚弄、给人开玩笑的吗？你不久就要让人家抓去绞死，竟连一句道别的话都没有吗？老是政治、政治的——我听见政治就头痛！"

"我……我也觉得头痛。"牛虻懒洋洋地打着呵欠说，"那么，我们还是来谈谈别的吧——要不，你就唱歌。"

"好吧，那么把吉他给我。我唱什么？"

"唱那一支《失马谣》吧，那跟你的嗓子顶相配。"

绮达开始唱起那支匈牙利的古老民歌，唱的是一个人先失去了他的骏马，后失去了他的家，接着又失去了他的爱人，因而只得拿"在摩哈奇[1]的战场上，丧失得更多"的回忆来安慰自己。这支民歌是牛虻特别喜爱的歌曲之一，那强烈而又悲哀的旋律和那复唱句中的惨痛的斯多噶精神[2]所给他的激动，是那些软性音乐从来没有过的。

绮达的歌声非常优美，从她嘴里发出来的音调是清越而强有力的，充满了狂热的人生的欲望。她唱意大利或者斯拉夫民族的歌曲是不行的，唱德国歌尤其糟，但她唱起马扎尔族[3]的民歌来却非常出色。

牛虻听得睁着两眼，张着嘴巴。他从来没有听到过她唱得这么好。她唱到最后一句，声音忽然颤抖起来。

---

1 匈牙利的一个市镇，1526年与1687年曾发生过激烈的战争。
2 亦作禁欲主义、苦行主义或淡泊主义。古希腊的一派哲学，主张人生必须淡泊、戒欲、忍受艰苦，用努力求知的手段来认识世界。
3 匈牙利人所属的民族。

啊，不要紧！在摩哈奇的战场上，丧失得更多……

她突然中断，抽咽起来，把脸埋到常春藤的叶子里。

"绮达！"牛虻起身从她手里把吉他拿过来，"你怎么了？"

她只是痉挛地呜咽着，用手掩着脸。他拍拍她的臂膀。

"什么事？快告诉我。"他抚慰她说。

"不要管我！"她呜咽着退缩开去，"不要管我！"

他悄悄地回到自己的座位上，直等到她渐渐停止了哭泣。突然，他觉得她的臂膀搂住了他的脖子——她已经跪在他的面前了。

"范里斯——不要去！不要离开这儿！"

"这我们以后再谈吧。"他一面说一面轻轻挣脱了她的臂膀，"先告诉我，你为什么这样难过。有什么事让你受惊了吗？"

她默默地摇头。

"我有什么事使你伤心了吗？"

"没有。"她举起一只手来挡住了他的喉咙。

"那么，为什么呢？"

"你要被人家杀死的，"她终于低声说，"前几天我曾经听见常到我这儿来的一个熟人说，你总有一天要闯祸的——可是我一问起你，你总是嘲笑我！"

"我的亲爱的孩子，"牛虻惊诧了一会儿，说，"你把事情想得过分夸大了。很可能我有一天要被人家杀死——这是一个革命者的自然后果，但你没有理由料想我现在就……就会被人家杀死呀。我现在所冒的险并不比别人多啊。"

"别人——别人跟我有什么相干？如果你是爱我的，你就不会这样丢开我，让我夜晚一睁开眼睛就猜想你有没有给人家捕去，一闭上眼睛就梦见你已经死掉了。你全不把我放在心上,当我比那只狗还不如!"

牛虻站起来,慢慢地踱到露台的那一头去。他万万料不到会碰上这样一个局面,一时惊惶得连话都回不出来。是的,琼玛的话是对的,他把自己的生活卷到一种不易解脱的纠葛里面去了。

"坐下来,我们来把这桩事平静地谈一谈。"过了一会儿他又回转来说,"我想我们彼此之间已经发生误会了。当然,要是我早知道你是认真的,我就不会那么开玩笑。请你明白告诉我,你究竟为什么这样伤心;如果有什么误会,我们是可以把它澄清的。"

"没有什么可以澄清的。我知道,你一点儿也不把我放在心上。"

"我的亲爱的孩子,我们彼此之间最好坦白一点儿。我对我们的关系,一向都竭力保持诚实,我想,我从来不曾欺骗过你……"

"哦,得了!你太诚实了;你从来不曾对我假装什么别的,只是老老实实把我当作个妓女——当作某种表面上好看实际却是旧货的装饰品,以为是在你之前早经许多男人占有过的……"

"不要说下去了,绮达!我对任何有生命的东西从来没有这样的想法。"

"可是你从来不曾爱过我啊!"她阴郁地坚持说。

"不错,我从来不曾爱过你。可是你听我说,你想想看,究竟我是否存心害人。"

"谁说我认为你存心害人的?我……"

"等一等,我想说的是:那些传统的道德法典,我不相信,也不尊重那些东西。我以为男女之间的关系，只不过是个人的喜爱和不喜爱的问题……"

"还有，钱的问题。"她粗鲁地冷笑了一声抢着说。牛虻眨眨眼睛，迟疑了一会儿。

"这一点，自然，是这桩事情的丑恶的一面。但是相信我，如果当初我知道你不喜欢我，或者是对这桩事情感到厌恶，我绝不会向你提出要求，或者是利用你的地位来引诱你。我生平从来没有对任何女人做过这样的事情，也从来没有对任何女人说过谎来掩饰我对她的感情。你可以相信我，我说的都是真话……"

他停了一会儿，但她没有回答。

"我想，"他继续说，"如果一个男人在世界上感到孤独，而需……需要一个女人在他身边，如果他又能找到一个可以吸引他的女人，而那女人也不讨厌他，那么他就有权利以一种感谢和友善的心情去接受那个女人愿意给他的快乐，而用不着跟她结成更密切的关系。我觉得这样的做法丝毫没有害处，只要双方没有什么不公平、侮辱或是欺骗就成了。至于你在遇见我之前曾经和别的男人发生同样的关系，我是不去想它的。我只是想，这样的一种关系对我们双方都是愉快的、无害的；而且，我们任何一方对于这种关系感到厌倦的时候，就都有充分的自由可以拆散。如果我错了——如果你一贯的看法跟我的不同——那么……"

他又停顿了。

"那么怎样？"她头也不抬地低声问。

"那么，是我使你受了委屈了，我非常抱歉。可是我并不是存心的。"

"你'并不是存心的'，而你又会'想'……范里斯，你的

243

心肠是铁铸的吗？难道你一生之中从来不曾爱过一个女人，因而竟看不出我是爱你的吗？"

牛虻突然感到浑身战栗。"我爱你"这句话他已很久没有听到人对他说了。绮达跳了起来，张开两臂把他紧紧搂抱住。

"范里斯，跟我一起离开这儿吧！离开这个可怕的国家，离开所有这些人和他们的政治吧！我们跟他们在一起搞些什么呢？走吧，我们俩可以很快乐地在一起过活。我们回到你住惯了的南美去吧。"

因回忆而引起的本能的恐怖惊醒了他，他恢复了自制的能力；他把她的两只手从自己的脖子上拉下来，紧紧地握住。

"绮达！希望你了解我说的话。我并不爱你；而且即使我爱你，也不会跟你一起离开这儿的。在意大利有我的工作，还有我的同志们……"

"还有另外一个你更爱的人！"她恶狠狠地嚷着说，"啊，我恨不得杀死你呢！你关心的并不是你的同志，而是……我知道那个人是谁！"

"嘘！"他平静地说，"你太激动了，怎么胡思乱想起来了！"

"你当我是说波拉太太吗？我绝不是那么容易受骗的！你只和她谈政治，而且你对于她并不比对我更关心。我说的是那个主教！"

牛虻突然一惊，好像被枪弹打中了似的。

"主教？"他机械地重复说。

"蒙泰尼里主教，就是秋天上这儿来布道的那一位。你以为那天他马车经过的时候我没有看见你的脸色吗？当时你的脸色跟我这条手帕一样的白！怎么啦，我一提起他的名字，你就抖得像一片树叶子！"

牛虻站起来。

"你不知道你自己在说些什么，"他很缓慢而又温和地说，"我……我是恨这个主教的。他是我最最恨的敌人。"

"不管是不是敌人，你是爱他的，爱他比爱世界上任何人都厉害。看着我的脸说不是这样的，如果你可以的话！"

牛虻转过身子，向外面花园里看着。她偷偷地观察着他，对她自己刚才的举动有些吃惊了；他那样的沉默是有些可怕的。末了，她悄悄地走到他身边，像一个受惊的小孩子似的，怯生生地拉住他的袖子。他回过头来。

"是这样的。"他说。

第十一章

"可是我能……能……能不能到山里去跟他会面呢？我到布里西盖拉城去是有危险的。"

"罗马涅省的每一寸土地对你而言都是危险的。可是就目前来说，布里西盖拉城倒比其他任何地方都安全。"

"为什么？"

"我等一会儿告诉你。不要让那个穿蓝短褂的家伙看见你的脸，他是危险的——是的，这次暴风雨真可怕，我已好久没有看到葡萄的收成这么糟了。"

牛虻的两条臂膀交叉在桌子上，脸伏在上边，好像一个过度疲劳或是喝醉了的人的样子。那个刚进来的穿蓝短褂的可疑家伙向四周迅速看了一眼，只见两个农民对着一壶酒在谈论收成，另外一个山民把头伏在桌上打瞌睡。这种景象在玛拉第镇这样的小地方是常常可以看到的。那人看看没什么可探听，便一口喝完了酒，摇摇摆摆走到外面房间里去了。他把身子靠在柜台上，一面跟店主人懒洋洋地谈天，一面还不时朝门里窥视着那桌边坐着的三个人。那两个农民仍在喝着酒，用本地话谈论天气的事情，牛虻却毫无心事似的打起鼾来了。

最后，那个暗探似乎已经断定不值得在这家小酒店里多费时间，就付了账，踱出门，向那狭窄的街道摇摇摆摆走去了。牛虻打着呵欠，伸着懒腰，抬起身来，睡意很浓地拿那件粗布褂子的袖子擦了擦眼睛。

"真不容易扮演哪。"他说着，从口袋里掏出一把小刀，把桌上的裸麦面包切下一大片，"近来他们对你们麻烦得厉害吗，密凯莱？"

"比八月里的蚊子还要厉害，简直没有一分钟让你安静。不论你走到哪儿，老是有一个暗探跟住你。即使是在山里，以前他们还不大敢去冒险的，现在也常常三五成群闯进去了——不是吗，季诺？就为了这个缘故，我们才安排好让你跟陀米尼钦诺到城里去会面。"

"哦，可是为什么要在布里西盖拉城呢？边界上的城市暗探是很多的呀。"

"目前布里西盖拉城正是个再好没有的地方。四面八方的香客都拥到那儿去了。"

"可是那儿并不是交通要道啊。"

"它离上罗马的大路并不远，好多复活节的香客都要弯到那儿去参加弥撒。"

"我没……没……没有听见说布里西盖拉城有什么特别的地方。"

"有那主教在那儿呀。你不记得去年十二月里他到佛罗伦萨去布过道吗？就是那位蒙泰尼里主教。据说他一到那儿就使全城都轰动了。"

"大概是的吧。我是向来不去听布道的。"

"唔,可是你得知道,他的名气大得很,大家都把他当圣人呢。"

"他是怎样出名的?"

"我不清楚。我想是由于他把全部的收入都布施给人,自己只像个教区牧师,每年拿四五百个斯库迪过活。"

"咳!"那个叫季诺的人插嘴道,"还有别的缘故呢。他不单布施钱,而且一生都尽力照顾穷人,设法使有病的人得到医治,从早到晚听人家喊冤诉苦。密凯莱,我是跟你一样不喜欢教士的,可是蒙泰尼里大人的确跟别的主教不同。"

"哦,也许他多半是个蠢货,而不是个坏人。"密凯莱说,"无论如何,大家崇拜他已经发了狂,最近又有一种新花样,香客都要弯到他那儿去请他祝福。陀米尼钦诺打算扮一个小贩,弄些廉价的十字架和念珠放在篮子里去卖。香客们喜欢买这些东西去请主教摸一摸,带回家挂在小孩子脖子上辟邪。"

"等一等。我是怎么个去法——也扮成香客吗?我想现在这副装扮对我倒是很……合适,可是就这样跑到布里西盖拉去是不……不行的,要是我让他们逮住了,这副装扮肯……肯定会对你们不利的。"

"你不会让他们逮住的。我们已经给你准备好一套极好的伪装,包括一张护照,一切都齐备了。"

"扮一个什么人?"

"一个老年的西班牙香客——从那边山区里来的一个悔罪的强盗。去年他在安科纳[1]害了病,我们的一个朋友做好事设法把

---

[1] 意大利中东部亚得里亚海一港口。

他弄到一艘商船上，送他到威尼斯——那儿他有朋友——因此他就把他的一些证件送给我们，表示他的感激。现在这些证件刚好你用得着。"

"一个悔……悔……悔罪的强盗？可是警察方面怎……怎么样？"

"啊，那不用担心！他在几年之前就服满划桨的苦役了，而且役满之后还到过耶路撒冷以及诸如此类的地方去拯救自己的灵魂。他是把自己的儿子当作别人误杀了，当时他很悔恨，就跑到警局去自首了。"

"他很老吗？"

"是的，但这是一把白胡须和一头白假发就可以装出来的。至于其他特点，证件上的叙述是跟你完全符合的。他是一个瘸腿的老兵，脸上也跟你一样有一道刀痕；再加上，他是个西班牙人——你要是碰到西班牙来的香客不就可以跟他们谈谈吗？"

"我在什么地方和陀米尼钦诺碰头呢？"

"你可以在十字路口——等会儿我们拿地图来指给你看——混在一群香客里面，只说你是在山里迷了路。等你到了城里，你就可以跟香客们一起上市场，那个市场就在主教住的那座宫殿的大门口。"

"哎，他不是个圣人吗，怎么居然住起宫……宫殿来了？"

"他只住一个厢房，其余的部分都做了医院。你记着：你们在那儿等主教出来赐福的时候，陀米尼钦诺就会挎着他的篮子过来对你说：'你是一个香客吗，老爹？'你就回答他：'我是一个不幸的罪人。'随后他会放下篮子拿衣袖擦擦脸，你就拿出六个斯库迪向他买一串念珠。"

"当然啰，接下去他就会跟我约一个我们谈话的地点了，是不是这样？"

"是的，当大家都张着嘴注视蒙泰尼里的时候，陀米尼钦诺有很充裕的时间把会面的地址交给你。这就是我们的计划，可是你如果不喜欢这样，我们可以通知陀米尼钦诺另作安排。"

"不，这就行了。只是那些胡须和假发必须装得像才好呢。"

"你是一个香客吗，老爹？"

坐在主教宫殿门前台阶上的牛虻，从他那乱蓬蓬的白发底下抬起头，用一种沙哑、颤抖、显然带着外国腔的声音回复了这句暗号。陀米尼钦诺把皮带从肩膀上卸下来，把那一篮圣物往台阶上一搁。那一大群农民和香客，有的坐在阶沿上，有的在市场上徘徊，都没有注意他们，但是他们为慎重起见，只敢断断续续地谈着话。陀米尼钦诺说的是一口本地腔，牛虻说的是不大连贯的意大利话，还夹杂着一些西班牙字眼。

"主教大人！主教大人出来了！"站在宫门口的人们嚷着，"大家站开些！主教大人出来了！"

他们两个都站了起来。

"这儿，老爹，"陀米尼钦诺说着把一个用纸包着的小神像塞到牛虻手里，"请把这个也收下，你到达罗马的时候也替我祷告祷告吧。"

牛虻把那东西塞进了怀里，这才回转头，看见那个身穿淡紫素绸法衣、头戴猩红帽子的人，正站在最高一级台阶上，伸出两臂给群众祝福。

蒙泰尼里慢慢地走下台阶，人们拥上前去吻他的手。还有好些人跪下来，等他走过身边时拉起他那法衣的袍角放到自己的嘴唇上。

"祝你们平安，我的孩子们！"

牛虻一听到那清晰的银子般纯净的声音，连忙低下头来让那一头白发披到他脸上；陀米尼钦诺看见他手中的手杖在簌簌发抖，不禁暗暗钦佩："好一个出色的戏子！"

站在他们旁边的一个女子弯下身，把她的孩子从台阶上抱起来。"来呀，契柯，"她说，"主教大人会给你祝福，跟亲爱的主给孩子们祝福一样。"

牛虻向前跨上一步，但又立刻停住了。啊，这太难受了！所有这一些外人——这些香客和山民——都能够走上去跟他说话，而他也愿意拿手按他们孩子的头[1]。也许，他会把那个农民的孩子叫作"亲爱的"，像以前他常常那么叫的一样……

牛虻又在台阶上坐下去，把脸扭开去不看他。同时他又恨不得钻到一个角落里去塞住耳朵不再听到那声音！实在，这已超过了任何人所能忍受的限度了——他离得他这么近，只要伸出臂膀就可以碰着那只亲爱的手。

"你不到屋子里去歇一下吗，我的朋友？"那柔和的声音说，"我怕你觉得冷吧。"

牛虻的心停住了。一下子他几乎失去了知觉，只觉得有一种难受的血的压迫，似乎要把他的胸膛涨开来；然后血又反冲回来，像在他全身里回荡、燃烧，他抬起头来。他头上那双严肃而深沉的眼睛，一看见他的脸，突然变得非常和蔼，显出一种怜悯的

---

[1] 表示祝福。称为按手礼。

表情。

"朋友们，请让开一点儿，"蒙泰尼里向那一群人说，"我要跟他说句话。"

那一群人窃窃低语着，慢慢让开去。牛虻仍旧一动不动坐在那儿，紧紧咬着牙关，两眼凝视着地面，随即觉得蒙泰尼里的一只手轻轻按在他的肩膀上。

"你一定有过很大的痛苦，我可以给你帮一点儿忙吗？"

牛虻默默地摇头。

"你是一个香客吗？"

"我是一个不幸的罪人。"

蒙泰尼里的问话跟他们所用的暗号的巧合，使牛虻有一个绝处逢生的机会，居然机械地回出那句话来。他觉得那只手的温柔的按抚好像在烧着他的肩头，不由得簌簌发抖。

主教俯下身子，更靠近了他。

"也许愿意跟我单独说话吧？如果我对你能有什么帮助……"

这时牛虻才坚定地正面注视着蒙泰尼里的眼睛；他已经恢复他的自制力了。

"没有用处，"他说，"这事情是没有什么希望的。"

一个警官从人群中站出来。

"恕我打扰您，主教大人。我想这个老头子神经有点儿失常。不过他不是什么坏人，他的证件也符合，所以我们不干涉他。他是犯过大罪罚过苦役的，现在正在忏悔呢。"

"犯过大罪的。"牛虻慢慢摇着头，重述那警官的话。

"谢谢你，警长，请你略微站开些。我的朋友，只要一个人肯真诚悔罪，那就没有一桩事情是没有希望的。今天晚上你愿意到我那儿去吗？"

"难道主教大人能够接见一个杀死亲生儿子的罪人吗？"

这句问话几乎含有挑战的语气，以致蒙泰尼里不由得往后退缩，好像受到一阵冷风似的颤抖起来。

"无论你犯过什么罪，上帝都不许我诅咒你！"他庄严地说，"在上帝的眼中，我们大家都是有罪的；我们的所谓正直，只不过是一些肮脏的破布罢了。如果你肯来，我愿接见你，正如我祷告上帝也有一天会接见我一样。"

牛虻伸出两只手，以一种突然的热情迸发的姿势。

"听着！"他说，"所有你们这些基督徒，大家都听着！如果一个人曾经杀死他的独生儿子——杀死那个曾经爱他、信他而且是他的肉中肉、骨中骨的儿子；如果他曾经用谎言和欺骗引诱他的儿子落进了死亡的陷阱——你想那个人在人间或天国还能有什么希望吗？我也曾在上帝和人的面前忏悔过我的罪行，我也曾忍受过别人加到我身上的刑罚，他们已经把我放出来了；但是，什么时候上帝才肯说'这已经够了'这句话呢？怎样的祝福才能够解除上帝对我灵魂的诅咒？怎样的宽恕才能够撤销我所犯的罪行呢？"

在死一般的沉寂中，大家都注视着蒙泰尼里，只见他胸口的十字架不住地在那儿一起一落。

末了，他抬起头来，举起一只不大稳定的手开始祝福。

"上帝是仁慈的，"他说，"把你的负担放到他的神座前去吧，因为《圣经》上写着，'不该蔑视一颗破碎的、痛悔的心'。"

说完，他就转过身，向市场走去，不时停下来跟人家谈谈，

253

又把他们的孩子们接过来抱抱。

晚上，牛虻按照那张包神像的纸上所写的，向指定的集会地方走去。那是一个当地医生的住宅，医生本人是"红带会"的一个积极分子。大部分的地下工作者已经到了，大家对牛虻到来所表现的热烈情绪，给了他一个新的证明——如果他还需要证明的话——即他做一个领袖是很得人心的。

"我们都很高兴又见到你，"那医生说，"可是我们将更高兴看见你离开这儿。你这次到这儿来是极端危险的，我个人就曾反对这个计划。你确实知道今早市场上没有一只警局的耗子注意到你吗？"

"啊，他们很注……注意我，可是他们没……没有认出我来。陀米尼钦诺把事情安……安排得非常出色。可是他人呢？我怎么没有看到他。"

"他还没有来。那么你一切都很顺利啦？主教给你祝福了没有？"

"主教的祝福？哈，那不算什么。"刚刚进门来的陀米尼钦诺插嘴说，"列瓦雷士，你真是同圣诞节的蛋糕一样叫人惊奇[1]。你到底还有多少本领可以使出来吓唬我们的？"

"怎么啦？"牛虻懒洋洋地问。他正靠在沙发上，吸着雪茄。他仍旧穿着那套老香客的衣服，只是那白胡须和假发已经搁在一边了。

"我料不到你竟是这样一个戏子。我一辈子也没有看到过这

---

[1] 按西方习俗，人们在圣诞节蛋糕中藏金币之类的礼物，得到这种礼物的人常常惊喜不已。这里是说牛虻有着人们意想不到的才能，像圣诞节的蛋糕一样叫人惊奇。

样惊人的表演。你使得主教大人快要掉眼泪了呢。"

"怎么一回事？说给我们听听，列瓦雷士。"

牛虻耸了耸肩膀。他正落在一种沉默寡言的心境中，其余的人看从他那儿问不出什么，就央求陀米尼钦诺给他们说明。当大家都听过市场上那番情景的描述以后，一个没有跟着大家哄笑的年轻工人突然说：

"当然，这是很巧妙的，可是我以为这样的假戏，对我们并没有什么好处。"

"这倒是有些好处的，"牛虻插嘴说，"这么一来，我在这个区域里就可以到处走动，干我所要干的事情，没有一个男人、女人或是孩子会疑心我了。这桩事情不到明天就会到处都传遍，我要碰到了一个暗探，他就会想：'这就是那天在市场上当众忏悔罪行的疯子狄雅谷。'这当然就是一种好处。"

"是的，我明白了。可是，我仍旧觉得，这种效果你就是不去愚弄主教也同样可以做到的呀。像他这样好的人，用这把戏去玩弄他是不应该的。"

"当时我也曾经想到过，他好像是非常端正的。"牛虻没精打采地表示同意。

"胡说，桑德罗！我们这儿不需要什么主教！"陀米尼钦诺说，"如果蒙泰尼里大人当时肯接受去罗马担任主教的机会，列瓦雷士也就不会去戏弄他了。"

"他不会去担任的，因为他舍不得抛开这儿的工作。"

"更可能是由于他不愿意被拉姆勃鲁斯契尼的代理人毒杀呢。我可以保证，罗马那边的人一定反对他去。你想想看，一位主教，特别是像他这样一位赫赫有名的主教，竟心甘情愿躲在像这样一个上帝所舍弃的小洞里，这当中的道理也就可想而知了——是不是，列瓦雷士？"

牛虻正向空中喷烟圈。"也许这也是'一颗破……破碎的、痛悔的心'的往……往事吧。"他说着，将头仰在沙发背上，观察着那些冉冉上升的烟圈，"现在，伙伴们，我们来谈正事吧。"

他们开始详细讨论私运和藏匿武器的种种计划。牛虻注意地听着，不时插嘴纠正一些不正确的陈述和不周密的建议。大家都说完了，他才提出几点切实的意见，其中大部分都没有经过讨论就被采纳。于是会议结束了。会上还决定：至少在牛虻安全回到托斯卡纳之前，为了不致引起警局的注意，应该避免时间太晚的会议。所以才过十点钟，大家就散了，只剩下医生、牛虻和陀米尼钦诺三个人，留在那儿开小组会讨论一些特殊问题。经过一阵长久、激烈的辩论，陀米尼钦诺抬起头来看看壁上的挂钟。

"十一点半了，我们不能再耽搁下去了，否则巡夜的人会发现我们的。"

"他什么时候经过这儿？"牛虻问。

"大概是十二点钟，我想在他没有来之前赶回家去。晚安，乔尔达尼医生。列瓦雷士，我们一起走好吗？"

"不，我想我们分开走比较安全些。我还得再跟你碰碰头吗？"

"是的，下次我们在鲍罗尼斯堡碰头。我还不知道我该怎样打扮，好在你是知道暗号的。我想你明天就离开这儿吧？"

牛虻正站在镜前细心戴上他的胡须和假发。

"明天早晨，我跟那些香客一起走。后天我就要装病留下来，找到一个牧人的茅屋里去待一下，再抄近路翻过山。不等你到那儿我就先到了。晚安！"

教堂钟楼上的大钟正敲十二点，牛虻向那个充作香客临时住所的大仓房门口窥探了一下。地板上横七竖八地躺满了人，大部分都在大声打鼾，空气又闷又浑浊。他厌恶得有些发抖，急忙退回来；到那里面去休想睡得着觉；他宁愿在外面逛一会儿，再去找个棚子或是干草堆，至少总要干净些，也安静一点儿。

这是一个美丽的夜晚，深紫色的天空正挂着一轮满月。他漫无目标地在街上游荡，一路回想着早晨的情景，心里觉得凄凉，深悔当初不该答应陀米尼钦诺到布里西盖拉城来开会。要是他一开头就声明这个计划太危险，那就一定会选择别的地方，他跟蒙泰尼里就都省得演那一场可怕的滑稽戏了。

神父改变得多么厉害了啊！只有他的声音还一点儿没有改变，还跟他常对自己叫"亲爱的"那个时候完全一样。

巡夜人的风灯在街道的那一头出现了，牛虻转身走进一条狭窄、弯曲的小胡同。他走了几步以后，发觉自己已经站在教堂前面的广场上，靠近了主教宫殿的左面厢房。月光在广场上泛滥着，四下看不见一个人影，但他发觉教堂的一个边门半掩着。一定是教堂看守人忘记把它关上了。这样的深夜时分，那种地方是不会发生什么事故的。他想，与其到那闷坏人的仓房里去睡，倒不如进里面去找一条长凳躺躺吧；明天早晨他可以趁看守人没有来的时候就溜出去；而且，即使有人发现了，也自然会当他是疯子狄雅谷，是在教堂角落里祈祷的时候被人家关在里边的。

他在门旁倾听了一下，然后轻轻走进去。他虽然瘸了腿，却还能保持着无声的脚步。月光从窗子里倾泻进来，在大理石的地面上铺上一条条宽阔的光带。尤其在祭坛所在的内殿，每一件东西都可以看得清清楚楚,就像白昼一样。在祭坛前面的台阶上,蒙泰尼里主教正光着头,合着手,独自跪在那儿。

牛虻急忙退到阴影里去。他是不是应该不等蒙泰尼里看见就溜出去呢?这无疑是最聪明的办法——也许是最仁慈的办法。但是,他又何妨略微走近些——再看一看他那神父的脸呢?现在群众已经散了,用不着再演早上那种丑恶的喜剧了。也许这是他最后一次机会——而且无须乎让神父看见自己,他可以轻轻悄悄地走上去看——就看这一次,然后他仍旧回去干他自己的工作。

他躲在那些大柱的阴影里,悄悄地挨近了内殿的栏杆,在紧靠祭坛的旁门口停下来。主教的宝座投下一条很阔的阴影,尽够给他作掩蔽,他就屏住呼吸在黑暗中蹲了下来。

"我的可怜的孩子!啊,上帝;我的可怜的孩子!"

那断续的低语里充满着无穷的绝望,牛虻不由自主地颤抖起来。接着是一阵深沉而惨痛的、无泪的呜咽,只见蒙泰尼里绞扭着双手,正如一个人肉体上受到莫大的痛苦一样。

他料想不到情形竟会糟到这个地步。往常他痛苦地安慰自己:"我用不着再烦恼,那创伤是早已治好的了。"现在隔了这么多年,那个伤疤又在他的眼前赤裸裸地揭开了,他看见它仍旧在流血。可是现在如果他想最后把它治好,又是多么容易啊!他只要举起手来——只要跨上一步,说:"神父,我在这儿!"还有那琼玛,一头乌黑的头发中间那么一绺白发。啊,只要他能够宽恕!只要他能够从自己的记忆里面剜去那一段深深烙上的经历——那个拉斯加,那片甘蔗地,那个杂耍班!他愿意宽恕,渴望宽恕,但同时却又知道这是毫无希望的——因为他不能宽恕,也不敢宽恕:天下再没有比这更悲惨的事情了!

最后蒙泰尼里站起来,划了十字,转身离开祭坛。牛虻再往阴影里后退一步,吓得簌簌抖起来,生怕被蒙泰尼里看见,生怕自己心脏的搏动要被他听见;这样紧张了一会儿,才舒了一口长气,放了心。蒙泰尼里已经打他身边走过去了——近到他那淡紫色的长袍擦着了他的面颊——已经走过去了,并没有看见他。

没有看见他……啊,他是干什么来的?这是他最后的机会啊——这是一刻千金的机会啊——他竟把它错过了!他猛然惊起,踏进光亮里面去。

"神父!"

他的声音震荡着,沿着拱形的屋顶渐渐消失,使得他自己充满了疯狂的恐惧。他又缩回到阴影里。蒙泰尼里站在圆柱的旁边,一动也不动,睁大了眼睛,倾听着,充满死亡的恐怖。牛虻不知道那一阵沉寂延续了多久——也许只是一刹那,也许经过了无尽长的时间。突然一阵震动,他恢复知觉了。蒙泰尼里摇晃着身子,仿佛就要栽到地上去;他的嘴唇开始翕动,起先还听不出声音。

"亚瑟!"他的低语终于听得出来了,"是的,那水是深的……"

牛虻走上前去。

"饶恕我,主教大人!我还当是这儿的一位教士呢。"

"啊,你就是那香客吗?"蒙泰尼里立刻恢复了他的自制力,虽然牛虻看见他手上的蓝宝石在那儿闪闪颤动,知道他还是在抖。"你需要什么帮助吗,我的朋友?夜深了,教堂晚上是不开门的。"

"如果我已经犯了过错,主教大人,请你饶恕我。我看见门开在那儿,就进这儿来祷告,后来看见大人在默念,我还以为是

259

一位教士，我就等着他，想请他给我这个十字架祝福。"

说着，他擎起了他从陀米尼钦诺那儿买来的那个小小的锡十字架。蒙泰尼里接到手中，重新走进内殿，把它在祭坛上放了一会儿。

"拿去吧，我的孩子，"他说，"你放心吧，因为上帝是和蔼而又仁慈的。你上罗马去，请求上帝的使臣——圣座——给你祝福吧。祝你平安！"

牛虻低下头接受了他的祝福，这才慢慢地转身走开。

"等一下！"蒙泰尼里叫着。

他正一手扶着内殿的栏杆站在那儿。

"你到罗马接受圣餐的时候，"他说，"请你为一个痛苦极深的人——一个灵魂上感觉到主的手很沉重的人祷告祷告。"

他的声音几乎是含着眼泪的，牛虻的决心有些动摇了。再有一刹那，他就一定会露出原形。但那杂耍班的情景又忽然涌上心头。他立刻记起自己正如约拿[1]一样，是有可以愤恨的理由的。

"我是什么人呀，上帝会听我的祷告吗？一个麻风病人，一个流浪汉！我怎能够像您主教大人，可以在上帝的神座面前奉上自己圣洁的一生——奉上一个毫无瑕疵和隐私的灵魂……"

蒙泰尼里突然转过身子走开去。

"我只有一样是可以奉上的，"他说，"就是一颗破碎的心。"

---

1 典出《圣经》故事：约拿是希伯来的先知，因为不服从上帝派他去反抗尼尼微人的命令，乘船逃到塔歌希去。为此上帝掀起了暴风雨，约拿就叫船上的水手把自己投入海中，以免别人遭殃。他一下海就被鲸鱼吞入肚中，经过三天三夜才被吐出。他是《圣经》中反对而且怨恨上帝的人。

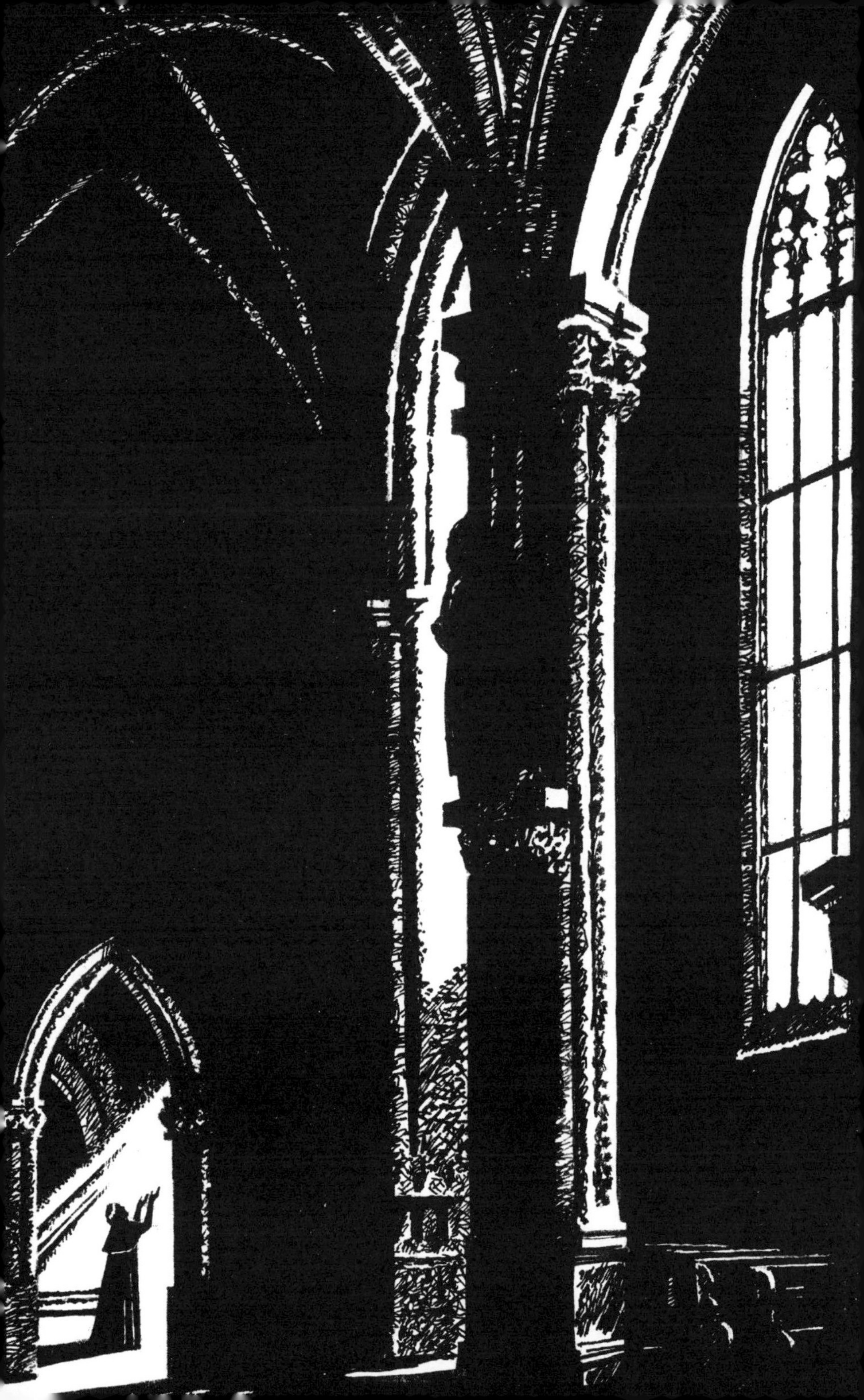

几天之后牛虻从皮斯托亚乘四轮驿车回到了佛罗伦萨。他一下车就径直向琼玛的寓所走去，可是她不在家。他留下口信，说明天早晨再来，便回自己的寓所去了，一路只巴望着绮达不要又侵入他的书房。如果今天晚上他还要去听她那一套嫉妒的谴责，那一定要像牙科医生的锉子一般折磨他的神经的。

"晚安，碧安珈。"当女仆来开门的时候，他对她说，"莱尼小姐今天到这儿来过吗？"

那女仆茫然注视着他。

"莱尼小姐？那么，她已经回来了吗，先生？"

"你这话什么意思？"他皱一皱眉头，在门前的脚垫上站住了。

"她是突然走掉的，就在你动身之后，什么东西都没有带，连话都没有说一句。"

"就在我动身之后？怎么，那是半……半个月以前了？"

"是的，先生，就是那同一天；她的东西还乱七八糟地堆在那儿。街坊邻舍都在议论这事情呢。"

牛虻一句话不说，转身离开台阶，匆匆穿过那条小巷向绮达的寓所走去。在她的房间里，什么都没有移动；所有他送给她的东西都仍旧放在老地方；而且也找不到一封信或是一张字条。

"请你出来一下，先生，"碧安珈把头探进门来说，"有一个老太婆……"

牛虻恶狠狠地转过身子。

"你到这儿来做什么——干吗一路跟着我？"

"有一个老太婆要见你。"

"她有什么事？告诉她，我不……不能见她，我很忙。"

"先生，你走之后，她差不多每天晚上都来的，老问你什么时候回来。"

"你去问她，有什……什么事情。不，不用了，我想我得亲自去见她。"

那个老太婆正坐在他的客厅门口等着。她穿着一套非常破烂的衣服，一张棕黄色的皱纹满面的脸好像一颗枸杞子似的，一条颜色鲜艳的围巾裹住了她的头。当他进来的时候，她站了起来，一双锐利的黑眼睛对他注视着。

"你就是那瘸腿先生吧，"她说着，把他从头到脚端详了一阵，"我是替绮达·莱尼带口信来的。"

牛虻推开书房的门，抓住门的把手让她走进去，自己跟在后边把门关上，不让碧安珈听到他们的谈话。

"请坐。现……现在请你告诉我你是什么人。"

"我是什么人不干你的事。我是来告诉你，绮达·莱尼已经跟我的儿子一起走了。"

"跟……跟你的……儿子？"

"是的，先生，你得到了一个相好，却不知道怎样留住她，就怪不得别的男人把她带走了。我那儿子的血管里是有血的，不是牛奶跟水；他是罗姆人[1]。"

"哦，你是一个吉卜赛人！那么，绮达回到她自己那一族里去了？"

那老太婆用一种极轻蔑的眼光看看他。显而易见，这些基督

---

[1] 吉卜赛人自称为罗姆人。吉卜赛人是英国人的叫法，法国人称其为波希米亚人，西班牙人称其为弗拉明戈人，俄罗斯人称其为茨冈人，等等。

教徒竟连一点儿丈夫气都没有，明明受到侮辱也不光火。

"你是什么坏子呀，她为什么要跟你在一起？我们的女人也许由于女孩子家的好奇，或是为了你钱给得多，肯把身体借给你们。可是罗姆人的血到底要回到罗姆人的身上去的。"

牛虻的脸仍旧是那么冷漠而镇静。

"她是跟着一队吉卜赛人一起走的呢，还是只跟你的儿子在一起过日子？"

那老太婆爆发了一阵大笑。

"你还打算去追她，想她回心转意吗？来不及了，先生，那是你早就应该想到的呀！"

"不，我不过是想了解一下实情，如果你肯告诉我的话。"

她耸了耸肩膀，觉得对连这样的事都表现得这么软弱的人，实在不值得去侮辱他。

"那么，实情是这样的：就在你离开她的那一天，她在路上碰到了我的儿子，就用我们罗姆人的话跟他攀谈起来。我的儿子看出她虽然穿得那么漂亮，却是我们同族人，就爱上了她那一张娇滴滴的脸儿了，我们族里的男人原都这么爱法儿的；随后就把她带到我们的帐篷里来。她把她的一肚子苦楚都告诉了我们，坐在那儿嚷啊、哭啊，怪可怜的妞儿，直哭得我们都替她心疼。我们竭力劝解她，末了她就脱下她那漂亮的衣服，穿起我们族里姑娘们穿的服装来，把她自己交给了我的儿子，就算是他的女人，把他当她的男人了。我的儿子绝不会对她说'我不爱你'或是'我有别的事情要干'。一个女人年纪轻轻的，总得要一个男人的呀。你呢，你算是什么男人，一个漂亮的姑娘拿臂膀搂住了你的脖子，你也不会跟她亲嘴！"

"你刚才说,"他打断了她,"你是替她给我带口信来的。"

"是啊,我们的帐篷开拔了,我就是留下来给你带口信的。她叫我对你说,她对你们这一班人已经领教够了,你们这样的苛求责备,这样的毫无血气,她受不了。现在她要回到自己人里面去过自由的生活了。'告诉他,'她说,'我是一个女人,我是爱过他的,就为了这个缘故,我不愿意再做他的婊子了。'这小妞儿走得好。女孩子家脸儿长得俊,拿它卖两个钱是算不了什么的——不然的话,要长得俊干啥?可是,一个罗姆族的姑娘是犯不上去'爱'你们族里的男人的。"

牛虻站了起来。

"你带的口信就只这几句话吗?"他说,"那么请你告诉她,我想她做得很对,而且我希望她从今以后过着快乐的生活。我也就是这几句话。晚安!"

他寂然不动地站在那儿,直等那老太婆走出园子把门带上才坐下去,将双手掩着脸。

这是打在他脸上的又一记耳光!难道连一点点骄矜和一丝丝自尊都不给他留下了吗?他总算忍受过一个人所能忍受的一切;他的心曾被人家拖到污泥里,给路人践踏过;他的灵魂已经没有一处不是别人的轻视所打上的烙印,没有一处不是别人的嘲弄所划上的伤痕。现在呢,连他从路上拾来的这个吉卜赛姑娘——连她的手也拿起鞭子来了。

沙顿在门外呜呜地叫,牛虻站起身把它放进来。那只牧羊狗冲向它的主人,显出它往常那样狂热的高兴,但它很快就看出来已出了岔子,便在他身边的地毯上躺下来,将一个冷冰冰的鼻子伸到他那漫不经心的手里去。

一小时之后，琼玛来到门前。她敲了门没有人答应，因为碧安珈看牛虻不想吃晚饭，已经溜出去看邻家的厨子去了。她并没有带上门，也没有熄灭穿堂里的灯。琼玛等了一会儿，决计闯进去试试，看能不能找到牛虻，因为贝莱那边有重要的口信来，她想跟他说句话。她敲了敲书房的门，只听见牛虻在里面答应："碧安珈，你可以走开了，我不需要什么东西。"

琼玛轻轻地推门进去。房里一片漆黑，可是她进门的时候，走廊里的灯光射了进来，看得出牛虻独坐在那儿，头垂在胸口上，躺在他跟前的狗已经睡着了。

"是我。"她说。

他惊醒过来。"琼玛……琼玛！啊，我多么巴望你啊！"

她还没有来得及开口，他已经在她的跟前跪下来，把他的脸埋到她的裙裾里。他的整个身子发出一阵痉挛似的颤抖，使人看了比见他流泪还要难受。

她寂然不动地站着。她没有什么可以帮助他——一点儿也没有。这是再惨不过的事情。她宁愿自己死了来解除他的痛苦，然而她只能消极地站在那儿看着他。在这一刹那间，只要她敢俯下身子，伸出臂膀去搂住他，把他紧紧偎贴着自己的心，卫护着他——哪怕是用她自己的肉体去卫护——使他从今以后不再遭受进一步的祸害和委屈，那么，他一定就会重新变成她的亚瑟，那时天就一定会亮起来，一切阴影都会消失掉。

啊，不，不！他怎么能忘掉这一切呢？把他推到地狱里去的不正是她——用她自己的右手打他耳光的不正是她？

她错过了这一刹那了。牛虻已经匆匆地站起来，走到桌旁坐下，一面用一只手遮掩着他的眼睛，一面狠狠地咬着自己的嘴唇，

266

仿佛要把它咬破似的。

不久他抬起头来，静静地说：

"我恐怕使你吃惊了。"

她向他伸出双手。"亲爱的，"她说，"难道我们现在的友情还不能使你对我有点儿信任吗？你到底有什么痛苦？"

"那只是我自己私人的痛苦。我想你是不必为它担心的。"

"听我说，"她说着，双手拿住他的一只手，想要压住那痉挛的颤抖，"我并不想干预我不应该干预的事情。可是现在，既然你已经自愿地这样信赖我，你又何妨对我多信赖一些——就当我是你的姊妹一样。你那脸上的假面具不妨继续保持，如果这对你有什么安慰的话。可是为了你自己，你切不可在灵魂上也戴上一副假面具呀！"

他的头垂得更低了。"你必须对我忍耐些，"他说，"我怕我是一个毫不足取的兄弟啊。可是，你只要知道……这一星期以来我几乎要发疯了。又跟我在南美的时候一样。恶魔已经钻进了我的身体，而且……"他打住了。

"我能不能替你分担一些痛苦呢？"她终于低声说。

他的头直沉到她的臂弯里去："上帝的手是沉重的。"

第三卷

第一章

这以后的五个星期,牛虻和琼玛是在一阵旋风似的紧张兴奋和过度操劳的状态中度过的,因此难得再有时间和精力去想他们个人的事了。军械已经安全地私运进教皇领地之后,还剩下一桩更困难也更危险的工作,就是把它们从山洞和深谷里的秘密储藏所暗中运到各地中心区,然后再分散到各个村庄去。那个地区密布着暗探。受牛虻托付负责军火的陀米尼钦诺派了一个急使到佛罗伦萨,提出一个迫切的请求:或者派人去帮忙,或者把期限放宽一点儿。牛虻曾经坚决主张全部工作必须在六月中以前完成;而由于在恶劣的道路上运输沉重的军械所产生的困难,以及要随时逃避侦查所接连发生的阻碍和耽搁,陀米尼钦诺渐渐着急起来了。"我已处在西拉礁石和卡列布第斯漩涡之间了[1],"他信上写着,"因害怕被侦破我不敢加快工作;但如果必须如期完成准备,我又绝不应迟延。请立刻派得力的人来帮助我,否则就通知

---

[1] 意思是进退两难,典出希腊神话。西拉本为一神女,因为被女巫西尔斯变成一个极可怕的怪物,愤怒地投入意大利与西西里之间的海中自杀,化为礁石。卡列布第斯本是一个贪婪的女人,因窃取英雄赫克里斯的牛被神王朱庇特用雷火击毙,死后化为西西里沿岸的一个漩涡。这两处都是海船航行极危险的地方。

威尼斯人，说我们的准备非到七月上旬不能完成。"

牛虻带着信上琼玛那儿去。琼玛看信的时候，他就紧皱着眉头坐在地板上倒抚着那只黑猫的毛。

"真糟糕，"她说，"我们不能让威尼斯人再等三个星期呀。"

"当然不行，那简直是荒唐了。这是陀米尼钦诺也应……应该明……明白的，我们必须听从威尼斯人的领导，不能叫他们听从我们。"

"我想这也不能怪陀米尼钦诺，他显然已经尽力了。不可能的事他是办不到的。"

"过失不在陀米尼钦诺身上，是在不该要他一人身兼二职。我们至少得有一个负责的人去管储藏，另外一个人管运输。他说得很对，必须要有得力的帮助。"

"可是我们能给他什么帮助呢？我们在佛罗伦萨是无人可派了。"

"那么我必……必须亲自去。"

她向椅背上一靠，微微皱起眉头注视着他。

"不，那不行。太危险了。"

"这是迫不得已的呀，要是我们找……找不出别的办法来解决困难的话。"

"我们一定另想办法。你现在再到那儿去，可万万使不得。"

牛虻咬着嘴唇显出一脸执拗的神气。

"我不……不明白这有什么使不得。"

"如果你把这桩事情平心静气考虑一分钟，就会明白了。你回来才五个星期，那边的警局已经在侦查那香客的事件了，正全区搜查想要找出点儿线索。不错，我知道你善于化装，可是你要记得，那儿已经有多少人看见过你，不论是扮成狄雅谷，还是扮成那个乡下人；而且你那条瘸腿跟脸上的疤痕是怎么化装也瞒不了人的。"

"世界上的瘸子多……多得很哪。"

"不错，可是在罗马涅省里，像你这样瘸着腿，脸上带着刀痕，左臂又受过伤的人是很少的，还有你那蓝眼睛跟黑皮肤配在一起。"

"眼睛没有关系，我可以用颠茄来改变它们的[1]。"

"可是别的你改变不了呀。不，总是不行的。目前你挂着这么许多招牌跑到那儿去，简直就是睁着眼睛自跳陷坑。你非给他们逮住不可。"

"可是总得有一……一个人去帮帮陀米尼钦诺呀。"

"在这样的紧急关头，你要给逮住了，会对他毫无帮助，而且你一被捕，那就意味着全部工作的失败。"

但牛虻是很难被说服的，他们讨论又讨论，始终达不成任何共识。琼玛开始认识到，他性格里那种不动声色的固执差不多是无穷无尽的；要不是她觉得这桩事太严重，为了不再争吵下去，大概也已经让步了。但这件事是良心上不容许她让步的。照她看来，他去这一趟，实际上不会得到多么重要的好处，还不值得他这样去冒险，因而她不得不怀疑，他之急于想去，倒不是真正为了严重的政治上的必要，而是由于要向危险里面找寻刺激的一种病态的欲望。他已经养成了一种拼命冒险的习惯，他之所以倾于陷入不必要的冒险，她认为是由于他太任性，因而必须很沉着地

---

[1] 颠茄有扩大瞳孔的效能。

坚持反对。当她发觉了自己的一切论点都不能动摇他那独行其是的顽强决心时，她就只好使用她最后的一着了。

"无论怎样，我们必须老老实实来说，"她说，"要实事求是。你之所以那样坚决要去，并不是为了要解决陀米尼钦诺的困难，不过是因为你有一种个人冲动……"

"这不对！"他激烈地打断她，"他对我是无所谓的，即使我永远见不到他也没有关系。"

他突然打住了，因为他从她脸上的表情看出自己的心事已经给泄露了。他们的目光接触了一下，又都低下去了；谁都没有说出那个彼此都已心照的名字来。

"我……我并不是要去救陀米尼钦诺，"他终于讷讷地说，他的脸有一半已埋进那只黑猫的毛里去了，"这是因为我……我明白，如果他得不到帮助，工作就有失败的危险。"

她对他那无力的遁词置之不理，还是继续说下去，好像她的话不曾被人打断过：

"你要到那边去，是因为你有一种冒险的冲动。当你烦恼的时候，你就渴望冒险，正如你生病的时候想吞服鸦片一样。"

"鸦片并不是我要吞服的，"他挑战似的说，"那是人家硬要给我的。"

"就算是吧。你有点儿过分强调你的斯多噶精神，以为请求别人解救你肉体上的痛苦就损害了你的自尊心，而以生命为代价解救你神经的不安就反而是值得骄傲的了。其实，归根结底，两者都是一种庸俗的见解。"

牛虻把猫头往后一拉，向下注视着它那滚圆的绿眼睛。"这是真的吗，帕希脱？"他说，"你的女主人刚才说……说我的那些刻毒话都是真的吗?这是一桩'我的罪,我的大罪'[1]的事情吗?你这聪明的畜生,你是从来不问人家要鸦片的,是不是?你的祖先是埃及的神,没有人踏……踏过它们的尾巴。可是我很想知道,要是我把你这只脚掌拿到蜡……蜡烛上去烧,那你对于人间罪恶的那种夷然超然的态度会变成什么样子呢?那时你会向我要鸦片吗?会不会?或者——你想去死?不;我的猫咪,我们没有权利只为我们个人的便利而死。我们不妨痛骂、诅……诅咒一番,如果这可以安慰我们的话,可是我们绝不能把那脚掌从火里抽出来!"

"嘘!"她从他膝盖上把那黑猫捧下来,放在一张矮凳上,"这些事情是你我以后尽有时间讨论的。现在我们所必须考虑的是怎样去解救陀米尼钦诺的困难。卡蒂,什么事?有客人吗?我正忙呢。"

"莱伊特小姐给你送这个来啦,太太,派人送来的。"

那个严密封缄的包裹里面有一封信,收信人的名字是莱伊特小姐,但是没有拆开,上面贴的是教皇的邮票。原来琼玛的那几个老同学仍旧住在佛罗伦萨,她比较重要的信件,为了安全起见,常常是用她们的住址收接的。

"这是密凯莱的暗号。"她把那信匆匆掠过一眼说。信上讲的似乎是关于亚平宁山区中一个寄宿学校的夏季班的事,但她指着信纸角上的两个小点儿:"这是用化学墨水写的,试药在那张写字台的第三个抽屉里。对啦,就是它。"

他把信纸摊在桌上,用一个小刷子在上面刷了一遍。等那报

---

[1] 基督徒悔罪时的常用语。

告真消息的一行鲜明的蓝字赫然呈现在纸上,他就往椅子背上一仰,迸发出一阵大笑来。

"怎么样?"她显出着急的样子问。他把信纸递给了她。

陀米尼钦诺被捕。速来。

她拿着那张纸坐下来,对牛虻绝望地瞪视着。

"怎……怎么样?"他终于用他那种柔和而挖苦的拖长的声音说,"现在你总可以同意我去了吧?"

"是的,我想你该去了,"她叹了一口气回答,"而且我也去。"

他吃惊地抬起头来:"你也去?可是……"

"当然。我知道,佛罗伦萨不留一个人是很糟糕的。可是,现在如果不多添个把人手,一切准会失败。"

"那边可以找到很多人手的。"

"可是他们并不是你可以彻底信任的那种人。你刚才说过,那边必须有两个可靠的人负责。如果陀米尼钦诺一个人应付不了,叫你一个人负责显然也不可能。你得记住,一个像你这样时刻有生命危险的人,做这种工作是非常困难的,因此比任何人都更需要帮助。本来是你同陀米尼钦诺去做,现在必须是你同我了。"

他皱着眉头考虑了一会儿。

"是的,你的话很对。"他说,"而且我们去得愈快愈好。可是我们不能一起走。要是我今天晚上就动身,那你就搭明天下午的驿车走吧。"

"到哪儿?"

"我们来商量一下。我想我不……不如一直到法恩查去。如果我在今天深夜出发,骑马到圣洛伦佐郊区,我就可以在那边改装,然后一直前去。"

"我看我们也没有别的什么办法了,"她焦急地微微皱起眉头来说,"但是这个办法是极其危险的,你去得这样仓促,而且得去请托圣洛伦佐郊区的私贩子替你设法改装。在你越过边界之前,你至少应该有三个整天绕着道儿,把你的踪迹搅浑了才好。"

"你不用害怕,"他微笑着回答,"我以后可能被捕,但绝不会是在边界上。我一进了山区就跟在这儿一样安全了,亚平宁山区的私贩子没有一个会出卖我。现在我还没有十分把握的,就是你怎样过去。"

"啊,那是很简单的!我可以借用鲁薏莎·莱伊特的护照到那边去过假日。罗马涅省里没有一个人认识我,可是每一个暗探都认识你。"

"幸……幸亏每一个私贩子也都认识我。"

她掏出了她的表。

"两点半。如果你今天夜里出发,那么我们还有一个下午和一个黄昏。"

"那么,我现在最好就回家去安排一切,并且设法找一匹好马来。我要骑马到圣洛伦佐,这样比较安全些。"

"可是租用马匹是不安全的,马主人会……"

"我不租马。我认识一个肯借马给我的人,而且他是可靠的。他以前也曾替我出过力。半月以后自会有一个牧人把马送回来。那么,我到五点钟或是五点半再上这儿来。等我走之后,我希……希望你去找玛梯尼,把所有的事情对他说……说个清楚。"

"玛梯尼!"她回过头来,诧异地注视着他。

"是的,我们必须信任他——除非你能想出另外一个人来。"

"我不大懂你的意思。"

"这儿我们必须有一个可信托的人,以防万一遇到任何特殊的困难;现在这些人里面,我最信任的就是玛梯尼。当然,列卡陀也是什么事情都肯替我们干的,可是我想玛梯尼头脑比较镇定。不过,你对他比我了解得更深,你想一下该怎么办吧。"

"玛梯尼之值得信任以及他应付各方面的才干,我是毫不怀疑的,他大概也肯答应尽他的力量来帮助我们,但是……"

牛虻立刻明白了她的意思。

"琼玛,如果一个迫切需要帮助的同志,他因为怕伤害你的感情,或使得你难受,竟不来请求你给予可能的帮助,当你发觉之后,心里会有什么感想?你能说这样的态度是出于真正的好意吗?"

"不错,"她想了一会儿说,"我立刻派卡蒂去请他到这儿来。等卡蒂走了之后,我就上鲁薏莎那儿去借她的护照,她答应过随时都可以借给我的。钱的问题怎么样?是不是要我上银行去取些出来?"

"不,用不着在这上面浪费时间了。我可以从我的存款里支些出来,大家对付着再说。等我的存款完了再来用你的吧。那么,我们五点半再见。那时候你准在家吗?"

"啊,当然!用不到那会儿我就回来了。"

在指定的时间以后半点钟,牛虻来了,看见她跟玛梯尼一起坐在露台上。他立刻看出,他们刚才的谈话是很不愉快的;两个人的脸上显然还留着争吵的痕迹,玛梯尼显得非常的沉默和忧郁。

"你一切都安排好了吗？"她抬起头来问。

"是的，我给你带来了一些路上用的钱。那匹马也预备好了，今晚一点钟在罗索桥的栅栏边等我。"

"那不是太晚了吗？你应该在明早人家起床之前进入圣洛伦佐。"

"这是办得到的，因为那是一匹很好的马；我不愿意动身的时候让别人有机会注意到我。我不再回家去了，现在正有一个暗探在我门口守着，他还当我是在家里呢。"

"你出来时怎么没有被他看见呢？"

"我打厨房的窗口跳进后园，然后翻过邻家果园的墙来的，所以我来得这么晚；我得避开他的眼目，我让那匹马的主人通宵坐在我的书房里，把灯点着不熄。那个暗探看见窗里的灯光和窗帘上的人影，一定会十分放心，以为今天晚上我在家里写什么呢。"

"那么你就待在这儿，直等动身上桥边去？"

"是的，今天晚上我不再上街去给人家当靶子了。吸支雪茄吧，玛梯尼？我知道波拉太太不会嫌我们吸烟的。"

"我也不会在这儿嫌你们的；我要下楼去帮卡蒂做晚饭。"

她下楼以后，玛梯尼就站起来，背着双手开始在房间里踱来踱去。牛虻坐在那儿吸着烟，默默望着窗外的蒙蒙细雨。

"列瓦雷士！"玛梯尼在牛虻面前停下来，眼睛看着地面说，"你打算把她拖进怎样一种事情里面去啊？"

牛虻拿开了嘴里的雪茄，吐出长长的一缕青烟。

"这是她自己抉择的，"他说，"没有任何人强迫她。"

"是的，是的——我知道。可是告诉我……"

他又停住了。

"我所能告诉你的都会告诉你。"

"很好，那么——我不大知道山里那些工作的详情——你是否要带她去参加一桩极危险的工作？"

"你要知道实情吗？"

"是的。"

"那么——是的。"

玛梯尼转过身子，继续踱起步来，但一会儿又停住了。

"我想再问你一个问题。如果你不愿意答复，当然就无须回答；但是你肯答复的话，就请老老实实地回答我。你爱她吗？"

牛虻不慌不忙地弹去了雪茄上面的烟灰，默默地继续吸他的烟。

"那就是说——你不愿意回答我了？"

"不，只是我想我有权利知道，你为什么要问我这个。"

"为什么？天呀，我的朋友，你还不明白为什么吗？"

"哦！"他放下了雪茄，目不转睛地注视着玛梯尼，"是的，"他终于缓慢而又温和地说，"我是爱她的。可是你不要以为我准备向她求爱，或是为了爱情而烦恼。我只是准备去……"

他的声音渐渐消失在一种奇特、含糊的低语中。玛梯尼走近了一步。

"只准备——去——？"

"去死。"

牛虻向前面直视着，眼神是冰冷的、固定的，仿佛他已经死了。及至他重新说话，声音是出奇的无力而且平板。

"你用不着预先去使她烦恼，"他说，"不过我是毫无希望的了。这对于任何人都是危险的。这一点她跟我一样明白；可是那些私贩子会竭力保护她，绝不至让她落网。他们都是好人，只是略微粗鲁一点儿。至于我自己，绞索已经套着了我的脖子，我一通过边界，自己就把它抽紧了。"

"列瓦雷士，你这话是什么意思？当然，事情是危险的，尤其对于你，这我很明白；可是你过边界已经不止一次了，而且一向都是成功的。"

"是的，但这一次我会失败。"

"为什么？你怎么知道的呢？"

牛虻凄然一笑。

"你记得一个德国传说吗？说的是有一个人遇到了他自己的'重身[1]'，因而死去了。不记得？黑夜里，那个'重身'在一个荒凉的地方出现，对他绝望地扭绞着双手。唔，上次我在山里的时候，也见到了我的'重身'，所以这次再过边界去，就绝没有生还的希望了。"

玛梯尼上前，把一只手放在牛虻的椅背上。

"听我说，列瓦雷士，我对你这一套玄妙的怪话一个字也不懂，可是有一点我是懂的：如果你已经有了这样的预感，你就不适宜到那边去了。你抱着一个必然被捕的信念前去，那就准会被捕。你一定是病了，或者是出了什么别的岔子，头脑里才会产生这种荒诞的念头。你看我来代你去好不好？任何要做的实际工作我都做得来，你可以送个信去给你的那些人，对他们说明一下……"

---

[1] 意思是本身形象的重复体。此处牛虻暗指蒙泰尼里。

"就是说让你去替我送死吗？这倒是一个十分聪明的主意。"

"啊，我不见得一定会死！我跟你不同，他们都不认识我，而且，即使我死了……"

他停住了。牛虻抬起头来，慢慢地、探询地注视着他。

"她对我的伤悼不见得会像对你那么深切。"他用最认真的口气说，"还有，列瓦雷士，这是公事，我们必须从功利的观点出发——为最大多数的人谋最大的利益。你的'终极价值'——经济学家的叫法不是这样的吗？——要比我高些；虽然我并不特别喜欢你，了解这一点的聪明我还是有的。你是一个比我伟大的人，我虽然不能确定你是否比我好，但你确有许多长处，因之你的死比起我的来损失更大。"

从说话的态度看起来，他好像是在交易所里讨论股票的价值。牛虻抬起头，好像冷得发抖。

"你是要我等到有朝一日我的坟墓自己张开嘴来把我吞掉才好？'假如我必须死，我会把黑暗当作新娘……'[1] 喂，玛梯尼，你我都在这儿说废话了！"

"你才说废话呢。"玛梯尼粗暴地说。

"是的，可是你也一样。看在上帝的分儿上，我们不要再学堂·卡洛斯和波莎侯爵搞那一套罗曼蒂克的自我牺牲吧[2]。现在是十九世纪了；如果死是我的任务，我就不得不完成。"

---

1 引自莎士比亚戏剧《一报还一报》（朱生豪译文）。

2 堂·卡洛斯（1545—1568）是西班牙王菲利浦二世的长子，因为有反政府的倾向，被其父拘禁，死在狱中。波莎侯爵是争自由的热情斗士，是堂·卡洛斯的好友，为了援救他出狱而牺牲了自己。德国诗人、剧作家席勒和意大利作曲家威尔第都以《堂·卡洛斯》为名，作有著名悲剧和歌剧。

"那么，照你的意思，如果活是我的任务，我就不得不活下去了。你真是个幸运儿，列瓦雷士。"

"是的，"牛虻直截了当地承认，"我一直是幸运的。"

他们默默地吸了几分钟的烟，然后开始讨论工作的细节。等到琼玛上楼来叫他们下去吃晚饭，他们都没有因为这一场不平常的谈话而露出什么声色。饭后，他们坐下来讨论工作计划，又做了一些必要的布置，一直到十一点钟。玛梯尼站起来，拿起他的帽子。

"我回家去把我那件骑马大氅拿来，列瓦雷士，我想你穿了它比穿这套轻装更使人不容易认识。同时我也要去侦察一下，要肯定附近没有暗探，我们才可以动身。"

"你打算跟我一起上桥边去吗？"

"是的。万一有什么人跟踪，四只眼睛总比两只眼睛靠得住些。我十二点钟回到这儿来。千万等我来再走。我想我不如把你的钥匙带去，琼玛，免得回来拉门铃吵醒人。"

玛梯尼在拿钥匙的时候，琼玛抬起眼睛望着他的脸。她心里明白，他是造出这一个借口来让她和牛虻单独谈一会儿的。

"你我可以明天再谈，"她说，"明早我把行装整理好之后，我们是有时间的。"

"啊，是的！时间充裕得很。列瓦雷士，我还想问你几桩零星的事情，可是我们过一会儿路上再谈吧。琼玛，你最好让卡蒂去睡觉，你们俩说话也要尽可能轻些。那么，十二点再见。"

他脸上微笑着，略略点点头，就走出房去，随手将门砰的一声带上，好让四邻听见波拉太太的客人已经走了。

琼玛到厨房跟卡蒂道过晚安，然后用托盘端了黑咖啡回来。

"你想躺下休息一会儿吗?"她说,"今天晚上你再没有时间睡觉了。"

"啊,亲爱的,不!我到了圣洛伦佐,他们给我准备改装的时候尽可以睡的。"

"那么喝点儿咖啡吧。等一等,我去给你拿些饼干来。"

当她走到食橱前面跪下时,他突然在她的肩膀上弯下身子。

"你那儿放着些什么?巧克力奶油还有英国的太妃糖!怎么,你奢……奢侈得像皇帝一般了!"

她抬起头来望着他,对他那热情的语调微微一笑。

"你喜欢糖果吗?我是一直都给西萨尔预备着的;他简直是个小孩子,什么样的糖都爱吃。"

"真……真的吗?好,明天你再给他弄些来,这一些就让我带去。不,让我把这些太妃糖放……放到我的口袋里去,它会告慰我一生所失去的欢乐。等到我被绞杀的那一天,我就……就希望他们给我几块太妃糖。"

"啊,也得等我找个纸匣子来装一装,再放到口袋里去!要不会粘得一塌糊涂的!巧克力要不要也装进去?"

"不,我想现在就吃吧,跟你一起吃。"

"可是我不喜欢巧克力。我要你过来好好地坐下,像个有理性的人。在我们两个死掉一个之前,很可能不会再有这样安安静静谈话的机会了,而且……"

"她不……不喜欢巧克力!"他喃喃自语着,"那么我得一个人狼吞虎咽了。这不成了绞刑官给的晚餐[1]了吗?今天晚上你

---

[1] 当时英国的习惯,犯人临上绞刑前可要求吃他最喜爱的东西作为最后一顿晚饭。

打算纵容我的一切狂想吧？首先，我要你坐在这安乐椅上，然后，我就照你刚才所说的，在这儿躺下来舒服舒服。"

说着，他就在她跟前的地毯上躺下来，把臂肘支在椅子上，仰头望着她的脸。

"你是多么苍白啊！"他说，"那是你对生活看得太悲惨，而且不喜欢吃巧克力的缘故……"

"请你严肃这么五分钟吧！这到底是生死攸关的事呀。"

"我连两分钟都严肃不起来，亲爱的，生也罢，死也罢，都不值得这样的。"

他已经握住了她的双手，正用他的指尖抚摩着它们。

"不要这样一脸的严肃吧，密涅瓦女神[1]。再这样一分钟，你就要逼得我哭起来了，那时候你会觉得难过的。我一心希望你再对我微笑一下；你那样的笑使人有意想不到的愉快。对啦，不要骂我，亲爱的！我们一起来吃饼干吧，就像两个好孩子似的，不要争吵——因为明天我们就要死了。"

他从碟子里拿起一块甜饼干，小心地分成两半，把饼干上面的糖花也笔正地分开了。

"这也是一种圣餐，跟那些假仁假义的人在教堂里吃的一样。'你们拿着吃，这是我的身体。'[2]而且，你知道，我们必须从同……同一个杯子里喝……喝酒——是的，这就对了。'你们应当如此行，为的是纪念……'"

---

[1] 古罗马的女神，是智慧之神，也是科学、艺术和技艺的保护神，据说是从万神之王朱庇特的脑中生出来的。

[2] 基督在和他的弟子们共进"最后的晚餐"时讲的话。

她放下了杯子。

"不要这样!"她说着,几乎抽咽起来了。他抬头看着她,又握住了她的双手。

"那么,不要作声!让我们安静一会儿。我们两个不论哪一个死了,另一个就会记起现在这情景。我们就会忘掉这个在我们耳畔咆哮、喧嚣、烦扰不息的世界;我们就会手挽着手一起离开它;我们就会走进死神的秘密宫廷里,躺在那罂粟花中间。嘘!我们就会十分的安静。"

他将头靠在她的膝盖上,用手把脸遮盖起来。在寂静中,她向他俯下身子,把手放在他的黑发上。时间就在这样的情景中溜过去了;他们不动也不说话。

"亲爱的,快要到十二点了。"她终于说话了。他抬起头来。

"我们只有几分钟了,玛梯尼马上就要回来。也许从今以后我们永远不能再见面。你没有什么话要对我说了吗?"

他慢慢地站起来,走到房间的那一头去。接着是一阵寂静。

"我只有一件事要说,"他用一种几乎听不见的声音说,"有一件事……要告诉你……"

他又停住了,在窗子旁边坐下来,用两只手掩着脸。

"你考虑了这么久才肯发慈悲啊。"她柔声地说。

"因为我的一生是很少看到慈悲的;而且起先……我想……你也不会介意……"

"现在你可不能那样想了。"

她待了一会儿,等他说下去,然后她穿过房间,走过去站在他身边。

"你最后把实话告诉我吧。"她低声说,"你想一想,假如你死了,我还活着——我这一辈子就永远不知道——永远不能十分确定……"

他拿起了她的双手,紧紧握住。

"如果我被杀死了——你知道,当我到南美去的时候——啊,玛梯尼!"

他猛然一惊将她撇开了,走过去打开房门。玛梯尼正在门前的踏脚毯上擦他的靴子。

"准确到一分钟也不……不差,还是跟平常一样!玛梯尼,你真是一个活……活时钟。这就是骑……骑马大氅吗?"

"是的,还有两三件别的东西。我好容易才没有让它们淋湿,外面正下着倾盆大雨呢。我怕你在路上一定很不舒服的。"

"啊,那没有关系。街上没有情况吗?"

"是的,我看所有的暗探都回家睡觉了。这倒也难怪,这么恶劣的天气。那是咖啡吗,琼玛?他得喝点热的东西才好去淋雨,不然会受凉的。"

"那是黑咖啡,顶浓的。我去煮点牛奶来。"

她到厨房里去了,拼命咬紧牙齿,捏着拳头,免得自己哭出来。等她拿牛奶回来,牛虻已经披上那件骑马大氅,正在系那玛梯尼给他带来的皮绑腿。他喝了一杯咖啡,站在那儿,手里拿着那顶阔边的骑马帽。

"我想该是动身的时候了,玛梯尼,我们得先兜上一个圈子再上桥边去,以防万一。我们暂时分手吧,太太。那么,我星期五可以在弗利[1]见到你的,除非有什么特别变故。等一等,这……

---

[1] 意大利北部城市。

这是地址。"

他从记事册上撕下一页纸来,用铅笔在上面写了几个字。

"地址我已经有了。"她用一种无精打采的镇静的声音说。

"有……有了吗?好吧,反正是一样,这个你也拿去。走吧,玛梯尼。嘘——嘘——嘘!不要让门有响声!"

他们轻轻地走下楼梯。等沿街的门在他们背后关上之后,琼玛回到了自己房里,机械地摊开了他塞到她手里的那张纸。只见在地址的下面写着:

"到了那边,我会把一切都告诉你。"

第二章

那天是布里西盖拉城开集的日子，乡民们从本区各处的大小村庄带着他们的猪、家禽、奶酪和奶油，以及一群群不很驯服的山区的牛，到城里来赶集。市场上挤满了流动不定的人群，大家哗笑着、打趣着，讨价还价地在那儿买卖无花果干、廉价的糖饼和葵花子。炎热的阳光下，一些棕色皮肤的赤脚孩子在人行道上爬着玩耍，他们的妈妈呢，却带着一篮篮的牛油、鸡蛋坐在树荫下面。

蒙泰尼里主教出来给乡民们道早安，立刻就被一群大喊大叫的孩子们包围住了，大家抢着向他献出从山坡上采来的那一束束的燕子花、猩红的罂粟花和清香扑鼻的白水仙花。蒙泰尼里对于野花的热爱，是得到人们的原谅的；他们以为这样的傻癖好跟大智大慧的人是极其相称的。假如不是像他这样受到大家爱戴的一个人，在自己屋子里摆满了野草闲花，那大家就要嘲笑他了，可是这位"有福的主教"是不妨带点无伤大雅的怪癖的。

"啊，玛柳莎，"他站住了，拍拍一个孩子的头说，"你比上次我看见你的时候长大了。你奶奶的风湿病好了没有？"

"她近来好些了，主教大人。可是妈妈现在病得很厉害。"

"这可叫我担心呀！告诉你妈妈，让她哪天来一趟，看看乔尔达尼大夫有没有办法。我可以找一个地方让她去休养，也许换个环境对她是有好处的。鲁基，你的脸色好些了，你的眼睛怎么样了？"

他一路走一路和山民们交谈着。他总是记得那些孩子们的姓名和年龄以及他们自己和他们家人的困难；甚至关于去年圣诞节害过病的一头母牛，或是上次赶集被货车辗坏了的一个破布做的洋娃娃，他也会停下来，以深切的同情探问它们的消息。

等他回到宫里，市场上的买卖就开始了。一个瘸子，身穿一件蓝布衫，一头黑发直垂到眼睛，左颊有一道很深的疤痕，正逛到一个摊头上去，用很拙劣的意大利话要一杯柠檬水喝。

"你不是这儿附近的人吧？"那个女人一面倒柠檬水，一面抬起眼睛问他。

"不是的。我是从科西嘉[1]来的。"

"是找活儿的吗？"

"是的。收干草的时候快到了，有一位先生在拉文纳[2]邻近有一片农场，前几天上我们巴斯蒂亚[3]去，告诉我说这儿可以找到很多活儿。"

"但愿你找得到，可是我们这儿近来不安宁呢。"

"我们科西嘉还要不好，老妈妈。我不知道我们这些穷人要弄到怎样的地步。"

---

1 法国一岛名，位于意大利撒丁岛以北。

2 意大利东北部城市，当时属教皇国。

3 科西嘉岛北部一港市。

"你是一个人来的吗?"

"不,我有个伙伴,就在那边,那个穿红布衫的。喂,保罗!"

密凯莱一听见有人叫他的名字,就荡了过来,两手插在衣袋里。他为了使人家认不出,头上戴着红假发,可还是装扮得很像一个科西嘉人。至于牛虻,那就是一个十足的科西嘉人了。

他们一起游荡着穿过市场,密凯莱打齿缝里吹着口哨,牛虻捐着一捆东西,一路拖着脚跟走,好让人家不容易看出他的瘸腿。他们有重要指示给另外一个人,现在正在等他。

"麦康尼在那儿,骑着马的,那边角落上。"密凯莱突然低声说。牛虻仍旧捐着那一捆东西,拖着脚跟向那骑马的人走过去。

"你想找一个收干草的吗,先生?"他说着,一面摸摸他那顶破帽子,一面伸出一个手指摸一下马笼头。这是他们预先约定的暗号。那个骑马的人——看他的样子很像一个乡绅人家的管家——就下了马,把缰绳抛到马脖子上。

"你能干些什么活,汉子?"

牛虻摸着自己的帽子。

"我能割草,先生,还能修篱笆,"他开始说,跟着就一口气接连说下去,"今晚一点钟,在那圆洞的洞口。你得有两匹好马和一辆货车。我在洞里等你——我还能刨地,先生,还能……"

"得了,我只要一个割草的。你以前帮过人没有?"

"帮过一次,先生。注意,你来的时候必须武装好;我们可能碰上骑巡队。不要穿过树林走,走另外一条路比较安全。如果你遇到一个暗探,不要站住和他啰唆,立刻开枪好了——我很高兴替你干活,先生。"

"好的，就算这样吧，可是我要一个有经验的割草人。不，我身边一个子儿都没有。"

一个穿得非常破烂的叫花子向他们蹒跚走来，发出一阵凄凉、单调的哀号。

"可怜可怜一个苦命的瞎子吧，看在圣母的分儿上——立刻离开这儿，一队骑巡队向这儿来了——最最神圣的天后，贞洁的圣女——他们是来逮捕你的，列瓦雷士，两分钟之内就要到达了——天上的圣人会补报你们的——你们得赶快冲出去，每一个角落都已布满暗探了，想要溜走是不可能的。"

麦康尼把缰绳塞到牛虻手里。

"赶快！奔到桥边就把马丢掉。你可以到山谷里去躲起来，我们都带着武器，可以阻挡他们十分钟。"

"不，我不愿意你们给逮去。赶快集合起来，大家一起，跟在我后面挨着次序开枪。向我们的马那边移动，它们就在那儿，拴在宫门口的台阶旁边；准备好你们的短刀。我们边打边退，等我把帽子往地下一摔，你们就把拴马索砍断，各人跳上最近的一匹马。这样，我们大家都可以逃进森林里去的。"

他们这样低声交谈着，即使是站在他们身边的人也当他们只是谈的割草，而不是什么别的危险事情。麦康尼拉着他那匹母马的辔头，向那一群拴在宫门口的马匹走去，牛虻在他身边蹒跚着，叫花子还跟在他们的身后，伸着手苦苦哀求。密凯莱吹着口哨走过来，那叫花子顺便给了他一个警告，他就从容不迫地把这消息带给那三个正在一棵树下嚼生葱的乡下人。他们立刻站起来，跟在他后面来了。于是，没有引起任何人的注意，他们七个人已经全体集合在宫门前的台阶边，各人都手按着身边暗藏的手枪，那一群拴着的马就在靠近的地方。

"我没有行动之前，你们千万不可先露出马脚，"牛虻温和而又清晰地说，"他们可能认不得我们。等到我开枪，你们才可以轮流动手。你们的枪不要朝人开，要打断他们的马腿——那么他们就不能追赶我们了。你们分作两班，三个开枪，三个装弹药。不论什么人插到我们和马的中间，就开枪打杀他。我要骑那匹花马。等我把帽子一摔到地下，每个人就各自上马，无论出了什么事情都不要停下来。"

"他们来了。"密凯莱说。牛虻就转过身来，显出一副天真而愚笨的惊诧神情。这时人们突然停止了交易。

十五个武装的士兵骑着马慢慢地走进市场。他们很难通过那拥挤的人群，要不是广场四角都有暗探，那七个人是尽可以趁大家的注意力集中在那些士兵身上的时候悄悄地全部溜走的。密凯莱向牛虻略微靠近了些。

"我们不能现在就溜掉吗？"

"不。我们已被暗探们包围起来了，而且其中有一个已经认出了我。他刚刚派人去把我所在的地方告诉了那个队长。我们唯一可以脱逃的机会就是开枪打断他们的马腿。"

"哪一个是暗探？"

"就是我第一个向他开枪的人。你们全都预备好了吗？他们已经打开一条通路，要向我们冲过来了。"

"大家闪开！"那队长喊着，"看在圣父的分儿上！"

人群惊慌而惶惑地纷纷后退，那队士兵就向那站在宫殿台阶旁的一小群人冲过来。牛虻从怀里拔出手枪，并不向冲上来的军队瞄准，却朝那个走向他们马匹的暗探开了一枪，那家伙被打断锁骨，四脚朝天倒下去了。跟着就是紧密接连着的六声枪响，同时七个人沉着地向拴着的马群移近。

骑巡队有一匹马被打得扑了一跤，一窜跑开去了；另一匹马发出可怕的嘶叫滚倒在地上。接着，在惊惶万状的人群尖叫声中，听得出那指挥官正在威风凛凛地高声喝叫，他已经直立在鞍镫上，指挥刀高高举在头顶。

"这儿来，弟兄们！"

他在马鞍上摇晃了几下，身体便倒下去了；原来牛虻已经又一弹将他命中。一道小小的血流从他的制服上淌下来，但他猛烈挣扎着支持住自己，这才抓住了马鬃，恶狠狠地嚷着：

"如果你们不能活捉那个瘸腿的魔鬼，那就开枪打死他！他就是列瓦雷士！"

"再给我一支枪，快！[1]"牛虻向他的伙伴们叫着，"赶紧走！"

他把帽子摔到地上。这一下来得很及时，因为那些被激怒了的士兵的刀已经闪闪地逼近他了。

"放下你们的武器，你们全体！"

蒙泰尼里主教突然踏进战斗者之间；一个士兵吓得发出尖声的喊叫：

"主教大人！我的天，你要被杀死的呀！"

蒙泰尼里只是更向前跨进一步，面对着牛虻的枪口。

这时七个人中有五个已经跳上马背，奔向那崎岖的街道去了。麦康尼也已腾身跳上他那匹母马。他正要放马跑开，却先回

---

[1] 当时的枪只能打一发就要重新装弹，所以牛虻开枪后要同伴另外给他一支装好子弹的枪。

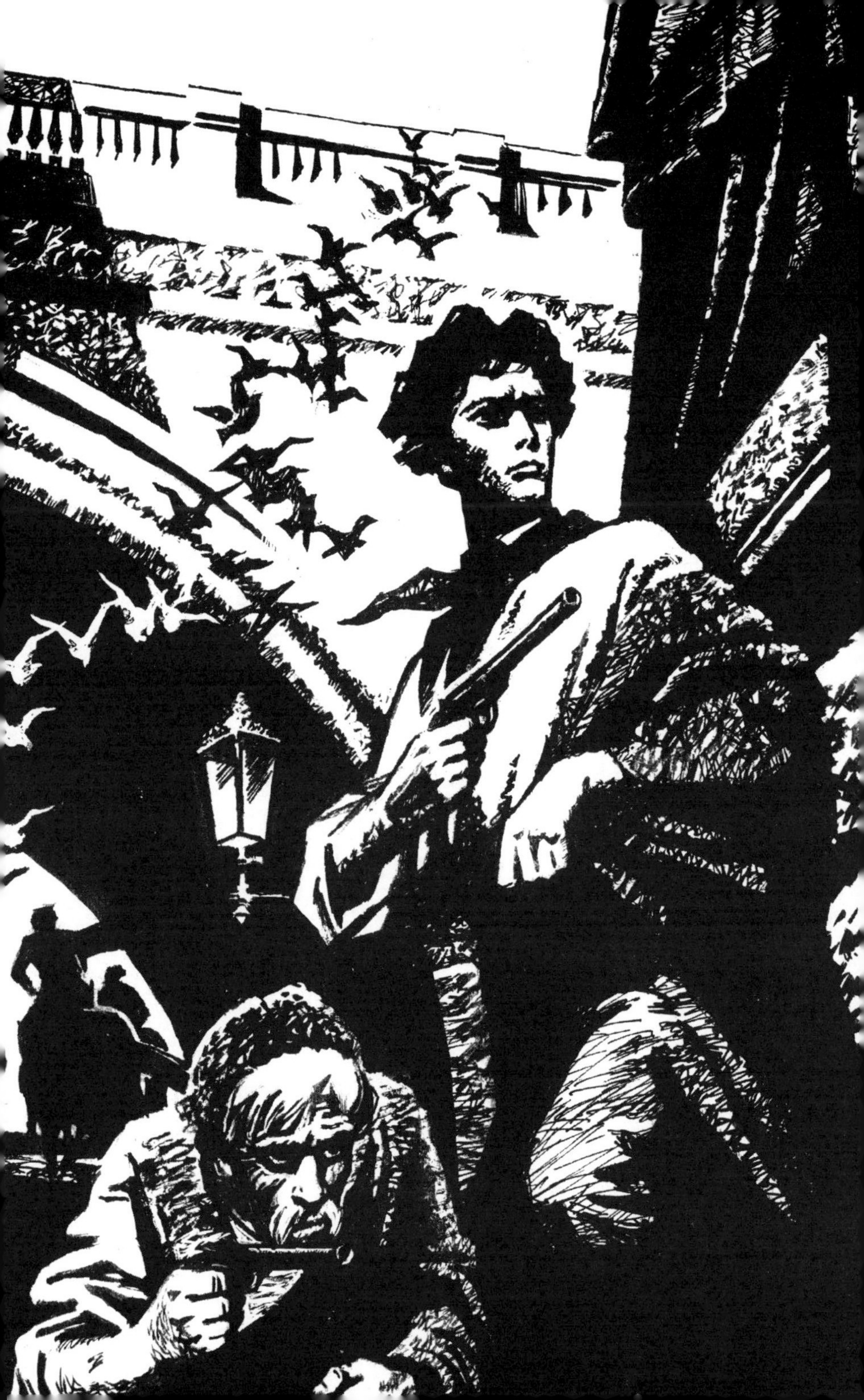

过头来看看他的领袖是不是需要帮助。一看那匹花马近在牛虻的身边,再有一刹那,大家就都可以安然脱险了。谁知那穿着大红法衣的人一跨到面前,牛虻的身子就突然摇晃起来,拿枪的手也垂下去了。这一刹那就决定了一切。他立刻被士兵包围起来,冲倒在地上,一个士兵用马刀背打落他手里的枪。这时麦康尼用脚镫踢着马肚子,因为追兵的马蹄声已经在他背后雷轰一般响上山坡来,等在那儿一同被捕,非但无用而且更糟。他在鞍子上转过身来,准备对那最近一个追兵迎面发出最后一枪,只见牛虻满脸鲜血被践踏在马匹、士兵和暗探们的脚下,同时听到那些追捕者的野蛮诅咒声,以及胜利和愤怒的呼喊。

蒙泰尼里完全没有注意到发生了什么事。他已经离开台阶,正设法使受惊的群众安静下来。随后他俯下身子去看那受伤的暗探,这时群众里面忽起一阵惊惶的骚动,又使他抬起头来。原来那些士兵正穿过广场,把俘虏双手用绳子缚住,拖在他们后面。他的脸部已因痛苦和疲乏而变成青黑色,一路吁吁地喘不过气来,可是还回头对主教望着,惨白的嘴唇上带着微笑,低声说:

"我恭……恭……恭贺你啊,主教大人。"

五天以后,玛梯尼赶到了弗列。他已经接到琼玛由邮局寄来的一捆广告印刷品,那是他们事先约好的遇有特别急事需要他去的暗号。他想起那天露台上的谈话,就立即猜到了事情的真相。可是他一路上自己安慰自己,总以为并没有理由可以假定牛虻已经出了岔子,并且,像牛虻那样一个神经质的富于幻想的人,要是把他那种孩子气的迷信过分重视,也是没有道理的。但是,他越是想排斥这个念头,这个念头就把他的心抓得越紧。

"我已经猜到是怎么回事了:列瓦雷士被捕了,是吗?"他一走进琼玛的房间就这么说。

"他是星期四在布里西盖拉城被捕的。他曾经拼命自卫,并且打伤了骑巡队队长和一个暗探。"

"武装抵抗,那糟了!"

"反正一样。他早已是大嫌疑犯,多开一枪对他的处境并不会有多大影响。"

"你想他们准备怎样处置他?"

她的脸色变得更加惨白。

"我想,"她说,"我们绝不能等到探悉了他们的意图再行动。"

"你以为我们可以营救吗?"

"我们必须营救。"

玛梯尼转身走开去,背着两手开始吹起口哨来。琼玛让他去考虑,不打扰他。她静静地坐着,将头靠在椅背上,眼睛望着窗外渺茫的远方,显出呆呆的、凄惨的全神贯注的样子。当她脸上流露这种表情时,很像是丢勒[1]的名画《悲哀》上的人物。

"你见过他吗?"玛梯尼暂时站定了问。

"没有。他本来准备第二天早晨和我在这儿会面的。"

"对了,我想起来了。现在他在哪儿?"

"关在那个堡垒里,看守得非常严密,据说还上了镣铐。"

他做了一个不在乎的手势。

"啊,那没有关系,一把好锉子就可以去掉任何镣铐。只要

---

[1] 德国文艺复兴时期著名画家(1471—1528)。

他没有受伤……"

"他似乎已经受了点儿轻伤，但是究竟伤到什么程度我们不知道。我想最好等密凯莱来告诉你吧，当时他是在场的。"

"他怎么会没有被捕呢？难道他自己逃走，丢下列瓦雷士不管吗？"

"这并不是他的过错，他也跟别人一样战斗到底，并且严格遵守着列瓦雷士给他的指示。这一点他们所有的人都做到了。只有一个人，到了最后一刻似乎忘掉了那个指示，或者不知怎么就搞错了，那就是列瓦雷士自己。事情真是有些无从解释。等一等，我去叫密凯莱来。"

琼玛走出房间，随即同密凯莱和一个阔肩膀的山民回转来。

"这位是玛尔哥·麦康尼。"她说，"你曾经听见过他的名字，他也是一个私贩子。他刚刚来到这儿，也许能告诉我们更多的消息。密凯莱，这位就是我跟你说起过的西萨尔·玛梯尼。你能把你所看到的当时的情形告诉他吗？"

密凯莱把和骑巡队交战的事情简略地叙述了一遍。

"我真不懂到底是怎么搞的，"他总结说，"要是我们想得到他会被捕，我们绝没有一个人肯离开他的。可是他的指示非常明确，谁也不曾想到，他把帽子摔到地上以后会待在那儿让他们包围。当时他紧靠着那匹花马——我看见他砍断拴马的绳索——而且我上马之前还亲手交给他一把装好了弹药的手枪。我能猜想得到的只有一种情况，就是他想上马的时候，因为腿瘸，踏不上脚镫。不过即使是这样，他也可以开枪的呀。"

"不，不是这样的。"麦康尼插嘴说，"当时他并没有想上马。我是最后离开的一个，因为我那母马听到枪声受了惊，我曾回过头去看他是不是已经脱险。如果不是为了那个主教,他是早已脱身的了。"

"啊!"琼玛低声嚷着;同时玛梯尼也惊疑地重复说:"主教?"

"是的。他挺身上前去挡住了枪口——该死的东西!我猜想当时列瓦雷士一定大大吃了一惊,因为他马上放下了那只拿枪的手,又这样举起了另一只手,"麦康尼说着用他左手的手背擦了一下眼睛,"这么一来,人家自然都向他扑上去了。"

"我可有点儿想不通,"密凯莱说,"这不像是列瓦雷士了,在这样的紧急关头会昏了头。"

"我想他之所以放低枪口,大概是怕误杀一个非武装的人吧。"玛梯尼插进来说。密凯莱耸耸他的肩膀。

"非武装的人就不该把鼻子伸进战斗中来。战斗就是战斗。要是列瓦雷士送了一颗子弹给那位主教大人,不让自己像只兔子那样被抓了去,世界上不就少了一个教士,却多了一个诚实的人吗?"

密凯莱回过头去,咬着他的胡须。他已经愤怒得快要迸出眼泪来了。

"无论怎样,"玛梯尼说,"事已如此,用不着再费时光去探究原因了。目前的问题是我们应该怎样去营救他出狱。我想你们都愿意为这一任务冒险吧?"

密凯莱甚至不屑回答这种多余的问题,麦康尼只是微笑一下说:"如果我自己的亲兄弟不愿干,我就开枪打死他!"

"很好,那么——第一桩事情,你们是否已经弄到那堡垒的图样?"

琼玛用钥匙打开一个抽屉，拿出几张纸来。

"我已经画好这些图了。这是堡垒的底层；这是塔楼的上层和下层，这是垒墙的图。那几条是通山谷的路线，这些是山中的小径和藏身地方，还有地下道。"

"你知道他关在哪一座塔楼里？"

"东面的一座，就在那间圆屋里，窗上装着铁栏杆的。我已经在图上做上记号了。"

"你这些情报是怎样得来的？"

"从一个绰号蟋蟀的卫兵那儿得来的。他是我们这边一个叫季诺的人的表兄弟。"

"你下手得好快。"

"没有时间好耽误呀。出事之后，季诺立刻就到布里西盖拉城去了；还有几幅图是我们原有的。那张山里藏身处所的地名单还是列瓦雷士本人开的，你可以认得出他的笔迹。"

"那些卫兵是些什么样的人？"

"这一点我们还没有探听清楚，蟋蟀刚刚到那边，对其余的弟兄还不了解。"

"我们必须从季诺那儿了解蟋蟀本人是个怎么样的人。关于当局的意图是否有什么消息？列瓦雷士就在布里西盖拉城受审呢，还是要被解到拉文纳去？"

"这一点我们也不知道。自然，拉文纳是这一教省的首府，按照法律，凡是重大案子都只能在那边的预审庭开审的。但是在四大教省里，法律并不被重视，这只取决于当权者的个人意图。"

"他们不会把他押解到拉文纳去的。"密凯莱说。

"你为什么这样想？"

"这我可以断定。布里西盖拉城的统领菲拉里上校，就是被列瓦雷士打伤的那个队长的亲叔叔；他是一只仇恨心极重的野兽，绝不肯放弃一个可以虐杀仇人的机会的。"

"你想他会设法把列瓦雷士关在这儿吗？"

"我想他会设法把他绞死。"

玛梯尼急忙向琼玛瞥了一眼。她的脸非常苍白，但是并没有因为听到这句话而变色。显然，这观念在她已经不新鲜了。

"他不经过合法的手续是很难做到这一点的，"她镇静地说，"不过他可能找出种种借口来开军事法庭，等事后再声明这是为了城中治安的需要。"

"但是主教怎么样呢？难道他肯允许这样胡搅吗？"

"主教无权过问军事。"

"那是对的，不过他有极大的势力。不经他的允许，统领绝不敢冒险这么做的吧？"

"他永远不能得到他的允许。"麦康尼打断他说，"蒙泰尼里主教一向反对军事审判以及诸如此类的办法。只要他们继续把他关在布里西盖拉城，那就不会有什么严重的变故发生；主教是一直站在囚犯一边的。我所担心的倒是他们要把列瓦雷士解到拉文纳去。一被解到那边，他就完了。"

"我们绝不会让他被解到那边去的，"密凯莱说，"我们可以在半路上设法救他。至于在这儿把他从堡垒里救出来，那是另一回事。"

"我以为，"琼玛说，"我们坐着等他被解到拉文纳去的那个机会是毫无好处的。我们必须在布里西盖拉城想法子，而且不能耽误了。西萨尔，你和我最好先在一起将堡垒图仔细研究一下，

301

看能不能想出什么办法来。我已经有了一个主意,只是还有一个难关想不通。"

"走吧,麦康尼,"密凯莱一面站起来一面说,"我们让他们去想他们的计策吧。今天下午我得到福亚诺去,我想要你同去。文森卓还没有把弹药运来,他们应该昨天就到的。"

那两个人走了以后,玛梯尼走近了琼玛,默默地伸出了他的手。她让她的手指在他手里握了一会儿。

"你一向是一个好朋友,西萨尔,"她终于说,"而且在患难中能及时相助。现在就让我们研究研究这些图吧。"

第三章

"我再一次万分恳切地奉告主教大人，您的拒绝危害了城里的治安。"

统领说这话时，语气上竭力保持着他对于教区首长应有的尊敬，但是声音里面分明有些恼怒了。最近他的脾气有点儿反常，他的老婆给他拖了一身债，尤其这三个星期来，他的耐心简直受到了非常痛苦的考验。怨愤不驯的居民的危险情绪正一天天明显起来；这地区已经像个马蜂窝似的隐伏着阴谋，鬃毛似的布满着暗藏的武器；那支无能的警卫部队是否效忠政府，也很可怀疑；再加上这样一位主教，正像他对自己的副官发牢骚时所说的，是个"一点儿杂质也没有的执拗的化身"——所有这些，已经使他感到毫无办法了。而现在，又加上了一个牛虻，这样一个活生生的魔鬼的化身！

那个"跛脚的西班牙恶魔"，在打伤了统领的爱侄和他最得力的暗探之后，现在又继续发挥他在市场上显过的身手，暗中煽动守卫的士兵，公然威吓审问的官吏，"把牢狱变成了耍熊场[1]"了。他现在在堡垒里还只关了三个星期,可是布里西盖拉城当局对于这宗买卖已经感到非常头痛了。他们一次又一次地审问他,用尽了一切威逼利诱的手段,想尽了一切可能想得出的方法,想使他招供,结果却毫无所得,一切仍旧跟他刚刚被捕那天一模一样。他们已经开始认识到,当初如果立刻把他解到拉文纳去,也许会好些。可是这一错误现在已经来不及纠正了。因为统领当初把捕获的报告送到教皇使节那儿时,曾经请求特准他亲自来监督这一案件的审讯,这个请求已经批准,现在再想撤回,就非老着面皮承认犯人比他厉害不可了。

正如琼玛和密凯莱所预见,统领觉得军事审判是解决困难的唯一可靠的办法,而蒙泰尼里主教偏偏坚持不肯同意,这就使他烦恼得几乎不能容忍了。

"我以为,"他说,"如果大人知道我和我的同僚在那犯人身上已经忍受到怎样的程度,您对这桩事情就一定会有不同的看法。您为了不愿搅乱司法程序而凭良心反对这办法,那是我充分了解而且尊重的,但这是特殊的案件,需要采取特殊的手段。"

"没有一桩案子需要采取不公正的手段,"蒙泰尼里回答说,"如果对于一个平民竟用秘密军事审判来定罪,那是既不公正而且非法的。"

"您得知道这桩案子严重到了怎样的程度,大人,这个犯人显然犯过好几桩大罪。他曾经参加那次无耻的萨维尼奥暴动,要不是逃到托斯卡纳去,当时由斯宾诺拉大人指派成立的军事委员

---

[1] 要熊场是供人取乐的场所,用狗折磨被链子锁着的熊,这里转义作"喧嚣、闹乱子的场所"解。

会早已把他枪毙或是送去服划船的苦役了。从那时候起，他从没有停止过阴谋活动。大家都知道，他是国内最恶毒的一个秘密团体的有力分子。他至少在三个忠实警员的暗杀事件里都有重大嫌疑，那即使不是由他教唆，也一定得了他的同意。几乎可以说，这次他是在私运军火的现场被捕的。他用武力拒捕，以致两个执行任务的官员身受重伤，现在他又成为本城安全和秩序的一种眼前的威胁。肯定地说，像这样一桩案子，开军事法庭审判是很公正的。"

"不论这个人干过些什么，"蒙泰尼里回答，"他都有权利受到合法的审判。"

"普通的法律程序是要耽搁时间的，主教大人，这件案子却片刻不能耽误。别的一切都不说，我就时时刻刻都在担心他逃跑。"

"假使有什么危险，你就有责任把他看守得更加严密。"

"我当然尽我的力，主教大人，可是我所依靠的是看守人员，而犯人似乎把他们全都迷住了。我在三个星期里把警卫部队更换了四次，并且不厌烦地惩罚过好些士兵，但结果还是毫无用处。我还是不能防止他们替他来回传递信件。那些傻瓜爱上了他，倒好像他是一个女人。"

"这倒奇怪。谅必这个人有什么特出的地方。"

"特出的地方是满肚子的鬼——哦，请您原谅，主教大人；可是这个人实在是圣人遇到他也要忍不住的。说起来难以相信，但是事实上我确实不得不亲自担任全部审问工作，因为那个正式的审判官已再也不能忍受了。"

"怎么回事呢？"

"这是很难解释的,主教大人,可是您只要听过一次他那一套蛮不讲理的话,您就明白了。那样子人家还以为审判官是犯人,他倒是审判官呢。"

"可是他即使蛮不讲理,又何至于这么可怕呢?自然,他可以拒绝回答你的问题;但是除了沉默之外,他并没有什么别的武器呀。"

"他有一条剃刀一般的利舌。我们都是凡人哪,主教大人,我们一生之中大都犯过一些错误,而且不愿意人家把它们公开地张扬出来。这是人情之常啊!倘使一个人在二十年前犯了一点儿小小的过失,现在竟被挖掘出来当众掷到他的脸上,那他是无论如何也忍受不住的……"

"难道列瓦雷士曾经揭发那个审判官的私人秘密吗?"

"唔,真的——那可怜的家伙还是一个骑兵军官的时候负了债,曾经从团队的公款里借用过一点儿小款子……"

"事实上是他窃取了人家托付给他的公款,是不是?"

"自然,这是他的大错,主教大人;但是当时他的朋友立刻替他把钱还清了,事情就这样遮盖过去——他是好人家出身哪——而且从此以后他就变成一个无可指摘的好人了。至于列瓦雷士怎样知道这个秘密,我可再也猜想不出来,可是那天审问一开始,他的第一件事就是把审判官这个烂疮疤挖开来——还当着那些下属的面呢!而且他还装出一副天真的神气,好像是在念他的祈祷文似的!现在这个故事当然已经传遍整个教省了。如果主教大人肯在开审的时候劳驾去听一次的话,包管您就会明白……这是用不着让犯人知道的,您可以在一旁偷听……"

蒙泰尼里突然转过身子注视着统领,脸上显出一种不常有的表情来。

"我是一个掌教的使臣,"他说,"不是一个警局的暗探,偷听并不是我的职责!"

"我……我并不是要存心顶撞大人……"

"我以为,我们这样讨论下去没有什么益处。如果你愿意把犯人送到这儿来,我倒可以跟他谈一谈。"

"我要大胆奉告大人,这可使不得。那犯人是怙恶不悛的。最安全也最聪明的办法,还是请您这一次不要太拘泥法律条文,干脆把他干掉了,免得他再为非作歹。刚才主教大人虽然已经吩咐过,但我还是不得不冒昧恳求,不管怎样,我要对本省特使大人负责维持本城的治安……"

"可是我,"蒙泰尼里打断他说,"也得向上帝和圣父负责,不准许我的教区以内存在任何阴私卑劣的行为。既然你逼着我来过问这件事,上校,我就要站在主教立场上行使我的特权了。在目前的和平时期内,我绝不允许本城设立秘密军事法庭。明天上午十点钟,我要在这儿接见那个犯人,单独接见他。"

"听大人的便。"统领悻悻地恭恭敬敬回答了一声,就退出来了,并自言自语地喃喃说:"他们简直是一对,都是一副牛脾气。"

统领回去之后,对任何人都不提起主教要接见犯人的事,直到临时,才打开了犯人的镣铐,把他解到主教宫。"这头巴兰的驴子[1]的杰出子孙,自己独断独行且不说,"他对他那受伤的侄

---

[1] 典出《圣经》故事:巴兰是一位先知,他因诅咒以色列人而被他所骑的驴子叱骂。这里借来比喻一个极固执的人。

儿说，"还要叫人冒这么大的风险，万一押解的士兵跟犯人的党羽串通起来，让他半路逃掉怎么办哪！"

牛虻在森严的警备之下被押进了主教办公室时，蒙泰尼里正伏在一张堆满公文的桌上写东西。牛虻脑子里突然浮起一幅景象：那是一个炎热的夏天的下午，他在一间跟这很相像的书房里边翻查讲道的文稿；百叶窗也跟现在这样半掩着，以防热气冒进来，窗外传来一个卖水果的小贩的喊声："草莓子啊！草莓子啊！"

他怠怠地把披在眼睛上的头发往后甩开，嘴上装出了一个微笑。

蒙泰尼里从公文堆里抬起头来。

"你们可以在前厅等候。"他对卫兵们说。

"请大人原谅，"押解的中士显然着了慌，只得低声下气地说，"上校觉得这个犯人很危险，最好是……"

蒙泰尼里的眼睛突然闪出光芒来。

"你们可以在前厅等候。"他静静地重复了一遍。中士满脸惊惶，敬了一个礼，吃吃地告了罪，就带着部下走出房去了。

"请坐。"主教等房门关上以后说。牛虻默默地坐下了。

"列瓦雷士先生，"蒙泰尼里停了一会儿说，"我想问你几个问题，如果你肯回答，我将非常感激。"

牛虻微微一笑："我目……目前的主……要任务就是让人提问题。"

"那么——你并不准备回答吗？我曾这样听说过；可是那些问题是由侦查这桩案子的官吏们提出来的，他们的职责是想根据你的回答来定罪。"

"那么主教大人的问……问题呢？"他的话本已说得不客气了，声调里更隐含着一种侮辱，蒙泰尼里立刻感觉到了，但他脸上那庄严而和蔼的表情并没有消失。

"我的问题，"他说，"不论你肯不肯答复，始终都只你我两个人知道。如果这些问题涉及你政治上的秘密，你当然不要答复。不然，虽则我们素昧平生，我还是希望你能答复我，作为你个人给我的一种恩惠。"

"我完……完全遵主教大人的命。"他说着微微鞠了一躬，脸部的那种表情即使是最最贪得无厌的人也会不敢向他祈求恩惠的。

"那么，第一，据说你曾经把军火私自运进了本区。那是用来干什么的呢？"

"用来杀……杀老鼠。"

"这一种话可怕啊。难道只要你的同胞思想上不跟你一致，你就把他们当老鼠看待吗？"

"他们中间的一……一部分。"

蒙泰尼里仰到椅背上，默默注视了他一阵。

"你的手上是什么？"他突然问。

牛虻对自己的左手瞥了一眼："就是给一些老鼠咬出来的旧……旧伤疤。"

"请原谅，我说的是那一只手。那是新的创伤。"

那只瘦长、灵活的右手被割破和擦伤得很厉害。牛虻把它举起来。手腕是发肿的，上面有一道又深又长的青黑色伤痕。

"你瞧，这不过是一……一点儿小……小事，"他说，"那天我被捕的时候——这该谢谢主教大人，"——说着他又微微鞠

309

了一躬——"给一个士兵踩的。"

蒙泰尼里拿起那手腕仔细审视了一会儿。"怎么过了三个星期还是这样的呢？"他问，"已经全部发炎了。"

"大概是镣铐的压……压力给了它好处吧。"

主教抬起头来皱了皱眉头。

"他们把镣铐加在新创口上的吗？"

"那自……自然，主教大人；这正是新创口的用处呢。老创口是没有多大用处的。那不过痛一阵，你不……不能够使它真正发炎。"

蒙泰尼里又对他仔细端详了一会儿，然后站起来，打开一个盛满外科手术用品的抽屉。

"把手伸过来。"他说。

牛虻绷紧了一张铁板似的脸，将手伸给他。蒙泰尼里把创口洗干净，轻轻地将它包扎好。他显然是做惯这种事情的。

"镣铐的事我可以对他们说的。"他说，"现在我想再问你一个问题：你打算怎么办？"

"那……那是非常简单的，主教大人。我要逃得了就逃，逃不了，就死。"

"怎么会是'死'呢？"

"因为统领如果不能达到枪毙我的目的，我就要被送去充划船的苦役，而这对于我的结……结果是一样的。我的身体是受不了这种苦役的了。"

蒙泰尼里把臂肘撑在桌子上，沉思起来。牛虻不去打扰他，只往椅背上一靠，半闭起眼睛，懒洋洋地享受着那因镣铐解除而获得的肉体的舒适。

"假定说,"蒙泰尼里又开始说,"你能够逃出去,你准备怎样过你以后的生活?"

"我已经告诉过主教大人,我要杀……杀老鼠。"

"你要杀老鼠。那就是说,如果我现在让你从这儿逃出去——假定我有权力这样做的话——你就要利用你的自由去造成暴行和流血,而不是防止它们吗?"

牛虻抬起眼睛望望墙上的十字架:"不是和平,而是宝剑[1]——至……至少我得和那些善良的伙伴们在一起。但就我个人来说,我是宁可用手枪的。"

"列瓦雷士先生,"蒙泰尼里很沉着地说,"我可没有侮辱过你,或是轻蔑过你的信仰和朋友。我能否希望你也用同样的礼貌对待我,还是你要我认定:一个无神论者就不能是一个上流人呢?"

"啊,我完……完全忘记了。主教大人在基督教道德之中是把礼貌看得很重的人。我还记得你在佛罗伦萨的布道,就是为了我跟你的那个匿名辩护人那场论……论战而发的那些话。"

"这也正是我想跟你谈谈的一桩事情。你是否愿意给我解释一下,为什么你好像对我怀有一种特殊的怨毒?如果你只是把我挑出来当作一个方便的靶子,那又当别论。因为你那政治论争的方法是你自己的事情,而我们现在又不讨论政治。但当时我有一种感觉,好像你对我个人怀有敌意。要是这样的话,我倒乐于知道,我对于你可曾有过什么错处,或者还有其他什么原因足以引

---

[1] 典出《圣经》故事:耶稣有一次向使徒们说:"你们不要以为我带着和平来到世界上;我带来的不是和平,而是宝剑。"牛虻在这儿是用讥讽的口气引用这句话的。

起你那样的感情?"

可曾对他有过什么错处!牛虻用那只扎了绷带的手叉住了自己的咽喉。"我必须向主教大人提起莎士比亚的一句话,"他轻轻笑了一声说,"我的感情就跟那个见不得一只无害而必需的猫的人一样[1]:我所讨厌的就是教士。我一看到法衣就会牙……牙痛的。"

"哦,如果只是这样的一个理由——"蒙泰尼里做了一个不以为意的手势把这问题撇开了,"但是,"他接着说,"骂人是一桩事情,歪曲事实又是一桩事情。当时你答复我那次布道的那篇文章里,说我知道那个匿名的作者,那是你错了——我并不是责备你故意造谣——你所说的不是事实。我是直到今天还不知道那个作者的姓名的。"

牛虻把头歪在一边,好像一只聪明的知更雀那样,一本正经地对蒙泰尼里注视了一会儿,接着突然向椅背上一仰,发出一阵大笑。

"多么圣洁啊![2]啊,你这可爱的、天真的、阿卡迪亚仙境里的居民呀——你竟一直没有猜想到!你竟一直没有看出马脚来吗?"

蒙泰尼里站了起来:"那么,列瓦雷士先生,论战双方的文章都是你一个人写的了,是不是?"

"这是一种可耻的行为,我也知道,"牛虻一面回答,一面睁着天真的蓝色大眼睛注视着蒙泰尼里,"而你竟把这一切都

---

1 原出莎士比亚的戏剧《威尼斯商人》,意指好恶并无来由。
2 原文系拉丁文。

囫……囫囵吞下去了，就好像吃牡蛎似的！这是很不应该的；可是，啊，这又多……多么好玩啊！"

蒙泰尼里咬着嘴唇重新坐下去。他一开头就看出了牛虻是想要激怒他，所以早已下定决心，无论怎样都要把自己的脾气按捺住。可是现在他已经开始明白，统领的狂怒是有理由的，因为一个人在三个星期里面每天要花费两小时去审问这位牛虻先生，那么他偶尔咒骂几句，是很可以原谅的。

"我们不谈这个题目吧。"他镇静地说，"我之所以要跟你见面，主要是这样：我以主教的地位，是可以出来说句话的，如果我对于如何处置你的问题愿意运用我的特权的话。但是我的特权只能有一种用法，就是用来干涉他们为要制止你对别人施用暴力而在你身上施用不必要的暴力。因此，我叫你到这儿来，一来是，因为我要问一问你有没有什么要诉苦的事情——那镣铐的事我会去查明的，可是也许还有别的什么——二来呢，因为我觉得，我要对这件事发表我的意见，应该先亲自看一看你到底是怎样一个人。"

"我没有什么别的事要诉苦的，主教大人。'战斗就是战斗。'[1]我并不是一个小学生，并不希望任何政府为了我把军火私……私运进他们的境内倒来拍拍我的头。他们要尽力之所及来折磨我，那是理所当然的。至于要问我是怎样一个人，你是曾经听过我的一次罗曼蒂克的忏悔的。难道你还觉得不够，要……要我再来说一遍吗？"

"我不懂你的意思。"蒙泰尼里冷冷地说，随手拿起一支铅

---

[1] 原文系法文。

笔来，用手指不住地搓滚它。

"我想，主教大人总还没有忘记那个老香客狄雅谷吧？"牛虻突然变换了一种声音，仍用当初那个狄雅谷的口气说："我是一个可怜的罪人……"

蒙泰尼里手里的铅笔突然被折断了。"这太过分了！"他说。

牛虻把头靠回椅背上去，轻轻笑了一声，坐在那儿观察着主教大人在房里默默地踱来踱去。

"列瓦雷士先生，"蒙泰尼里终于在他的面前停了下来，"你对我做的这一桩事情，是所有娘肚皮出来的人连对他最最深恨的仇敌都不肯做的。你私自闯入了我个人的伤痛的深处，把一个同胞的愁苦当作你嘲笑和戏谑的资料。我再一次请求你告诉我：我对于你可曾有过什么错处？如果没有，你为什么要在我身上来这一套毫无心肝的恶作剧呢？"

牛虻向后靠到椅垫上去，然后抬起头来，带着神秘的、令人不寒而栗的、深不可测的微笑。

"我觉得很……很好玩，主教大人，你把这些事情看得太认真了，这使我记……记起了……有点儿像……像一场杂耍……"

蒙泰尼里连嘴唇都变白了，急忙回转身子去打铃。

"你们可以把犯人押回去了。"他等卫兵进来时说。

他们出去之后，他在桌旁坐下来，因为他从来没有受过这样的气，所以一直浑身发抖，接着就拿过一叠各小教区教士的报告来看。

但他随即又把那些报告推开，靠到桌子上用两手掩住了面孔。牛虻似乎留下了一个可怕的阴影，在房间里作祟。蒙泰尼里浑身战栗，蜷缩着，不敢抬起头来。他明知牛虻已不在那里，却唯恐一抬头就看到那个幻影——那受伤的手,那含笑而残忍的嘴巴,那海水般深邃神秘的眼睛……

他竭力摆脱那个幻影,开始做他的工作。整整一天他都不让自己有一刻空闲,因此那幻影也就不再来侵扰;但是当他深夜回卧室时,一阵突然的恐怖的战栗再次袭来,他在门口站住了。如果做梦的时候见到它怎么办呢?他打起精神,跪在十字架前祷告。

可是整整一夜他也没能睡着。

第四章

蒙泰尼里并不因为愤怒而忽视他的诺言。他对牛虻上着镣铐的事提出了非常强烈的抗议，以致那不幸的统领没有办法，只得在绝望之中，不顾一切地把全部镣铐都开掉。他对他的副官发牢骚说："我真不晓得，主教大人下次再要反对什么了。如果他把很普通的一副手铐也叫作'残酷'，恐怕不久就要叱责我们不该在窗上装着铁栏杆，或者甚至会要我拿牡蛎、蘑菇来款待列瓦雷士呢。在我年轻的时候，犯人就是犯人，也就被当作犯人看待，从来没有人认为造反的人比小偷好些。但是近来造反似乎已经成为一种时髦举动了，而主教大人倒像有意鼓励全国的匪徒呢。"

"我真不懂他究竟凭什么来干涉我们，"那副官说，"他不是教省的特使，没有权力干涉民政和军事。按照法律……"

"谈法律有什么用？自从圣座下令打开牢门，放出那批讲自由的恶徒来跟我们作对，你还能盼望谁再尊重法律呀！这种事情简直是见鬼！至于那主教大人，当然他要摆摆架子了。前任圣座在位的时候，他是无声无臭的，现在他却成了红人。他已一步登天得到圣座的宠爱，因而可以为所欲为了。我怎么好跟他去作对呢？怎见得他不是梵蒂冈那边秘密授权来的呢！现在是一切都弄得颠颠倒倒的了；我们今天就不晓得明天会出什么鬼。从前世道太平，做人都能自己有把握，可是现在……"

统领不胜感慨地摇摇头。世界真变了——做主教的也要操心过问牢里的琐事，大谈起政治犯的"权利"来，这样的世界在他看来实在是太复杂了。

至于牛虻，他是在一种近乎歇斯底里的神经激动的状态中回到堡垒里去的。刚才他跟蒙泰尼里的会见，已经使得他的忍受力紧张到快要破裂的程度了；最后他野蛮地说起那句杂耍的话，那只是他在绝望中的不得已的办法，无非要马上斩断那次会见，因为再谈五分钟，他可能就要哭出来了。

当天下午他被带去审问的时候，对于每一个问题都只用一阵痉挛性的大笑来回答。后来统领再也忍耐不下去，以致发了脾气破口大骂时，他却反而越发笑得厉害。那不幸的统领气得七窍冒烟，暴跳如雷，对这个倔强的犯人叫出种种不可能的酷刑来恐吓；但是他也跟好久以前的詹姆斯·勃尔顿一样，终于得出一个结论：跟这样一个失去理性的人辩论，只是白费口舌，徒伤肝气。

牛虻重新被带回牢里去，在草荐上躺下，陷入一种阴暗绝望的消沉状态之中——这是在一阵狂笑之后惯常有的。他这样一直躺到黄昏，没有动过，甚至也没有思想。他经过早晨那一阵激烈的情感波动，现在已经进入一种奇特的、半麻木的状态中了；在这种状态之中，他自己的痛苦似乎只是一种迟钝的、机械的重负压在一种什么木头上面，反而忘掉那木头原来就是自己的灵魂。实在说，这一切将来会怎样结束，都没有什么关系了。对于任何有感觉的生物来说，最重要的就是解除眼前不可忍受的痛苦，至于这种解除是由于情境的变更呢，还是由于感觉的消失，那是无关紧要的问题。也许他可以逃走,也许他们会杀死他,无论如何,他再见不到他的神父了,因而这些全只是精神上的虚幻和烦恼。

一个看守送晚饭进来,牛虻毫不在意地抬起沉重的眼睛朝他看看。

"现在是什么时候?"

"六点钟。你的晚饭,先生。"

牛虻皱着眉头望了望那发馊的、半冷的食物,便把头掉开去了。他不仅是精神上感到沮丧,而且肉体上也不舒适,一看到食物就觉得难受。

"不吃东西会生病的呀,"那个士兵连忙说,"无论如何你得吃一点儿面包,那对你是有好处的。"

那个人用一种奇特的、急切的语调对他说话,同时从盆子里把一块沾湿了的面包拿起来,又放下去。牛虻的秘密工作者的机智全醒过来了,他立刻猜到那块面包里边一定有什么花样。

"你放着吧,等会儿我会吃的。"他不以为意地说。当时门是开着的,他知道站在楼梯上的中士听得见他们所说的每一句话。

等到门重新锁上,而且肯定没有人在门上监视孔里窥探他了,他就拿起那块面包,仔细将它掰碎。果然不出他所料,面包中心有点东西——一束小小的锉子。那是用一张纸包起来的,上面写着几行小字。他小心抹平那张纸,把它拿到略微光亮的地方。字很难辨认,因为写得太密,纸又太薄:

铁门已开,天上没有月亮。锉得愈快愈好,两点到三点之间从甬道里出来。我们已经准备好一切,以后也许再没有机会了。

他狂热地揉碎了那张纸。一切都准备好了，那么，他只要锉断窗上的铁条就行了。镣铐已经开掉，多么运气啊！他已用不着先锉镣铐。一共几根铁条呢？两根，四根，每一根得锉两处，等于八根。啊，如果加紧锉，大半夜工夫他是来得及的——琼玛和玛梯尼怎么准备得这样快——连乔装的用具、护照乃至藏身的地方，一切都准备好了吗？他们一定是跟拉货车的马那么赶的——而且到底还是采用她的计划啊。他不觉笑起来，想想自己有点傻：既然这是一个很好的计划，是不是她想出来的又有什么关系呢！但他还是不由自主地觉得高兴，因为让他利用地道逃走这个主意是她想出来的；照私贩子们原先的提议，是要用绳梯接他下去。她这计划虽然比较复杂也比较困难，却不像另外那一个那样，必须危及那东墙外值班的哨兵的性命。所以，当那两个计划送来让他选择的时候，他就毫不犹豫地选择了琼玛的那一个。

琼玛的计划是这样的：那个绰号蟋蟀的卫兵朋友必须及早抓住时机，瞒住别的弟兄，把从院子通垒墙底下地道的铁门的锁打开，然后把钥匙重新挂到警卫室的钉子上去。牛虻得到这个消息以后，就得锉断窗上的铁条，拿衬衣撕成布条，编成一条绳，把自己从塔楼里缒到院子东面的宽阔垒墙上。趁哨兵向别处瞭望的时候，他可以沿那墙头一路用手和膝头爬过去，要是哨兵转过身来，那就得紧贴着墙头伏下来。院子的东南角上有个已经坍塌了一半的小塔楼，被一丛浓密的常春藤勉强支持在那儿，但好些大石块已经崩下来，落在里边的院子里靠墙堆积着。从小塔楼上，他可以攀着常春藤踏着那堆石头爬到院子里，然后轻轻推开那已经开了锁的门，循着甬道走进一条相通的地道里去。几世纪之前，那条地道是由堡垒通到邻近小山上一座塔楼的秘密走廊，但它现在已完全废弃，而且有好几处地方已被崩陷下来的岩石堵塞了。除了那些私贩子，没有人知道那山坡上有个掩蔽得十分隐秘的洞穴，是他们掘开来跟那地道相通的；也从来没有人怀疑那堡垒的墙脚底下会常常有违禁的货物贮藏到几个星期之久，却害得那班海关查缉人员到那些敢怒不敢言的山民家里去白白搜查。牛虻可以从这洞口爬上小山，然后在黑暗中摸到另外一个隐僻地方去，玛梯尼和一个私贩子会在那儿等他的。这计划中的重大困难之一，就是要在晚间巡查开始以后找开锁的机会，但那机会并不是每天都有的，而且遇到天气很好的夜晚，从窗口缒下来时也要被哨兵发觉，因而有极大的危险。现在有了这么一个可望成功的好机会，就绝不能错过了。

他坐下来，吃了些面包。这次的面包至少不像其余的牢饭那样使他厌恶，同时他也不得不吃点儿东西来维持他的气力。

他最好是躺一会儿，想法打一个瞌睡，因为，不到十点钟就动手锉是不安全的，而且他还有一场辛苦的夜工呢。

这样看来，神父是有意思要放他逃走的！那倒还像当初的神父。但是他，就他自己这方面来说，是无论如何不肯答应的。无论什么做法都比那样好！如果他能够逃走，应该由他自己和他的同志们做出来，绝不要沾教士们的恩惠！

多热啊！一定要打雷了，空气闷得人透不过气来了。他在那草荐上不住地翻来覆去，一会儿把那扎着绷带的右手放到头底下枕着，一会儿又把它抽出来。那一只手烧痛得多么厉害！而且所有的旧创都开始痛起来了，一种麻木而持续的隐隐作痛。出了什么岔子了吗？啊，荒谬！这不过是因为雷雨天的关系罢了。他得睡一会儿，休息一下才好动手。

八根铁条，而且全都是这么粗这么结实！还有几根铁条没有锉呢？一定不多了。他一定已经锉了好几个钟头了——无数的钟头了——是的，当然，所以他的臂膀会痛——而且痛得多厉害，一直痛到骨髓里了呢！但是他的肋骨也这么痛，不见得也是锉出来的吧；还有左腿上面那针刺一般、火烧一般的疼痛——难道也是因锉铁条而引起的吗？

他惊醒了。不，他并没有睡着；他只是睁着眼睛在那儿做梦——梦见自己在锉铁条，其实一根也没有开始锉。窗上的铁条一根根竖在那儿，动也没动过，仍旧是那么粗那么结实。远处的钟楼敲了十下。他必须动手了。

他从监视孔中望出去，看没有人在窥探他，就从怀里掏出一把锉子。

不，他并没有出什么岔子——并没有！这全是幻觉。他那肋骨上的疼痛是由于消化不良，或是受了寒，或是诸如此类的原因。牢里的饮食和空气这样恶劣，经过三个星期之后，这是不足为奇的。至于那浑身的酸痛和抽动，那一部分是由于神经的不安，一部分是由于缺少运动。是的，是这个道理，无疑的——缺少运动。多荒谬啊，怎么没有想到这一点呢！

可是，他还是想要先坐一会儿，等那一阵疼痛过去再动手。那只要一两分钟就会过去的。

谁知一坐下来倒更难受了。因为一坐定他就只得受那疼痛的煎熬，他的脸因恐惧得变成灰白的了。不，他必须站起来，立刻开始工作，把疼痛摆脱。因为感不感觉到痛，应该凭他的意志决定；现在他的意志不要感觉到痛，而是要竭力把它挡回去。

他又站起来，对自己大声清晰地说："我并没有害病，我没有工夫害病。我得去锉那些铁条，我绝不能害病。"

接着他就动手锉起来。

十点一刻——十点半——十点三刻——他锉了又锉，那铁条上每一下刮擦的声音都仿佛是有人在锉他自己的骨头和神经似的。"真不知道究竟哪一样先锉断呢，"他微笑着对自己说，"是我呢，还是铁条？"他又咬紧牙关继续锉下去。

十一点半了。他还是在那儿锉，只是他的手已经僵了，肿了，快要拿不住锉子了。不，他不敢停手休息，只怕一停手，就再没有勇气重新开始工作了。

那个哨兵在门外走动，他那马枪的枪托打门楣上擦过去。牛虻停下来，向周围看了一下，锉子仍旧在他那只举起的手里。他已经被发觉了吗？

一颗小球从监视孔里丢进来，落在地板上。他放下锉子，弯下身去捡起，那是一个小小的纸团子。

沉下去，沉下去，多深啊，黑沉沉的波浪正在冲击他——又发出了那样的吼叫！

啊，对了！他只不过是弯下身去捡那纸团子罢了。他有些眩晕；好多人弯下身去的时候都是这样的。他并没有出什么岔子——并没有！他捡起了那纸团子，拿到光亮的地方，不慌不忙地把它摊开来。

不论发生什么事，今晚必须逃出来；蟋蟀明天就要调到别处去了。这是我们唯一的机会。

他撕毁了那张纸,和他对付以前那张一样,然后又拿起锉子回转去工作,那态度是顽强的,闷声不响的,拼着死命的。

一点钟了。他已经锉了整整三个钟头了,八根铁条已经锉断了六根。再锉断两根,那么,就可以爬了⋯⋯

他开始记起以前几次那可怕的病症发作时的情景来。最近的一次就是新年那一次;他一想起那一连串的五个夜晚就不禁颤抖起来。但那一次的发作,并不像现在这样的突兀;他从来不曾料想它会来得这样使人措手不及。

他丢下了锉子,盲目地伸出两手,在极端绝望中做起祷告来了。这是他自从变成无神论者以来的第一次祷告——向着任何东西——向着虚无——向着一切东西祷告!

"不要在今夜!啊,让我明天再病吧!明天我是情愿忍受一切的——只是不要在今夜!"

他用两手按住自己的太阳穴,默默地站了一会儿,然后他再一次拿起锉子,再一次回去工作。

一点半了。他开始锉那最后一根铁条了。他那衬衫的袖子已经被他咬成了破布;他的嘴唇上面沾着血,眼前是一片红雾,汗水从额上涔涔淌下来,他却还在那儿锉、锉、锉⋯⋯

太阳升起来以后,蒙泰尼里睡着了。整夜的烦恼不安的痛苦,弄得他精疲力竭,睡着以后安静了片刻,就做起梦来。

起先,他的梦境是模糊的,各种形象和幻想的断片接踵而至,飘飘忽忽,不相连贯,但都同样隐含着挣扎和受苦的意味,带着一种形容不出的恐怖的阴影。随后他就梦见自己失眠;这是他所熟悉了的一种可怕的旧梦,好几年来一直对他是一种威胁。即使

323

在梦里,他也认得那些梦境都是他以前经历过的。

他在一片巨大而空旷的野地里徘徊,想要找个清静地方好躺下去睡觉。但是到处都有来来往往的人,在那儿闲谈着,哗笑着,叫嚣着,祈祷着,摇着铃,撞击着金属的乐器。有时候他似乎和那些喧闹离得稍远一些,也找到一个地方躺下来了,时而是一片草地,时而是一条木凳,时而是一块石板。他闭上眼睛,用两只手盖在上面挡住光,并且对自己说:"现在我可以睡了。"但是人群马上向他拥过来,大声叫嚷着,呼啸着,喊着他的名字,求他:"醒来!快醒来!我们需要你!"

他又重新回到一座巨大的宫殿,里面满是陈设华丽的房间,有床,有榻,有低矮而柔软的躺椅。那是在晚上,他对自己说:"我终于在这儿找到一个安静的地方睡觉了。"但他刚选中了一个黑暗的房间躺下去,就有一个人拿着一盏灯进来,让无情的灯光照着他的眼睛,并且说:"起来,有人找你。"

他起了床,继续向前游荡着,摇摇晃晃、踉踉跄跄的,如同一只受了重伤快要死去的野兽;他听见钟敲了一下,知道半夜已经过去了——宝贵的夜竟是这么短促的。两点,三点,四点,五点——一到了六点,全城的人就都要醒来,就再也不得安静了。

他走进另一个房间,正要躺到一张床上去,但是有一个人从床上跳起来,喊道:"这张床是我的!"他只得怀着绝望的心情退出去。

钟在那儿一小时一小时地敲,他依旧向前游荡着,从一个房间到一个房间,一幢房子到一幢房子,一条走廊到一条走廊。那可怕的、灰色的黎明已经愈爬愈近;所有的钟正敲五点;黑夜已经过去了,他可还没有能够安歇。啊,苦啊!又是一天了——又是一天了!

他在一条很长的地下走廊里面了,那是一条低矮的、似乎没有尽头的拱形地道。无数的灯烛在那儿照耀着,跳舞、喧笑和快活的音乐声,透过那木格子的顶壁传下来。在上面,在头顶上,那个活人住的世界里,人们无疑正在那儿欢度什么佳节。啊,到哪儿去找一个躲藏和睡觉的地方才好呢;只要小小一块地方,哪怕是一个坟墓也好!正在这么说,他就跌到一个开着口的坟墓上了。一个开着口的坟墓,正发出一阵阵死亡和腐烂的臭气的坟墓……啊,那有什么关系,只要能够睡就行了!

"这个坟墓是我的!"那是葛兰第斯;她一面喊,一面抬起头来,从腐朽的尸衣上对他瞪视着。于是他跪了下来,向她伸出两只手。

"葛兰第斯!葛兰第斯!可怜可怜我,让我爬进这个狭窄的空隙里来睡觉吧。我并不向你求爱;我不来碰你,也不跟你说话,只要你让我在你的身边躺下,睡觉!啊,亲爱的,我是好久没有睡觉了呢!我再也不能熬过一天了。光亮直照到我的灵魂上来,声音把我的脑子都打成粉末了。葛兰第斯,让我进来睡觉吧!"

他似乎已经把她的尸衣拉过来盖上自己的眼睛了。但是葛兰第斯突然缩了开去,尖声叫着:

"这是亵渎神圣呢,你是一个教士!"

他继续向前游荡着,终于到了海边,站在一些光秃秃的岩石上,一道强烈的光正从天上照射下来,海水正在发出它那低沉的、不安的、永恒的哀号。"啊!"他说,"大海对我一定会慈悲一些;它,也和我一样,疲倦得要死而不能够睡觉。"

于是亚瑟从深海里升起来,大声叫着:

"这海是我的!"

"主教大人!主教大人!"

蒙泰尼里惊醒了。他的仆人正在敲门。他机械地爬起来,开了门,那仆人立刻看出他那一脸狂乱和惊恐的神色。

"主教大人——您病了吗?"

蒙泰尼里用两手擦着额头。

"不,我正睡着,你惊醒我了。"

"抱歉得很;我好像听见您一早就起来了,我以为……"

"时候不早了吗?"

"现在九点钟,统领来看您了。他说有极要紧的公事,知道大人一向起得很早的……"

"他在楼下吗?我马上就来。"

他穿好了衣服,走下楼。

"我这样跑来拜访主教大人,很感冒昧。"统领开始说。

"我希望没有什么严重事故吧?"

"事情严重得很。列瓦雷士险些儿越狱逃走了。"

"唔,既然他还没有逃成功,那就没有什么妨害了。怎么一回事?"

"他是在堡垒的院子里,紧挨着那道小铁门的地方给发现的。今天早晨三点钟巡逻队去查院子,有个士兵给地上一样东西绊了一跤,拿灯一照,发现列瓦雷士横躺在那条甬道上,已经失去知觉了。他们立刻发警报,把我也叫了起来;我到他的牢房里一查,发现窗上的铁条已经统统锉断,还有一条用撕开的衬衫编成的绳索,从一根铁条的根脚挂下去。原来他是打窗口缒下去,沿着垒墙的墙头爬走的。我们发觉通地道的铁门竟没有下锁。看起来,那些卫兵是被他们买通了。"

"但是他怎么会躺在那条甬道上呢?是不是从垒墙上跌下来受了伤?"

"我起先也这么想,主教大人,但是监里的医生查不出什么跌伤的痕迹来。据昨天值班的那个士兵说,他送晚饭进去的时候,看见列瓦雷士似乎病得很厉害,一点儿东西也没有吃。但这种话一定是胡说,一个有病的人,绝不能够把那些铁条统统都锉断,并打墙头上爬走。那是不可理解的。"

"他自己招供过什么没有?"

"他失去知觉了,主教大人。"

"一直到现在还没有醒吗?"

"他不时迷迷糊糊地苏醒一下,哼几声,然后又昏厥过去。"

"这倒奇怪得很。医生有什么意见?"

"他也想不出什么道理来。如果说是心脏病,可又找不出一点儿征象;但不管它是什么缘故,总之一定是在他快要逃脱的时候,有什么事突然发生了。照我个人的看法,我相信这是仁慈的上帝出来直接干涉所给他的打击。"

蒙泰尼里微微皱了皱眉头。

"你打算怎样处置他呢?"他问。

"这是我在这两天之内就要解决的一个问题。目前,我是受到一个好教训了。这就是开脱镣铐的直接后果——我并不是责怪您主教大人。"

"我希望,"蒙泰尼里打断他说,"至少在他有病期间你不至于重新给他加上镣铐吧。一个人在你刚才所说的那种状态中,是不能再作逃走的尝试的。"

"即使他不想再逃我也不放松他了，"统领告辞出来后一路喃喃自语着，"让这位主教大人自己去婆婆妈妈吧，我可不管了。列瓦雷士早已被结结实实锁上了链条，而且以后一直都要这样锁下去，谁管他有病没有病！"

"可是怎么会有这种事的呢？什么都准备好了，他也已经到门口了，怎么会一下子晕过去呢！这个玩笑可真开得厉害啊！"

"我告诉你吧，"玛梯尼回答说，"我能够想到的唯一原因，是他的旧病又发作了。起先他还拼命挣扎，把最后一丝气力都使了出来，及至到了院子里，他精疲力竭就晕过去了。"

麦康尼咬牙切齿地敲去烟斗里的灰。

"唔，无论如何，事情是完结了。可怜的人，现在我们对他无能为力了。"

"可怜的人！"玛梯尼低声应和着他。这时他已经有些明白，世界上要是没有了牛虻，连他也要觉得空虚、凄惨的。

"她怎样想？"那私贩子向房间那一头望了一眼说。琼玛正独自坐在那儿，双手无力地搭在膝盖上，眼睛茫然地直视着前面。

"我没有问过她，自从我把消息告诉她以后，她就没有开过口。现在我们最好不要去打扰她。"

琼玛显然并没有觉得他们也在房间里，但是他们两个还是把说话的声音放得很低，仿佛面对着一具死尸似的。他们凄然地沉默了一会儿，麦康尼站起身来，收好了烟斗。

"我晚上再回来。"他说，但是玛梯尼做一个手势阻止了他。

"暂时不要走，我还有话跟你说。"于是他把声音放得更低，

几乎耳语一般地继续说下去:

"你相信这事情真的没有希望了吗?"

"我看不出现在还会有什么希望。我们不能够再尝试。即使他身体好了,能够完成他那一方面的工作,我们也没有法子进行我们的工作了。所有的警卫都因有嫌疑而正被撤换。毫无疑问,蟋蟀绝不能再找到一个机会。"

"你认为,"玛梯尼突然问,"等他的身体复原以后,我们想一个办法把警卫引开来干一下,行吗?"

"把警卫引开?这是什么意思?"

"唔,我刚才突然想起,等到迎圣体节[1]那天,游行队伍打堡垒前面经过的时候,我去拦住统领的去路,对着他的面孔开枪,所有的警卫一定会冲上来逮捕我,那么你们一部分人也许就可以趁那混乱的时候把列瓦雷士救出来。这实在算不得一个计划,不过是我偶然想起来的一种念头罢了。"

"我怀疑这个办法是否行得通,"麦康尼显出一种非常严肃的神色回答,"自然,要做出结果来是需要好好考虑一下的。但是……"他停住了,对玛梯尼注视着,"如果这个计划是行得通的,你肯去做吗?"

玛梯尼平时是一个保守的人,但现在可并不是平时。他对那私贩子的脸正视着。

"我肯去做吗?"他重述了一遍,"你看她!"

用不着再加解释,这一句话已经把一切都说尽了。麦康尼转

---

1 天主教中纪念耶稣殉难的节日。那一天有盛大的宗教游行和隆重的圣餐仪式。所谓圣体,其实是盛在盒子里的几块面包,算是耶稣肉体的象征。在圣餐礼末了,那些面包由教徒们分开吃掉,据说这样就可以赎罪了。

过身子向房间那一头望去。

从他们的谈话开始到现在，琼玛坐在那儿一直没有动过。她的脸上没有疑虑，没有恐惧，甚至没有悲哀；什么都没有，只有一片死的阴影。那私贩子看见她那种样子，眼睛里面不觉充满了泪水。

"快些，密凯莱！"他打开通到走廊的门向外望着说，"你们两个的工作快完了吗？还有很多很多的事情要干呢！"

密凯莱同季诺从走廊上走进来。

"我已经准备好了，只是要问问波拉太太……"

他说着就向琼玛那边走去，但玛梯尼将他的臂膀一把抓住了。

"不要去打扰她，不如让她一个人。"

"让她去吧！"麦康尼也说，"我们就是去安慰她也没有什么用处。上帝知道，这桩事情使我们大家都够难受了，但是她比我们还要难受呢。可怜的人！"

第五章

　　整整一个星期,牛虻的病都在一种非常严重的状况中。病势来得非常猛烈,而统领又因恐惧和困惑变得兽性大发,不仅把他的手脚上了镣铐,而且坚持用皮带把他紧紧地绑在草荐上,只要他一动,皮带就要嵌进肉里去。牛虻以顽强的苦痛的斯多噶精神来忍受一切,一直到第六天。他那一股傲气终于支持不下去了,只得忍气吞声地求监里的医生给他一服鸦片。医生很愿意给他,可是统领听见了这个要求,严令禁止"这种愚蠢行为"。

　　"你怎么知道他要了鸦片去干什么呢?"他说,"很有可能,他这一星期一直都在装腔,而且想着要毒死警卫,或是诸如此类的诡计。列瓦雷士这人狡猾得很,什么事情都会干的。"

　　"我给的分量绝不够毒死一个警卫,"医生禁不住笑起来,回答道,"至于装腔——那也用不着害怕。他已经差不多快死了。"

　　"无论如何,我不准你给他鸦片。如果一个犯人希望别人好好待他,就该安分些。他活该受到一点儿严厉的惩戒。也许这对他会是一次教训,使他再不敢去玩那套锉断铁条的把戏了。"

　　"可是,法律不允许对犯人施用酷刑,"医生大胆地说,"现在这样有些近乎酷刑了。"

"我认为法律也并没有提到鸦片。"统领凶暴地说。

"当然,一切由你决定,上校。但无论如何,我希望你把那些皮带解掉。这对于他的痛苦是一种不必要的加重。现在已用不着怕他逃走。即使你马上释放他,他也站不起来了。"

"我的好先生,我看一个医生也会跟别人一样犯错误的。现在我已经把他捆稳当了,他就得这样过下去。"

"那么,至少也得把皮带放松些。一直把他捆得这么紧,这简直是一种野蛮行为。"

"非照这个样子捆下去不可。谢谢你,先生,不要对我说什么野蛮不野蛮。我做一桩事,一定有我的理由。"

这样,第七个夜晚仍在痛苦丝毫没有减轻之中度过。牢门前值班的士兵,整夜听着惊心动魄的呻吟,不由得也一阵阵颤抖,连连划着十字。而牛虻的忍受力也终于不能维持了。

早晨六点钟,看守兵在快要下班的时候悄悄地开了门走进牢房。他明知自己大大地破坏了纪律,可还是不忍心不先向牛虻说句安慰的话就这么走开。

他看见牛虻闭着眼睛,张着嘴,静静地躺在那儿。他默默地站了一会儿,弯下身去问:

"先生,我能替你帮忙吗?我只有一分钟就要下班了。"

牛虻睁开眼睛。"不要管我!"他哼着说,"不要管我……"

几乎没有等到那个士兵溜回岗位去,他就已经昏睡过去了。

十天以后,统领又到宫殿里去拜访主教,但是恰好碰到主教到庇埃维·达·奥太伏去看一个病人了,不到下午不会回来。当天黄昏,统领正要坐下吃饭,他的仆人进来通报:

"主教大人要跟大人说话。"

统领急忙照了一下镜子，看看自己的制服是否整齐，然后装出最庄严的神气走进接待室。蒙泰尼里正坐在那儿，手轻轻拍着椅子的靠手，眉心蹙起一条焦急的皱纹，向窗外眺望着。

"我听说你今天去找过我了，"主教用略微带点儿傲慢的口气打断了统领的客套，那种口气是他跟乡民们谈话的时候从来不用的，"大概是为了我想跟你谈的那桩事情吧？"

"为了列瓦雷士的事，主教大人。"

"我已经料到了。这几天我一直都在考虑这桩事，可是我们不必先谈它，我要先听听你有什么新的消息。"

统领显得很窘的样子，捋着他的胡须。

"事实上，我去拜访大人是想听听大人有什么盼咐。如果大人还是反对我上次的建议，我就十分乐意听听大人的指示。因为，老实说，我真不知道怎么办才好。"

"有什么新的困难吗？"

"因为下星期四，六月三日，是迎圣体节，无论如何，这桩事情必须在那一天以前解决。"

"不错，下星期四是迎圣体节，但是为什么一定要在那一天以前解决呢？"

"我非常抱歉，主教大人，好像我违拗了您的意思，可是如果列瓦雷士不在那天以前干掉，我对城里的安全就不能负责。大人知道的，那一天所有山区里最粗鲁的人都要聚集到这儿来，他们很可能会要攻开堡垒的大门，把他劫出去。他们是不会成功的，因为我当然会戒备，即使要用火药和子弹把他们扫出大门也在所不惜。但是那天难免要发生一些事情。这儿罗马涅人的性格是凶悍的，要是他们拔出短刀来……"

"我想只要略微小心些,我们就可以防止事态发展到拔刀的地步。我一直都觉得,只要合理地对待他们,本区的百姓,是很容易相处的。自然喽,你若是采取恐吓、威迫的手段,每一个罗马涅人就都会变得无法驾驭。可是你认为他们企图劫狱,有什么根据呢?"

"昨天和今天早晨,我的可靠的人员都曾向我报告,说区里到处都在传播谣言,人民显然在那儿酝酿种种不轨行动。详细情形现在还不知道,否则倒比较容易防范了。拿我自己讲,我是上次吃过惊吓的,所以凡事宁可把稳些。现在放着列瓦雷士这个狡猾的狐狸在这儿,那是防不胜防的。"

"我上次听到关于列瓦雷士的报告,说他病得不能行动,不能说话了。那么他现在已经好了吗?"

"像是好多了,主教大人。他的病势的确很不轻——除非他一直都在装腔。"

"你疑心他装腔有什么根据吗?"

"唔,我们的医生似乎相信他是真病,不过那种病症是非常奇怪的。无论如何,他是好起来了,性情也变得更加强悍了。"

"他曾经有过些什么举动?"

"幸而他干不出什么来。"统领回答着,想起那些皮带,就不禁微微一笑,"可是他的行径是很难说的,昨天早晨我到牢房里问了他几个问题,他的身体还不能出来受审——而且,在他复原之前,我以为最好不要让别人有机会看见他。否则,他们立刻会造出种种荒谬的谣言来的。"

"因此你就到那儿去审问他了?"

"是的,主教大人。我当时的希望是,他这一回一定比较驯服些了。"

蒙泰尼里仔细打量了他一下,几乎像是在考察一只新奇但却讨厌的野兽。幸而统领正在低头摸他的腰刀带,没有注意到那轻蔑的眼光。他若无其事地往下说:

"我并没有对他施用过什么酷刑,可是我一直都不得不把他管得严些——特别因为那是个军人监狱——当时我想,如果略微宽容一些,也许效果要好一点儿。所以我就告诉他,只要他的态度放理智些,我可以把管束放宽。主教大人,您猜他怎样回答我?他躺在那儿向我注视了一会儿,好像一只铁笼里的狼,然后很和缓地说:'上校,我是不能起来扼死你的;可是我的牙齿还很好,你最好把你的脖子往后缩一些。'他简直凶蛮得像一只野猫。"

"我听到这种话并不觉得惊奇,"蒙泰尼里从容地回答,"但是我要问你一个问题。你真的相信列瓦雷士在这监狱里会对本区的安全构成一种严重的威胁吗?"

"我的的确确相信,主教大人。"

"你以为,为了避免流血的危险,在迎圣体节之前解决他是绝对必要的吗?"

"我只能再说一遍:如果下星期四他还在这儿,我不相信那个节日不经过一场战斗就可以过去,而且我想这场战斗多半会是很激烈的。"

"那么,你以为如果他不在这儿,就不会有这种危险吗?"

"如果他不在这儿,那就可能一点儿事也没有,最多不过叫叫喊喊,扔扔石块罢了。如果大人能够想出什么办法来把他去掉,我保证平安无事。否则,难免有一场大祸。我相信,一个新的劫狱计划已经预备好了,下星期四可能就是他们发动的一天。假如

335

到了那天早晨，他们突然发觉堡垒里已没有列瓦雷士这个人，那计划的本身就已宣告失败，他们也就没有机会发动战斗了。如果等到他们在那么拥挤的人群中拔出刀来，我们才被迫去镇压，那等不到天黑这地方大概就要烧成平地了。"

"那么，你为什么不把他押送到拉文纳去呢？"

"天知道，主教大人，我是巴不得这样做的！但是我怎么能够防止他们在半路上营救他呢？我没有足够的兵力去抵挡武装的袭击，所有那些山民都带着短刀、土枪之类的武器呀。"

"那么，还是坚持要来一次军事审判，并且请求我同意，是不是？"

"请您原谅，主教大人，我只请求您一桩事情——帮助我防止暴动和流血。我很愿意承认，像法列第上校[1]那样的特种军事法庭有时候过分严厉，不但不能压服民众，反而激怒了他们；可是我认为，现在这个案子用军事审判，不但是聪明的办法，而且归根结底也是仁慈的办法。它将防止一次暴动，这次暴动本身就是一场大祸，而且也可能使得圣座刚刚废除了的特种军事法庭制度不得不恢复起来。"

统领用非常庄严的语气结束了他这一阵短短的演说，然后等着主教的回答。但回答来得非常慢，等到来了又非常出人意料：

"菲拉里上校，你相信上帝吗？"

"主教大人！"上校张大了嘴巴，声音里面充满了惊叹号。

"你相信上帝吗？"蒙泰尼里重复说，一面站起来用坚定的探询的眼光注视着他。上校也站了起来。

---

[1] 在萨维尼奥起义中镇压起义人民的刽子手。

"主教大人，我是一个基督徒，而且我向上帝请求免罪时从来不被拒绝的。"

蒙泰尼里把他胸前的十字架举了起来。

"那么你得在为你牺牲的救主的十字架前面发誓，表明你刚才对我说的一切都是实在的。"

上校呆呆地站在那儿，茫然注视着十字架。他搞不清楚究竟是哪一个发了疯：是他自己呢，还是主教！

"你刚才请求我，"蒙泰尼里继续说，"要我同意把一个人杀死。如果你敢，你就吻这个十字架，然后告诉我，说你相信除此之外，再没有别的办法可以避免更大的流血。你得记住，如果你告诉我的是谎话，你那不朽的灵魂就很危险了。"

统领略微沉默了一会儿，便弯下身去把十字架放到自己嘴唇上吻了一下。

"我相信这一点。"他说。

蒙泰尼里慢慢转过身子走开去。

"明天我就可以给你一个确定的答复。可是我得先去见一见列瓦雷士，单独跟他谈一谈。"

"主教大人，请允许我说一句，我想您一定要后悔的。其实他昨天就托警卫带信给我，要求见见主教大人，但是我没有理他，因为……"

"没有理他！"蒙泰尼里重复说，"处在这种情况中的一个犯人向你提出这样的要求，你竟没有理他？"

"如果大人因此觉得不高兴，那我十分抱歉。我不愿意为了这种纯然无理的事情来麻烦大人；现在我已经很了解列瓦雷士这个人了，他无非是想侮辱您一下。而且，实在的，如果您肯容许我这样说，您要是单独接近他，未免太轻率了。他的确是非常危险的——也就因为这样，事实上我不得不对他施用一种温和的身体束缚……"

"你真的以为一个有病的、没有武装的犯人，而且是在你那种温和的身体束缚之下，会有很大的危险吗？"蒙泰尼里这句话说得非常温和，但是上校感觉到了那意在言外的轻蔑的讽刺，不由得愤然涨红了脸。

"主教大人觉得怎么好就怎么办吧。"他非常生硬地说，"我只是希望您不去听那人满口亵渎的话，免得自己白白难受。"

"我倒要问你，以一个基督徒的身份说起来，你以为哪一桩事情比较难受：去听人家说几句亵渎话呢，还是任凭一个同胞处在那穷极无告的境地中置之不理？"

统领直挺而硬僵地站在那儿，板着一副正经面孔，仿佛是木头雕成的一般。他对蒙泰尼里这种态度非常生气，却用格外恭敬的礼貌表现出来。

"主教大人准备什么时候去看那个犯人？"他问。

"我立刻就去看他。"

"听大人的便。如果大人略微等几分钟，我会派人去叫他准备一下。"

统领急忙从他座位的踏脚上走下来。他不愿意让蒙泰尼里看到那些皮带。

"谢谢你，我宁可就这么去看他，用不着他准备什么。我打这儿就一直上堡垒去了。晚安，上校，明天早晨听我的回音。"

第六章

牛虻一听见有人把牢门的门锁打开,就显出懒洋洋的漠不关心的神情,眼睛望开去。他以为这不过是统领又要用审问来麻烦他。几个士兵正走上狭窄的楼梯,他们的马枪碰在墙上作响;接着有一个很恭敬的声音说:"这儿很陡呢,主教大人。"

牛虻不觉痉挛了一下,立刻把身子缩了下去,在皮带的刺压下屏住了呼吸。

蒙泰尼里同中士和三个士兵进来了。

"请主教大人稍等一下,"那中士不安地说,"马上就有人端椅子来了。他刚刚下楼拿去。请主教大人原谅——要是预先知道大人光临,我们一切都该准备好了。"

"用不着准备什么。中士,请你让我们单独谈一谈,你同你的部下到楼梯脚下去等着。"

"是,主教大人。椅子来了,要放到他身边去吗?"

牛虻闭着眼睛躺在那儿,但他感觉到蒙泰尼里正注视着他。

"我想他是睡熟了,主教大人。"中士的话还没有说完,牛虻已经睁开了眼睛。

"没有。"他说。

士兵正要离开，却被蒙泰尼里突然一声喝住了；他们返回来，见他正弯着身子在审视那些皮带。

"这是谁干的事？"他问。中士呆呆地摸着帽子。

"是统领大人特别吩咐的，主教大人。"

"我想不到会有这种事的，列瓦雷士先生。"蒙泰尼里用一种显得很痛心的声音说。

"我早就告诉过主教大人了，"牛虻苦笑着回答说，"我从……从来不期待他们拍拍我的头。"

"中士，这些皮带捆了多少时候了？"

"自从他想越狱的那天起，主教大人。"

"那么，差不多一个星期了？拿把刀来，马上割掉它。"

"禀告主教大人，监里的医生早就要拿掉它的，可是菲拉里上校不答应。"

"马上拿把刀来。"蒙泰尼里并没有提高声音，可是士兵们看得出，他已经气得脸色发白了。中士从口袋里摸出一把折刀，弯下身去割那捆着臂膀的皮带。他是一个手脚不灵敏的人，不知怎么一弄反而把皮带抽得更紧，以致牛虻不由得哆嗦起来，咬住了嘴唇，不管他有多大的自制力也受不住了。蒙泰尼里立刻走上前去。

"你干不来的，把刀给我。"

"啊——！"当皮带一解掉，牛虻就伸开了臂膀，发出一声狂喜的长叹。随即，蒙泰尼里又割掉了绑住脚踝的另一条皮带。

"把镣铐也去掉，中士。弄好了到这儿来，我要跟你说话。"

蒙泰尼里站在窗子旁看着，一直等中士把脚镣丢在地上向他走过来。

340

"现在，"主教说，"把所有的经过情形全告诉我。"中士一点儿也不厌烦，把牛虻怎样害病、统领怎样用"军法制裁"、监狱里的医生怎样想干涉却没有用，凡是他所知道的情形统统说了出来。

"可是我想，主教大人，"他补充说，"上校要把皮带一直捆下去，目的是想逼他的口供。"

"口供？"

"是的，主教大人，前天我曾经听上校说过，他可以去掉皮带，如果他"——说着向牛虻望了一眼——"肯回答他的那一个问题。"

蒙泰尼里那只放在窗台上的手捏起一个拳头，士兵们互相丢了个眼色，他们从来不曾看见这位温和的主教大人这么愤怒过。牛虻呢，他已经忘记他们在那儿了，已经忘记一切了，只是感觉到自己肉体自由的舒适。他四肢一直被束缚着，现在可以伸展，可以转动，又可以扭来扭去了。这是多么痛快啊。

"现在你可以去了，中士。"主教说，"你用不着担心自己违犯了军纪；我要有话问你的时候，你是有义务告诉我的。当心不要让人进来打扰我们。事情完了我自己会出来的。"

士兵们出去把房门关上时，他靠在窗台上对下山的太阳看了一会儿，以便牛虻有一点喘息的时间。

"听说，"随后他就离开窗口，到草荐旁边坐下来，"你要单独跟我谈话。如果你觉得精神还好，已经可以把你要说的话跟我谈谈，我是很愿意聆听的。"

他的话是冷冷的，带着一种生硬的高傲神情，这在他是很不自然的。皮带没有解开之前，他不过把牛虻当作一个普通遭受虐

341

待和受折磨的人，现在呢，他记起了他们上一次的会晤，以及收场时自己所受的极端的侮辱。牛虻向上望了一眼，又把头懒洋洋地枕在一条臂膀上。他具有一种才能，可以使自己随意装出悠闲的态度；而且，他的脸在阴影中的时候，人家是猜不到他经历过多么深重的磨难的。可是当他抬起头来，黄昏的亮光就显出他是多么憔悴和苍白，最近几天来他身上所受的痛苦的痕迹又是多么明显。蒙泰尼里的怒气顿然消失了。

"我怕你病得很厉害吧，"他说，"我一点儿都不知道这些事，心里觉得很抱歉。否则我早就出来阻止了。"

牛虻耸了耸肩膀。"战争中的一切都是公平的，"他冷冷地说，"主教大人站在基督徒的立场从理论上来反对这些事，可是要希望上校也懂得这一点，那就不大公平了。自然啦，他是不愿意用自己的皮肉来尝试这种滋味的——而我也……也是一……样。但这是一个各……各人处境的问题。目前，我是一个被踩在脚底下的人——还要怎……怎么样呢？主教大人到这儿来看我，固然是一片厚意，但这也许是从基……基督徒的立场出发的。访问囚犯——啊，对了！我竟忘记了。'对他们中的一个卑……卑微小人行下功德'[1]，——这并不算过分恭维，但'卑微小人'应当很感激。"

"列瓦雷士先生，"主教打断他说，"我到这儿来是为了你——并不是为我自己。如果你不是一个像你所说的'被踩在脚底下的人'，那自从上次你对我说了那些话以后，我就永远不会再来跟你谈话了，可是你是一个囚犯，又是一个病人，那就有双

---

[1] 语出《圣经》，是基督所说的话。

重权利，我就不能不来。现在我来了，你有什么话对我说？不见得是把我叫到这儿来，单单要拿一个老人侮辱一下，开开心的吧？"

没有回答。牛虻已经转过身去，用一只手掩着眼睛躺在那儿。

"我很……很抱歉，要麻烦你一下，"他终于嗄声说，"我能不能喝点儿水？"

窗子旁边放着一壶水，蒙泰尼里起身拿过来。当他用臂膀搂住牛虻扶他起来的时候，他突然感到那潮湿、冰冷的手指紧紧握住他的手腕，像一把老虎钳。

"把手给我……快……只要一会儿，"牛虻低语着，"啊，那对你有什么关系呢？只要一分钟！"

他倒在床上，把脸埋在蒙泰尼里的臂膀里，从头到脚都发抖。

"喝点儿水吧。"过了一会儿蒙泰尼里说。牛虻默默地喝了水，又闭起眼睛躺回草荐去。他自己也不能解释，刚才蒙泰尼里的手接触到他的面颊时，曾经使他产生怎样一种感觉，他只知道一生之中没有比这更可怕的事情了。

蒙泰尼里把椅子挪近草荐，坐了下来。牛虻躺在那儿动也不动，好像一具死尸，他的脸是青灰色的，扭歪得变了形。在一阵长久的沉默之后，他睁开眼睛，眼光像鬼一样看着主教。

"谢谢你，"他说，"我……我很抱歉。我想……你刚才问过我什么话吧？"

"你还不适宜谈话。如果你有什么话要对我说，明天我可以设法再来。"

"请不要走，主教大人——我并没有什么。不过我……我这几天来略微有点儿烦乱罢了，可是，也许有一半是假装的——你

343

去问问上校,他就会这么对你说的。"

"我宁愿作出我自己的结论。"蒙泰尼里平心静气地回答。

"上校也……也有他自己的结论。有的时候,你知道,他的结论是很机智的。单看外表,你是想……想不到的,可是有……有时候他的确会转出一个新……新奇的念头。例如星期五那天晚上——我想大概是星期五吧,在这些快要完了的日子里我有些搞不清楚了——总之,我请他给我一服鸦……鸦片——这是我记得清清楚楚的,他就到这儿来对我说,鸦片是可……可以给……给我的,只要我肯告诉他那开……开铁门的是谁。我还记得他说:'如果你的病是真的,你就肯招出来;如果你不肯招,我认为这就是你装……装病的证……证据。'这多么滑……滑稽,我从来没有见过。这是最……最可笑的事情之一……"

他爆发了一阵刺耳的、不和谐的大笑,然后,突然向那沉默的主教转过身子,愈说愈急地继续下去,口吃得几乎连字词都分不清楚了:

"你并……并不觉得这很可……可笑吗?自……自然不会的,你们信……信教的人是永……永远不……不会有幽默感的,你们把什……什么事情都看成悲……悲剧。例……例如,那天晚上在那个教……教堂里——你是多么庄严啊!同时……我扮……扮的那个香客又是多……多么惹人哀怜的一个角色啊!就是今天晚……晚上你到这儿来这桩事,我相信你也看不出它有什么滑……滑稽的地方。"

蒙泰尼里站起来了。

"我是到这儿来听你说所要说的话的,可是我看你今天晚上过于激动,说不出来。最好让医生给你一些安眠药,好好睡一晚,我们明天再谈。"

"睡……睡觉？啊，我会睡……睡得很好的，主教大人，只要你肯赞成上校的那个计划———一盎司的铅就是很有……有效的安眠药了。"

"我不懂你的意思。"蒙泰尼里一脸惊惶地转向他。

牛虻又爆发了一阵大笑。

"主教大人，主教大人，诚……诚实是基督徒的主……主要品德！你……你还以为我不……不知道统领在紧紧地逼……逼着你赞成他开军事法庭吗？你还不……不如干脆就赞成的好，主教大人；无论你哪一位同事处在你的地位，他们都早就赞成了。'大家都这样办的'；这样一来，你就积下了无……无量的功德，一点……点儿害处也没有！你又何……何苦要为着这桩事情常常弄得整夜失眠呢！"

"请你暂时不要笑，"蒙泰尼里打断了他的话，"并且告诉我，你的这些话是从哪儿听来的？是谁告诉你的？"

"难……难道上校没有告诉过你，我是一个恶……恶魔——不是一个人吗？没有？他是常常对……对我这样说的！不错，我是十足的恶魔，能够猜……猜透别人的心思。现在大人正在想着我是一个非常讨厌的东西，希望交给别……别人去设法解决我，免得扰乱你那敏……敏感的良心。猜得很……很对，是不是？"

"听我说，"主教说着重新在牛虻身边坐下来，板着非常严肃的面孔，"不管你是怎样知道的，这一切倒的确都是事实。菲拉里上校怕你的朋友再布置一次劫狱，想先行下手——就用你刚才所说的那种办法。你看，我对你十分坦白。"

"主教大人是一直以诚……诚实出名的。"牛虻挖苦地插

345

进来。

"你当然明白，"蒙泰尼里继续说，"法律上我无权干涉世俗事务。我是主教，不是教皇的特使。可是我在教区里有很大的威望，我想菲拉里上校至少要得到我的默认，否则他绝不敢贸然采取这种极端手段的。一直到现在，我都在无条件地反对他这个计划，他呢，也在竭力设法打消我的反对，说是下星期四民众游行时可能发生武装劫狱，难免要有一场流血。你听清楚我的话了吗？"

牛虻正注视着窗外出神，这才回过头来，用疲乏的声音回答说：

"是的，我听着的。"

"也许你身体真的不大好，今天晚上不能再谈。要不要我明天早晨再来？这是一桩很严重的事情，我要你集中全部的注意力。"

"我宁愿现在谈完它，"牛虻用同样的声调回答，"你说的每一句话我都听清楚的。"

"那么，"蒙泰尼里继续说，"如果为了你一个人真会有暴动和流血的危险，那我这样反对上校就担当着极重大的责任；我相信他说的话至少有几分是确实的。另一方面呢，我又觉得他的判断可能是由于对你个人的仇恨，不免有几分歪曲的地方；而且可能他把危险过分夸张了。刚才我看到这种可耻的野蛮行为，就觉得这一可能性更大。"他向堆在地上的皮带和镣铐望了一眼，继续说：

"如果赞成他开军事法庭，我就杀了你；如果不赞成，我就冒着杀害无辜人民的危险。我认真考虑过，尽心竭力想在这可怕的两难情况里选择一条路。现在我终于下了决心。"

"当然是杀掉我，来保……保全无辜的人民啰——这是一个基督徒可能选择的唯一的路。'如果你的右……右手冲犯了你，你就砍断你的右手。'[1]我虽然没有做主教大人右手的光荣，可是我曾经冲犯过大人，因此结……结论就很明白。难道你不能省略掉这么长的一段开场白，干脆告诉我吗？"

牛虻带着一种冷漠和轻蔑的神情懒洋洋地说，好像一个人对整个话题已经厌倦了似的。

"是不是？"停了一会儿他又问，"你的决心不就是这样吗，主教大人？"

"不。"

牛虻移动一下身子，用两只手一齐垫着头，眯起眼睛对蒙泰尼里注视着。主教正在低头沉思，轻轻拍着椅子的靠手。啊，这就是他看惯了的那种老姿势！

"我已经决定，"他终于抬起头来说，"决定采取一种没有先例的办法。当我听到你要见我时，我就决定到这儿来，把我刚才说的一切都告诉你，把这桩事情让你自己来决定。"

"让我……我自己决定？"

"列瓦雷士先生，我并不是以红衣主教或普通牧师或审判官的身份到你这儿来的，我只是以普通人的身份来访问另一个普通人。我并不要你对我说，你是否知道上校所担心的劫狱计划。我很明白，即使你知道那些计划，也是你的秘密，绝不肯告诉我。但是我得请求你替我设身处地想一想。我已经老了，无疑地，

---

[1] 语出《圣经》。

不会有多少日子好活了。我希望带着一双不曾染过血的手到坟墓里去。"

"难道你的手上还没有染过血吗，主教大人？"

蒙泰尼里的脸更加惨白，但他还是从容不迫地说下去：

"我一生竭力反对高压手段和残酷行为，不论在哪儿碰到这种事情我都一样地反对。我一直不赞成死刑，无论它采取什么方式；前任教皇在位的日子，我曾经屡次对特种军事法庭提出激烈抗议，为了这个我才失去圣座的欢心。从那时起一直到现在，我总是运用我所有的势力和权力来维护仁慈的事情。请你至少相信我，我这些都是真话。现在呢，我处在这一个两难的局面里面了。要是我不赞成统领的请求，就要使全城遭受暴动及其一切后果的危险，而我所救活的那个人，又曾经亵渎过我的宗教，曾经诽谤、冤屈和侮辱我本人（虽然这是比较无足轻重的小事情），而且我确信他还要把我救活的这条命拿去继续做坏事。但是——这到底是救人一命呀。"

他停了一会儿，才又说下去：

"列瓦雷士先生，据我所知，你的一切行为似乎都是不好的、恶毒的，而且我早就相信你是一个胡来的、粗暴的、蛮横不法的人。直到现在我对你还多少抱着这样的见解。但是最近半个月来，我发觉你是一个勇敢的人，而且能忠于你的朋友，你曾经使得士兵们爱你又钦佩你，这不是每个人都能做得到的。因而我想，也许我以往对你的判断是错误的，你一定具有一种良好的品质，比你表现在外面的行为好得多。现在我就诉诸你那内在的品质，郑重地向你恳求，凭着你的良心老实告诉我——你要是处在我的地位准备怎么办呢？"

接着是一阵长久的沉默,然后牛虻抬起头来:

"至少,我宁愿自己决定自己的行动,并且承受那行动的后果。我决不愿意学你们这种懦怯的基督徒的样子,卑躬屈节走到别人面前,去请求他们代我解决问题!"

这个攻击来得这样突然,而它所表现的那一阵非常的愤激和暴怒,跟刚才那种懒洋洋的神气成了惊人的对比,好像他突然揭去了他的假面具一样。

"我们无神论者认为,"他激昂地说,"如果一个人必须担当一桩事情,他就必须尽力担当下去;如果他担当不住,垮掉了——那也活该。但是一个基督徒就要走到他的上帝或者是他的圣人面前去哀告了;要是他们也不能帮助他,就会向他的敌人去哀求——他总可以找到一个肩膀,把自己的负担推卸掉。在你们的《圣经》、弥撒经或那套伪善的神学书里,难道没有一条可以遵循的教义,以致你必须到我这儿来,要我告诉你怎么办吗?天哪,你这个人!难道我自己的负担不够沉重,还要把你的责任也卸到我肩上来吗?还是去找你的耶稣吧,他要人们把最后一点所有都奉献出来,你也照着做吧。而且你所要杀的到底不过是一个无神论者——一个咬不准'示播列'字音的人啊[1]!那自然算不得什么大罪!"

他停了一停,喘了几口气,这才重新爆发出来:

"而你居然也谈起什么残酷!你要知道,那一头笨驴哪怕

---

[1] 典出《圣经·旧约》:"基列人把守约旦河渡口,不容以法莲人过去。以法莲逃走的人若说:'容我过去。'基列人就问他说:'你是以法莲人不是?'他若说'不是',就对他说:'你说"示播列"。'以法莲人因为咬不准字音,便说'西播列',基列人就将他拿住,杀在约旦河的渡口。"意为不是自己一方的人。

把我审一年,也不能像你这样伤害我;他是没有头脑的。他能想出来的办法就只有把皮带抽紧些,但是到了不能抽得更紧的时候,他就什么办法都没有了。哪一个笨货都会那样做!可是你呢——'请你自己在死刑判决书上签个字吧,我的心太软了,实在下不了手。'啊!这样的办法只有你们基督徒才想得出来——好个良善、慈悲的基督徒,一看见皮带抽得太紧就会脸色发白!当你刚才进来时,像一个慈悲的天使——对上校的'野蛮行为'表示那么震惊的样子——我就知道好戏要开场了!你为什么那样望着我?赞成吧,你这个人,自然该赞成,然后回家去吃你的晚饭;这种事情不值得这样大惊小怪。告诉你的上校,他可以枪毙我,绞杀我,或者不论用什么最方便的方法——哪怕把我活活烤死,只要他有兴趣——赶快做掉拉倒!"

牛虻变得差不多认不出来了。由于愤怒和绝望,他已经身不由己了,只不断地喘着气,发着抖,两眼闪出绿色的光芒,就像愤怒的猫眼睛。

蒙泰尼里站起来,默默地俯视着他。他还不大懂得这一阵疯狂的责备的用意,但知道这是从极端绝望的心境中发出来的。明白了这一点,他就宽恕了牛虻对自己的一切侮辱。

"嘘!"他说,"我并不想用这样的手段来伤害你。的确,我从来无意要把我的负担推卸给你,你自己的负担已经太重了。这种事情我对任何人都从不曾故意做过的……"

"这是说谎!"牛虻睁着一双烈火似的眼睛嚷起来,"那回你升任主教呢?"

"那回……升任主教?"

"啊!你忘记了吗?忘记得这么容易!'如果你希望那样的

话,亚瑟,我可以向他们说我不能去。'那就是叫我替你决定你的一生——那时我才十九岁!这种事情要不是这么丑恶的,倒是很好笑的。"

"住嘴!"蒙泰尼里发出一声绝望的叫喊,用两手捧住了头。他又让手垂下来,慢慢走向窗口。他在窗台上坐下,把臂膀靠着铁栏杆,额头就紧靠在臂膀上。牛虻浑身发抖,躺在那儿看着他。

一会儿之后,蒙泰尼里站起身,回转来,嘴唇像灰一般白。

"我很抱歉,"他可怜地拼命保持着他平常的镇静态度说,"可我必须回家去了。我……我不大舒服。"

他好像疟疾发作似的簌簌发抖。牛虻的怒气顿然消失了。

"神父,难道你还不明白……"

蒙泰尼里退缩一步,呆住了。

"但愿不是这样!"他终于喃喃自语起来,"上帝呀,只要不是这样!我是不是在发疯……"

牛虻用一条臂膀撑起身子,把蒙泰尼里两只颤抖的手一齐握住了。

"神父,难道你永远不明白我其实没有淹死吗?"

那发抖的双手突然变冷了,僵了。一时间什么都在静寂中死去,然后,蒙泰尼里跪下来,把脸伏在牛虻的胸脯上。

当他重新抬起头来,太阳已经下山了,红色的余晖正在西方逐渐消逝。他们已经忘记了时间和空间,忘记了生和死,甚至忘记了他们是敌人。

"亚瑟,"蒙泰尼里低声说,"真的是你吗?你是从死里回来了?"

"从死里回来……"牛虻发着抖重复地说。他把头枕在蒙泰尼里的臂膀上躺着,好像一个病孩子躺在妈妈怀里一样。

"你回来了——你到底回来了!"

牛虻长叹一声。"是的,"他说,"你又得来打击我或是杀死我了。"

"啊,嘘,亲爱的,现在还说这种话做什么呢?我们好像两个在黑暗里失散的小孩,彼此都把对方误认是鬼。现在我们互相找着了,而且一同回到光明世界来了。我的可怜的孩子,你变得多么厉害——你变得多么厉害了啊!你好像沉没在整个世界的忧患所汇成的大海中——你是一向那么充满人生欢乐的啊!亚瑟,真的是你吗?我曾经做过好多次梦,梦见你已经回到我身边,醒来却只看见周围一片黑暗和空虚。我怎么知道不会再醒过来发觉现在的一切还是一场梦呢?给我一点儿摸得着的东西吧——把你一切的遭遇都告诉我吧。"

"我的遭遇非常简单。我躺在一艘货船上,偷渡出港,一直到了南美。"

"到了那边以后呢?"

"到了那边以后,我……过着生活——如果你高兴把它……也叫作生活的话,直到……啊,除了你教过我哲学的那个神学院之外,我还见过一些别的东西!你说你曾经梦见我,我也曾经梦见你……"

他停住了,颤抖着。

"有一次,"他突然又开始说,"我在厄瓜多尔的一个矿场里工作……"

"不是做矿工吧?"

"不,做矿工的下手——跟一班苦力在一起打零工。我们在坑道的口上有一个棚子可以睡觉。有一天晚上——当时我正在病中,就是近来害的这种病,白天还要在火热的太阳底下搬石头——我一定是精神错乱了,因为分明看见你从门口走进来。你手里拿着一个十字架,就跟那边墙壁上挂的那个一模一样。你一路做着祷告,头也不回,从我身边擦过去了。我喊起来,求你帮助我——给我一服毒药,或是一把刀——好把一切都了结,免得我发疯。你呢……啊……!"

牛虻举起一只手擦了擦眼睛。蒙泰尼里仍旧握住他的另外一只。

"我从你脸上的表情看出你已经听见了我的叫喊,可是你始终没有回头,继续做着祷告向前走。直至你做完祷告,吻过那个十字架,你才回头望了我一眼,低声说:'我非常可怜你,亚瑟,但是我不敢流露出我的怜悯;主要发怒的。'我就对'主'看了看,那木雕像正在笑!

"后来我醒过来了,看到那棚子和那些生麻风的苦力,就立刻明白了。我看出你是只顾向你那个作恶的上帝去邀宠,而不愿把我从任何地狱里搭救出来的。这种情形我一直都记得。只是刚才你碰着我的时候我才暂时忘记它;因为我……我刚刚害过病,而且从前我曾经爱过你。但是现在,你我之间不能有别的任何关系了,除掉战争、战争,还是战争。你抓住我的手做什么?难道你还不明白,只要你还相信你的基督,我们就只能是仇敌吗?"

蒙泰尼里把头低下去,吻了吻那只残缺的手。

"亚瑟,我怎么能不相信主呢?凭着这个信仰,我才度过了这些可怕的年头,现在主又把你送回给我,我怎么反能对主有丝

353

毫的怀疑呢？你要记得，我还当我已经杀了你了呢！"

"你现在还可以再杀我。"

"亚瑟！"这是一种真正感到恐怖的呼声，但是牛虻不理它，只管说下去：

"我们大家要老实，不管我们干什么，不要犹豫不定。你和我站在一个深渊的两边，要想隔着它携手是办不到的。如果你已经决定，你不能或是不愿抛弃那个东西，"——他又向墙上的十字架望了一眼——"你就必须赞成上校……"

"赞成！我的上帝——赞成——亚瑟，可是我爱你！"

牛虻的脸可怕地抽搐起来。

"你到底爱哪一个，我呢，还是那个东西？"

蒙泰尼里慢慢站起来，连他的灵魂都吓得干枯了，肉体也似乎在萎缩，像一片经霜的树叶，变得衰弱、老迈、凋谢了。他从梦里醒过来，只见四周一片黑暗和空虚。

"亚瑟，对我发一点点慈悲吧……"

"可是当初你用谎言把我赶到南美甘蔗地上做奴隶的时候，对我发过多少慈悲呢？你一听到这话就发抖了——哎呀，多么慈悲的圣人！这就是照着上帝自己的心所做的人哪——这就是善于悔罪而又活着的人哪。反正去死的不会是别人，只是他的儿子。你说你爱我——你的爱已经使我够瞧了！你以为我听了几句甜言蜜语，就能把前账一笔勾销，重新做你的亚瑟吗？我，曾在肮脏的妓院里洗过碗碟，曾给那些比畜生还恶毒的农场主做过马夫；我，曾在那走江湖的杂耍班里，戴上帽子，挂起铃铛，当过小丑，在斗牛场中替斗牛士干过苦役；我，把我的脖子送给别人踢，来讨他们的欢喜；我，挨过饿，被别人吐过唾沫，在脚底下踩过；

我，曾向人家乞讨一点儿发霉的食屑而遭到拒绝，因为人家的狗应该有优先权。啊，说这些废话有什么用？我怎么能把你赐给我的一切恩惠统统说给你听呢？而现在——你爱我！你到底对我有多少爱呢？够不够使你为了我放弃你的主呢？啊，这个永远不死的耶稣到底替你做了些什么——他到底为你吃过什么苦，竟使得你爱我不如爱他？是他那双钉在十字架上的手使你这样对他亲爱吗？看看我的！看这儿，这儿，还有这儿……"

牛虻撕开了他的衬衣，袒露出了那些吓人的疤痕。

"神父，你的这个上帝是一个骗子，他那些创伤是假装的。他的痛苦完全是做戏！只有我才有权利可以占据你的心！神父，由于你的赐予，还有什么痛楚是我不曾尝过的呢？想一想我过的是怎样一种生活吧！我可还一直不肯去死！我把这一切都忍受下来了，我拼命忍耐着，等待着，因为我一定要回来跟你那个上帝作战。我抱定了这个目的，拿它作为捍卫我的心灵的盾牌，这样我才不曾发疯，不曾第二次去死。现在我回来了，我发现这个上帝仍旧占据着我所应占的地位——这个虚伪的牺牲者，他只在十字架上钉了六个钟点，真的，就从死里复活了！神父，我可在十字架上钉了整整五年，而现在我也从死里复活了。你准备拿我怎样办？你到底打算拿我怎样办？"

他说不下去了。蒙泰尼里坐在那儿，像一座石像，一具竖起来的死尸。起初，他听见牛虻把那满腔怨恨像瀑布似的倾泻出来，曾有过轻微的颤抖，肌肉曾发生一阵无意识的痉挛，好像受到皮鞭的抽打似的；可是现在他非常镇静。经过一阵长时间的沉默，他抬起头来，毫无生气地耐心地说：

"亚瑟，你能够对我解释得更清楚些吗？你把我搞昏了，吓坏了,我不懂你的意思。你对我的要求究竟是什么?"

牛虻用幽灵一般的脸望着他。

"我并不要求什么。谁能够强迫别人爱呢?你可以在我们两者之中自由选择,到底你最爱的是哪一个。如果你觉得你的主最可爱,你就选择他。"

"我不懂,"蒙泰尼里疲倦地重复说,"我怎么能够选择?我不能取消过去的一切。"

"你必须在我们两者之中选择一个。如果你爱我,就把你脖子上的十字架取下来,跟我一起走。我的朋友正在布置另一次越狱计划,要是有你的帮助,他们就更容易实现。等到我们安然越过了边境,你就可以公开承认我是你的。但是,如果你对我的爱还不够使你这样做——如果你觉得这个木雕的偶像比我更值得你去爱——那么,你到上校那儿去,告诉他,你赞成他的要求。如果你要去,你就立刻去,免得我看见你的脸觉得难受。我本来已经够受了。"

蒙泰尼里抬起头来,昏眩地颤抖着。他已经有些懂了。"当然,我愿意跟你的朋友们取得联络。但是——跟你一起走——这是不可能的——我是一个教士。"

"我是不会接受教士的恩惠的。我绝不能再有什么妥协,神父;我已经妥协够了,也吃够了妥协的苦头。你必须放弃你的教士职位,否则你就必须放弃我。"

"我怎么能放弃你呢?亚瑟,我怎么能放弃你呢?"

"那么就放弃你的主。你必须在我们两者之中选择一个。你想把你一部分的爱给我——给我一半,给你那魔鬼一般的上帝一半吗?我不接受你那上帝的唾余。如果你是属于他的,你就不是我的。"

"你要把我的心撕作两半吗？亚瑟！亚瑟！你要逼我发疯吗？"牛虻把手在墙上一拍。

"你必须在我们两者之间选择一个。"他又重复了一次。

蒙泰尼里从怀里摸出一只小小的盒子，里面放着一张又脏又皱的字条。

"看！"他说。

我相信你跟相信上帝一样。上帝是一个泥塑木雕的东西，我只要一锤就把它敲得粉碎；你呢，却一直拿谎话欺骗我。

牛虻笑了笑交还那字条。"十九岁的小……小伙子多么天……天真有趣啊！拿起锤子打碎一些东西似乎是很容易的。现在也仍旧是这样——不过那给锤子打碎的是我自己罢了。至于你，世界上正有很多其他的人可以让你用谎话去欺骗——他们甚至不会发觉你。"

"随便你怎么说吧，"蒙泰尼里说，"要是我处在你的地位，也许会和你一样冷酷无情的——上帝知道。你所要求的我做不到，亚瑟，但是我愿意做我所能做的。我可以布置好让你逃走，等你安全了，我可以到山里去横死或是误服过量的安眠药——你高兴要我怎么办都可以。这该能使你满意了吧？我就只能做到这些。这是一桩大罪，但我想主一定会饶恕我。因为主比你慈悲……"

牛虻尖叫一声，伸出了两条臂膀。

"啊，这太过分了！这太过分了！我究竟对你有过什么错处，使你把我当作这样一个人啊？你有什么权力——说我好像是要对你复仇！难道你还不明白我只是要救你吗？难道你永远不明白我是爱你的吗？"

他抓住了蒙泰尼里的双手，用热烈的吻和泪水盖没了它们。

"神父，跟我们一起走吧！你为什么还要留恋这个充满了教士和偶像的死气沉沉的世界呢？这些东西充满着旧时代的灰尘；它们是腐朽的，它们是有毒的、污秽的！跳出这个遭瘟的教会吧——跟我们一起走向光明去吧！神父，只有我们才是生命和青春，只有我们才是永恒的春天，只有我们才是未来！神父，曙光近在我们眼前——难道你不愿意看到日出吗？醒来，让我们忘记那可怕的梦魇吧——醒来，我们来重新开始我们的生活吧！神父，我是一直爱你的——即使在你当初杀我的时候，也是一样爱你的——你现在还要再杀我一次吗？"

蒙泰尼里挣脱了他的手。"啊，上帝可怜我！"他喊着，"你的眼睛！跟你母亲的一样啊！"

他们都沉默了，一种异样的沉默，那么长久，那么深沉，而又那么突如其来。在黄昏的灰色微光中，他们互相注视着，他们的心的跳动由于恐怖而停止了。

"你还有什么说的吗？"蒙泰尼里低声说，"还能给我任何……希望吗？"

"不。除了跟教士们战斗之外，生命对于我已毫无用处。我不是一个人，而是一把刀。如果你让我活下去，那你就得承认我们这些短刀。"

蒙泰尼里转身向着十字架："上帝呀！听他说的话……"

他的声音消失在一片空虚的静寂中，毫无反响。只是牛虻身上那个嘲讽的魔鬼又醒过来了：

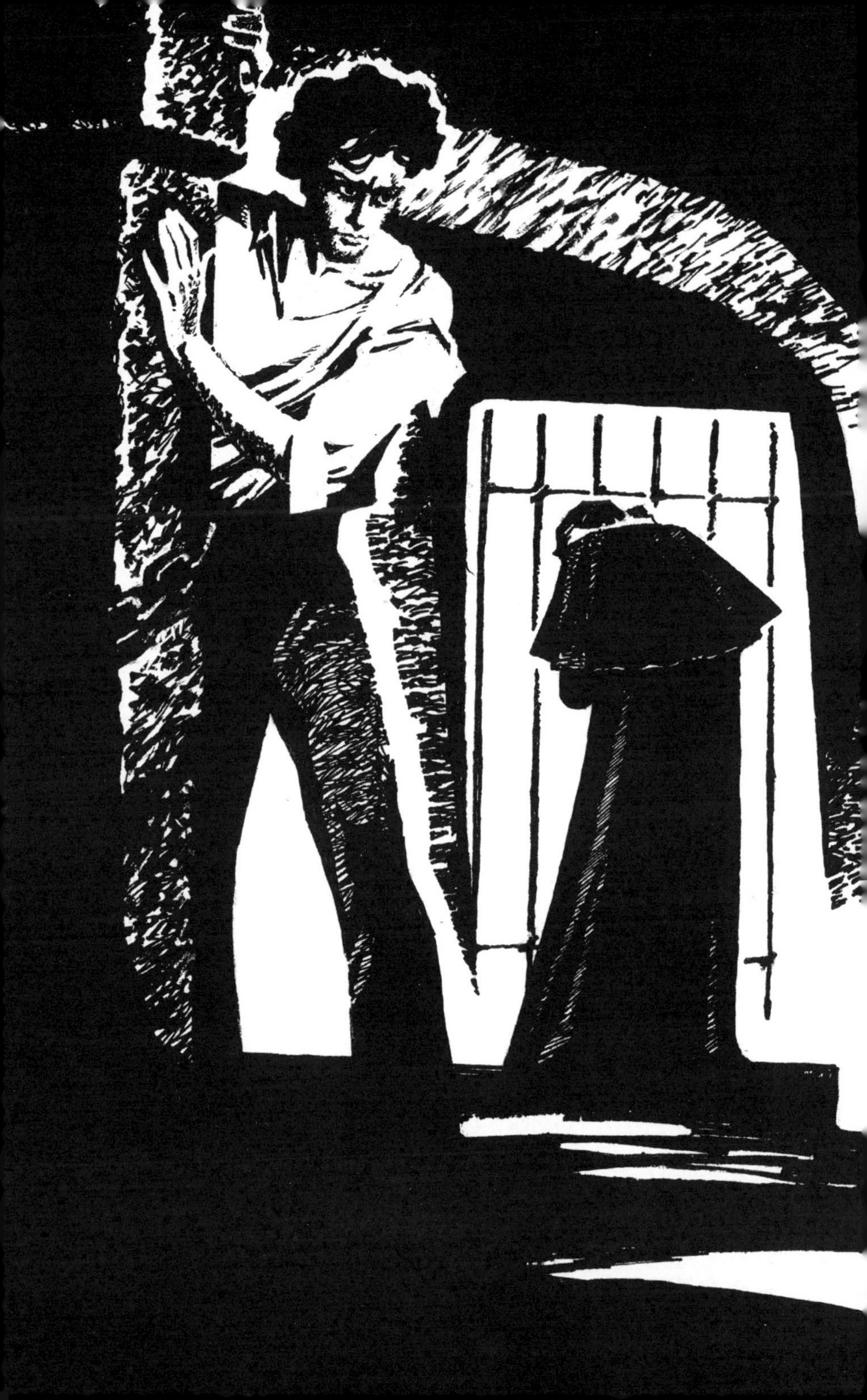

"'对他喊……喊得响些呀，也许他是睡……睡熟了。'[1]……"

蒙泰尼里像挨了打一样地惊跳起来。他站在那儿向前凝视了一会儿……然后在草荐边沿坐下来，双手掩面，开始哭泣了。牛虻不住地战栗，一身冷汗。他知道这一场哭是什么意思。

他拉起毯子蒙住头，以便自己听不见。他这么一个活生生的充满精力的人，必须去死，这已经够受的了，怎么还能在这个时候听这种哭声？可是他无法隔绝那哭声；它在他耳朵里响着，在脑子里敲打着，在他全身的血管里跳动着。而蒙泰尼里还在呜咽着，啜泣着，泪珠从指缝里点点滴滴落下来。最后他停止了哭泣，像刚刚哭过的小孩子似的，拿手帕擦干眼睛。当他站起来时，手帕就从膝盖滑落到地板上。

"现在用不着多谈了，"他说，"你明白吗？"

"我明白了，"牛虻木然柔顺地回答，"这不是你的错。"

蒙泰尼里转身向着他。那将要替他挖掘的坟墓未必会有他们现在这样的寂静。他们默默地互相注视着对方的眼睛，好像两个硬被拆散的爱人隔着一道不可逾越的障碍物注视着。

牛虻的眼睛先垂下了。他缩了下去，把脸藏起来；蒙泰尼里懂得这个姿势的意思就是："走！"他转过身子，走出牢房。过了一会儿，牛虻突然惊跳起来。

"啊，我受不住啦！神父，回来！回来！"

门已经关上了。他用一双睁大的、发呆的眼睛向四周慢慢地张望，心里明白什么都完了。加利利人[2]占了上风。

---

1 语出《圣经》。

2 加利利位于以色列以北，基督就是加利利人。这是对他和基督徒的蔑称。

整整一夜，下面院子里的草在那儿轻轻摇动着——那些草是不久就要枯死，被人家用铲子连根掘去的；整整一夜，牛虻孤零零地躺在黑暗中，他哭了。

第七章

军事审判在星期二早晨举行。它的经过很简短,只是一种形式,仅花了二十分钟工夫。那实在也用不着多费时间,既不准被告辩护,所有的证人又只是那受伤的暗探、队长以及几个士兵。判决书早已准备好了,蒙泰尼里也已把他们所需要的非正式的同意的通知送来,因此,那些审判官(包括菲拉里上校、本地的龙骑队少校和瑞士卫队的两个军官)就没有什么事可做了。公诉状大声念过了,证人上来提出了他们的证据,判决书也签了名,然后就向犯人庄严地宣读判决书。牛虻默默地听着,当他照例被问到还有什么话要说的时候,他只做了一个不耐烦的手势便把问题撇开了。他胸前藏着蒙泰尼里失落在地上的那块手帕。昨天一整夜,他一直在那手帕上亲吻、哭泣,好像它是个活人。现在他的脸是灰色的、憔悴的,他的眼皮上还有泪痕;可是"判处枪决"的判决词对他似乎并没有多少影响,他听了以后只是瞳仁微微放大了一下,此外就没有什么了。

"把他押回去吧。"统领等所有的手续都办完以后说。当值的中士分明快要哭出来了,听到命令就在那个动也不动的身体的肩膀上拍了一下。牛虻微微一惊,回过头来。

"啊,是的,"他说,"我忘记了。"

接着统领又把那个正押着犯人走出去的中士喊回来:

"等一等,中士,我还要跟他说话。"

牛虻一动都不动,对统领的声音似乎毫无反应。

"如果你有什么话要带给你的朋友或是亲戚——我想你有亲戚的吧?"

没有回答。

"好吧,想一想再告诉我,或者告诉牧师。我一定会叫他们给你带到的。你还不如告诉牧师,他马上就要来了,来陪你过夜。如果你还有别的什么要求——"

牛虻抬起头来。

"告诉那个牧师,我不要他来陪我过夜。我没有朋友,也没有话要带给谁。"

"可是你需要忏悔呀。"

"我是个无神论者。我只求安静,什么都不要。"

他用一种冷漠而平静的声音说着话,没有挑衅或愤怒的味道,然后慢慢地走开去。但才走到门口,他又停下来。

"我忘记了,上校,我想请求你一件事。明天不要让他们绑我或蒙住我的眼睛,我会安安静静站在那儿的。"

星期三早晨,太阳刚升起,他们就把他押到院子里来了。这时他的腿瘸得比往常格外明显,走起路来显得十分痛楚、艰难,身体很重地靠在中士的臂膀上,但他脸上那种疲惫驯服的表情已经完全没有了。那些曾在空虚寂静之中将他压服了的幽灵似的恐怖,那些阴影世界中的幻象和梦境,都已随着产生它们的黑夜一

363

同消逝了；太阳一旦放光，他的敌人一经当面鼓起他的战斗精神，他就什么都不怕了。

那奉令执行死刑的六个捎马枪的士兵，沿着布满常春藤的墙壁排了队。就是这百孔千疮正在坍塌的墙壁，那不幸的越狱的一晚，牛虻曾从那上面爬下来。六个士兵各人拿着一支枪，好容易才熬住眼泪排成了队。他们被派来枪毙牛虻，在他们是一种难以想象的恐怖。牛虻和他那种尖刻的对答的才能，那种无穷无尽的狂笑，那种光明磊落的、能够感染人的勇气，曾经像阳光一般直透到他们的麻木而悲惨的生活中去；这样的一个人竟不得不死去，而且死在他们的手里，那在他们说来，简直就等于去扑灭天上皎洁的明星了。

在院子里那棵巨大的无花果树下，他的坟墓在那儿等着他。那是昨天夜里由一些很不愿意的人用手掘成的，泪水曾经落在铁铲上。当他经过那儿，他向下望了一望，对那黑沉沉的土坑以及周围那些正在枯萎的野草微笑着；闻着那新翻泥土的香味，他深深吸了一口气。

等到走近那棵树，中士突然站住了，牛虻露出最明朗的笑容回头看着他。

"要我站在这儿吗，中士？"

中士默默地点点头，喉头像哽着硬块；他悔恨自己竟不曾说过一句话来救他的命。统领、他的侄儿、监刑的骑兵中尉、一个医生和一个牧师都已经在院子里，这时都满脸严肃地走上前来，但是一看到牛虻含笑的眼睛里放射出那种挑战的光芒，他们就不免带几分慌乱了。

"早……早安，各位先生！嗳呀，可敬的牧师大人，您也起得这么早！你好吗，队长？对于你来说，我们这次的会见比上次要愉快些吧，是不是？我看到你的臂膀仍旧用绷带吊在那儿，那是因为我的枪法太差了。现在这班好汉的枪法一定比我高明些——是不是，伙计们？"

他的眼光向那些持枪士兵阴郁的脸上扫视了一下。

"无论如何，这一次是用不到绷带的。喂，喂，你们不要这样垂头丧气啊！立正了，显一显你们的漂亮枪法吧。不久之后，你们有许多不知道怎样应付的繁重工作要去做，最好是事先练习一下。"

"我的孩子，"那牧师走上来打断他的话，其余的人向后退了几步，让他们两个人单独去谈，"再过几分钟，你就要站到你的创造者的面前去了。难道这留给你忏悔的最后几分钟，你还要用来说别的话吗？想一想吧，我请求你，不经过忏悔而死，让你的头上压着你所有的罪孽，那是多么可怕的事情啊。当你站到你的审判者面前，再要忏悔就来不及了。难道你要带着满口的玩笑，走到上帝森严的神座前去吗？"

"开玩笑吗，牧师大人？我认为，忏悔这种玩意儿只有你们才用得着。轮到我们收拾你们的时候，我们就要用大炮来代替这半打破旧的马枪了，那时候，你才会明白我们是多么会开玩笑的。"

"**你们**要用大炮！唉，可怜的人！难道你还不明白，现在你正站在可怕的深渊的边上吗？"

牛虻回头向那开着口的坟坑望了一眼。

"原……原来牧师大人的想法是，只要把我埋到那儿，就算是把我结果了？也许还要在坟顶压上一块石头，免……免得我在

365

'三天之后'复……复活吧[1]？不用害怕，牧师大人！我不会去侵犯你们那种廉价表演的专利权的；我将和老鼠一般，在你们把我放下去的地方静静地躺着。但虽然这样，**我们**也还一样要用大炮。"

"啊，慈悲的上帝，"牧师喊着，"饶恕这个可怜的人吧！"

"阿门！"骑兵中尉用一种深沉的低音念了一声，同时上校和他的侄儿虔诚地在自己身上画了十字。

牧师显然看出，再坚持下去也不会产生任何效果，就放弃了那徒然的尝试，退到一边，一路摇着头，口里喃喃祈祷着。简短的准备工作迅速完成了，牛虻自动站到指定的地方，只是微微转过头来，向初升的朝阳那一片红黄交融的美景望了一会儿。他再一次提出不要蒙住眼睛的要求，那一脸挑战的神色，直逼得上校只有勉强答应。双方都忘记了这会使得士兵们十分难受。

他面对着士兵站着，脸上在微笑。马枪在士兵的手里不住地抖动。

"我已经完全准备好了。"他说。

中尉向前跨了一步，也激动得有点儿颤抖了。他还从来没有发过执行死刑的口令。

"预备——瞄准——放！"

牛虻稍稍摇晃一下，随即恢复了平衡。一颗没有定准的子弹擦破了他的面颊，鲜血滴在他的白领结上。另外一枪打在他的膝盖上边。火药的烟雾消散之后，士兵望着他，看见他仍旧在微笑，用残缺的手抹去脸上的血。

---

[1] 耶稣死后三天复活。

"枪法坏透了呢，伙计们！"他说着，那响亮而清晰的声音，把那些可怜的士兵目瞪口呆的窘态打断了，"再试一下看。"

士兵发出一阵共同的呻吟和颤抖。原先每个人都故意向旁边瞄准，暗中希望那致命的一弹不是从自己手里而是从旁人手里发出去的。现在呢，牛虻仍旧站在那儿，对他们微笑；他们只不过把行刑变成了屠宰，那可怕的一套又得从头做一遍。他们都吓得不知怎么办才好，把枪口垂下来，无可奈何地听着军官们狠声的咒骂和斥责，用麻木的惶恐的眼光瞠视着那个已被他们枪杀但又还没有死的人。

统领向他们的脸上挥着拳头，发狂似的嚷着，叫他们立正、举枪，赶快把事情结束。他也已跟他们一样完全丧失"士气"了，再也不敢去看那可怕的形象老是那么站着、站着，不肯倒下去。等到牛虻对他说话，那嘲弄的声音使他吓了一跳，而且簌簌发抖。

"今天早晨你派的这一队人真不行，上校！让我来试试看，看能不能使他们搞得像样些。来吧，伙计们！把你们的家伙举高一点儿，向左边移一移。啊呀，朋友，你手里拿的是马枪不是油锅呀！都对准了吗？那么来吧！预备——瞄准——"

"放！"上校向前一冲，抢先发出了最后一声口令。要是竟让犯人发口令去枪毙自己，那还像什么话呢！

又是一阵紊乱而无组织的排枪齐射，随即那队士兵乱作一堆，大家簌簌发抖，睁着发狂似的眼睛瞠视着前面。其中一个甚至并没有发射，把枪往地下一扔，就蹲下去低声哼起来："我可不行——我可不行！"

硝烟慢慢散了，飘浮到空中和晨曦融成一片。他们看见牛虻已经倒下去了，可是也看出他仍旧没有死。最初一刹那，士兵和军官们都呆呆站在那儿，好像变成了石像，眼睁睁注视着那可怕的东西在地上扭动、挣扎。然后医生和上校同时叫了一声，冲上前来。因为牛虻已经拖着一条腿跪起来，而且仍旧面对士兵在发笑。

"又打歪了！试试……再来一下看，孩子们……看……看成不成……"

他突然摇晃起来，随后就向一旁倒在草地上。

"他死了吗？"上校悄声地问；医生跪了下去，伸手摸摸那血淋淋的衬衫，轻声回答说：

"我想是死了吧——谢谢上帝！"

"谢谢上帝！"上校跟着说，"到底完了！"

这时上校的侄儿碰一碰他叔叔的臂膀。

"叔父！主教大人来了！他在门口，要进来呢。"

"什么？不能让他进来——我不愿意他进来！门警在干什么？主教大人……"

门开了又关了，蒙泰尼里已经站在院子里，睁着呆呆的、可怕的眼睛向前直视着。

"主教大人！必须请您原谅——这情景对您是不适宜的！死刑刚刚执行完毕，尸体还没有……"

"我是来看他的。"蒙泰尼里说。这时统领才吃了一惊，发觉主教的声音和神情就像一个梦游人。

"啊，我的上帝！"一个士兵突然叫起来，统领急忙回头一看。果然——

草地上那堆鲜血淋漓的东西又重新挣扎、呻吟起来了。医生急忙扑下去，把他的头捧起来放在自己的膝盖上。

"赶快啊!"他绝望地大叫,"你们这些野蛮人,赶快啊!看在上帝的面上,把事儿干完它呀。这怎么叫人受得了啊!"

大量的鲜血喷射到医生的手上,他怀中那个肉体的痉挛使得他自己也从头到脚地抖动着。当他疯狂地向四周围找寻帮助的时候,牧师从他的肩膀后面俯下身来,把一个耶稣蒙难的十字架搁到临死的人的嘴唇上去。

"用圣父和圣子的名义——"

牛虻支着医生的膝盖抬起身子,圆睁着眼睛,对那十字架直视着。

在那鸦雀无声的一片寂静中,他慢慢举起那只被打断了的右手,把十字架推开去。十字架上的耶稣就被涂上了满脸的鲜血。

"神父……你的……上帝……满意了没有?"

说完,他的头又落到医生的臂膀上去了。

"主教大人!"

因为蒙泰尼里还没有从他的恍惚状态里醒过来,菲拉里上校就重新喊了一声,喊得更响些:

"主教大人!"

蒙泰尼里抬起头来。

"他死了。"

"完全死了,主教大人。您还不回去吗?这一种景象可怕呀。"

"他死了。"蒙泰尼里重复说了一遍,又向草地上的那张脸看了一看,"我摸过他了,他死了。"

"一个身上吃了半打枪弹的人,他还想要他怎么样啊?"那个中尉轻蔑地低声说。医生也低声附和起来:"我想他是被鲜血

369

淋漓的景象吓昏了。"

统领牢牢扶住蒙泰尼里的臂膀。

"主教大人——您不要再看他了。您能允许牧师送您回家吗？"

"是的——我要走了。"

他慢慢转过身来，然后离开了那一片溅满鲜血的草地，牧师和中士跟在他后边。走到门口他又站住了，回转头，露出一种阴惨、痴呆的惊诧神情望了望。

"他死了。"

几小时以后，麦康尼走到山坡上的一所小茅屋里，告诉玛梯尼说，现在已经无需他去拼命了。

第二次营救牛虻的各种准备本来已经都做好了，因为这一次计划比前一次简单得多。他们安排好，等第二天早晨迎圣体节的行列经过山坡上的堡垒时，玛梯尼就从人群中冲出去，从怀里拔出手枪面向统领射击。趁着那一阵大乱，二十个武装朋友就冲上去攻开堡垒的大门，一直冲进塔楼去，强迫管牢人打开牢房，把牛虻救出去，碰到拦阻的人就打死或是打退他。等出了大门，就把牛虻交给第二队骑马的武装私贩，护送到山上安全的地方藏起来，他们就边打边退，掩护第二队人逃走。当时那个小小集团中间只有一个人不知道这个计划，那就是琼玛，这是玛梯尼特别要求才瞒住她的。"她听到了这个消息马上会心碎的呢。"他说。

当麦康尼刚刚踏进园门，玛梯尼就打开玻璃门迎到廊子上来了。

"有什么消息吗，麦康尼？"

那私贩子把他那阔边草帽推到后面去。

他们就在廊子上坐下来。两个人都闷声不响。玛梯尼一看见帽檐下面的那张脸时,就已明白是怎么回事了。

"什么时候的事情?"他停了许久才问道,那声音是连他自己听起来也是有气没力的。

"今早刚出太阳的时候。中士告诉我的。当时他在场亲眼见到。"

玛梯尼低下头来,从衣袖上抽去了一条散纱。

虚空的虚空,凡事都是虚空。[1]本来他准备好了明天就去死,现在他所衷心想望的那个境界已经幻灭了,好像那金色晚霞幻化成的仙境已随黑暗的到来而消逝;他又从那个境界里被赶回到日常的世界来——这儿有格拉西尼和盖利那样的人,有写密码和印小册子那样的事,有党内同志的琐碎纷争和奥地利密探们的阴谋诡计,总之不外是那老一套的革命的走马灯,这使他感到厌倦。在他意识的深处,本来有一大块空虚的地方;现在牛虻死了,这块地方就再没有什么人或是什么事能够把它填补了。

好像有人在那儿问他什么,他抬起头来,觉得很奇怪,现在还有什么事情再值得去谈的。

"你刚才说什么?"

"我说,这个消息当然该由你去告诉她。"

恐怖回到玛梯尼的脸上来了。

"我怎么能去告诉她?"他嚷起来,"你还不如叫我去杀了她呢。啊,我怎么能告诉她呢——怎么能呢!"

---

[1] 语出《圣经》。

他两手紧握,蒙住了自己的眼睛;可是他并没有看见就觉得旁边的私贩子忽然惊跳了一下,他重新抬起头来。琼玛正站在门口。

"你听到没有,西萨尔?"她说,"什么都完了。他们已经把他枪毙了。"

第八章

"让我俯伏在上帝的神座之前。"[1]蒙泰尼里被他手下的教士和侍祭们围绕着，正站在高大的祭坛前面用洪亮而平稳的声调念着序祷词。整个教堂变成一大团光线和色彩交融而成的火焰，从会众们节日穿的华丽衣服，直到悬挂着火红色帷幕和花环的大柱，没有一个角落是灰暗的。教堂正门入口的地方，悬挂着巨大的猩红缎幕，炎热的六月的阳光正透过它的褶襞发出红光，像透过一片麦田中的红罂粟花的花瓣一样。各修道会的会友擎着蜡烛和火炬，各教区的教友捐着十字架和旗幡，以致两旁阴暗的小祭坛也显得光彩夺目。两侧走廊里，游行用的绸缎旗幡密密层层垂挂着，它们的金色旗杆和流苏在拱门下闪闪发光。唱诗班教士的白衣，在彩色的窗户下闪耀着，染上了虹的颜色；阳光照在内殿的地板上，显出橘红色、紫色和绿色的棋盘格子形的光斑。祭坛后面挂着一幅闪闪发光的银色缎幕；就在那幅缎幕以及祭坛上各种装饰和烛光的辉映下，显出了主教的身形，他披着一件曳地的白长袍，好像是一座活的大理石像。

---

1 原文系拉丁文。

按照游行节日的惯例，做弥撒时他只要坐在一旁主持，用不着亲自参加典礼，因此，等恕罪祷念完之后，他就从祭坛上回转身，缓缓地向主教的宝座走去，两旁的侍祭和教士在他经过的时候都向他深深鞠躬。

"主教大人不大舒服吧，"一个教士对身边的同伴耳语说，"他的神情有些特别。"

蒙泰尼里低下头，接受那满缀着宝石的主教帽。担任执事助祭的教士把主教帽给他戴上，对他注视了一会儿，然后靠到他跟前轻轻耳语：

"主教大人，您觉得不舒服吗？"

蒙泰尼里向那助祭微微侧转身。他的眼神显出什么也不认识的样子。

"对不起，主教大人！"助祭低声说着，向他屈了屈膝，回到自己该站的地方，心里直怪自己不该打扰主教大人的默祷。

老套的仪式继续进行下去。蒙泰尼里直挺挺地默坐在那儿，那闪光的主教帽和金色的锦缎法衣迎着阳光反射出光彩，白长袍的沉重襞裥铺扫在红色的地毯上。几百道烛光照着他胸前的红宝石，反射出火花，也照着他那双深陷的宁静的眼睛，但一丝反光也没有。等听到了"请赐福吧，主教大人"，他才向香炉俯下去开始祝福；阳光又照在那些钻石上，闪闪发光，他也许想起了深山里的那种光辉而可怕的冰雪精怪，头上戴着彩虹冠，身上披着白雪袍，伸出两臂，向人们撒下一阵阵的福，或是一阵阵的祸。

奉献圣饼的典礼开始了，他从宝座上走下来，到祭坛前跪下。他的全部行动都含有一种异样的、痴呆的平板状态，因此当他站起来回到宝座上去的时候，那个坐在统领后面穿着节日制服的龙骑队少校向那受过伤的队长耳语说："毫无疑问，这位老主教一定是病了。他的一举一动都好像是一架机器。"

"那是活该！"上尉低声回答，"自从那该死的大赦令颁布以后，他就简直成了我们大家脖子上的一盘磨石了。"

"可是这次军事审判他到底让步了呀。"

"是的，到底让步了，可是他磨了那么久的时间才肯答应呀。哦，天，多闷热的天气！等会儿游行起来我们都会中暑的。到底他们做主教的舒服些，一路都有华盖遮太阳……嘘、嘘、嘘！我叔父在瞧我们哪！"

菲拉里上校转过身来对两个年轻军官严厉地瞪了一眼。经过了昨天早晨那一严重的事件，他的心境已变得虔敬而严肃起来，觉得他们对于这一"万不得已的痛心事件"如此缺乏适当的感情是应该受责备的。

典礼的执事人开始集合，所有参加游行的人都排起队来。菲拉里上校从座位上站起来，走到内殿前面栏杆旁边去，又招招手叫别的军官都跟着他。等到弥撒做完，圣饼已经放到那只游行时用的圣体龛子[1]的水晶盖子下面去，助祭和教士们就退到法衣室去更衣，教堂里随即起了一阵轻微的嗡嗡低语。蒙泰尼里仍旧动也不动地坐在他的宝座上，两眼一直看着前面。那骚动的人海仿佛在他下面和周围汹涌起来，又在他的脚跟前平静了下去。一只香炉送到他面前，他机械地举起手，把香末撮进香炉，两只眼睛仍旧直盯盯地看着前面。

---

[1] 即盛圣饼（代表圣体）的盒子。通常用水晶和黄金制成，盖子上面有一个太阳似的东西，因此也叫作"圣体发光"。

375

教士们从法衣室回来了,正在内殿等着他下来,但他仍旧一动也不动。那个执事助祭向前俯身去取他的主教帽,怯生生地低唤一声:

"主教大人!"

蒙泰尼里向四面看了一下。

"你在说什么?"

"您真觉得这次游行对您不会太累吗?太阳很毒呢。"

"太阳有什么关系?"

蒙泰尼里的声音是冷冰冰的,有分寸的,因而那个教士只当是自己又冒犯了他。

"对不起,主教大人。我觉得您的身体好像不很舒服的样子。"

蒙泰尼里没有理会他,站了起来,他在宝座最高一级的台阶上停顿了一会儿,用同样有分寸的声音一字一顿地问:

"那是什么?"

当时他的白袍的长裾已经扫过台阶铺到内殿的地板上,他正指着那白缎上面一片火样的红影。

"这不过是从那个彩色窗子照进来的太阳光,主教大人。"

"太阳光?太阳光有这么红吗?"

他跨下了台阶,在祭坛前跪下来,把香炉一来一去地慢慢摆动了一下。当他把香炉交还给执事,那棋盘格一般的阳光就照到他那裸露的头顶上和茫然仰望着的眼睛上,并且在教士们正替他牵捧着的白裾上,投下一道猩红的光。他从助祭手里接过那座神圣的、金色的"圣体发光",随即站起来。这时唱诗班和风琴的声音轰然爆发出一片胜利的旋律。

用你的舌赞颂吧，

赞颂圣体之奥，

赞颂赎世宝血之妙，

人类众生之王，脱胎降临人间了。[1]

  执仪仗的人慢慢地走上来，把那绸子的华盖张在他的头上；同时执事助祭分列在他的两旁，把他的袍子的长裾向后拉直。当那两个赞礼员弯身下去把他的袍角从内殿的地板上掀起来的时候，那些在前面开路的世俗会友就庄严地排成了双行，手里擎住点着了的蜡烛，分从左右两面由中堂一步步走出去。

  蒙泰尼里仍旧高高站在祭坛边，在那华盖底下一动都不动，稳定地高高举起那圣体龛子，看着底下的行列挨次走出教堂。他们一对一对的，手里拿着蜡烛、幡徽和火把，拿着十字架、神像和旗帜，缓缓走下内殿的台阶，从宽阔的中堂那些挂着花环的庭柱中间穿过去，然后从已经揭起的猩红的大门帘下走到街上炫目的阳光里去了。他们的歌声渐渐消失成模糊的一片，渐渐被那后面的和更后面的新的声响淹没了，一股无穷无尽的人流不断滚滚而去，中堂里面还是不断回响着新的脚步声。

  穿着白色尸衣、面上罩着纱的教区会友们过去了；接着是"悲信会"的兄弟们，从头到脚都穿黑的，只有一双眼睛从假面具的小孔里骨碌碌地闪着光。然后修士们的庄严行列来了，其中有披着灰黑风兜、光着褐色脚板的托钵修士，也有穿着白色长袍、

---

[1] 此系天主教徒举行圣体降福时所唱赞美诗的第一段，以下好几段都是讲"鲜血"和"超度"的，这更加重了对蒙泰尼里的刺激，以致他最后变疯。

神态庄严的铎米尼克修士。再后就是本区的世俗官吏了；然后是龙骑队、骑巡队和本地的警官；然后是那穿着盛典礼服的统领，以及跟随在他左右的同僚们。随后是一位助祭，高高擎着一个巨大的十字架，左右两个赞礼员捧着辉煌的蜡烛跟着他。他们走到大门口，门帘揭得更高，以便他们走过去；这么一来，站在老地方华盖底下的蒙泰尼里，就望见了外面阳光灿烂、铺着地毯的街道，挂着旗幡的墙壁，以及一些穿着白袍的小孩子在那儿撒玫瑰花。啊，玫瑰花，它们多么红啊！

游行队伍依次不断向前移动，一个队形接着另一个队形，一种颜色接着另一种颜色。一长列庄严而文雅的白长袍刚刚过去，一批华丽的法衣和绣花披风又来了。一会儿是一个细而长的金色十字架，高高擎在一丛辉煌的蜡烛当中，一会儿是一队大教堂神父，穿着雪白的长袍，庄严气派。一名教士走下内殿，手里举着夹在两支燃烧着的火炬中间的主教权杖，那些助祭们迈开整齐的步伐向前移动，他们手中的香炉随着音乐的节拍摆动；执仪仗的人把华盖擎得更高些，嘴里还"一，二；一，二"地数着脚步。于是蒙泰尼里开步踏上那"十字架之路"[1]了。

他走下内殿的台阶，打中堂一直通过，经过那琴声雷动的唱诗楼底下，经过那高高揭起的巨大门帘——门帘那么红，红得怕人！——踏上那日光炫目的街道了。街道上满地血红的玫瑰花，都干枯了，被许多经过的脚踩烂在红色的地毯上。他在大门口略为停顿一下，几个世俗的官吏上来接替了撑华盖的人。行列又继

---

[1] 本来是指耶稣背着十字架去受刑的那条路，后来作为受难之路的象征。这里的意义是双关的。

续向前移动，蒙泰尼里双手捧着那圣体龛子，周围唱诗班的声音在一起一伏，跟那些香炉的摆动和脚步的践踏合着节拍。

> 主使基督的肉体变成面包，
> 主使基督的鲜血变成红酒……

永远是鲜血，永远是鲜血！伸展在他面前的地毯像一道血河，地上的玫瑰花像泼在石头上的鲜血——啊，上帝！难道你整个的天和地都染红了吗？啊，万能的上帝，你这是什么意思呢——连你的嘴唇上也涂上了鲜血呢！

> 让我们深深鞠躬，
> 让我们膜拜这伟大的圣餐。

他向圣体龛子的水晶罩里看看那圣饼。那上面渗出来的是什么？——从那圣体龛子的四角淋淋漓漓滴下来——直滴到他白袍上去的是什么？他以前也看见过这样淋淋漓漓滴下来的——那是从一只举起的手上滴下来的，那又是什么？

院子里的草遭到人们的践踏染成红色了，统统都红了，竟有那么多的血！那血从面颊上滴下来，从被打穿的右手上滴下来，从受伤的胁部像一道又热又红的瀑布那样涌出来。竟连一绺头发也浸在血里了——湿漉漉的在额头上黏成了一块饼——啊，那是临死时淌出的汗，那是由可怖的痛苦煎逼出来的！

仿佛奏凯歌一般，唱诗班的声音愈来愈高：

379

赞颂、致敬和欢呼，
光荣、功德及祝福，
全部归于圣子及圣父。

啊，这再也不能忍受了！那位坐在天堂的黄铜宝座上的上帝，他那两片染满了鲜血的嘴唇微笑着，俯视着苦难和死亡，难道这还不够受吗？还非要再加上这一套赞美和祝福的嘲讽不可吗？基督的肉体啊，你为了拯救人类而撕毁了；基督的鲜血啊，你为了替人类赎罪而流尽了；难道这还不够受吗？

"啊，对他喊得响些呀，也许他是睡熟了！

"难道你真的睡熟了吗，亲爱的儿子？你竟永远不醒了吗？难道那个坟墓竟这样爱惜它的胜利，树下那个漆黑的深坑竟一点儿都不肯放松你了吗，我心爱的人啊？"

于是水晶罩里的那块东西回答他了，鲜血淋淋漓漓地一面滴着一面说起话来了：

"你当时不已经抉择好了吗，怎么现在后悔起来了？难道你的心愿还没有满足吗？看看那些走在阳光底下满身绸缎和金绣的人吧：为了他们的缘故，我才被埋进那漆黑的深坑。看看那些撒玫瑰花的孩子们吧，听听他们那甜蜜的歌声吧：为了他们的缘故，我才嘴里塞满泥土，那些玫瑰花也是由我心泉涌出的血染红的。看看那些跪下来喝你袍角上滴下来的血的人们吧：我的血就是为他们流的，就是为了解救他们的焦渴而流的。因为《圣经》上写着：'倘如一个人为他的朋友们牺牲生命，那就没有人能比他有更大的爱了。'"

"啊！亚瑟，亚瑟！还有比这更大的爱呢！如果有人牺牲了他最心爱的人的生命,那不是比这更大吗?"

于是圣体龛里的那块东西又回答了:

"谁是你最心爱的人?事实上绝不是我。"

他还想要开口,但他的话却在舌头上冻住了,因为唱诗班的歌声正从他和圣体龛上头掠过,好像一阵北风吹过结冰的池塘,把它们吹得寂然无声了。

他把肉体交给弱者去充食物,
他把鲜血交给愁人去当饮料,
他说:"拿住我给你的杯子,
来吧,你们都来喝。"

喝吧,基督徒们;喝吧,你们大家都来!这不是属于你们的吗?为了你们,红的血河染污了草地;为了你们,活生生的肉被烫焦了,被撕下来了。吃吧,吃人的生番;吃吧,你们大家来!这是你们的盛筵,也是你们的"欢宴"[1],这是你们狂欢的日子!赶快来吧,赶快赴宴吧;加入这个行列,和我们一起前进吧;女人们和孩子们,青年们和老人们,快来分享这美味的人肉吧!快来斟满这血酒,趁它还红的时候喝下去吧;拿这肉体去吃吧……

啊,上帝,这是堡垒!那含怒的、褐色的堡垒,它那快要坍塌的垒墙和塔楼,阴沉沉地盘踞在光秃秃的山坡上,怒目俯视着在尘土高扬的路上迅速向前扫过的行列。那活闸门的铁齿已经落下来封住大门的口了;堡垒就像一只野兽蹲在山坡上看守着它的

---

[1] 意大利古代宗教中祭大华色神(天神)和巴珂斯神(酒神)时的酒宴。

牺牲。但是，它的牙齿无论咬得怎样紧，将来还是要被打破，被劈开的；那个院子里的坟墓还是要吐出它肚里的死人来。因为那群基督徒正排列成威武的队伍前进，要去享受他们那顿神圣的血餐，正如一队饥饿的田鼠去抢食落穗；他们的喊声是："给啊！给啊！"他们绝不肯说"已经够了"的。

"你还不能满意吗？我就是为这些人牺牲的，为了要那些人活下去，你已经把我毁灭掉。现在你瞧吧，他们每一个人都编入了行列，他们不肯散队了。

"这就是基督徒，也就是你那上帝的追随者所组成的军队，他们是支巨大的强有力的队伍。他们的前面有烈火要吞食一切，他们的后面有火焰遍地焚烧；他们前面的土地像伊甸乐园，他们后面的土地是一片荒野。是啊，什么东西都逃不过他们的。"

"啊，回来吧，回来吧，亲爱的，因为我对我的抉择已经后悔了！回来吧，我们可以一起悄悄地躲开，躲到一个黑暗而清静的坟墓里面去，使得那支吃人的军队永远找不到我们；我们可以在那里面躺下来，互相搂抱着，然后睡啊，睡啊，一直睡下去。这样，那队饥饿的基督徒就会冒着无情的烈日打我们的头顶上走过；哪怕他们大叫要喝人的血，要吃人的肉，我们也只会隐约听到他们的喊声；他们尽可以走他们自己的路，我们尽可以留下来永远休息。"

于是那圣体龛里的东西又回出话来：

"叫我到哪儿去躲呢？《圣经》上不是写着吗：'他们会在城里跑来跑去，他们会攀上城墙，他们要爬上屋顶，他们要像一个贼似的从窗口里钻进来。'如果我在山顶上筑一个坟，难道他们不会来打开它吗？如果我在河床里掘一个坑，难道他们不会来铲掉它吗？确实，他们像寻血猎犬[1]一般敏锐，马上就会把他们要猎取的东西找出来。就为了他们，我的伤口流血了，为的是让他们有得喝。你没有听见他们在唱什么吗？"

他们果然又唱起来了，他们正在穿过那猩红的门帘回到教堂去，因为游行已经结束了，所有的玫瑰花都已撒完了。

啊，贞洁的马利亚诞生的圣体，

他献出了自己的生命，

在那拯救人类的十字架上遭受了真正的苦难！

他为人类牺牲，

他的肋胁被刺穿，

鲜血从伤口流出，

就让他的血肉变成我们临终的圣餐！

等他们停止了歌唱，蒙泰尼里跨进大门，从那些修士和教士的肃静行列中间穿过去；那些修士和教士都按着一定的位置跪在那儿，手里高高举起点着的蜡烛。他看见他们那许多饥饿的眼睛都盯在自己手里捧着的圣体上；他也明白他们为什么当他走过的时候要低头。因为那黑沉沉的血已经一直流到他那白袍的褶子上，而且他在那教堂的石板地上留下一个个深红的脚印了。

就这样，他穿过中堂走到内殿栏杆的旁边，撑华盖的人到那儿就停住了。他从华盖底下走出来，跨上祭坛的台阶。在他的两侧，跪着提了香炉的白袍赞礼员和擎着火炬的助祭；他们看到那

---

[1] 一种嗅觉极其灵敏的猎狗。

牺牲者的圣体，眼睛映着那炫目的烛光，贪婪地闪烁起来。

于是，他站在祭坛前面，用染血的双手，高高举起他那被谋杀的爱子的已经肢解和切碎的肉体来。那些被邀赴盛餐的来客里边又轰然响起了歌声：

啊，拯救世界的圣体，
您打开了天堂的门；
敌人和我们作战，
您给我们以力量，
您给我们以帮助！

啊，现在他们快要来抢圣体了——去吧，亲爱的心肝，去迎接你那惨痛的命运，替这些贪得无厌的豺狼打开天堂的门吧，它们是不会被拒绝的。至于为我打开的，却是最下层的地狱的门了。

当助祭把那个神圣的盒子放到祭坛上时，蒙泰尼里就地蹲下身，向台阶上跪下去；于是鲜血从他上面的白色祭坛上流下来，直滴到他的头上。歌声继续震荡着，在拱门下发出轰响，沿着半圆形的屋顶传来回声：

赞美三位一体的上帝，
赞美主不朽的光荣，
主将在我们的故乡天堂，
赐我们永无穷尽的生命。

"永无穷尽……永无穷尽！"啊，幸福的基督，你还能在主的十字架下面倒下去！啊，幸福的基督，你还能够说出"结束了"！但是命运将永远没有完的时候，它是永恒的，正如星星在它们的轨道上运行。它是不死的虫，它是不熄的火。"永无穷尽！永无穷尽！"

蒙泰尼里疲乏而耐心地在随后的仪式中继续演完他所扮的角色，一切都机械地照老习惯进行，因为这套礼节在他已经毫无意义了。祝福之后，他又在祭坛前跪下来，双手掩面；接着一个教士高声诵读免罪表[1]的声音一扬一顿地响了起来，好像是从另一个世界远远传来的一种模糊声响，而那个世界已经没有他的份儿了。

诵读声停止了，他站起来，摆一摆手叫大家静默。那时已经有些会众向门口走去了，这才又连忙回转身，整个教堂立刻响起一片喊喊喳喳的低语：

"主教大人要说话了。"

蒙泰尼里手下的教士们吃了一惊，一齐拥到他身边去，其中的一个急忙对他耳语说："主教大人，您现在想跟大家说话吗？"

蒙泰尼里默默地摆摆手叫他走开。那些教士们只得退下去，大家交头接耳地议论起来。这种事情是很奇特的，不合惯例的，但是主教要拣这个时机对民众说话，他是有这种特权的。无疑的，他有什么特别重要的话要告诉大家，也许是宣布罗马颁发下来的某种新的改革法令，或是圣座的特别告谕。

蒙泰尼里从祭坛的台阶上俯视着那无数仰着的脸所构成的一片海。他们充满了急切的期待仰望着他，只见他站在上面，寂然

---

[1] 天主教教士们把想免罪的人的名字写在免罪表上，并且印发大量的免罪符出卖给人骗取钱财。这是引起马丁·路德宗教改革的直接原因之一。

不动，面色惨白，如同幽灵一般。

"嘘——嘘！静些！"队伍里的领队人轻轻叫着，那一片喊喊喳喳就变得寂然无声，好像一阵狂风消失在沙沙作响的树梢里。在那屏息的寂静中，所有的人都抬头注视着祭坛上的那个白色的形体。蒙泰尼里从容不迫地说起话来了：

"《约翰福音》里写着：'神爱世人，甚至将他的独生子赐给他们，叫一切信他的，不致灭亡，反得永生。'

"今天是纪念那为拯救你们而遭杀戮的受难者的圣体和鲜血的节日，纪念那涤除世间罪恶的上帝的羔羊，纪念那为你们的罪孽而死的上帝的爱子。现在你们排着庄严的队伍聚集在这儿，来吃那为你们贡献的牺牲，而且来感谢这种大恩惠。我知道，今天早晨你们来参加这次盛宴、分享受难者的圣体的时候，你们的心是充满快乐的，因为你们都记着圣子的苦难，为了使你们可以得救，他牺牲了。

"但是，告诉我，你们之中有谁想起过另一种苦难——那让自己的儿子钉死在十字架上的圣父的苦难吗？当圣父从天堂的神座上向下俯视着加尔佛莱[1]的时候，你们之中有谁想起过他的悲痛吗？

"今天，我的百姓们，当你们排着队作庄严的游行的时候，我曾观察过你们，看到你们的内心是快乐的，因为你们的罪已经赎了，你们是兴高采烈的，因为你们已经得救了。但是我请你们想一想，你们这样得救是用什么代价换来的。你们的得救确实可贵，而它的代价比红宝石还要高；这是用鲜血做代价的。"

听众当中起了一阵轻微而持续的战栗。内殿里的教士们又低

---

[1] 耶路撒冷城外耶稣钉死在十字架上的地方，系髑髅地之意。又译作各各他、加略山。

语起来，可是主教只管自己说下去，大家就又肃静无声了。

"所以，今天我要对你们交代明白：**我是自有永有的**。[1] 因为我照顾到你们的懦弱和愁苦，照顾到你们膝下的小孩，眼看到他们不得不死，我心里就不忍起来了。我看着我那亲爱的儿子的眼睛，我看出了赎罪的血就在他身上。因之我竟丢开他，让他去遭受悲惨的命运。

"罪就是这样赎的。他为你们而死了，黑暗把他吞食了；他死了，永远不能复活了；他死了，我没有儿子了。啊，我的孩子，我的孩子！"

主教的声音变成一种漫长、沉痛的哀号，受惊的听众也发出一种声音，像回音一般跟它应和着。所有的教士都站起来，几个执事助祭走上前去拉住主教的臂膀。但他挣脱了他们，突然转身去面对着他们，两只眼睛睁得如同一头愤怒的野兽。

"你们干什么？难道血还不够吗？等着吧，你们这群饿狼，轮到你们就会把你们统统喂饱的！"

他们急忙退下去，簌簌抖着挤作一堆，呼吸显得急促而沉重，脸上白得像粉笔一般。蒙泰尼里又转向听众，他们在他面前不住晃动着、颤抖着，好像大风之下的一片麦田。

"你们杀死他了！你们杀死他了！我却在这儿吃苦了，只是因为我不肯让你们去死。现在你们带着一套假意的赞美和不洁的祈祷围到我身边来，我是后悔了——我悔不该竟做了这样的事！他是应该活下去的，你们才该落到那污秽的无底的地狱里，跟你们的罪恶一同腐烂。你们这种遭瘟的灵魂能有什么价值，为什

---

[1] 语出《圣经·旧约》，是上帝向摩西介绍自己的话，此处被蒙泰尼里用以自比上帝。

387

么要为你们付出那么高的代价啊？可是现在已经太迟了——太迟了！我大声地喊叫他，他不会听得到；我敲他那坟墓的门，他不会醒过来；我孤零零地站在荒凉的空地上，向四面看看，从那埋着我那心肝宝贝的一片染血的土地上看到那个空无所有的可怕的天空——这就是留给我的唯一的东西了。我已经把他交出去了；啊，你们这些毒蛇的子孙啊，我已经为了你们把他交出去了！

"把你们救主的遗体拿去吧，因为它是属于你们的！我把它扔给你们，好像把一根骨头扔给一群张牙狂吠的恶狗！你们这次盛宴的代价已经给你们付清了；那么来吧，大家狼吞虎咽起来吧，你们这些吃人的家伙，你们这些吸血鬼——这些专食腐尸的野兽！看吧，血从祭坛上流下来了，热气腾腾而且泛着泡沫的，那是我那心爱的儿子的心里流出来的血——为你们而流的血！喝吧，舔吧，让它染红你们的嘴唇吧！肉也来了，快抢啊，夺啊，快拿去吃啊——从此可不要再来麻烦我了！这就是为你们牺牲的肉体——看吧，它被扯碎了，可是还在淌血，还带着一点儿受过酷刑的生命在跳动，还由于那临死的一阵剧痛在那儿发抖！拿去吧，基督徒，拿去吃吧！"

这时他已经把那盛着圣体的龛子抓在手中，高高举到头顶，说到最后那一句话，便把它往地上狠命一摔。随着金属碰到石板地上发出的一阵响声，旁边那些教士便一拥上前，二十多只手一齐把这个疯子捉住了。

这个时候，只是在这个时候，人群中的一片寂静方才突然变成一阵发狂似的、歇斯底里的尖叫；接着椅子也翻了，凳子也倒了，大家拥到门口，互相践踏着，他们在慌乱中拉下了门帘，扯下了花环，于是，一股汹涌澎湃、唏嘘叹息的人潮倾泻到街上去了。

尾声

"琼玛,楼下有一个人要见你。"玛梯尼用一种压低了的声音说。十天以来,他们两个人都不自觉地采用了这样的声调说话。这种声调,加上语言动作上的迟缓和呆板,就是他们心里那种共同悲痛的唯一表示。

琼玛卷着袖子,系着围裙,正站在桌旁包装一小袋一小袋的弹药,准备拿去分发。从今天一早起她就一直站在那儿干这桩工作,现在已经是阳光灿烂的下午了,由于疲倦,她脸上显得有些憔悴。

"是个男人吗,西萨尔?他来干什么?"

"我不知道,亲爱的。他不肯告诉我。他说他要跟你单独谈话。"

"很好。"她解下围裙,放下袖子,"我想我得去见他,但很可能他只是一个暗探。"

"无论如何,我会在隔壁房间里,叫得应的。可是等他走了之后,你该马上去躺着休息一下。你今天站的时间太久了。"

"啊,不!我还是要继续干的。"

她慢慢走下楼梯,玛梯尼默默跟着。这几天来她好像已老了十岁,她那一绺灰白色的头发现在已经扩大成很阔的一片了,她的眼睛总是低垂着,有时偶然抬起来,眼里的恐怖就会把玛梯尼吓得发抖。

在那小小的客厅里,琼玛看见一个粗野的汉子笔直地站在房间中央。从他那种姿势,以及当她进去时他有点吃惊地抬起头来看她的那种神情,她认出他是瑞士卫队[1]的一个士兵。他穿着一套乡下人穿的大衫,分明不是他自己的,一双眼睛不住向四面探望,仿佛怕有人会跟踪他。

"你能说德国话吗?"他用重浊的苏黎世[2]土话问。

"略微能说几句。我听说你要见我。"

"你就是波拉太太吧?我给你带来了一封信。"

"一封……信?"她有点儿发抖,就把手放在桌子上来稳定自己。

"我是那边的一个卫兵,"他向窗外指指那矗立在山坡上的堡垒,"这封信是那个——那个在上星期枪毙了的人写的。是他前一天晚上写的。我答应过他,一定要亲自把信交到你的手里。"

琼玛低下头。那么,他到底写了信了。

"我隔了这么久才送来,是因为,"士兵继续说,"他说过的,除了你本人,我不能把它交给任何人,可是我老不能脱身——他们监视得非常紧。我借到了这套行头才敢来的。"

他伸手到怀里去摸索。那天天气很热,他掏出来的那张折叠着的纸,不仅又脏又皱,而且是湿腻腻的。他两只脚不安地挪动

---

1 教皇国从瑞士招募来的雇佣军。
2 瑞士北部都市,是工商业、金融和文化中心。

着站了一会儿，就举起一只手来搔他的后脑勺。

"你不会跟别人讲起的吧，"他怯生生地说，同时有些不信任的样子向她望了一眼，"我是拼着性命到这儿来的呢。"

"当然不会的。不，等一等——"

当他转身要走时，她喊住了他，伸手去摸钱袋，可是他急忙向后退缩，生气了。

"我不要你的钱。"他粗鲁地说，"我为他做这件事——因为他托了我，我本该替他多做些事情。他待我这么好——上帝保佑我！"

他的声音里有些哽塞，使琼玛抬起头来。他正拿着肮脏的衣袖慢慢擦着眼睛。

"我们不得不对他开枪，"他低声说，"我的同伴和我。当兵的人只得服从命令。我们的枪瞄不准，于是只得重新开枪……他就笑我们啦……说我们这队人都不行……可是他待我真好……"

房间里静静的。过一会儿，他挺直身子，行了一个笨拙的军礼，走了。

琼玛拿着那封信，默默地站了一会儿，然后在敞开的窗子旁边坐下来开始读它。信上的字是密密地用铅笔写的，而且有几处字迹已经模糊。但开头的几个字十分清楚，是用英文写的：

亲爱的琼：

纸上的字迹突然模糊得像一片云雾。她又一次失去了他——又一次失去了他！她一看到那熟识的孩子气的称呼，满腔哀悼绝望的感情就又重新把她压住了。在无可奈何之中,她茫然地伸着两手,好像他身上堆着的泥土正压在她心上一样。

她随即拿起那封信来继续念下去:

明天早晨太阳升起的时候,我就要被枪毙了。因此,如果我要履行把一切都告诉你的诺言,现在就得履行了。但毕竟,你我之间是不大需要解释的。我们一直都用不着多说话就能互相了解,还是小孩子的时候就已经这样了。

那么,你一定明白,亲爱的,你尽可不必为从前那一记耳光的事情伤心。当然,那是一次沉重的打击,但同样沉重的打击,我受过很多次了,而且我都熬过来了——其中几次我甚至还曾给以回击——而现在我仍旧在这儿,就像我们幼时同看的书(书名已忘记)上所说的那条鲭鱼:"活着,跳着,活泼泼的。"不过这是我的最后一跳了,一到明天早晨,就要——"滑稽剧收场了"!你我不妨把这句话翻译成"杂耍收场了";而我们要同声感谢那些神,他们至少已经对我们发了慈悲,慈悲虽然不多,但总算有一点儿;对于这一点儿慈悲以及别的恩惠,我们就应该真心感激了。

说到明天早晨的事,我希望你和玛梯尼都要明白了解,我是非常快乐的,满意的,觉得不能向命运之神要求更好的结局了。请你把这意思告诉玛梯尼,算是我带给他的一个口信;他是一个好人,也是一个好同志,他是会了解的。你瞧,亲爱的,我知道得很清楚,那些陷在泥淖里的家伙,这样快就重新使用起秘密审问和处决的手段来,这就给了我们一个有利的转机,同时使他们自己处在一个极其不利的地位;我又知道得很清楚,如果你们留下来的人能够坚定地团结起来，给他们以猛烈的打击，你们就要看到伟大的成就了！至于我，我将怀着轻松的心情走到院子里去，好像一个小学生放假回家一般。我已经尽了我工作的本分，这次死刑的判决，就是我已经彻底尽职的证明。他们要杀我，是因为他们害怕我；一个人能够这样，还能再有什么别的心愿呢？

只是我还有这么一个小小的心愿。一个快要去死的人是有权利可以提出他个人的心事的，我的那点儿心事就是要你心里明白，为什么我一直都像一头含怒的野兽一样对待你，为什么迟迟不肯把宿怨一笔勾销。当然，这是你自己心里也明白的，我之所以还要唠叨，也不过是写着玩玩罢了。我是爱你的，琼玛，当你还是一个难看的小姑娘、穿着一件花格子布的罩衫、围着一个皱缩不平的胸褡、背上拖着一条小辫子的时候，我已经爱上你了，我现在也还爱着你。你还记得有一天我吻了你的手，而你那样可怜地央求我"请你以后不要再这样"那件事情吗？这是一种不光明的把戏，我也知道的，可是你一定得饶恕我；现在，我又在这张纸上写着你名字的地方吻过了。这样，我已经跟你亲过两次吻，两次都没有得到你的允许。

话已经说完了。别了，亲爱的。

信的末尾没有签名，只写着他们小时候坐在一起念过的一首小诗：

不论我活着，
或是我死掉，
我都是一只

快乐的飞蛇。

半个钟头以后,玛梯尼走进房来。他突然从他半辈子沉默寡言的气度中惊起,丢掉了带来的一张布告,一把将她抱住了。

"琼玛!我的天,你怎么啦?不要这样哭呀——你是从来不哭的!琼玛,琼玛!我亲爱的!"

"没有什么,西萨尔,改天再告诉你吧……我……我现在不能说……"

她把那张沾满了眼泪的信纸匆匆塞进袋里,站起来,朝窗口外探出身子,不让他看见她的脸。玛梯尼不敢说话,只咬着自己的胡须。在这么些年之后,他竟像一个小学生似的泄露了自己的真情——可是她连注意都没有注意到!

"教堂在敲钟呢。"过了一会儿,琼玛恢复了自制力,回过头来说,"一定是什么人死了。"

"我就是拿来给你看的。"玛梯尼回复了他平时说话的声音,从地板上捡起那张布告交给她。那上面是用大号字体匆匆印就的一个围着黑边的讣告:"我们敬爱的红衣主教罗伦梭·蒙泰尼里大人,因心脏动脉瘤破裂,在拉文纳突然逝世。"

她从那张布告上抬起头来向玛梯尼望了一眼,他立刻从她眼光中看出无言的暗示来,就耸了耸肩膀说:

"你还打算怎么样呢,太太?动脉瘤这个词是再恰当也没有的了。"

李俍民翻译《牛虻》的手稿

后记

关于翻译《牛虻》的一些回忆

李俍民

我的书桌上放着一盘晶莹温润、五彩斑斓的雨花石。

这盘雨花石是在"四人帮"残酷迫害知识分子、禁锢中外古典文学作品的十年中,被我珍藏下来的。

在我最困难的时候,它们曾给我以力量;在我最沮丧的时候,它们曾给我以勇气。它们不仅在我心中唤起了对那些抛头颅、洒热血牺牲在雨花台前的先烈的缅怀与追忆之情,它们还与我翻译的小说《牛虻》有过某种独特的思想联系。

那是在1956年初夏,当时南京共青团市委、南京图书馆等单位联合举办了有关《牛虻》的文艺讲座、读者座谈会、文学翻译工作者座谈会等文艺活动与集会。活动结束后,那些单位的同志陪我到雨花台凭吊烈士墓,我就在那儿买了这些雨花石留作纪念。不但纪念先烈,还纪念这一次有意义的有关《牛虻》的文艺活动。当时我想,这些雨花石不但象征我国先烈的革命精神,也象征世界各国为革命牺牲的烈士们的革命精神,而牛虻这一形象,正是体现了这种革命精神的艺术典型。

在浩如瀚海的外国文学作品中,我为什么偏偏要翻译《牛虻》这样一部小说,把它呈献给我国的青年读者呢?这首先要从尼·奥斯特洛夫斯基写的《钢铁是怎样炼成的》那本书谈起。回忆把我带到了抗日战争初期。那时我还是个中学生。梅益同志翻译的《钢铁是怎样炼成的》把我深深地迷住了。这是我当时最爱读的一部翻译小说。由于梅益同志那优美、热情的译笔充分地表达了原著的精神,更使这部小说发挥了巨大的影响,当时有好些青年由于阅读此书而走上抗日与革命的道路。我喜爱这部书,也因此对它的作者产生了很大敬意,但同时在这部小说中却有一个问题使我无法获得解答,这就是牛虻问题。在书中,丽达把保尔称作"牛虻同志"。从书中另一些情节看来,这部描写英雄人物牛虻的小说显然对保尔(其实也是对作者自己)产生过深刻的影响,后来,我有幸读到了《奥斯特洛夫斯基传》,我对他为什么喜爱《牛虻》才有了初步的理解。

《奥斯特洛夫斯基传》里谈到,有一回,古里亚(奥斯特洛夫斯基的小名)约了几个伴儿,爬进逃亡律师列士钦斯基家的花园,从书房里拿了好多好多书,其中一本就是《牛虻》。书中那位临危不惧、临死不屈、为人民而战斗的英勇的牛虻,叫古里亚深深地着了迷;后来,他还常把这个不平凡的英雄的事迹讲给孩子们听。古里亚眉飞色舞地描摹着那个英勇的革命者在临刑前对那些军官和神甫说话时的口气。牛虻已经受尽了一切酷刑,可是他丝毫不屈服,临死之前还把那些刽子手嘲笑一番。他向刽子手们喊道:"开枪吧!轮到我们收拾你们的时候,我们就要用大炮来代替这半打破旧的马枪了。"军官命令兵士们开枪,可是放了第一排枪,牛虻还没有被打死。于是牛虻又对那些兵喊道:"枪法坏透了呢，伙计们！再试一下看！"……这惊天动地的壮烈场面，这气冲牛斗的英雄豪语，不但深深地打动了古里亚，也深深地激励着我。如果能让我也和尼·奥斯特洛夫斯基一样地看到它并把它翻译给读者，那该多好！这愿望从（20世纪）30年代、40年代，直到50年代初期，我的夙愿才得以实现。我读到了两种《牛虻》俄译本，接着又读到了在旧书店里找到的《牛虻》英文原本。当时我废寝忘食地反复阅读了好多遍，决心着手翻译。在翻译的过程中，牛虻那慷慨就义的情节和那充满必胜信念而又寄托着最深切、最真挚的爱情的遗书，使我流下了同情与痛悼的泪水。

1953年到1959年，中国青年出版社曾经发行了《牛虻》近百万册。团中央还向全国团员与青年读者推荐此书为优秀课外读物。当时的《人民日报》《中国青年报》等报刊纷纷发表有关《牛虻》的书评，帮助青年读者遵照毛主席古为今用、洋为中用、批判继承、批判借鉴的文艺方针，正确地理解与分析这部作品；全国各地许多图书馆、文化馆也纷纷组织文艺讲座与读者座谈会来探讨这部作品的优缺点与艺术特色。我感到快慰，因为我为我国的青年朋友们做了一件应该做的事。

《牛虻》对革命者来说，一直是起着鼓舞作用的，高尔基对它的爱国精神与革命的活力作过很高评价。苏联卫国战争时期，卓娅、舒拉和以奥列格为首的青年近卫军英雄们都受过《牛虻》的教育与影响。当时在库班地区有一支游击队就是以牛虻命名的。在我国，《牛虻》自从1953年出版后也起了很好的作用。广大青年读者认为这是一部优秀的作品，他们从牛虻身上学到了许多宝贵的东西。《牛虻》甚至在肃清宗教界潜伏反革命集团的斗争

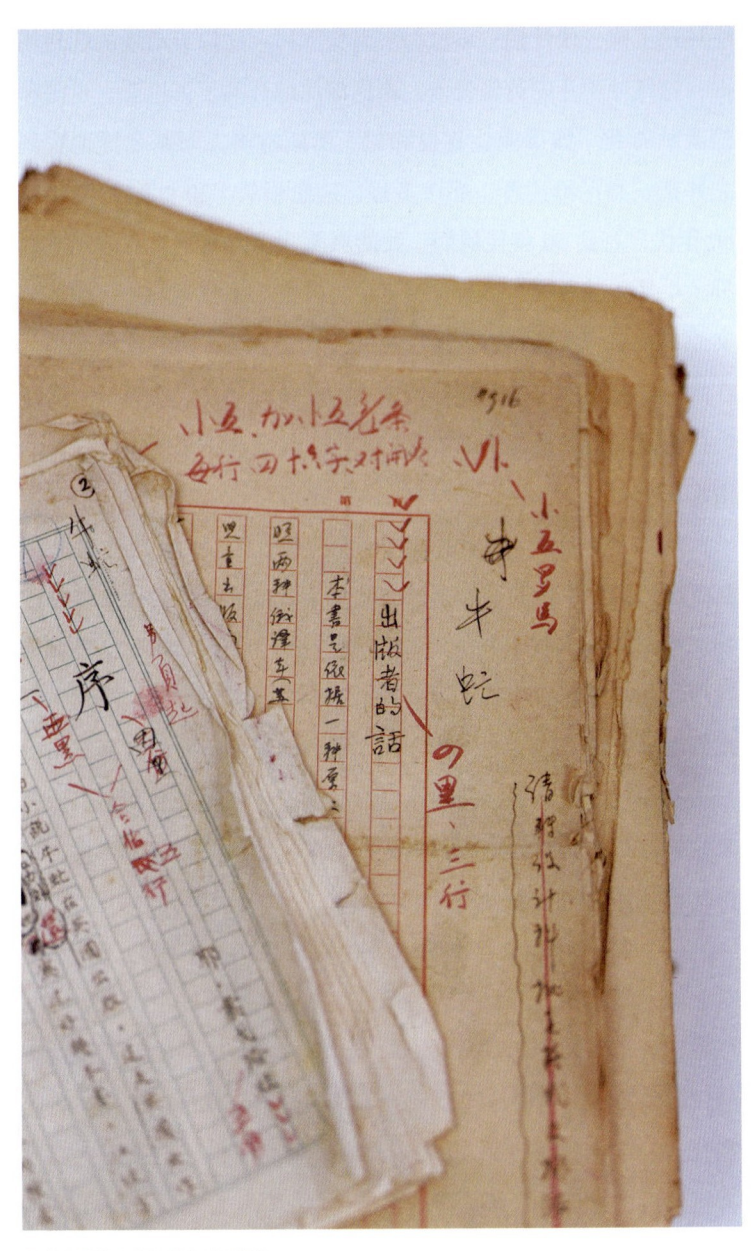

李俍民翻译《牛虻》的手稿

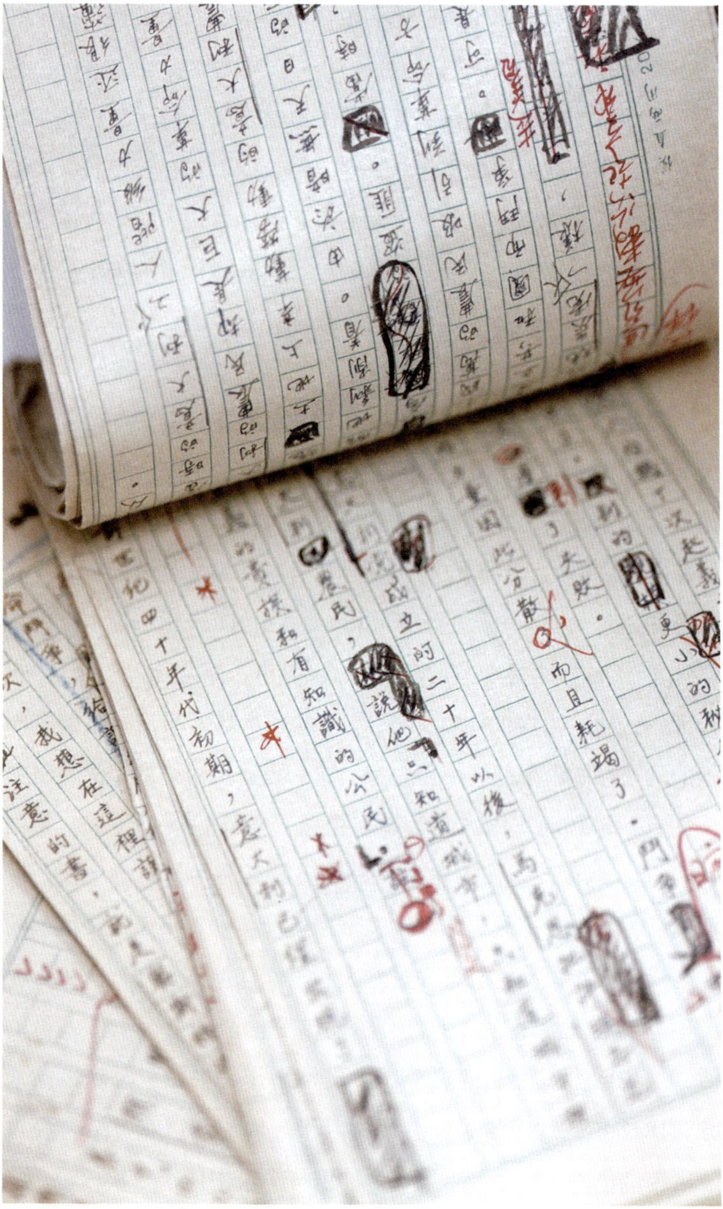

中教育了受蒙蔽的青年，使他们很快认清了帝国主义特务分子利用宗教进行反革命活动的真面目。

《牛虻》在过去时代文艺作品中显然是属于政治思想进步、艺术上也相当完美的优秀作品之列。但长期以来在资产阶级文学评论著作与文学史中却是榜上无名，它的作者艾·丽·伏尼契也是名不见经传。由于"四人帮"的迫害，我所积累的关于这位优秀女作家的资料已荡然无存，现在只能凭我目前还记得起或看得到的一些资料作一番追忆。

《牛虻》的作者，过去都把她当作英国人，其实她是爱尔兰人，因为爱尔兰共和国在1949年4月已经正式宣告成立。过去爱尔兰属于英国，叫她英国女作家自然也可以；但在爱尔兰共和国正式成立以后，我们应当叫她爱尔兰女作家才是。

艾捷尔·丽莲·伏尼契于1864年5月11日生于爱尔兰科克市，于1960年7月28日卒于美国纽约市，享年96岁。她生在19世纪最重要的数学家之一、符号逻辑奠基人乔治·布尔家中。她的父亲在她出生的同一年去世，这一点显然对她的生活与坚强个性有一定影响。1885年，她在柏林音乐学院毕业。1887年到1889年，她在俄国彼得堡曾经跟俄国的革命团体有过接触。回英国后，她曾在伦敦与共产主义革命运动导师恩格斯以及俄国的普列汉诺夫相识。她也曾去过意大利求学，但不知在哪一年。在《牛虻》英文原书序言中曾有感谢佛罗伦萨图书馆工作人员的话，这说明了意大利的这个城市是她创作《牛虻》时到过的地方。1892年，她嫁给了波兰革命者米·伏尼契，双方结合经过颇富传奇色彩。她在彼得堡一个沙俄将军家中任家庭教师时，曾经帮助过一些俄国爱国志士。波兰革命者米·伏尼契在西伯利亚流刑中企图逃亡时曾从一位俄国同志那儿得到了艾捷尔·丽莲在伦敦的地址。这就成了他后来逃到伦敦与这位女作家相识、恋爱以至结合的一种奇特的催化剂。此外，《牛虻》作者还受到当时流亡在伦敦的俄国作家赫尔岑与俄国民粹派领袖兼作家的克拉甫钦斯基的影响。特别是后者，对她的影响很大。克拉甫钦斯基发现这位女作家善于刻画人物的特征与心理，对大自然的描写也具有独特才能，因而竭力劝她从事文学创作并对她进行了帮助与指导，这样她也同时接受了一些民粹派思想的影响。在50年代我国有关《牛虻》的一些评论文章中，早就有人指出此书有民粹派色彩，还有作者那以爱情至上论出现的资产阶级人性论，也曾有好些同志正确地指出并分析过。她认为残酷的阶级斗争是妨害亲子爱（蒙泰尼里与牛虻）与男女爱（牛虻与琼玛）的。这无疑是《牛虻》的主要缺点。

我凝视着书桌上的雨花石，它旁边放着"四人帮"被清除后新印的散发着油墨香气的《牛虻》与刊载着"红旗读书运动"推荐书目的报纸，我的心从遥远的追忆中返回到了幸福的现实！我知道，新印的《牛虻》已加上了编者前言与译者后记，可以使青年读者在分析这部小说的优缺点时获得一些启发与参考。现在"红旗读书运动"恢复了！推荐书目中又有了艾·丽·伏尼契的《牛虻》！青年读者们，你们又可阅读这部优秀的外国革命文学作品了，这是一种幸福。作为它的译者，我愿与你们一起分享阅读好书的喜悦！

1978年8月

李俍民翻译《牛虻》的手稿

附录

能不忆《牛虻》

胡守文[1]

1991年6月3日,中国青年出版社接到一个不同寻常的电话:中国十大翻译家之一、《牛虻》《斯巴达克思》《红酋罗伯》等一系列经典文学作品的译者李俍民先生,不幸在上海病逝。

这是一代翻译巨匠与我们万千读者的永别。痛惜之情,难以言述。以至于近十年[2]的时间过去了,仍让我们难以忘怀。

"牛虻问题"点燃译者李俍民的激情

李俍民翻译《牛虻》的冲动,始于20世纪30年代,而真正动手翻译,则已是新中国建立之初。他曾这样追忆自己对《牛虻》的初恋:

---

[1] 著名出版人,曾任中国青年出版社社长、中国青年出版总社总编辑,中国编辑学会常务副会长,第十一届韬奋出版奖得者。

[2] 本文写于2000年,收入本书时稍有修改。

在浩如瀚海的外国文学作品中，我为什么偏偏要翻译《牛虻》这样一部小说，把它呈现给我国的青年读者呢？这首先要从尼·奥斯特洛夫斯基写的《钢铁是怎样炼成的》那本书谈起。……我热爱这本书……但同时在这部小说中却有一个问题使我无法获得解答，这就是牛虻问题。在书中，丽达把保尔称作"牛虻同志"。从书中另一些情节看来，这部描写英雄人物牛虻的小说显然对保尔（其实也是对作者自己）产生过深刻的影响。

在李俍民的脑海中，"牛虻问题"显然是点燃他向往英雄的激情的导火线。作为英勇的革命者，已受尽一切酷刑而面临死亡的牛虻对那些行刑的刽子手嘲笑般吼道："开枪吧！轮到我们收拾你们的时候，我们就要用大炮来代替这半打破旧的马枪了。"当第一排枪没有将牛虻打死时，他又对那些刽子手喊道："枪法坏透了呢，伙计们，再试一下看！"正是这感天动地的壮烈场面，这气冲霄汉的英勇气魄，深深地激励着李俍民。由此，李俍民深情地表示："如果能让我也和尼·奥斯特洛夫斯基一样地看到它并把它翻译给读者，那该多好！"

"婴儿"在母腹中躁动

十分可贵的是，李俍民这种深埋在心底的创作激情和夙愿，从30年代开始，直到50年代初，一直没能熄灭。直到新中国成立，才为他这种激情的喷发创造了条件。他先后在旧书摊和书店里买到两种《牛虻》俄译本和一种英文原版书。两种俄译本，一种是由儿童出版社出版，一种是由青年近卫军出版社出版。他反复对照三种不同版本的优劣，仔细体味其中的不同，认为儿童版上半部好于下半部，青年近卫军版则下半部好于上半部，但颇为令人惋惜的是，两种版本均有许多错漏译处，且均为删节本。于是他只能遵循英文原版来译，并参照俄译本的长处成文。

而作为中国青年出版社，却差一点儿与这部经典作品擦肩而过。李俍民于1952年初，曾将自己正在翻译《牛虻》一书并希望该书交中青社出版的意愿，函询出版社。但当时出版社的具体经办人回复说：1952年的翻译书出版计划已经决定，不能接受这部译稿。当时，李俍民"虽然感到最适合出此书的青年出版社竟不能出版这样的一本好书而怅然，但翻译工作还是继续进行"着。此时，李译《牛虻》的消息不胫而走，中青社遂不断接到要求出版《牛虻》的读者来信，而此前《卓娅和舒拉的故事》以及《奥斯特洛夫斯基传》等书中所刻画的牛虻形象，在全国青年读者中影响日渐深入。日益迫切的期待和呼声终于使中青社在半年之后的6月19日回复李俍民："《牛虻》一书我们已决定接受你的译本出版，希望你根据英文原版详细校对一两遍后，速同原本及两种俄译本一并寄来。"这是中青社历史上一次令人称道的职业敏感的回归和觉醒。《牛虻》终于着床，并真正成了一个躁动于母腹中的婴儿。

三个回合的"交锋"

然而，《牛虻》的孕育过程并不顺利，从一开始，出版社就和李俍民先生在一系列问题上存在着分歧。我们今天翻拣当年的往来信件，仍可看到双方唇枪舌剑、锋芒毕露的论战。而李俍民先生在信件中阐发的一系列理论和实践的主张，在今天看来，有着多么耀眼的思想光芒！

交锋之一，围绕着《牛虻》中译本是否应该删节问题展开。

1953年6月18日，中青社给李俍民先生的信如是说："这本书的译文，基本上是正确的，但存在相当严重的缺点……我们曾请傅东华先生校对……他一时兴起，大动刀斧改动了许多。……其中30%左右的字句已变成傅先生的东吴软语了。在这种情况下，我们又经过两道校改整理，并按苏联青年近卫军出版的俄语版本加以删节。"6月23日，李俍民就此回复出版社：

我是一个各方面的修养都很差的初学翻译的人。我深深地相信：经过你们审校修改后的《牛虻》，对我今后翻译水平的提高，一定有极大的帮助……此外，我更有一个要求，那就是在《牛虻》出版后，我希望你们能把我的译稿和英俄《牛虻》原本寄给我，这在我是最理想的业务学习材料。第一，我可以向傅先生学，看他的校改方法、态度、对原文的理解等等。其次，我又可以向你们学，学习你们在校改译稿时所掌握的原则和精神。

我们不能不佩服李先生的大度：对他的译稿横加杀伐，他没有在意过；可是，却在他视为原则的删节问题上展开了不屈不挠的奋争。

1954年12月30日[1]，他行书给中青社：

1　中译《牛虻》第一版已于1953年7月出版发行。

我有没有对你们不满的地方呢？……这一点我预计提出来时可能遭到你们否决，但是既然我有意见，好些读者有意见，我就不得不为了原作者和读者向你们提出抗议，而且间接的也是向苏联青年近卫军出版社和儿童出版社的编辑人员提出抗议。我觉得对一部古典的文学作品，基本上应当力求保持原作的完整性。首先，《牛虻》是不是一部古典文学作品呢？……在苏联和我国来说，那已是无可置疑的了。高尔基、尼·奥斯特洛夫斯基、卓娅的母亲以及我国的文学批评工作者王任叔、韦君宜的文章都可以证明。其次，古典文学作品中有没有不合乎马列标准的，有没有对青年、儿童有害或者是不适合的东西呢？自然有，而且一定有。但是，就以我国的《红楼梦》等书为例吧，人民文学出版社（或作家出版社）在整理出版的时候难道可以把作者原文加以删节吗？我记得报刊上曾载有读者向人民文学出版社编辑部提出质问，说是《水浒》中有迷信的地方（洪太尉误走妖魔），为什么不删去？他们的答复大意就是：尊重原作者，书中的好坏应由读者加以辨别和扬弃。我觉得这态度是正确的（编辑者可以加注，加说明，甚至加上整篇的批评文章，但是不应该删节原文）。而反之，就是不正确，就是不尊重原作者，不尊重古典文学作品，就是粗暴！……自然，有时也有例外，我不反对儿童出版社为把《牛虻》中牛虻对绮达的不合理的侮辱女性的态度的那一段加以删节，而《牛虻》一卷第二章游阿尔卑斯山时对蒙泰尼里那样自己感觉犯罪的心理描写加以保存，我也觉得完全是对的，但对第三卷第八章中的大段描写（也是描写蒙的心理）加以删节就令人不可解了……因为青年已有辨别的力量。……我觉得你们删去的地方并没有什么宣扬迷信的地方，那也是对蒙泰尼里的深刻的内心描写。所谓"宗教气氛过浓"加以删节的说法是站不住脚的，因为这是配合衬托人物心理描写的环境特写，这一浓重的宗教气氛恰恰有助于人物的心理解剖，使人物的精神状态更见突出！一卷二章那段对日落时阿尔卑斯山山谷的描写，我认为在文学作品中是罕见的。

而1955年2月8日，中青社在给李俍民先生的回信中反驳说：

关于《牛虻》是否是古典作品，这个问题，我们之间没有不同看法。但是，古典作品是否就不能删节，有所删节就等于粗暴？这个问题，我们有不同的看法。我们出版一部古典作品，就因为这部古典作品，对今天的广大青年读者来说，仍然有一定的积极的意义，决不是为古典而古典。因此我们认为其中一些不健康的易起副作用的，特别是显然有害的地方，必须有所删节。……至于《牛虻》一书中所作删节是否全部都很恰当，我们可以作进一步商量研讨。

不幸的是，这种"商讨"进行了很长一段时间。以至直到李俍民先生去世后的1994年，才在重新排印时大部恢复原删节部分。[1]

交锋之二，围绕着注释问题展开。

1952年6月22日，中青社在收到李俍民先生一部分《牛

---

[1] 2013年再版时（即第三版）已全部恢复。

虻》译稿并审读后，向李先生提出："关于注释，我们有这样的意见：1. 一律改用边注；2. 有些已成常识的东西，可以不必加注，如'比萨''热亚那''十字架'[1]等；3. 谈到耶稣的故事，必要时只须注明一下事情经过，帮助读者了解本书即可，不必加上'见新约……福音……'等字样，因为没有必要让青年读者去'见'新约；4. 注释应当尽量做到不要客观主义；5. 碰到引用新旧约上的话时，似可考虑自己重新译，不必用旧译文。"而李俍民在紧接着的两封回信中，针锋相对地提出：

关于注释，我有这样的意见：客观主义的部分我已有了纠正，但你们所谓"常识"的一部分如比萨、佛罗伦斯我还是主张保留。我认为，当此祁建华同志的速成识字法大力展开时，在我们（大概相当于大学水准甚至更高）认为是常识的东西，一般文化水准较低的读者还是陌生的，即使是初中水平的人，让他们温习一下旧有的地理知识也不会有什么坏处。……"比萨"一类的注解，你们认为是"常识"的东西，其实大都是俄译本的注解。苏联青年的文化水准无疑地高于我国的青年们，他们也这样做，可见我前信中的"有益无害"的主张是对的，……关于客观主义的批评，尤其是"不需要青年们去见新约"大体上是对的，但也有值得商榷的地方。我认为，《牛虻》一书除了一般的革命的意义，还有反宗教特别是反天主教的作用。我们不能忘记在中国有可能是数十万甚至数百万数量极其巨大的青年基督教徒，这本书一定会像炸弹一般地使他们感到震动。正如鲁迅先生从旧社会出来挖

---

[1] 书中做注的应为"十字架之路"，而非"十字架"。

旧社会的疮疤更见厉害一般……

针对李先生上述意见，中青社在6月28日又回复说：

经我社《奥传》与《卓娅和舒拉的故事》两书（《牛虻》大致也属这一类）的发行情形看，读者还是以初中高年级、高中、大学程度的青年占绝大多数（至少在目前是如此），据我们在北京的了解，这样的读者对象，一般水平还不至低到连"十字架""热亚那"一类的东西都不知道。因此，我们在6月下旬给你的信上，提出了已成常识的东西，不必加注的意见。——你这次来信既然认为我们这个意见是"所谓常识"，显然与我们的看法尚不一致，因此有必要再作这么一个说明。

这样"一个说明"，无疑就是一个结论。[1]

交锋之三，围绕着书装和插图展开。

在这一轮的交锋中，李俍民始终保持着一个进击者的姿态。他初始是给中青社的责编开了一份备忘录：关于《牛虻》排印技术问题；关于《牛虻》的开本、装帧、编排次序与插图问题。特别是这第二个问题，李先生简直已经独自完成了《牛虻》一书的整体装帧设计，甚至具体到哪一页用一张什么样的图，尺寸多大，是否彩色，用什么纸，上面印什么字、字号多大等等。为了确保

---

[1] 最终中青社采纳了李俍民先生的主张，在1953年出版时保留了注释。本版又对部分注释做了补充。

他的设计的完整性，他同时提出了一个装帧设计的"最低方案"和"最高方案"。确保"最低"，力争"最高"，他又用了一个激将法：1952年8月20日，李俍民先生寄赠了一本光明版的《奥斯特洛夫斯基传》并附信一封：

> 关于封面和插图，我先要代孙广英同志[1]向你们提出抗议。我认为，偌大一个青年出版社决不应该在插图上不替读者打算，因为好的插图所起的教育作用与原文的文字相同，有时与原文文字合起来，甚至会起更大的作用。我要不客气地说，《奥斯特洛夫斯基传》的光明版在装帧与插图上大大地胜过了青年出版社，而售价又低，这是一桩不很光彩的事情。我希望《牛虻》不要再遭到插图被削减的命运。

这一次的交锋，未见中青社应战，李先生唱了一出独角戏，但这出戏唱得着实精彩——喧宾夺主的结果，是创出了一个众人喝彩的《牛虻》封面和插图[2]。中青社把不光彩变成了光彩，李先生不正是在其中起到了一个"导演"的作用吗？

综上所述，这着实是只能产生并存在于那个年代的非同寻常的革命情谊，同事之间，出版社与作者之间，心无芥蒂，赤诚相见，无数的经典和传世之作，就是在这种精诚合作和精益求精中

---

1 孙广英为青年出版社1951年出版的《奥斯特洛夫斯基传》的译者。这个版本的《奥传》没有插图。

2 1953年初版使用了苏联版本的插图并以之作为封面，1978年起使用李恒辰设计的封面和倪震创作的插图，沿用至今，已成经典。

孕育和诞生着。

伏尼契还活着

1955年年底，中国作协会员、著名作家封凤子突然收到她的朋友、北京外国语学校美籍教授倍莎·史克写给她的一封信。信中写道：

亲爱的凤子……你当然是知道《牛虻》的作者伊莎尔·伏尼契[1]的，她是威廉（倍莎·史克的丈夫）的祖姑母，下面是威廉写的关于她的事："最近我去看了伊莎尔几次……她的问题之一是仅有少许或竟没有钱，她的书的畅销并没有给她带来益处，她现在是一无储蓄地生活着，有间舒适的房间和食物，但仅此而已，有些费用是由安供给的，安整日地工作着，同时还照顾着她。如果中国的文化界人士知道这情形，设法给她寄些版税来岂不很好吗！当然现在我们的政府不会允许他们汇款来的，但是让伊莎尔知道有人在关心她，帮助她使她自立，是有很大意义的。为什么你不写信把这事告诉郭沫若呢？"

也就是在这封信中，倍莎·史克告诉封凤子，伏尼契仍活着，居住在纽约，已是94岁高龄。继而，伏尼契的身世被揭开了：她的丈夫是波兰人，曾因参加波兰民族革命，被沙皇流放到西伯利亚，逃出后隐居伦敦，靠卖古籍珍本生活。因为这种买卖

---

[1] 即 Ethel Lilian Voynich，现译为艾捷尔·丽莲·伏尼契。

在美国较为好做，便移居美国。伏尼契的丈夫早已去世，她孤身一人，生活濒于困境，只有她从前的女秘书安娜供给她一部分生活费用。

伏尼契竟还活着！竟然如此贫困地活着！这一消息，无疑对每一个中国读者都是一个难以置信的消息。

惊动了胡耀邦

中国作家协会收到封凤子转来的信件，迅速作出反应，于1956年1月以办字第0065号文件的形式，主送当时的中央国际活动指导委员会，同时抄送当时的团中央书记胡克实并转团中央宣传部部长项南。文件的末尾这样写道：

伏尼契的《牛虻》在我国青年中影响很大，但她的生活目前竟陷于困境。我们认为我国应对伏尼契有所表示，并给以帮助。为此建议：

一、请中国青年出版社以付《牛虻》版税的名义，汇寄给伏尼契一笔款项，并向她表示慰问。

二、请新华社和有关报刊发表消息，使人民了解她的处境及中国读者对她的关怀。

以上意见如可行，请批转有关单位办理。

项南同志收到这一文件之后，随即于1956年1月25日起草两点意见：

中国青年出版社

抄件

办字第〇〇六五号

主送机关：中央国际活动指导委员会
抄送机关：中宣部办公室，中宣部文艺处，国务院中央胡克实，新华社党组，人民日报总编室。
附件：倍抄给封凤子的信的译文

封凤子同志：

去年年底我们收到我会会员封凤子寄来的一封信，这封信是北京外国语学校姜蕴教授转来的。史克联系。关于伊沙尔·伏尼契的情况，她作了如下介绍：

伏尼契的丈夫是波兰人，曾因参加波兰民族革命，被沙皇流放到四州利亚，逃出后历尽艰辛，便移居美国。因为这种复杂性格，使修养较为好，伏尼契的丈夫早已过世。现在伏尼契独身一人，生活颇为困难，只有她从前的女秘书安妮供给她一笔生活费用。

从倍抄写给凤千的信中，我们始知「牛虻」的作者伊沙尔·伏尼契·伏尼契仍然活着。威廉姆曾倍抄能将伊沙尔·伏尼契的情况转告给郭沫若同志，请中国文化界给以援助。

倍抄·史克写给她的）信中谈到她（倍抄）的丈夫威廉姆从美国寄来的信中曾提到关于「牛虻」的作者伊沙尔·伏尼契的生活情况。威廉姆曾倍抄能将伊沙尔·伏尼契的情况转告给郭沫若同志，谓中国文化界给以援助，久返回祖约。

（今年已九十四岁了。）

地址：北京东四十二条老君堂十一号　电报挂号：4357

中国作家协会办字第 0065 号文件抄件

中国青年出版社

抄件

来信我们又到北京新华社文艺组联系。他们说：一九五五年夏天摄影，史克在北戴河遇到列宁格勒文学报的一位记者，谈到了伏尼契的现状。苏联记者回国后，即引起苏联敌府的重视。苏联驻联合国代表团曾邀请伏尼契出席虚欢迎莫洛托夫的大会。伏尼契因年老未能出席。同时，苏联记者代表团访美时，又访问了伏尼契。此事新华社曾有报道（见一九五五年十二月二十一日新华社新闻稿第二十五页）。

伏尼契的"牛虻"在我国青年中影响很大，但她们生活目前竟陷於困境。我们能为我国应对伏尼契有所表示，亦给以帮助。为此建议：

一、请中国青年出版社以付"牛虻"版税的名义，汇寄给伏尼契一些款项，亚向她表示慰问。

二、请新华社和有关报刊发表消息，使人民了解她的处境及中国读者对她的关怀。

以上意见如可行，请批饬有关单位办理。

此致

敬礼！

中国作家协会党组

一九五六年一月廿一日

地址：北京東四區十二條老君堂十一號　　電報挂號：4357

一、请黎群同志[1]写一报导，"牛虻的作者还活着"，登中国青年报，并请新华社转发一下。

二、同意付给版税，请语今同志[2]计算一下，并研究如何转给她。

报社写报导时，可把付版税的事也写在里面。

请耀邦同志批示。

发消息及付版税前再请示国际活动指导委员会。

胡耀邦大笔一挥："同意。"并签名"胡"。

"两地书"

中国青年出版社根据项南的意见和胡耀邦的批示，遂于1956年2月9日行文请示文化部党组织："我们考虑以一次付给稿酬美金5000元为恰当，可否如此支付，交国际书店能不能汇达，请予批示。"在得到文化部党组的肯定答复后，1956年5月8日，时任中青社总编辑的李庚同志提笔给伏尼契写了一封热情洋溢的信：

亲爱的夫人：

我很愉快地告诉您，虽然这也许是您第一次接到一个中国出版者的信，但新中国千千万万的青年读者早已熟悉您的名字和您

---

1 张黎群，时任中国青年报社社长。
2 朱语今，时任中国青年出版社社长。

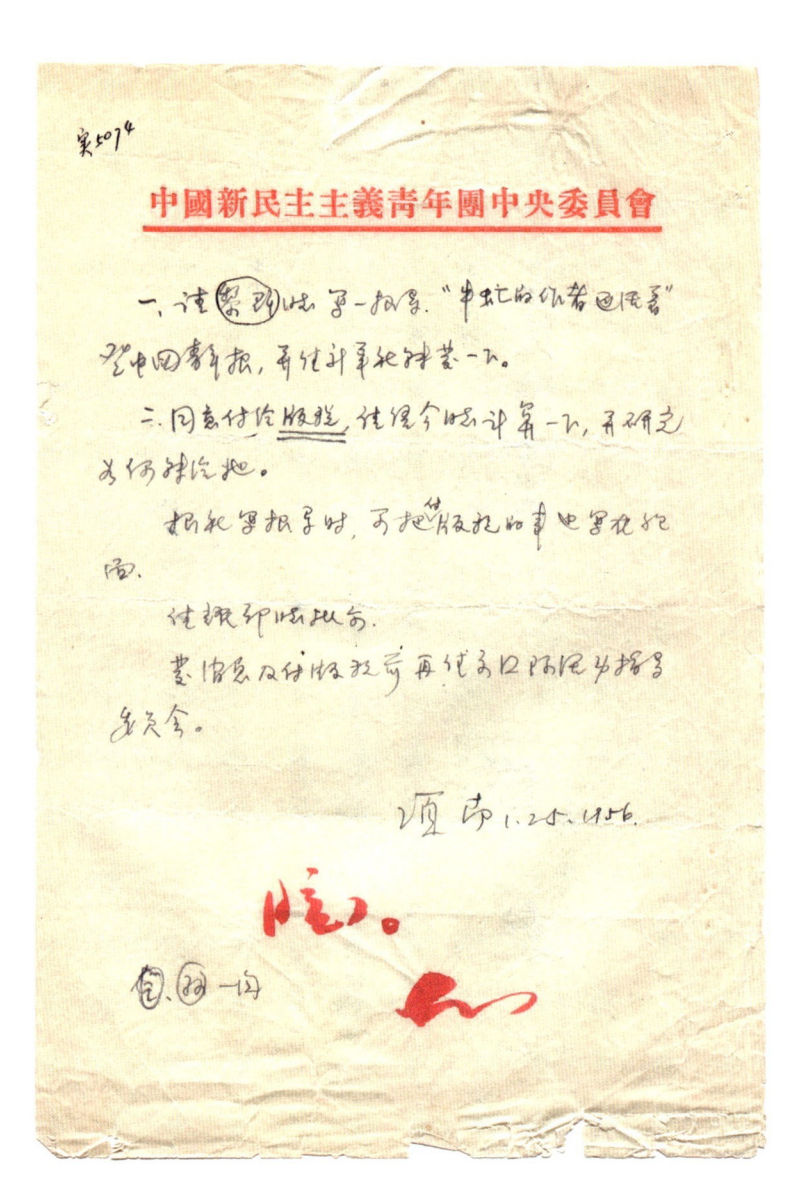

中国新民主主义青年团中央委员会

一、请（耀邦）批字一按语："中学生的恋爱回忆录"望中国青年报，再作非学批评基一下。

二、同意付给版税，请你今晚评算一下，并研究交给谁恰把。

把批字报子时，可把版税的事也写批把同。

请撮邵临批奇。

费怡忽及付版税奇再代写口附笔叶换字无忌会。

　　　　　　　　项南 1.25.1956.

（签名）

（签名）

项南起草的意见和胡耀邦的批复

423

Chinese Youth Publishing House
Peking, China
~~April~~ May 8th, 1956

Mrs.
~~Madam~~ E. L. Voynich
450, West 24th St.
New York City.
~~New York~~ U.S.A.

Dear Madam,

    I have the pleasure to inform you that, though this might be the first time that you receive a letter from a Chinese publisher, your good name and your famous novel "The Gadfly" have been known to thousands and thousands of young Chinese readers since a long time. The Chinese version of "The Gadfly" was published by this publishing house in the month of July, 1953. Its publication served to satisfy the long-standing demand of the Chinese reading public. It created a sensation as soon as it was out and it found a prominent place both in the public and private libraries throughout the country. A great number of reviews appeared in the papers and magazines recommending the book. Meetings for discussion have been held by the readers. The Gadfly, hero of the book, deeply impresses each and every reader with his fiery patriotism, his passionate love for the righteous cause, his loyalty and perseverance and his sacrifice for his own noble faith. The number

时任中国青年出版社总编辑李庚 1956 年 5 月 8 日写给伏尼契的信

424

p.2.

of copies in circulation of this book alone eloquently explains what a great influence it exerts over the Chinese readers' mind: up to August, 1958, it has been printed seven times. 200,900 copies were printed at the first impression while the accumulated number of the seventh impression amounted to 706,935 copies. It should be pointed out that, before the liberation of China, the average number of copies in circulation of translated novels used to be no more than 0.5 per cent of this figure.

  The Chinese readers are always thankful and respectful to you, the authoress of this excellent novel and we are happy because "The Gadfly" is among the best books so far published by us. We have recently sent you $5,000 through parties concerned as the remuneration for your book being translated into Chinese. We have also sent you four complimentary copies of the Chinese version of "The Gadfly" through Kuo Chi Shu Dian, Peking. Please send us an acknowledgment and oblige.

  In the meantime, we hope you would be kind enough to write a preface for the Chinese version of your book.

  With best wishes from me and from the Chinese readers of "The Gadfly".

Yours Sincerely

Lee Ken
Editor in Chief

(Space for signature)

From Mrs. E. L. Voynich
450 West 24th Street
New York 11, N.Y.

Mr. Lee Ken
Editor-in-Chief, Chinese Youth Publishing House
Pekin
CHINA

VIA AIR MAIL

450 West 24th Street
New York 11, July 23, 1956

Mr. Lee Ken, Editor-in-Chief
Chinese Youth Publishing House
Peking, China

Dear Sir:

Many thanks for your kind letter of May 8th and for the remittance of $5,000 which was forwarded to me from Geneva, Switzerland.

The news that my novel The Gadfly has been translated into Chinese and has found so many readers among your people is one of the great surprises and pleasures of my old age, and I wish to thank you most sincerely for the information you have given me about the popularity of this book in China.

I must very reluctantly refuse your request that I write a special preface for the Chinese version of The Gadfly, as well as similar requests from two other countries. This is partly because I doubt the value of authors writing prefaces to their own novels, and also because, in view of my extreme age, I must devote such energy as now remains to me to the completion of still unfinished work. I feel sure you will understand that this refusal does not imply any lack of appreciation on my part of the honour you do me in asking for a preface.

I have delayed my reply to your letter in the hope that I would be able to acknowledge at the same time the receipt of the four copies of my book in Chinese, which your letter states have been sent to me through Kuo Chi Shu Dian, Peking. Unfortunately, these have not yet arrived. When they do I will write to you again.

With best wishes to you and my Chinese readers,

Sincerely yours,

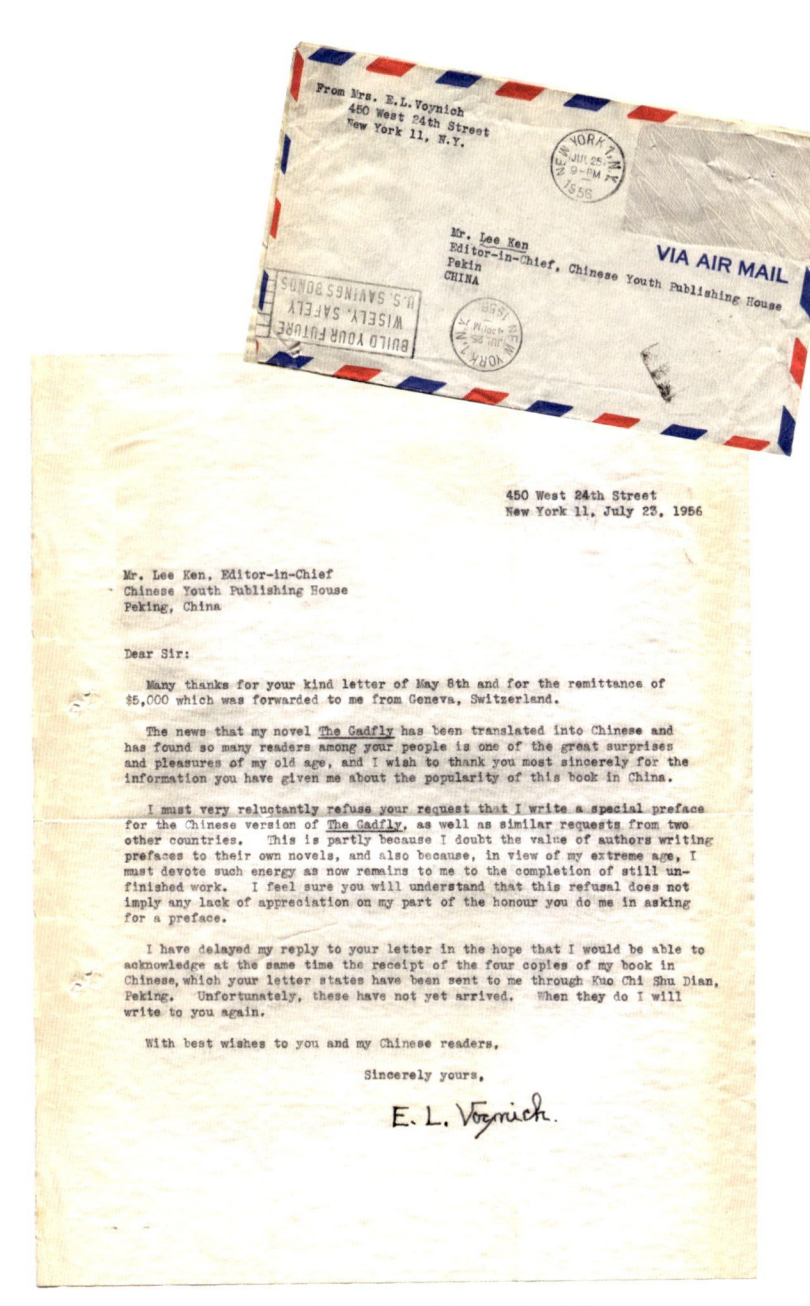

E. L. Voynich.

伏尼契 1956 年 7 月 23 日回复中国青年出版社总编辑李庚的信

的著名的长篇小说《牛虻》了。《牛虻》这本书于1953年7月由我社出版了中译本,该书的出版满足了新中国青年读者长期的渴望,出版之后立即轰动一时,并且在全中国大大小小的图书馆里和私人的书架上占据了显著的地位。报刊上发表了很多推荐的评论,读者们举行了很多次讨论会。书中主角牛虻的热爱祖国、热爱正义事业的优良品质以及他的坚贞不屈、为自己的崇高信仰牺牲生命的伟大精神,深深地激励了每一个读者的心灵。单是本书的发行数量就足以雄辩地说明它在中国的读者群中发生了多么巨大的影响:截至1955年8月为止,该书共印行了七次。初版的印数为二十万零四百册,第七次的累计印数为七十万六千七百三十五册。应该指出的是,在中国解放以前,翻译小说一般的印数不超过本书现有印数的百分之零点五。

中国读者对您,这本优秀的小说的作者,一向怀着崇敬和感谢的心情,我们的出版社也因为在已经出版的优秀作品里有一本《牛虻》而感到高兴。现在我们已将您的稿酬五千美元通过有关方面寄给您,并另外通过我国国际书店寄赠给您四本《牛虻》的中译本,希望您收到以后给我们一封回信,并希望您能为该书的中译本写一篇序言。

谨代表《牛虻》的中国读者向您致敬。

而伏尼契则于1956年7月23日回复中青社总编辑李庚同志:

亲爱的先生:

五月八日来信以及从瑞士日内瓦汇来的五千美元均已收到,谢谢。

我的小说《牛虻》被译成中文并在贵国人民中拥有这样多的读者的这个消息，是我晚年中听到的最令人惊喜的消息之一，至诚地感谢你把这本书在中国得到好评的消息告诉我。

我不得不违背自己的心愿，拒绝为《牛虻》中文版特别写一篇序言，另外还有两个国家也曾经提出过同样的要求。一方面是因为我怀疑作家为自己的小说写序言的价值，同时又因为我的高龄，我必须把余力用在完成我尚未完成的作品上。相信你们能够理解我这样做并不意味着我对你们请我写序言的诚意有任何不感谢的地方。

……

谨向你和中国读者问好。

这是一封由伏尼契亲笔签名的无比珍贵的信件；这也是中国文学史上一段弥足珍贵的史料；这还是一部极其精彩而深刻的文学档案。它带给我们的思想，是那么绵长而幽远。

2000 年 8 月

李俍民和他最喜爱的译作《牛虻》

董荷英[1]

《牛虻》中译本自1953年初版以来,迄今已有四十余年,印数达二百多万册。现在中国青年出版社将《牛虻》重排再版,以使其更完善,如果俍民仍健在,一定会感到非常高兴与欣慰,可惜他已于1991年离开了人世。

我认识俍民,是因为既是同乡,又是小学同学。中学时,他在宁波读书,我在上海求学。七七抗战爆发,我们在家乡重逢。当时全国掀起了轰轰烈烈的抗日救亡运动,我们在家乡也一起投入了这项运动。数月后,又一个学期开始,我们各回原地就读。从此我们就经常通信,经过十余年的友谊与深切了解,我们在上海解放前夕才结了婚。

俍民为人谦和热忱,有正义感,嫉恶如仇。他自幼爱读古典文学作品,特别是《水浒传》等英雄故事;随着年龄的增长,他博览群书,知识面增广。他的中学时代正值抗日战争,他一面在

---

[1] 译者李俍民先生的夫人。

年轻时的李俍民和董荷英

李俍民和他最喜爱的《牛虻》

校主编《效实学生》，一面又写些形势评论文章，发表在《浙江潮》等刊物上，他还写过《变了》等长诗，并参加通俗抗日话剧《精忠报国》等的编、导、演工作。1941年他因心脏病发，在上海疗养，利用时机开始自学俄文，后来因不堪忍受日寇的暴虐，待病稍好即奔赴苏皖边区抗大四分校学习，毕业后在淮宝中学教书。抗战胜利后，他再次来沪诊治心脏病并进沪江大学攻读英语，同时继续进修俄文。

　　俍民经常阅读各种外国文学作品。第一次引起他对《牛虻》注意的书，就是奥斯特洛夫斯基的《钢铁是怎样炼成的》。虽然书中所叙述的关于"牛虻"的一切只是几个片段，但却引起他强烈的好奇心，于是他决心要找到这本书。由于他对《牛虻》一书的穷索不舍，终于使他多年的夙愿得以实现。他先是读到两种版本的《牛虻》俄译本，接着又有一个偶然的幸运在一家旧书店里淘到《牛虻》的英文原版。经过对这三个版本《牛虻》的多次反复阅读理解，他深为此书的情节所激动和震撼，认为这是一本不可多得的好书，对革命者来说，它起着鼓舞与激励的作用。于是他决定着手翻译，并由中国青年出版社出版。《牛虻》中译本问世后，果然得到了广大读者尤其是青少年的喜爱，在当时引起了轰动，从1953年到1959年就发行了近百万册。十年浩劫中，《牛虻》当然成为被批判与禁锢的对象，但它竟如书中的主人公一样顽强异常，以没有封面封底、缺页、卷角、纸面发黄的面貌，在读者间悄悄地你争我夺地流传着。《牛虻》鼓舞与激励着许许多多处于压抑困苦与濒临绝境中的人们，奋起他们的斗志，使他们勇敢地忍受与承担种种的考验。由此可见，一本好书，其作用往往可以影响到几代人。我觉得《牛虻》就是一本这样的书。近惠玲同志：

你好！七月下旬寄至有一段信给你，未知收到否？念念。

《牛虻》第二章中被删节的一些段落，我花了不少力气才找到，把它抄录寄至。希望能补上。这整段一千多字，在收插入后版《牛虻》的第13页末行以后、第14页的第一、二行之前。因为这末段文字，在插入之中已有，应接入第14页第七行起，就照原来的排下去，希可有改动。

因为我近来有病，后记也是勉强写的，我没有经验，也不知道是否妥适？现将删节部分与后记寄上。删节部分务必给补上，后记供参阅，由您决定吧！

数十年来，很感谢你的协作很融洽，我也很坦率地讲，谢谢您的关照！

希望你接到信后，对删节部分的补入与后记等有什么考虑处理，均请给我一个回音。

《牛虻》已在重排，一定很忙，祝此即请

编安

董荷英
1994.8.24

董荷英写给《牛虻》第三版的责编杜惠玲的信。信中提及的删节部分已恢复，"后记"即《李俍民和他最喜爱的译作〈牛虻〉》一文。

433

十几年，《牛虻》又发行了一百多万册，足见它的强大生命力。

俍民一生所追求的是铁的人物、血的战斗、慷慨悲歌的革命英雄主义。在他四十多年的翻译生涯中，前后共译了《牛虻》《斯巴达克思》《白奴》《红酋罗伯》等六十余部作品。《牛虻》是他最喜爱的一部译作，他将永远与《牛虻》同在，与广大读者同在。

1994 年 8 月

我为《牛虻》作插图

倪震[1]

我最初读到伏尼契的小说《牛虻》，是在 1953 年。那时，我还是一个刚考上初中的少年。

1950 年代初期，是中苏友好的岁月，大量引进了不同题材的苏联文学作品。针对青年成长教育的翻译小说，有《普通一兵》《卓娅和舒拉的故事》，尤其是广泛传播的《钢铁是怎样炼成的》。在这本书中，主人公保尔·柯察金从普通少年成长为红军优秀战士的过程中，他受到一部外国小说的巨大影响，这部小说就是《牛虻》。由于这部小说中的主人公亚瑟不平凡的命运——从一个天真纯洁的神父之子，觉醒之后毅然投身血与火的革命斗争，变成一个视死如归的无神论者，最终献出了自己的生命——给予保尔·柯察金的性格成熟，产生了非同一般的影响，反映了一个无产阶级的战士，如何从一个意大利反宗教的革命青

---

[1] 中国电影艺术家、教育家、著名编剧，创作了《大红灯笼高高挂》《红粉》《鸦片战争》等获多项国际、国内大奖影片的剧本。

年身上汲取战斗的力量和坚定的信念。

当时，看完了《钢铁是怎样炼成的》小说的中国青年人，都十分渴望马上能读到《牛虻》这部小说。1953年秋天，我得到这部小说的中译本，如饥似渴地一口气读完了它，认为不但中译文笔优美，而且由苏联版本转引过来的插图也相当精美，主要是插图画家通过牛虻的外形对他的性格刻画，达到相当准确的程度。

那时，我还在苏州的外祖父家，就读于市立第六中学，是一个十分迷恋绘画的初中学生。课余时间，常常在外祖父家门外大街上画速写，画挑担进城的菜农、卖杂货的小贩、轮船码头上的船工、老虎灶上供水的大嫂……其后，我先后考进了中央美院附中以及北京电影学院美术系。

不过，我从来不曾想到，未来的某一天会成为中文版《牛虻》的插图作者。

1978年的一天，忽然有一位中国青年出版社的美术编辑来找我说："《牛虻》这部小说要再版。这一次，我们不用苏联版本的插图，需要中国画家自己来创作一套表现书中人物和情节的插图，希望你能接受这个任务。"

我真是又惊又喜，感到十分意外又非常幸运。

静下心来想一想，他们为什么会找到我呢？！

可能因为1976年"文化大革命"结束前后，《人民文学》《人民电影》（《大众电影》复刊之初曾一度改名为《人民电影》）等刊物先后复刊，陆续发表过不少中、短篇小说和电影剧本，我曾经如约画过不少的插图。在一个青黄不接的特殊岁月中，我的专业努力和认真态度，得到了出版界有识之士的关注和肯定，才使我获得了为小说《牛虻》中文版创作插图的机会。

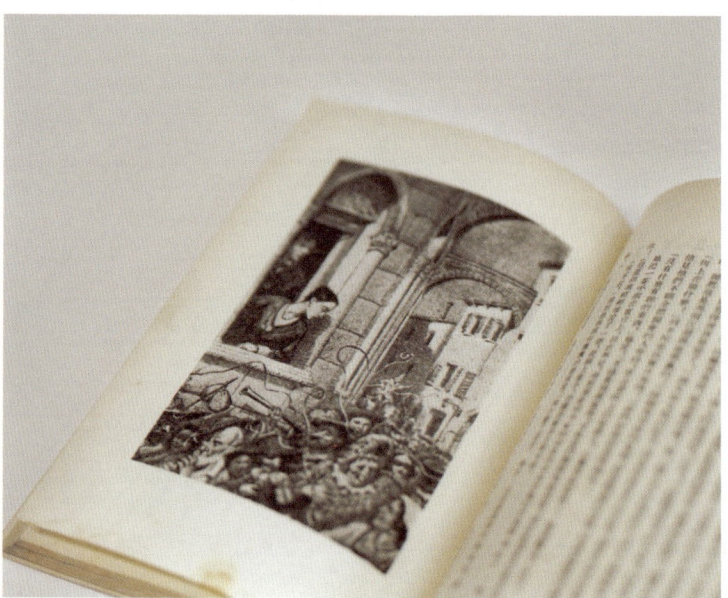

由苏联版本转引过来的插图

由苏联版本转引过来的插图

一个中国作者要为一本外国小说画插图，离不开两项基本条件：第一，要有较充分的原小说所在国的地域风貌、建筑风俗、人物状貌等形象资料；第二，要有源于这些资料的独特的想象力。

虽然，苏联电影艺术家在1957年前后拍摄过一部改编自同名小说的电影《牛虻》，并且演员阵容强大，是当时苏联电影界的当红巨星出演，我在进入电影学院前后多次看过这部电影，但是，凭我当时阅历不深的入世之感和艺术鉴赏力，认为电影《牛虻》和小说《牛虻》之间，在气质上相距颇远，俄罗斯人的粗犷刚强和无产阶级革命的理想主义，与意大利人浓郁的宗教气息以及女作家细腻、忧伤的叙事格调，似乎令人有完全不同的感受。尤其是伏尼契笔下的牛虻，是一个少年时忧郁敏感、流亡时受尽心灵和身体创伤、虽革命斗志坚强却内心孤独冷傲的男人。文学形象本来就是经由读者充分的想象而展示千姿百态的接受对象，"亚瑟——牛虻"，对于各国读者而言，也是毫不例外的一个例子吧。

北京电影学院图书馆里，有十分丰富的各国电影杂志和画刊，虽然那时我已毕业，虽然"文革"刚刚结束还未全部开放，但我仍得到了主管老师的大力支持，让我有充分的自由翻阅和使用外国电影和摄影资料，在占有大量有意大利和欧洲18—19世纪历史、风俗形象的基础上，构思和完成了1978年版的《牛虻》小说插图。第二年，1979年，在第二届"全国书籍装帧艺术展览"上，荣获了插图奖。

在改革开放之初的1978年，人们的心情都融化在一种迎接春天的温暖气氛中。当时我创作这套插图时一直是处在激动、欢快和顺畅的心情中，几乎没有什么障碍地完成了任务。当然，其

倪震绘制的《牛虻》插图手稿

中有比较成功的画幅，比如《牛虻向琼玛倾诉衷情》和《蒙泰尼里在阴森的教堂一角向上帝忏悔》；这些画幅不止一次被收入有关的研究中国插图、连环画的书籍或刊物中，得到肯定的评价。也有比较不成功的，比如《流亡多年之后的亚瑟归来》和《牛虻在广场上与敌人枪战》的画幅，在构思上和制作上都显得粗糙，缺乏精致的人物性格刻画和独特的构思。

2011年5月，我应意大利米兰大学的邀请，前往该校作短期访学。在几十年后终于有机会亲历了佛罗伦萨、威尼斯、罗马等城市，回味了1978年时无缘实地考察小说主人公的故乡风情。

当中国青年出版社在新世纪的今天，又一次再版这部小说之时，本来我抱着激动的心情，想修改重画其中几幅不甚满意的旧作，但是，由于一次意外的摔伤导致腰部骨折，美好的愿望终归未能实现，只能仍以当年的原貌面对读者，以遗憾的心情向大家致歉！

2012年11月

阿尔卑斯山的夕照

——对《牛虻》删节本的意见

李俍民

英国女作家伏尼契在《牛虻》第二章中有一段蒙泰尼里和亚瑟欣赏阿尔卑斯山夕照的精彩描写,但这一段描写却被苏联青年近卫军出版社和中国青年出版社删除掉了(但是苏联儿童出版社却保留了这一段)。删节的理由是因为这些部分是属于"宗教气氛过浓和与主要情节无关的烦琐描写"。现在我想先把这一段译文提出来,然后说一说我个人的看法。

"我很希望你能把你所见到的景象指给我看看,亲爱的。"有一天,当蒙泰尼里从书上抬起头来,发觉亚瑟正直挺挺地躺在他身边的苔藓上,用一小时前同样的神情,睁大了眼睛凝视着那一望无际的晶莹耀眼的一片蓝色和白色,就这么问他。他们是刚刚离开了公路,到这狄奥赛士瀑布附近一个幽静的小村庄来投宿的,当时无云的天空中太阳已经快要坠落,他们爬上一块松林荫翳的岩石,等待阿尔卑斯山的夕阳从那连绵的、或浑圆或陡峭的勃朗群峰上面斜射过来。亚瑟抬起头来,眼睛里充满惊异和神秘。

"你问我看见什么吗,神父?我看见一头巨大的白色生物,匍匐在无始无终的蓝色虚空之中。我看见它在那儿年复一年地等待着上帝圣灵的降临。我像是模模糊糊从镜子里看到的。"

蒙泰尼里叹了一口气。

"从前我也常常看到这类景象。"

"难道现在你看不见了吗?"

"看不见了。我再也不会看见它们了。我知道它们在那儿,但是我已经没有可以看到它们的眼睛了。现在我看见的是完全不同的东西。"

"你看见些什么呢?"

"我吗,亲爱的?我只看见蓝色的天空和雪山——这就是我向高处望去时所能见到的一切。但是下面的景象就不同了。"

他向下面的山谷指了指。亚瑟跪起来,向悬崖的边缘弯下身子。只见那些巨大的松树,在愈来愈浓的苍茫暮色里显得十分阴沉,仿佛是沿着河岸警卫着的哨兵一般。一会儿工夫,那一轮红得像炽炭般的太阳直向那锯齿形的山峰后面沉了下去;于是一切生命和光明都从大自然的容颜上消逝了。山谷立刻罩上了一片黑暗——险恶,恐怖,仿佛充满刀枪剑戟。光秃秃的西方诸山的陡壁,就像一个巨怪的獠牙,那妖怪正在暗伺着一个牺牲品,准备把它一下子就攫进一个松涛呼啸的黑郁的深谷里面去。那松林就像一排尖刀,正在霍霍低语:"摔下来吧!"同时在愈来愈浓的黑暗中,一道奔泉正在怒吼着、咆哮着,怀着一种由于永恒绝望而起的狂怒,冲击着它那山岩的牢狱。

阿尔卑斯山的夕照

——对"牛虻"删节本的意见之二

英国女作家伏尼契在"牛虻"第二章中有一段蒙泰尼里和亚瑟欣赏阿尔卑斯山夕照的精采描写，但这一段描写却被苏联青年近卫军出版社和中国青年出版社删掉了（但是苏联儿童出版社却保留了这一段）。删节的理由是因为这些部分是属于"宗教气氛过浓和与主情节无关的烦琐描写"。现在，我想先把这一段译文和与这段文字有关的部分提出来，然后说一说我个人的看法。

"第二天早晨，他们向夏蒙尼出发了。当驿车走过肥沃的山谷里的田野时，亚瑟感觉很高兴，但进入克鲁西斯进附近的盘曲山道之后，看见那些络绎出现的大山崗向他们渐渐围了拢来，他就变得严肃而沉默了。从圣马丁镇起，他们开始步行，沿着山谷慢慢走上去，在路旁的牧人小屋或小山村住宿，然后又随意向前漫游。亚瑟对于景物的变换特别敏感。他们在路上遇到的第一个瀑布，就使他沉入狂欢之中，那样子连驴八都为他感到高兴。但当他们逼近积雪的山峰，他又从狂欢陷入了梦一般的恍惚状态，那样子是蒙泰尼里从来没有看到过的。亚瑟和这些高山之间仿

"神父！"亚瑟站起来，发着抖，赶快离开了悬崖的边缘，"这就像是地狱！"

"不，我的孩子，"蒙泰尼里温和地答道，"这只是像一个人的灵魂。"

"像那些处在黑暗和死亡的阴影里的人的灵魂吗？"

"就像那些每天在街上从你身边走过去的人的灵魂。"

亚瑟颤抖着，注视着下面的阴影。一阵朦胧的白雾悬浮在松树中间，跟那绝望呻吟的奔泉若即若离，仿佛一个可怜的无法予人以任何安慰的幽魂。

"瞧！"亚瑟突然说道，"'在黑暗中行走的百姓看见了大光。'"

……

"回去吧，亲爱的，现在什么光亮都没有了。我们要是再待下去，就会在黑暗中迷路的。"

"这好像一具尸体。"亚瑟对那高大的、在昏暗中闪光的山峰魑魅般的面孔最后瞥了一眼，转身说道。

……

我认为这样一段通过风景反映人物心理从而塑造人物性格的精彩描写，被当作"宗教气氛过浓"或者"与主要情节无关的烦琐描写"而删掉，实在是太可惜了。首先，伏尼契在这儿对大自然的描写、对阿尔卑斯山夕照的描写，已达到了黄宾虹黄山山水画一般的意境。我们不但仿佛亲眼看到了阿尔卑斯山的雪峰、深谷、悬崖、夕照，而且听到了松林的悲啸和溪流的哀号，不论是色彩的组合和光线的明暗对比，都达到了真和美的境界。其次，尤其可贵的是，这些风景描写是与人物的心理描写和个性塑造紧紧地结合在一起的。在这儿我们可以看到这个伪善的教士内心的痛苦和他那沉重的觉得自己是个犯罪的人的心情；这是因为他曾经间接地害死了亚瑟的母亲，使自己的亲生孩子受到别人的折磨。自然，这儿有他的父爱的流露，但更多的是为亚瑟卷入政治旋涡而担心。他以教士的心理羡慕亚瑟的纯洁、虔诚，诅咒自己的老迈和罪恶。当亚瑟说那山谷像地狱时，他就指出那像一个人的灵魂。其实，这正是蒙泰尼里对他灵魂中罪恶的自供。这些心理描写正是与第二卷中他在教堂中的忏悔、第三卷中他梦见亚瑟的母亲和亚瑟，以及最后发疯的描写相互呼应的。在这儿我们也可以看到作者对亚瑟这个人物的心理描写和性格塑造。少年时代的牛虻是感情丰富的，好幻想而且虔信宗教。他受蒙泰尼里的影响很深，但在这儿我们也可看出，他在加入青年意大利党后对人民的苦难有了同情，这使他在受到黑暗的深谷和蒙泰尼里关于灵魂的谈话的消极影响之下，看到了红色的夕照就高呼"在黑暗中行走的百姓看见了大光"。自然，这还是革命在这个受宗教影响很深的少年头脑中播下的微弱的种子，但这一新生的革命种子却开始逐步生长，与旧的东西发生矛盾和斗争，直到使幼稚的亚瑟成长为一个老练的革命战士牛虻。高尔基说："情节是性格发展的历史。"伏尼契的关于阿尔卑斯山夕照的描写，正好就是这样的一段情节，它出色地完成了这一艺术任务。所以，这绝对不是"与主要情节无关的烦琐描写"，而是人物性格发展的一环。这也不是什么"宗教气氛过浓"的东西，恰恰相反，对天主教会与骗人的宗教深恶痛绝的革命女作家伏尼契正是通过这样的描写、这样的个性塑造来勾出以蒙泰尼里为代表的反动天主教士的丑恶灵魂！整本《牛虻》的刀锋正是对准反动的天主教会，而且已经一下子刺中了要害。

对于《牛虻》的所有删节，依我个人粗浅的看法，都是不必要的。即使像第三卷第八章的蒙泰尼里发疯的描写，表面上看来似乎是冗长、烦琐、宗教气氛浓厚的描写，实际上却是极其深刻地一步又一步地把这杀子的教士从悲哀、麻木转向疯狂的心理过程出色地描写出来了。我觉得这些被三个出版社统统删去的部分和上面提到的关于阿尔卑斯山夕照的描写一段，也是艺术上的瑰宝，却被当作糟粕抛弃了。也许，我这样说会有人以为我是从译者的角度看问题，对伏尼契的《牛虻》有了偏爱，但我觉得并不如此。我很希望中国青年出版社的编辑同志对我提出的意见，在经过研究以后能够得出结论。我更希望《牛虻》删节部分中这些被当作污水泼掉的宝石，会很快被抛弃它们的手重新拾起来交给它们的主人——广大的读者。

1957 年 6 月 12 日

"过眼滔滔云共雾,算人间知己吾与汝"

关于封面设计

《牛虻》新印本的封面是很不错的!……牛虻的冷峻而又刚毅的面容,我认为比苏联画家们更强烈地传达了原作精神。我在南京路那家 largest 的新华书店橱窗外一站,这本书的封面就压倒了别的新书的封面!我认为李恒辰同志设计的这一封面的确是相当出色的!

——摘自 1978 年 7 月 27 日李俍民写给责编许岱的信

关于插图

《牛虻》插图出乎我的意料,画得很好!P.72、104、180、246、306 都不错,P.220 尤见匠心独运!(指 1978 年 8 月印刷版本的页码,分别对应本版的 P.93、133、215、295、359,以及 P.261。)阴森森的大教堂,那个疯了的主教大人举起了双手,大概是在说"只能奉上一颗破碎的心"吧。……P.16(对应本版许岱同志：

给你的信刚寄出，一翻世界地图，我说的"意大利半岛夹在亚得里亚海与潘奥尼亚海（伊奥尼亚海）之间"的说法也不尽全面，反来这个地中海半岛竟是夹在四个海中间。

从西到东，分别为：

利古里亚海
第勒尼安海
潘奥尼亚海
亚得里亚海

特此补充一下。

刚收看到毛主席1923年写的《贺新郎》词，伟大领袖的爱情词写的多么深挚真挚呀！而又气魄宽阔呀！我吟诵再三，很受非常感动！"凭眼海江天容，恨人间知己真和伪"这一佳句牢牢永远铭刻在我们的心中。

李俍民

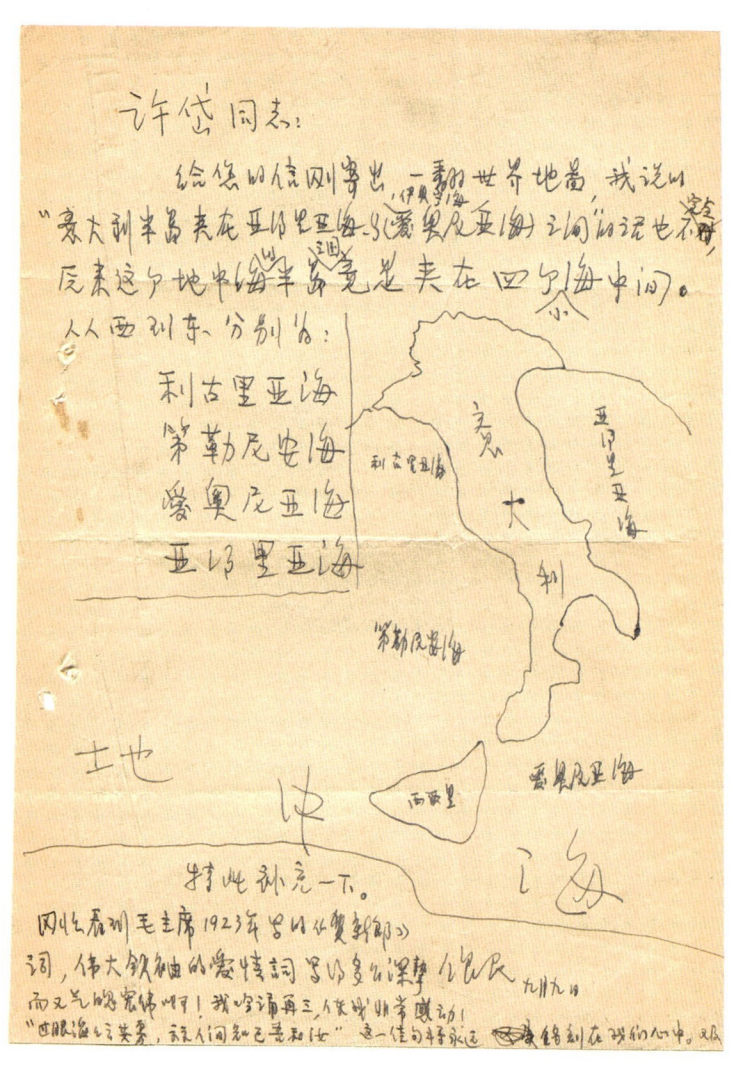

九月九日

李俍民写给责编许岱的信（摘录）

449

P.29）那张，我的老爱人说牛虻像个女孩子，我说："阿尔卑斯山上的女房东不是说他很俊吗？书上描写不也说他像个女扮男装的姑娘吗？"总之，都画得很好。连三张小画（月光下的帆船、烛台、笔与书）以及在胸前按着遗书的琼玛像也都很好。可惜，像牛虻越狱等重要场面没有画出来，照我的想象，按照倪震同志擅长的黑白对比特别是精细的建筑物（的刻画），可以把牛虻从窗子上缒下来或者锉铁栏时的场面很精彩地画出来的。……琼玛流泪那张很好。牛虻敲碎蒙难像的一张也很好。牛虻开枪的姿势却太"妩媚"了，特别是左手的姿势像个姑娘伸手到口袋里掏手帕。

——摘自1978年9月22日李俍民写给责编许岱的信

关于多种译本并存

文学翻译选题有时会发生互相撞车的问题。我觉得，一部作品有几个译本不是坏事而是好事，因为读者可以有选择的余地。拙劣的译本会被优秀的译本所淘汰自不待言，有时两种译本都很好，但由于译者所受教养不同、译文风格各异，而读者的爱好也有不同（如有的人喜欢严谨甚至比较古奥的译文，有的人则欣赏流畅通俗的译文），在这种情况下，让两种或两种以上的译本并存就很有必要。比如，《钢铁是怎样炼成的》的翻译原是上海地下党交给梅益同志的一项革命任务，这部小说从抗日战争时期、解放战争时期以至解放后各个时期直到现在，不知鼓舞和教育了多少读者，特别是青少年读者。小说虽然从英译本转译（当时曾得到精通俄文的姜椿芳同志校阅和补译，解放后又经过孙广英同志仔细校阅），但梅益同志那热情流畅的译文给读者以很深的印象。我非常欣赏他的译文风格。我觉得，即使有直接从俄文译出的中译本出现，也不应妨碍梅益同志译本的流传。又如，意大利亚米契斯的《爱的教育》，曾由夏丏尊先生根据日译本与英译本译出，现在又有人根据英译本重译。我觉得，夏先生是国内屈指可数的散文家和语法修辞方面的专家，夏先生的《爱的教育》的译文，同样显示了他在文字上的造诣和功力，如果因为新译本的出现而不再印行，那真是太可惜了。

——摘自李俍民的《探寻英雄人物的足迹——谈谈我的文学翻译选题》

关于革命热忱

刚读《牛虻》，我立即联想到俍民先生当年给我带来的虱子。从苏北解放区来的虱子没在我身上产生牛虻的革命作用，但是这虱子确实使我对革命和革命家产生好感。一个富家子弟（指李俍民），凭什么跑到苏北去长虱子呢？我还记得，当年店主要我照料的客人中，有一位带着一本英文书来，不时阅读。他以为我不会懂英文，有时把书交我收管。我一看，是桥牌手册。共产党为什么还要读这书？后来细心观察，才知此君为工作需要，常要陪上海商人打桥牌，因而不得不细心研究牌经。某日，我果然被安排去伺候一些人打桥牌，其中即有此君。我看他 diamond、spade……叫得很热闹，心里不免佩服当年革命知识分子的热忱。……李先生从苏北回来后，一直从事译事。我知道，他是出版界有名只译革命小说的人，直到1990年代初去世。近来我查实，宁波北仑大碶镇是倪民先生故乡，知道他其实在1937年即已参加抗日斗争，真正是老革命了。这么一位老同志，从参加革命斗争到毕生译述革命作品，真可谓为革命献身了。

——摘自沈昌文的《牛虻与虱子》

关于人物形象

我最早喜欢起小说来，是因为《牛虻》。那时我大约十三岁，某一天午睡醒来颇有些空虚无聊的感觉，在家中藏书寥寥的书架上随意抽取一本来读，不想就从午后读到天黑，再读到半夜。那就是《牛虻》。这书我读了总有十几遍，仿佛与书中的几位主人公都成了故知，对他们的形象有了窃自的描画。后来听说苏联早拍摄了同名影片，费了周折怀着激动去看，结果大失所望。且不说最让我难忘的一些情节影片中保留太少，单是三位主要人物的形象就让我不能接受，让我感到无比陌生："琼玛"过于漂亮了，漂亮压倒了她高雅的气质；"蒙泰尼里"则太胖，太臃肿，目光也嫌太亮，不是一颗心撕开两半的情状；"牛虻"呢，更是糟，"亚瑟"既不像书中所说有着女孩儿般的腼腆纤秀，而"列瓦雷士"也不能让人想起书中所形容的"像一头美洲黑豹"。我把这不满说给其他的《牛虻》爱好者，他们也都说电影中这三个人的形象与他们的想象相差太远，但他们的想象与我的想象完全不同。回家再读一遍原著，发现作者对其人物形象的描写很不全面，很朦胧，甚至很抽象。于是我明白了：正因为这样，才越能使读者发挥想象，越能使读者根据自己的经验去把各个人物写真，反之倒限制住读者的参与，越使读者与书中人物隔膜、陌生。"像一头美洲黑豹"，谁能说出到底是什么样呢？但这却调动了读者各自的经验，"牛虻"于是有了千姿百态的形象。这千姿百态的形象依然很朦胧，不具体，而且可以变化，但那头美洲黑豹是一曲鲜明的旋律，使你经常牵动于一种情绪，想起他，并不断地描画他。

——摘自史铁生的《随笔十三》中的第五篇

关于阅读古典作品

在伏尼契写作这本书时，列宁刚刚开始革命活动。在牛虻的时代，在十九世纪三四十年代，欧洲的英法等主要国家的工人阶级虽然已经成长起来，开始卷入反对资本主义的斗争，但落后的意大利还是苦于民族压迫和教会、地主的封建压迫，工人阶级还没有壮大起来。在这样历史条件下创造出来的牛虻，必然要受到时代的限制，在伏尼契所创造的这位革命志士典型的思想感情中存在着某些严重的缺点，那是可以理解的。有相当多的青年读者一向读惯了《钢铁是怎样炼成的》《卓娅和舒拉的故事》这些书，读《牛虻》不知道怎样读法，也想以看保尔、卓娅的眼光去看牛虻，以学习保尔、卓娅的方法去学习牛虻，结果就发生了很多疑问。有的青年因此对这一作品表示失望，有些人并且提出：这一类作品青年可以根本不要读。其实我们的高中学生、大学生读这样的书，应该不会发生太多困难。这里面的主要问题是怎样培养青年阅读古典作品的能力，怎样教育青年用历史观点看问题，不以今天的要求去要求古人。我们应该有从我们上代的人们的智慧成果中汲取营养的能力。因为怕"批判不了"而对过去的一切作品都采取拒绝态度，是错误的。

——摘自韦君宜的《读〈牛虻〉》

关于读者反馈

（一）

当我读完译成中文的《牛虻》一书之后，我发现最后一页牛虻给琼玛的一信中有一句"快乐的大苍蝇"。"大苍蝇"这个字依我的看法译的不恰当。这封信后面的签名是以一首小短诗代替的。该字的原文（俄文）是 Мотыльки（该原文书我曾读过两次），依我的理解这个字的意义是蝶类的小飞蛾，这小蛾的生命非常短促，只活一昼夜，因此外国人每当表示一个生命短促的事物时，就常常使用这个字来形容它。牛虻也是为了表示自己次日就要死亡而把他童年时代和琼玛一同学过的小诗写在下面以代替签字。我的看法，把这个字译成"大苍蝇"是不太恰当，因为苍蝇是个肮脏讨厌的东西，这样译法不但没有什么意义而且对牛虻本人也是个侮辱。但是也许我这个意见不够成熟，仅供你们作个参考。

希望你们收到我的信之后，转给译者，并请给我个答复。

……

——摘自一位来自哈尔滨的读者写于 1953 年 9 月 25 日的来信

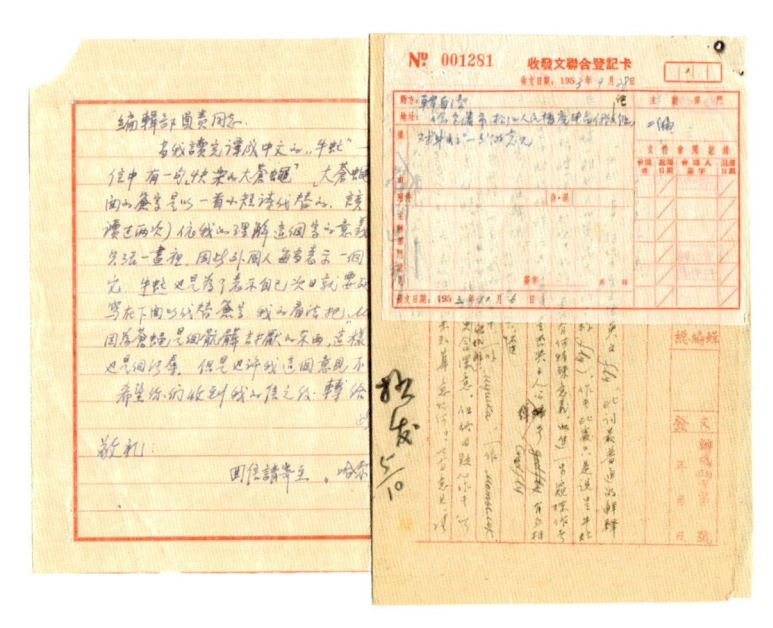

读者来信、收发文联合登记卡

编辑部的最终处理结果：

  这个词，作者原文系 fly，最普通的解释为苍蝇（虽然凡两翼昆虫均可称 fly）。作者此处只是说牛虻小时候跟琼玛一起念过这首诗，是否有特殊意义，不便悬揣。鉴于读者对"苍蝇"的不良印象以及译作"飞蛾"的建议，考虑到 fly 和 Gadfly（牛虻）可能有互相照应之意，经译者同意，改译为"飞虻"（见本书第394页）。

455

(二)

我是来自四川成都的一位准高三学生。谢谢你们出版了《牛虻》这一部优秀的书。2022年,刚看完《平凡的世界》的我受到孙少平的影响,萌生了阅读《牛虻》的想法。我看到网友们对李俍民老师翻译的版本赞不绝口,便毫不犹豫购买了中青社这版。由于学业紧张,我花了半年多才看完这本书,但这并不影响它带给我的震撼与感动。

最让我感动的情节是牛虻就和蒙泰尼里相认,牛虻逼他在自己和上帝中做出选择。牛虻明白蒙泰尼里放弃自己而选择上帝后,毅然决然让他离开。可当蒙泰尼里真的离开后,他突然惊跳起来,绝望地哀声求他回来,一遍又一遍。最后,"整整一夜,牛虻孤零零地躺在黑暗中,他哭了"。

最让我震撼的地方有两处:第一处是牛虻有了一个越狱的机会,可是他旧病复发,手、臂膀、肋骨、腿都火烧火燎地疼,他完全是凭着毅力来锉那几根铁条,他倒在了甬道里,明明距离获救只有一步之遥。第二处是牛虻接受死刑……在最后一刻,他推开嘴唇上的十字架,死在了蒙泰尼里的目光里。

我最钟爱的是牛虻写给琼玛的信。到底是怎样热烈、怎样赤诚、怎样纯真的灵魂才能写出如此动人的文字啊!每一次看到这封信,我都会泪流满面。我想,任何一位看过这封信的读者,哪怕他一无所知,他也会爱上牛虻。

有两处话我非常喜欢,第一处是亚瑟回答自己心里想着要去做的事:"要把我的生命献给意大利,帮助他从奴役和贫困之中解放出来,要把奥地利人驱逐出去,使意大利成为一个除了基督没有帝王的自由共和国。"我曾把这段话背诵给我的同学们所，希望他们也能感受到亚瑟的赤子之心。第二处是牛虻在给琼玛的信最末尾写的小诗："不论我活着，或是我死掉，我都是一只，快乐的飞虻。"不管他是亚瑟还是牛虻，从他在神学院读书到他最后被处死，或许他用伤痕累累的身体和尖酸刻薄的言语来伪装自己，但他的灵魂深处，他的初心从未改变，他一直在为"意大利的解放"而奋斗，我希望自己也能成为这样的人——坚定、勇敢。

……

——摘自一位来自成都的准高三学生写于 2023 年 7 月 2 日的来信

牛虻的形象就此在我心中落根了

达式常[1]

没想到,在我82岁的时候,还能参与到上影演员剧团《牛虻》的声音演绎,能和中国青年出版社有这样一种合作。我们都觉得很开心、很圆满。我们不是说要在经济上取得什么收益,就是觉得能让这么一个优秀的作品能够普及,能让听众听见,我们就很满足了。当然,这对我们自己,也是一个提升和教育。

说起和《牛虻》的缘分,那是在我们年轻的时候。那时我们受苏联电影的影响很大,20世纪50年代这部电影在中国上映的时候,我还在读高中,当时确实被牛虻的英雄气概所震惊,特别是他最后走上刑场的时候,我记得他穿着一件白衬衣,很圣洁,大义凛然地说着:"朝这开枪!站在你们面前的是意大利和自由的儿子!"牛虻的形象就此在我心中落根了。尽管过去了几十年,现在我们还是没有忘记牛虻的形象,所以说不管什么年代什么民

---

[1] 电影表演艺术家,中国电影家协会理事,获第4届大众电影百花奖最佳男演员奖、第2届中国电视金鹰奖最佳男主角奖、第36届中国电影金鸡奖中国文联终身成就奖。在《牛虻》有声剧中担任讲述人,并为神父蒙泰尼里献声。

达式常为蒙泰尼里献声

族，人民对于英雄主义精神的向往和崇拜，还是不会泯灭的。想到这一点，我们就更有信心来录制《牛虻》。

当然，上影演员剧团也是和《牛虻》颇有机缘。一部苏联电影能够给观众留下深刻印象，配音演员的语言艺术功不可没。当年电影《牛虻》的译制片版本，就是我们剧团的前辈艺术家和上海电影译制片厂的前辈演绎的，我们这次录制，也是向经典致敬，向小说、向电影，也向我们剧团的前辈致敬！

最有意思的是，我们的佟瑞欣团长，接受了广州话剧艺术中心的邀请，主演了话剧《牛虻》。他也是在年轻的时候就非常崇拜牛虻这个英雄形象，《牛虻》这部小说一直放在他大学时期宿舍的枕边。于是大家一拍即合，就先从读小说开始，通过原著，慢慢接近角色、走进角色。所以佟瑞欣团长去排话剧，就有基础的准备了。当他演完话剧继续录制，就对人物更加理解透彻了，他又在录音棚塑造了一个光彩夺目的英雄形象。

去年我们团里建起了一个小小的录音棚。我们建录音棚很大的一个原因，就是想能够让我们团里的演员在语言艺术的创作水平上有一个探讨练兵的阵地，我们可以了解自己的语言能力。话筒前的演绎，没有图像，完全靠声音。通过声音能塑造出一个让观众记住的形象，才能说明你是真正有功力的，才能称得上艺术家。这需要基本功的训练、文学的素养，还有掌握话筒特性的能力，包括声音状态等等。此次《牛虻》的录制，由于疫情的原因，我们花费了近一年的时间。大家严谨创作，不计报酬，我觉得这一点非常不容易。我们年轻时立志从事演员行业，无非就是想留下一些好作品，通过这次《牛虻》的录制，我又一次感受到了创作的良好氛围。

就像我们电影演员拍出来的电影要在电影院和大家见面，我们录制的《牛虻》，就要让听众来听，大家有什么意见、评论，我们都会很关心。听众的反馈就是对我们所交的答卷最好的检验，就会鼓励我们今后继续学习、摸索，提高我们的水平！谢谢所有关心支持我们的观众、听众！

2023 年 2 月

幸福，这种单纯的幸福令人难忘

佟瑞欣[1]

不同时代，人们对"英雄"的定义或有不同，但"向往英雄"的情怀却是始终未变的。牛虻脸上的这道疤，如同种子在许多人心里深种，发芽，悄无声息地长成了一种执念。

爱尔兰女作家艾捷尔·丽莲·伏尼契的长篇小说《牛虻》于1897年在英国出版，在本国文学界一直默默无闻。但在我国自1953年翻译出版后，至今发行量已达200多万册，成为一代人记忆里非常重要的一部外国文学著作。

终于，由上影演员剧团录制的有声剧《牛虻》就要和大家见面了；从萌生想法到交付中国青年出版社，整整经历了一年，可以讲创下了录制有声作品时间最长的纪录。我要感谢中国青年出版社将这部经典交给我们上影演员剧团，并耐心地等待着我们的完成。感谢著名翻译家李俍民先生，感谢著名电影表演艺术家达

---

[1] 国家一级演员，上影演员剧团团长，中国电影表演艺术学会副会长。在《牛虻》有声剧中为牛虻献声。

佟瑞欣为牛虻献声

式常前辈，感谢著名导演王筱頔女士，感谢作曲家于力先生的音乐，和我们剧团几代演员的孜孜不倦、精益求精。

也许是偶然的巧合，也许是必然的结果，2023 年是中文版《牛虻》在大陆出版整整 70 周年，也是我们上影演员剧团成立 70 周年。而在 68 年前，由莫斯科电影制片厂拍摄的电影《牛虻》在中国上映时，就有我们剧团前辈和上海电影译制片厂前辈共同的声音演绎：亚瑟由卫禹平配音，琼玛由上官云珠配音，蒙泰尼里由程之配音，卡尔迪由中叔皇配音，起义领导人陀姆尼钦诺由陈述配音。

曾经，我们剧团的前辈为电影《牛虻》献声；而今，我们又为小说《牛虻》献声。这是多么有意义的回望啊！

这一本书曾在我的枕边陪了我五年，在大学宿舍的铁床、毕业后电影厂的地铺，《牛虻》都陪伴过我——"触摸经典是我的幸运，我将带着幸运，在话筒前小心翼翼找寻那个亚瑟、列瓦雷士、牛虻，拥抱琼玛，哀求那个宁可向上帝邀宠也不肯救儿子于地狱之中永不敢承认是父亲的父亲……"塑造梦想中的角色，感受塑造他的喜怒哀乐，可以说是痛苦并快乐着的过程。

这次录制《牛虻》，上影演员剧团共有近三十位演员参加，从小说整理成剧本到导演由八十高龄的达式常老师挂帅，洪融老师、严永瑄老师、徐阜老师、洪兆森老师、孟俊老师等为《牛虻》呕心沥血，认真对词，悉心指导后辈演员。"师者如光，微以致远"，我们能看到大家满满的付出。剧团演员孙清扮演琼玛，她虚心向前辈求教，而著名演员王诗槐、赵静、崔杰、马冠英、于慧在剧中担任着重要的角色，可谓众星拱月；陈鸿梅、陈伟国、薛国平、周国宾、毕远晋……他们有的只有几句台词；所有参加录制《牛虻》的演员都有一个共同的感受：幸福，这种单纯的幸福令人难忘。

让我们用声音作品向《牛虻》作者艾捷尔·丽莲·伏尼契致敬，向翻译家李俍民先生致敬，向曾经参加译制片《牛虻》录制的剧团演员卫禹平、上官云珠、程之等上影演员剧团的前辈们致敬，向中文版《牛虻》出版 70 年致敬！

2023 年 2 月

庆祝

上影演员剧团成立七十周年
李俍民译《牛虻》出版七十周年

《牛虻》全译本有声剧
限量赠送

扫码可得

《牛虻》有声剧演职员表

总监制——佟瑞欣　**导　演**——达式常　**讲述人**——达式常

演员表（按小说中出场顺序）
亚瑟·勃尔顿——佟瑞欣
罗伦梭·蒙泰尼里——达式常
詹姆斯·勃尔顿——毕远晋
裘丽娅——于慧
华伦·琼玛——孙清
汤麦斯·勃尔顿、季诺等——刘威
卡尔狄、瑞士士兵等——贺根启尔
菲拉里——崔杰
安里柯、莱迦等——周国宾
法布列奇教授——陈伟国
盖利——吕洋
格拉西尼——王诗槐
列卡陀——薛国平
西萨尔·玛梯尼——马冠英
格拉西尼太太——洪融
绮达·莱尼——金晓燕
吉普赛老妇人——赵静
密凯莱、中尉等——杨晨
陀米尼钦诺 牧师等——孟俊
玛尔哥·麦康尼——洪兆森
乔尔达尼——宗晓军
民宿女主人——陈鸿梅
英国画师 住持等——徐阜
流浪街头的男孩——佟秋阳
群众——严永瑄，严琳，徐文，陈勇，刘海娟，朱木乔，石明橙，陈可悠

职员表
制作人——严琳　**统　筹**——徐文，刘海娟　**录音＆后期**——张子萱

图书在版编目（CIP）数据

牛虻：纪念版 /（爱尔兰）艾·丽·伏尼契著；李俍民译.
—北京：中国青年出版社，2023.8（2023.11重印）
ISBN 978-7-5153-7019-4

Ⅰ.①牛… Ⅱ.①艾… ②李… Ⅲ.①长篇小说－爱尔兰－近代
Ⅳ.①I562.44

中国国家版本馆CIP数据核字（2023）第151128号

责任编辑：李文华
书籍设计：瞿中华
封面插图：李恒辰
内文插图：倪　震

出版发行：中国青年出版社
社　　址：北京市东城区东四十二条21号
网　　址：www.cyp.com.cn
编辑中心：010-57350504
营销中心：010-57350370
经　　销：新华书店
印　　刷：北京盛通印刷股份有限公司
规　　格：880mm×1230mm　1/32
印　　张：15
字　　数：310千字
版　　次：2023年8月北京第1版
印　　次：2023年11月北京第2次印刷
印　　数：5001-10000
定　　价：86.00元

本图书如有印装质量问题，请凭购书发票与质检部联系调换
联系电话：010-57350337